Cris Newport
Eine Frau in jeder Tonart

Cris Newport

Eine Frau in jeder Tonart

Aus dem amerikanischen Englisch
von Sarah Schnier

Orlanda Frauenverlag

Originaltitel:
Sparks Might Fly
New Victoria Publishers, Norwich, 1994

Die Deutsche Bibliothek – CIP-Einheitsaufnahme:
Newport, Cris: Eine Frau in jeder Tonart : Roman / Cris Newport.
Aus dem amerikan. Englisch von Sarah Schnier.
Berlin: Orlanda Frauenverlag, 1996
ISBN 3-929823-34-9

1. Auflage 1996

Lektorat: Bettina Schäfer
Umschlaggestaltung und Computergrafik:
Susanne P. Radtke, Berlin
Satz: Satzinform, Berlin
Druck: Clausen & Bosse, Leck

Dem Gedenken an meinen Großvater
Blaine Allen McCarthy (1904 – 1991)
Musiker, Künstler, Freund
und
für Ellie

Danksagung

Kein literarisches Werk entsteht jemals in einem Vakuum, und ich möchte mich aus tiefstem Herzen bei denjenigen bedanken, die einen Teil ihrer Zeit und Energie in diesen Roman investierten, indem sie ihn lasen und kommentierten – Libby Fay, Chet Frederick und Patricia Roth Schwartz. Mein Dank gilt außerdem Ellen Frye, Ellie Kutz und Maria Pelaez, die unschätzbare Unterstützung boten, und Claudia Lamperti und Rebecca Béguin für ihre Beiträge zur Überarbeitung. Schließlich möchte ich mich ganz besonders bei Bonnie Anderson bedanken, für ihre wunderbare Gastfreundschaft und einen Einblick in das Leben einer professionellen Pianistin, sowie bei Kathy Phipps für die Erlaubnis, aus ihrem Lied »Little Blue House« zu zitieren.

Kapitel Eins

Beim schwachen Licht einer einzigen Kerze legte Pip Martin die runden Motherpeace-Tarotkarten. Die Eremitin, Fünf der Schwerter, Neun der Schwerter, Tod. Sie zögerte. Konflikte. Einsamkeit. Veränderung. Ihre Hand fuhr fort. Sieben der Pentakel, Fünf der Schwerter, der Narr. Sie seufzte. Die Priesterin der Schwerter, der Hierophant, As der Stäbe, Rad des Schicksals. Die Bilder wirbelten davon, ihre Bedeutung entzog sich ihr. Kraft, Wiedergeburt, Treibsand. Sie schob die Karten zusammen und blies die Kerze aus. Nur schlafen, dachte sie. Wenn ich bloß schlafen könnte, würde alles gut werden.

Aber in der vollkommenen Dunkelheit ihres Londoner Hotelzimmers während dieser schwülen Augustnacht tanzten die Bilder an den Wänden und der Decke. Ein alter Mann mit stahlblauen Augen, den sie enttäuscht hatte. Eine Frau mit langem, dunklem Haar, das ihr Gesicht und ihre Lügen verbarg. Ein Brief, der nicht für ihre Augen bestimmt war. Ein in Leder gebundener, mit Eselsohren versehener Gedichtband von Elizabeth Barrett-Browning, *Sonette aus dem Portugiesischen,* mit einer Widmung in roter Tinte: »Ich werde dich immer lieben, Froher Valentinstag.« Sie versuchte, den Bildern zu entfliehen, aber sie folgten ihr. Meine persönlichen Harpyien, dachte sie.

Sie gab ihren Widerstand gegen die Erinnerung auf und schlüpfte unter den feuchten Laken hervor. Sie stand auf, ging barfuß zum Fenster und zog die schweren, goldverzierten Vorhänge zurück. Ihr Zimmer ging nach Osten, daher konnte sie zwischen den wildwüchsigen Gebäuden erkennen, wie sich der Himmel allmählich rosa färbte. In ein paar Stunden würde sie im Flugzeug sitzen, unterwegs nach Amerika. Unterwegs nach Hause.

Der Druck in ihren Ohren weckte Pip. Sie öffnete langsam die Augen, hob ihr Gesicht von dem winzigen Flugzeugkissen und schob das Rollo nach oben. Das Flugzeug legte sich in eine Rechtskurve. Pip konnte die beiden gleich aussehenden Tanks von den Bostoner Gaswerken erkennen; der eine war mit Streifen, so bunt wie ein Corita-Gemälde, angestrichen worden. Dann waren sie auch schon über dem Hafen und landeten wenige Augenblicke später. Während die anderen Passagiere eilig ihre

Sitzgurte lösten, um als erste ihr Gepäck aus den Fächern zu nehmen, starrte Pip auf ihre Hände. Sie hatte den Daumennagel ihrer rechten Hand bis ans Nagelbett heruntergekaut. Sie konnte sich nicht erinnern, wann sie es getan hatte. Sie war sicher, daß es ihrem Großvater, Frederick Martin, nicht entgehen würde. Sie drehte die Hände um, hielt ihre Handflächen in den strahlenden Sonnenschein und betrachtete die tiefen Linien, die sie durchzogen. Ihre langen, feinen Finger waren leicht verkrampft. Sie verzog das Gesicht und ballte beide Fäuste. Sie schlug sich auf die Beine, ohne zu merken, daß die Frau neben ihr sie anstarrte.

Das Flugzeug hielt ruckartig an, und der Gang füllte sich sofort mit Passagieren, die begierig waren, den ungemütlich engen Innenraum zu verlassen. Pip hatte es nicht eilig; sie wußte, was sie erwartete. Sie stellte sich vor, wie ihr Großvater in der Ankunftshalle stand und erinnerte sich an eine frühere Heimkehr, vor fünf Jahren, als Fotografen und ein Reporter von der Times ebenfalls auf sie warteten. Damals hatte man sie als weltberühmte Pianistin gefeiert. Die Gewinnerin des Van-Cliburn-Klavierwettbewerbs, die von ihrer ersten, erfolgreichen Welttournee zurückkehrte. Frederick überreichte ihr Rosen, seine Augen waren feucht vor Stolz. Sie hatte es geschafft. Damals. Jetzt, da sie ihre Tournee abgesagt hatte und eine Leere verspürte, wo früher Musik gewesen war, fühlte sie, wie seine Enttäuschung ihr entgegenschlug. Er würde natürlich eine Erklärung verlangen. Warum sie ihre geplante Tour abgesagt, das Angebot, unter der Leitung eines seiner ältesten Freunde mit den Londoner Symphonikern zu spielen, abgelehnt hatte. Sie wußte, daß er es als eine persönliche Beleidigung auffassen würde. Obwohl es nicht das geringste mit ihm zu tun hatte, würde er es selbstverständlich annehmen. Aber wie sollte sie ihm von Corrinne erzählen? Davon, wie diese Frau und die Musik sich in ihrem Innern mit der Zeit so untrennbar miteinander verbanden, daß der Verlust der einen das Verschwinden der anderen zur Folge hatte? Wie sollte sie ihm begreiflich machen, daß sie nie wieder ein Klavier anrühren wollte?

Jetzt war der Gang leer. Pip hob ihre Tasche aus dem Gepäckfach und verließ das Flugzeug Richtung Ankunftshalle. Frederick stand aufrecht und ein wenig steif da und wartete auf sie. Sein ehemals schwarzes Haar war inzwischen fast vollständig weiß, wuchs aber noch immer dicht. Sein gutes Aussehen beeindruckte Pip immer wieder – seine durchdringenden blauen Augen, seine schlanke Figur, die sensiblen Hände, seine feingeschnittenen Gesichtszüge. Er trug einen dunklen Anzug, ein weißes Hemd, eine rote Krawatte. Wie immer. Sie wußte, daß seine schwarzen

Schuhe glänzen, seine Fingernägel manikürt und sein Gesicht glattrasiert sein würden. Ein zarter Hauch seines Aftershaves stieg aus ihrer Erinnerung auf, noch bevor sie ihn erreichen und es auf seiner Haut riechen konnte.

Er bemerkte sie, und Pip sah, wie sich sein Gesichtsausdruck geringfügig veränderte. Sein Blick überflog ihre ausgewaschenen Jeans, ihre ausgetretenen Lederstiefel und ihr rotes Seidenhemd. Die schwarze Jacke, die sie nachlässig über dem Arm trug, war arg zerknittert. Sie wußte, daß sie aussah, als bräuchte sie dringend achtundvierzig Stunden Schlaf und eine heiße Dusche. Als sie näherkam, verzogen sich seine vollen, sinnlichen Lippen zu einem dünnen Strich der Mißbilligung. »Großvater«, sagte sie leise.

»Phillipa.« Sie standen sich kurz schweigend gegenüber, dann drehte er sich um und ging auf die Gepäckausgabe zu. Pip folgte ihm, ihre Augen auf seine glänzenden Absätze geheftet, und lauschte dem dumpfen Echo seiner Schritte auf dem Linoleumboden.

Pip hatte kaum Gelegenheit, sich an die schwüle spätsommerliche Luft zu gewöhnen. Als sie in seinen BMW stieg, drehte er die Klimaanlage voll auf. Der erste Satz von Beethovens Sechster Symphonie, der Pastorale, ertönte aus den vier Lautsprechern des Wagens. Obwohl es immer eines von Pips Lieblingsstücken gewesen war, irritierte es sie jetzt, und sie beugte sich vor, um das Radio abzudrehen. Frederick sah sie aus den Augenwinkeln an, sagte aber nichts. Auf dem Weg vom Flughafen zu Fredericks Haus in Weston wuchs ihr spannungsgeladenes Schweigen.

Das Haus war noch genauso, wie sie es in Erinnerung hatte. Eine lange, kurvenförmige Auffahrt, gesäumt von großen Eichen, ein halber Acre gepflegten Rasens, von Rhododendron und Forsythien umrahmt. Er stellte den Wagen im Schatten der Garage ab und öffnete den Kofferraum.

Pip blieb sitzen, während Fredericks Rücken aus ihrem Blickfeld verschwand. Er ging langsam den Plattenweg zur Eingangstür hoch und bog sich ein wenig unter dem Gewicht ihrer Tasche. Als sich die Tür leise hinter ihm schloß, stieg Pip aus dem Wagen und starrte das Haus an. Es war vor kurzem gestrichen worden, und in der strahlenden Nachmittagssonne schmerzte die weiße Farbe beinahe unerträglich in den Augen. Zwei Erkerfenster flankierten die Haustür, und die hauchdünnen Gardinen flatterten selbst im leichtesten Luftzug. Ihre Augen fanden das Fenster ihres früheren Schlafzimmers im ersten Stock, es stand offen. Er hatte ihre Ankunft vorbereitet.

Ein heiserer Schrei zerriß die schwere, schwüle Luft. Am Ende der Auffahrt saß eine riesige schwarze Krähe auf einem Telefonmast, schaukelte hin und her und stieß ihren Schrei aus, wieder und immer wieder. Krähen hatten sie schon immer fasziniert. Groß und schwarz. Geschmeidig und mysteriös. Pip fühlte sich mit ihnen auf seltsame Weise verwandt. Plötzlich breitete die Krähe ihre Flügel aus und flog davon. Der Klang ihres Flügelschlags hallte durch Pips Kopf. Früher hatte sie die Musik so empfunden; als Klang, so klar und natürlich wie das Flattern von Flügeln, wie Knochen und Muskeln und Federn, die rhythmisch gegen den Wind schlugen.

Statt gleich hineinzugehen, nahm Pip eine Abkürzung an der Garage vorbei und betrat den Hof. An der Rückwand des Hauses, in der Nähe der Veranda, wuchsen Fredericks geliebte Rosenbüsche. Das Gras, das in geraden, perfekten Streifen gemäht worden war, dehnte sich bis zu einer dunklen Reihe von Kiefern, die das Grundstück begrenzten. Sie wußte, daß die Wälder Abkühlung boten und erinnerte sich, als Kind an Sommerabenden davongeschlichen zu sein, um zwischen den duftenden Ästen umherzuwandern, an ihre lautlosen Schritte auf dem mit Kiefernnadeln gepolsterten Waldboden.

Links, an der Seite des Hauses, stand die riesige Platane, deren Stamm von einer alten Holzbank eingefaßt war. Früher hing eine Schaukel von einem der unteren Äste, aber das war lange her. Pip bückte sich, tauchte in den Schatten der breiten Äste und setzte sich. Das verwaschene Blau des Himmels war schwül und fleckig, die Luft windstill. Sie blickte zum Haus, zu den Rosen hinüber. Es war so still, selbst Verkehrsgeräusche vermochten den dichten Wald nicht zu durchdringen, der den Hof sanft umfangen hielt. Pip schloß kurz die Augen und empfand Ruhe und Geborgenheit. Die Vergangenheit rückte in die Ferne, zurück blieb nur dieser eine Augenblick der Zurückgezogenheit, den sie sich so lange gewünscht hatte – eine halbe Ewigkeit lang.

Hier war ihr Zuhause. Der Ort, an dem sie die Musik entdeckt hatte und an dem es ihr vielleicht gelingen würde, sie zurückzugewinnen.

London war weit weg. Selbst Corrinne hatte in diesem Moment keine Macht über sie: ihre Wohnung, das Häuschen, für das sie von Pip Geld erhalten, das sie jedoch nie gekauft hatte. Die Angst, die Pip vor jedem Auftritt überfiel, wenn sie mit zitternden Händen in der Seitenkulisse wartete und gegen ihre Übelkeit ankämpfte. Die Musik war plötzlich versiegt, als hätte jemand den Hahn zugedreht. Jetzt hatte sie Zeit, wieder zu Kräften zu kommen. Zu vergessen. Und vielleicht, eines Tages, würde sie wieder spielen.

Im Haus war es kühler und weniger schwül. In der Mitte des Wohnzimmers, auf dem Ehrenplatz, stand der Flügel. Pip betrachtete ihn kurz, dann lief sie über den Teppichboden, bis sie vor ihm stand. Als sie mit vier Jahren zum ersten Mal auf die Bank geklettert war, war er ihr riesig vorgekommen. Rätselhaft. Es war nach wie vor das schönste Klavier, das sie je gesehen hatte. Die Klaviere am Juilliard College, an dem sie später studierte, waren verschmutzt und fleckig, die hohen und tiefen Tasten waren von Zigarettenasche und Kartoffelchipbröseln übersät. Pip vermißte das alles kein bißchen; die stickigen, kleinen Übungsräume, von summenden Neonröhren erleuchtet, die Fenster, die nicht aufgingen, die überquellenden Papierkörbe. Auch die ewige Angst, keinen Übungsraum zu bekommen oder daß jemand ihren besetzen könnte, während sie kurz aufs Klo ging, fehlte ihr nicht.

Auf diesem Klavier hatte sie gelernt zu spielen. Es übte eine Faszination auf sie aus, die Verheißung all dessen, was sie einmal gewesen war und früher werden wollte. Sie atmete tief ein. Und aus. Sie setzte sich und legte die Hände auf die Tasten, fühlte das scharfe Messer der Panik.

Es war zu früh. Die Tasten glänzten schweigend in der Abendsonne. Sie fühlte sich von ihnen angezogen und abgestoßen zugleich. Sie hob ihre Hände, ließ sie zunächst über der Tastatur schweben und dann in ihren Schoß fallen. Sie konnte nicht spielen.

Jetzt beugte sich niemand mehr über sie und unterbrach sie alle paar Minuten, um einen Fingersatz oder eine Fehlinterpretation des Tempos oder der Melodie zu korrigieren. Auch diese Gegenwart fehlte ihr nicht. Sie war nach ihrem wöchentlichen Unterricht oft in Tränen ausgebrochen, von Selbstzweifeln geplagt, und hatte sich gefragt, ob sie nicht einfach aufhören sollte. Ihre Lehrer hatten sie Woche um Woche erbarmungslos vorangetrieben. Sie hatte zwischen den Unterrichtsstunden wie besessen geübt, aber es war nie gut genug, nie schnell genug. Einmal fehlte ihrem Spiel das Gefühl, dann war es wieder zu emotional. Sie war entweder zu distanziert oder nicht distanziert genug.

Einmal hatte sie sechs Monate damit verbracht, die ersten Sätze der Klaviersonaten von Haydn zu studieren, jede Nuance, jede Veränderung des Taktmaßes und des Themas zu untersuchen. Damals erschien ihr diese Übung völlig sinnlos. Später verstand sie, was ihr Lehrer ihr vermitteln wollte. Es war, als hätte sie ein Buch gelesen, um ein Gefühl dafür zu bekommen, wie die Variationen die Charaktere formen.

Aber das war lange her, und die jüngere Vergangenheit überfiel sie plötzlich so heftig, daß sie abrupt aufstand und dabei die Bank umstieß. Sie schlug mit einem stumpfen Geräusch auf dem Teppich auf. Mit durch den langen Flug betäubten Sinnen und ihrer Verwirrung aufgrund der großen Umbrüche der letzten Wochen krümmte sich Pip wie vor Schmerzen und stellte die Bank wieder an ihren Platz. Keine Spur von Frederick. Pip hörte jemanden in der Küche. Allmählich beschlich sie der Gedanke, daß es ein Fehler gewesen war zurückzukommen. Dieses Haus war genauso vollgestopft mit Erinnerungen wie London. Es war zwar ruhiger, aber dennoch war auch hier der Druck spürbar. Fredericks Schweigen war ein Schlag ins Gesicht. Sie hatte ihn wieder einmal enttäuscht.

Das Abendessen wurde pünktlich um sechs serviert. Fredericks Köchin und Haushälterin, Mrs. O'Malley, brachte Schüsseln mit gedünstetem Gemüse, Grillhähnchen und Folienkartoffeln an den Tisch, ihr Gesicht war vom Kochen bei der Hitze gerötet. Sie stellte einen Krug Eiswasser und eine Flasche Wein ab und schien dabei nicht einmal die Luft, die sie umgab, zu stören. Sie fragte Frederick, ob er noch etwas brauche, und zog sich dann in die Küche zurück, um sich ihrem eigenen Mahl zu widmen.

Pip häufte gierig Essen auf ihren Teller. Es kam ihr vor, als wären Jahre vergangen, seit sie zum letzten Mal etwas anderes als Restaurant- oder Hotelmahlzeiten zu sich genommen hatte. Frederick schenkte ihr ein Glas Chardonnay ein. Seit ihrer Ankunft hatte er sie nur einmal angesprochen, um ihr mitzuteilen, daß ihr Zimmer fertig sei. Jetzt bemühte sich Pip, sein beredtes Schweigen zu ignorieren. Sie leerte ihr Glas und starrte an seiner Schulter vorbei durch die offeneTerrassentür in den Hof. Die Schatten unter den Bäumen wurden länger, und ein Spatzentrio kämpfte kreischend um den besten Platz an einem der Vogelhäuschen. Pip dachte an Mrs. Cottar, die ihre Kinderfrau wurde, als sie zu Frederick zog, erinnerte sich an ihre sanfte Stimme und ihre nachdenklichen, traurigen Augen. Mrs. Cottar schien immer unsicher zu sein, wie sie Pip behandeln sollte. An manchen Tagen war sie herzlich und liebevoll, an anderen distanziert. Im Rückblick erschien es ihr, als ob Mrs. Cottar sich wünschte, an die Stelle von Pips abwesender Mutter Lucy zu treten, aber Frederick hatte sie wohl daran erinnert, welche »Stellung« ihr im Haushalt zukam. Sie hatten am meisten Spaß gehabt, wenn Frederick verreist war. Dann gingen sie in den Park oder ins Kino, Schlittschuhlaufen oder einfach nur im Wald spazieren. Sie hatte Pip sogar ab und zu erlaubt, eine Unterrichtsstunde zu schwänzen, etwas, das Frederick nie zugelassen hätte. Ihre Ausflüge waren ihr gemeinsames Geheimnis.

»Nun«, setzte Frederick an und schob seinen Teller weg, »willst du mir erzählen, warum du deine Karriere aufgegeben hast?«

Pips Appetit schwand augenblicklich. Sie legte ihre Gabel hin und schenkte sich Wein nach, um einen Anfang, die richtigen Worte zu finden. Schließlich sagte sie: »Es machte mir keinen Spaß mehr.«

Frederick starrte sie an, als hätte sie eine obszöne Bemerkung gemacht. »Spaß.«

»Ich bin einfach ausgelaugt.«

»Das erklärt vermutlich, weshalb du mitten in deinem letzten Konzert in Newcastle erstarrt bist.«

Also hatte er davon gehört, dachte sie. Wie sie plötzlich und unerklärlicherweise das Brahms-Stück abbrach. Wie sie ihre Hände angestarrt hatte, als ob sie jemand anders gehörten. Schweigen hatte über dem Saal gelegen. Jemand hatte gehustet. Das entsetzte Gesicht des Inspizienten. Eine Ewigkeit war vergangen, bevor etwas in ihrem Hirn wieder angesprungen war und Pip an derselben Stelle weiterspielte, als wäre nichts geschehen. Die brennende Röte ihres Gesichts und Nackens, die Tränen in ihren Augen. Wie sollte sie es ihm erklären? Mitten im Auftritt war plötzlich Corrinnes Gesicht vor ihr aufgetaucht, und sie war überwältigt von dem Wissen, daß Corrinnes dunkles Haar jetzt über das Kissen einer Fremden fiel, ihre Hüften sich der Berührung einer anderen entgegenhoben. Das Stück, das sie gerade vortrug, war das Vorspiel für eine leidenschaftliche Nacht, die bis in die Morgenstunden gedauert hatte, gewesen.

»... tausendmal«, sagte Frederick gerade, als Pip mit ihrer Aufmerksamkeit zurückkehrte.

»Ich weiß«, antwortete sie, wohl wissend, wie der Satz begonnen hatte. »Ich will nicht mehr spielen. Ich kann nicht.«

»Du kannst nicht? Was ist los? Haben dich die Götter gestraft? Gegen wen hast du diesmal gesündigt?«

»Halt den Mund.«

Frederick sah sie überrascht an.

»Ich bin heute nicht in der Stimmung für deinen Sarkasmus. Genaugenommen habe ich gar keine Lust, über dieses Thema zu sprechen.«

»Sag's mir, oder verlasse auf der Stelle mein Haus.«

Pip schlug mit der Faust auf den Tisch. »Ich hätte wissen müssen, daß du so eine beschissene Nummer abziehen würdest.« Sie warf ihre Serviette hin. »Ich hab diesen Mist nicht nötig.« Sie stürmte zur Tür und wollte sie hinter sich zuknallen, als sie hörte, wie Frederick ihren Namen rief.

»Was ist?« Sie bebte vor Wut und sprach leise. Wie die meisten, die mit Pip gearbeitet hatten, wußte Frederick, daß dies ein Anzeichen eines unmittelbar bevorstehenden Wutanfalls war. Die meisten zogen sich sofort zurück, doch Frederick hatte sie seit ihrem vierten Lebensjahr aufgezogen und hatte keine Angst vor ihren Launen. »Entschuldige. Komm bitte zurück und iß auf.«

Pip spürte, wie ihre Wut verpuffte. Er schaffte das jedesmal. Einen Augenblick haßte sie ihn, im nächsten liebte sie ihn. Es war immer so gewesen und würde vermutlich auch so bleiben. Sie kehrte trotzig an den Tisch zurück und spielte mit ihrer Gabel.

Frederick schob seinen Stuhl ein wenig zurück. Mrs. O'Malley kam mit einer Kanne Kaffee und zwei Tassen auf einem Silbertablett durch die Pendeltür. Sie räumte das Geschirr ab und verschwand wieder.

Frederick schenkte ihnen Kaffee ein. Als er sie wieder ansah, war sein Ausdruck sanfter. »Das ist nicht alles, oder, Pip?« Seine Stimme war behutsam und beruhigte sie. Sie entspannte sich.

»Nein«, sagte sie. »Es gab eine Frau.«

Frederick nickte. »Das hab ich mir gedacht.« In diesem Augenblick spürte Pip, wie die tiefe Liebe, die sie schon immer für Frederick empfunden hatte, in jede müde und verletzte Ecke ihres Herzens strömte. Als sie ihm vor Jahren sagte, daß sie Frauen liebte, schien er nicht überrascht, und er hatte sie nie verurteilt. Seine einzigen Worte der Mahnung galten der Musik, die immer an erster Stelle kommen müsse, noch vor der Leidenschaft. Die Musik kam immer an erster Stelle.

»Was ist passiert?« fragte er.

»Sie hat mich wegen einer anderen verlassen.« Es klang so einfach, wenn sie es so sagte, ohne all die Komplikationen, die Kompromisse, das Gefühl des Selbstverlustes. Es war eine alte Geschichte, die sich oft wiederholte. Die Liebe stirbt, und Geliebte haben neue Affären. Aber in Wirklichkeit war es niemals einfach, das wußten sie beide.

Falls Frederick begriff, wie sehr die Musik und die Geliebte für Pip eins geworden waren, sprach er es nicht aus. Pip hatte keine Ahnung, ob er einmal eine ähnliche Erfahrung gemacht hatte. Obwohl er nie wieder geheiratet hatte, nachdem seine Frau gestorben war, hatte er doch so manche Liebschaft, als Pips Mutter Lucy noch ein Kind war. Aber er war stets diskret. In all den Jahren, die Pip bei ihm gelebt hatte, fand sie nie eine fremde Frau am Frühstückstisch vor.

»Was hast du jetzt vor?«
»Ich weiß es nicht.«
»Hast du Geld?«
»Ein wenig. Nicht viel.«
»Du kannst natürlich hierbleiben.«
»Danke.« Pip wußte, daß ihr Gastspiel davon abhing, ob sie Arbeit finden, auftreten, einen Platz in der Musikgemeinde einnehmen würde. Er mußte es nicht aussprechen; es war eine alte, stillschweigende Übereinkunft zwischen ihnen. Sie hatte sich früher gelegentlich hierher zurückgezogen, um sich von verschiedenen Tourneen zu erholen, aber immer in dem Bewußtsein, daß ihr Aufenthalt begrenzt war.
»Du erinnerst dich doch an Mitchell Ellis?« fragte Frederick.
»Als ich das letzte Mal von ihm hörte, war er am Konservatorium.«
»Dort ist er auch noch. Als ich hörte, daß du nach Hause kommst, habe ich ihn angerufen. Einer seiner Lehrer hat gerade ein Angebot bekommen, mit den Berliner Philharmonikern auf Tournee zu gehen. Er wird ein Jahr unterwegs sein, und Mitchell sucht eine Aushilfe. Ich habe ihm gesagt, daß du dich nach deiner Rückkehr melden würdest.«
»Wozu?«
»Ich dachte, daß die Stelle dich vielleicht interessiert. Und Mitchell hätte dich gerne in der Fakultät.«
»Frederick, ich bin keine Lehrerin. Ich glaube kaum, daß ich mich während des Semesters als Tutorin des Juilliard College-Vorbereitungsprogramms ausreichend qualifiziert habe. Ich hab dafür einfach keine Geduld.«
»Für Mitchell wäre es, als hätte er im Lotto gewonnen«, fuhr Frederick fort, als ob er sie nicht gehört hätte. »Er wär in aller Munde, wenn er dich mit an Bord hätte.«
»Frederick, hörst du mir überhaupt zu? Ich bin eine miserable Lehrerin.«
»Mitchell scheint anderer Ansicht zu sein.«
»Die langen Jahre im akademischen Betrieb müssen ihn arg verwirrt haben.«
»Verdammt noch mal, Pip, er versucht, dir einen Gefallen zu tun. Wenn du keine Künstlerin der Spitzenklasse mehr sein willst, dann hör auf zu tun, als würde dir die Welt etwas schulden. Das tut sie nämlich nicht.«
Wut stieg wieder in ihr auf, sie biß sich auf die Lippen, um nicht zu antworten, wartete, bis der Zorn sich legte, und sagte: »Ich rufe ihn an.«

»Gut.«

Pip spürte, wie Frederick sich zusammennahm. Sie waren fast wieder in Kampfstellung für ihre üblichen Wortgefechte gegangen. Der alte, vertraute Tanz wird sich nie ändern, dachte Pip. Sie trank ihren Kaffee aus. »Ich glaub, ich leg mich hin. Meine innere Uhr ist noch auf Londoner Zeit eingestellt.«

»Bis morgen früh.«

Pip kämpfte sich aus der grauen Feuchtigkeit des Schlafes. Doch der Raum, von Dunkelheit erfüllt, erschien ihr noch unwirklicher als ihr Traum. Nicht zum erstenmal war sie eine vertraute Traumstraße entlanggewandert, zwischen sanften Hügeln, entlang an Häusern mit dunklen Fensterhöhlen, der grauen Verheißung der Morgendämmerung entgegen, die nie kam. Sie hatte diese Straße in mancher Nacht beschritten, im Bestreben, das Licht zu erreichen, während kahle, knorrige Bäume sie schweigend beobachteten und Bodennebel ihre Schritte dämpfte.

Sie wachte auf, und das Traumbild wurde schärfer und deutlicher. Vor langer Zeit, als sie *Große Erwartungen* von Dickens las, beeindruckte sie der nebelumwobene Abschied des Helden von der Stätte seiner Kindheit. Aber der Weg des fiktiven Pip war vorgezeichnet, und die Nebel lichteten sich, als ihn die Kutsche rasch nach London und zu seiner Bestimmung beförderte. Auf ihrem Weg hingegen lauerten alte Gespenster, und Nebel verschleierte ihren Blick. Diese Traumstraße schien keinen Anfang und kein Ende zu haben. Es gab bloß diesen Abschnitt, und in all den traumerfüllten Nächten gelang es ihr nie, die letzte Kurve zu nehmen und zu erkennen, was sich dahinter verbarg.

Pip wußte dennoch, was sie erwartete, obwohl sie jedesmal aufwachte, bevor sie es sah: Corrinne und Linda, die auf feuchtem Gras und Laub umschlungen lagen. Corrinnes Augen würden halbgeschlossen sein, während sie sich genußvoll unter Lindas Berührungen wand. Sie würde Pip fragend ansehen und sagen: »Kapierst du es immer noch nicht, Pip? Es ist aus. Geh nach Hause.«

Pip zog sich leise an und huschte die Treppe hinunter. Sie öffnete die Terrassentür und trat nach draußen. Es war erfrischend kühl, und der Himmel war perlenfarbig. Die Nachtluft bot vorübergehende Erholung von der drückenden Hitze. Sie ging hinüber zu den Kiefern.

Pip war einmal in Irland auf dem Land kurz vor Sonnenaufgang spazierengegangen. Vor der Veranda des Gasthofs, in dem sie abgestiegen war, erstreckten sich graue, kahle Täler im fahlen

Morgenlicht. Sie wußte, daß dort Menschen lebten, die in ihren Höfen Blumen zogen und Kaminfeuer mit Asche belegten, um den Zug zu vermindern, aber in jenem Augenblick war alles feucht und kalt.

In der Ferne, bei einem Brecher nahe der Schachtöffnung eines Bergwerks, wurden Kohlen auf einen Zug geladen. Später würde die Lokomotive abfahren, ihre Räder würden sich langsam drehen und der Motor unter Anstrengung die Tonnenfracht hinter sich herziehen. Die meisten Ortsansässigen arbeiteten in der Mine, und am Abend zuvor war hauptsächlich davon die Rede gewesen. Früher hatte Pip diese Ausflüge aufs Land geliebt, egal in welche Gegend: Nur ein paar Tage dem Druck, dem Krach, den Menschenmassen der Stadt entfliehen. Ein paar Tage in Orten verbringen, in denen die einzige Musik, die aus Klavieren erklang, alte Volksmusik war. Ab und zu, sehr selten, spielte sie ein oder zwei Sätze und staunte darüber, daß alle Klaviere zwar gewissermaßen gleich klangen, sich aber dennoch wesentlich voneinander unterschieden. Wie Menschen besaßen sie Persönlichkeiten und Eigenheiten – eine klemmende Taste hier, eine Kerbe da, eine Schramme, die entstand, als es von der alten Kirche zur Kneipe geschleppt wurde, weil der Pfarrer Geld für ein neues Klavier bekommen hatte. Die Berührung unzähliger Finger und verschüttete Getränke hatten manche mit Flecken übersät. Die Elfenbeintasten der Hochbetagten hatten sich gelb verfärbt, wie die Zähne eines alten Mannes.

Auch ihre Stimmen unterschieden sich. Von dem blechernen Klirren eines Kinderspielzeugs bis zu einer überraschend samtenen Resonanz, die aus dem Körper hervorquoll, reichte das Klangspektrum – sie waren alle verschieden und dennoch gleich. Ihre Kinder. Ihre Stimme.

Die meisten waren hoffnungslos verstimmt. Und doch klangen sie vertraut. Sie konnte selbst das angeschlagenste Instrument zum Singen bringen, und manchmal tat sie das auch, nur um den Ausdruck auf den Gesichtern ringsum zu sehen.

Dann verschwand sie wieder in der Menge, ging erschöpft nach Hause, von dem starken Bier und der späten Uhrzeit betäubt, und schlief tief und fest, ohne sich später an ihre Träume zu erinnern.

Sie dachte an jenen Landstrich in Irland, als sie durch das taunasse Gras marschierte und spürte, wie der Boden unter ihren Füßen sich sachte zu dem Wäldchen hinabwölbte. Die Traumbilder verblaßten allmählich. Sie setzte sich auf einen Baumstumpf und blickte zurück zum Haus. Es war dunkel und still. Obwohl sie nicht zurückblicken wollte, tauchte die Erinnerung an Corrinne hartnäckig wieder auf.

Nach einem Jahr hatte sie Corrinnes Gesicht noch immer deutlich vor Augen. Sie konnte sich an jeden Ausdruck erinnern, an die Wandlung ihres undurchdringlichen, verführerischen Blicks in eine kalte Schroffheit. An den weichen Schwung ihrer Hüften und an die nervöse Art, in der sie ihre Hände während ihrer letzten Auseinandersetzung immer wieder verkrampfte und entspannte. Pip hatte die dunklen Ränder unter Corrinnes Augen bemerkt, die ihre Sonnenbräune nicht ganz zu verdecken vermochte, diese Augen, die von feinen, kaum sichtbaren Wimpern umrahmt wurden, Augen, die manchmal zu klein für ihr Gesicht zu sein schienen.

Pip dachte daran, wie ihre Brüste ihren Büstenhalter spannten, wie kräftig ihre Schultern und wie schmal ihre Hüften waren. Als sie sich das erste Mal begegneten, war Corrinne rundlich gewesen, mit einem gewölbten Bauch und einem breiten, flachen Hintern, der nicht so recht zu ihren gazellenhaften Beinen und schlanken Armen passen wollte. Corrinnes Körper war ein warmer Zufluchtsort mit sanften Kurven und knochigen Kanten, der einen überraschenden Kontrast zu ihrem abwechselnd verführerischen und manipulativen Wesen bildete. Obwohl sich Corrinne nach Nähe, nach Verbindlichkeit sehnte, wußte Pip, daß sie sie gleichzeitig fürchtete. Und während Pip ihr eine Vision eines Heims, eines gemeinsamen Lebens und einer Zukunft bot, hatte Corrinne eine andere Vision. Sie hatten davon gesprochen, Kinder großzuziehen, zusammenzubleiben, und Pip hatte alles auf diese Träume gesetzt, ohne zu erkennen, daß sie so ungreifbar wie Nebel waren.

Pip betrat den großen Empfangsraum und wurde sofort umzingelt. Jemand reichte ihr ein Glas Champagner, eine heisere Stimme rief dazu auf, auf ihr Wohl zu trinken. Eine weitere Premiere in London. Unangenehme Leute, von denen die meisten, wie Pip mit einem gewissen Widerwillen feststellte, offensichtlich auch geladene Gäste waren. Sie nickte und lächelte und nippte an ihrem Champagner. Der Geruch von verschiedenen Parfüms, von Schweiß und Aftershave war übermächtig.

Pip warf ihrer Managerin über den Kopf eines alten Mannes, der sich überschwenglich über ihren Auftritt äußerte, einen Blick zu. Susan formte lautlos »fünfundvierzig« mit den Lippen, und Pip nickte müde. Ein weiteres Public-Relations-Spiel – ein dreiviertelstündiges Bad in der Menge.

Schon seit dreieinhalb Jahren betreute Susan Jansen Pip. Während der ersten zwei Jahre von Pips Laufbahn, die 1985 ihren

Anfang genommen hatte, versorgte die Van-Cliburn-Stiftung sie mit einem Manager. Als der Vertrag auslief, empfahl die Stiftung Susan, die bereits seit mehr als zehn Jahren im Geschäft war. Heute sah Susan mit ihren achtundvierzig Jahren immer noch wie Mitte dreißig aus und verfügte über ein schier unerschöpfliches Maß an Geduld und Energie – beides waren bekanntermaßen Voraussetzungen, um in diesem Beruf zu bestehen.

Außerdem war Susan Pips Vetraute und Freundin, obwohl man das nicht vermuten würde, wenn man hörte, wie Pip sie manchmal anschrie. Susan ertrug Pips Launen. Sie beide wußten, daß sie zum Wesen einer Künstlerin gehörten. Susan unterhielt sich mühelos mit den Förderern, müheloser als es Pip gelang, und ihr schlanker Körper drückte lockere, ungezwungene, gesprächige Geselligkeit aus. Manchmal beneidete Pip sie um die Ruhe, die sie verströmte. Pip empfand diese gesellschaftlichen Anlässe als Tortur. Eine Dreiviertelstunde später entschuldigte sie sich und zog sich auf den Balkon zurück.

Sie schlüpfte in die Dunkelheit hinaus und lehnte sich an die Steinbalustrade. In der Ferne flimmerten die Lichter der Stadt. Nach dem engen, stickigen Empfangsraum war die kalte Januarluft erfrischend, und Pip wünschte, sie wäre überall, nur nicht hier. Sie hatte eine Tournee, die bis August dauern sollte, beinahe zur Hälfte hinter sich gebracht, dann würde sie ein paar Wochen freihaben, bevor sie erneut auf Tournee ging. Ein nicht enden wollender Kreislauf. Wie üblich wünschte sie sich an diesem Punkt der Tourneekurve nichts sehnlicher als Erholung und Einsamkeit. Die Gesellschaft von Fremden, wie enthusiastisch sie auch sein mochten, erfüllte sie mit Leere.

Sie seufzte, als jemand zu ihr heraustrat. Da sie die Person nicht zur Kenntnis nehmen wollte, blieb sie regungslos stehen und tat, als habe sie weder gehört, wie Leder an Stein kratzte, noch den leicht seifigen Geruch des Frauenparfüms wahrgenommen.

Sie drehte sich auch dann nicht um, als die Frau sich mit dem Rücken neben sie an die Balustrade lehnte. Pip wartete darauf, daß sie den Anfang machte, und als sie es tat, wandte Pip sich um und erblickte Corrinne zum erstenmal. »Diese Abende sind manchmal schrecklich langweilig, finden Sie nicht auch?«

»Kommt darauf an«, meinte Pip, die sich an einen Abend erinnerte, an dem sie unwissentlich genau das zur Gattin des Gastgebers gesagt hatte. Sie hatte es noch lange bereut.

»Mein Schatz besteht darauf, daß ich auf Premierenabende mitkomme, dabei säße ich jetzt lieber mit einem Gedichtband von Emily Dickinson zu Hause vorm Kamin.«

Pip lächelte. »Klingt wunderbar.«

Corrinne schlüpfte plötzlich in die Dunkelheit und preßte sich an Pip. Pip zuckte erschrocken zurück, aber Corrinne zischte: »So, sie ist weg. Ich brauche einen Augenblick Ruhe, sie ist so besitzergreifend.« Sie zeigte auf eine zierliche Frau in einem schwarzen Abendkleid. Pip erkannte sie. Es war Margaret, die Paukenspielerin des Symphonieorchesters.

»Das ist Ihre Geliebte?«

»Sie klingen ja so überrascht.«

»Es ist erfreulich, eine Frau zu treffen, die so offen mit ihren Vorlieben umgeht.«

»Was ist mit Ihnen? Gehen Sie offen mit Ihren Vorlieben um?«

»Kommt darauf an, in welchem Teil der Welt ich mich gerade befinde.«

Corrinne zog eine schmale Augenbraue hoch und lächelte anerkennend. »Verzeihen Sie, ich hätte mich vorstellen sollen. Corrinne Leger.«

Pip fiel auf, daß sie ihren Nachnamen mit einem deutlichen französischen Akzent aussprach. »Pip Martin.«

»Ich weiß.«

»Dachte ich mir.«

»Bleiben Sie lange in London?«

»Nur ein paar Tage. Dann geht's hoch nach Edinburgh, dann rüber nach Dublin. Zurück nach Paris, und dann ... na ja, es geht immer so weiter.« Sie langweilte sich und blickte suchend in den Empfangsraum, in der Hoffnung Susan zu erspähen.

»Haben Sie während Ihres Aufenthalts in unserer wunderbaren Stadt einen freien Tag?«

Pip überlegte kurz. »Eigentlich nicht. Abgesehen von ein paar Stunden am frühen Morgen habe ich Proben und danach Auftritte. Aber ich werde zwei Wochen in Edinburgh verbringen, Zeit genug, um ein wenig Urlaub zu machen.« Pip rieb sich gedankenverloren den Nacken, um ihre Verspannung zu lösen.

»Lassen Sie mich mal«, sagte Corrinne. Sie stellte sich hinter Pip und begann, ihr geschickt den Nacken zu massieren. »Ziehen Sie Ihre Jacke aus.«

Pip gehorchte. Sie spürte, wie die Verspannung sich löste. »Sie machen das gut.«

»Na hoffentlich. Das ist schließlich mein Beruf.«

»Vielleicht kann ich Sie ja überreden, für mich zu arbeiten? Ich brauche dringend eine anständige Massage.«

»Es wäre mir eine Ehre. Wo und wann?«

Corinne ließ die Arme sinken, und Pip drehte sich zu ihr um.

Ihre Kopfschmerzen hatten beträchtlich nachgelassen.

Sie sah auf ihre Uhr. »Im Prince Hotel, Zimmer 712. In einer Stunde.«

Corrinne blickte etwas verdutzt, aber dann lächelte sie. »In Ordnung.« Sie wollte gerade wieder ansetzen, als Margaret auf den Balkon rauschte. Sie sah vollkommen aufgelöst aus, bemühte sich aber, locker zu erscheinen.

»Hier bist du«, rief sie. »Ich hab dich überall gesucht.«

»Ich war die ganze Zeit über hier, Schatz«, erwiderte Corrinne, und ihre Stimme verriet Widerwillen.

»Wie ich sehe, hast du Phillipa kennengelernt«, meinte Margaret unbeholfen.

Pip nickte.

»Ich denke«, sagte Margaret in das Schweigen, »wir sollten jetzt aufbrechen.«

»So früh?« meinte Corrinne. »Wir sind doch eben erst angekommen.«

»Ja, aber es wird eine lange Taxifahrt, und ich bin fix und fertig.«

»Dann fahr doch schon«, schlug Corrinne vor, »Phillipa hat mich gebeten, später noch bei ihr vorbeizukommen.«

Margaret riß die Augen auf, und Corrinne fügte mit einem angespannten Lächeln hinzu: »Aus beruflichen Gründen, meine Liebe. Ich bringe dich zum Taxistand.« Sie drehte sich zu Pip um. »Es war nett, Sie kennengelernt zu haben.« Sie reichte ihr die Hand. Pip ergriff sie und spürte, wie sie errötete, als Corrinne ihre Hand eine Spur zu lange festhielt. Als sie sie endlich losließ, strichen ihre Finger über Pips Handfläche, und plötzliches Verlangen durchzuckte Pip. »Ich komme in einer Stunde.«

»Ja.« Pips Augen huschten auf Margarets Gesicht und sahen dort Furcht und Besorgnis. Margaret versuchte, Corrinne wegzulotsen, aber Corrinne befreite sich geschickt aus ihrem Griff und ging voran in den Empfangsraum. Margaret folgte ihr und ließ resigniert die Schultern hängen.

Pip sah den beiden kurz nach, dann begab sie sich wieder ins Gedränge der Party. Sie sah Susan, die sich mit dem Dirigenten der Symphoniker unterhielt, und lenkte ihre Aufmerksamkeit auf sich. Wenige Augenblicke später entschuldigte sich Susan und stieß auf dem Balkon zu Pip. »Ich gehe.«

Susan warf einen raschen Blick auf ihre Uhr.

»Du hast eine Dreiviertelstunde gesagt. Ich bin seit über einer Stunde hier.«

»Stimmt. Aber ich hab mir das nicht nicht so vorgestellt, daß du die gesamte Zeit hier draußen verbringst, um mit Margarets Freundin zu flirten.«

Pip winkte ab. »Hab ich nicht. Ich habe genau fünfundvierzig Minuten im Empfangssaal verbracht. *Erst dann* habe ich mit Margarets Freundin geflirtet.«

»Pip, sei vorsichtig. Du mußt weiterhin mit diesen Leuten zusammenarbeiten. Du weißt genau, daß deine Liebschaften manchmal nach hinten losgehen. Du machst es denjenigen, die dir helfen wollen, wirklich schwer.«

»Mir helfen? Wozu sollte ich Hilfe brauchen? Ich muß bloß aufkreuzen und spielen.«

»Richtig. Das ist *deine* Aufgabe. Meine besteht darin, die Vorbereitungen zu treffen.«

»Mensch, Susan. Nimm's doch zur Abwechslung mal leicht.«

»Check«, sagte Susan. Pip zögerte kurz, dann lächelte sie. Es war ein geflügeltes Wort unter ihnen und Susans Art, Pip auf die Konsequenzen ihrer Handlungen hinzuweisen, bevor es zu spät war. Meistens klappte es nicht. »Bitte, Pip. Laß Margaret in Ruhe.«

»Ich habe nicht vor, Margaret was anzutun. Ihre sogenannte Freundin ist eine Masseuse, und sie kommt in einer Stunde zu mir ins Hotel. Bitte weck mich morgen erst um elf.«

»Die Probe ist um halb zwölf.«

»Ich werde rechtzeitig dort sein. Ich bin immer pünktlich, Susan. Habe ich jemals eine Probe verpaßt?«

»Nein.«

»Einen Auftritt?«

»Nein.«

»Habe ich mich jemals auch nur um eine Minute verspätet?«

»Nein, Pip«, sagte Susan. Auch diese Diskussion hatten sie schon mehrfach geführt.

»Ich schließe den Beweisvortrag hiermit ab. Du solltest dich jetzt schlafen legen. Wir sehen uns morgen früh.« Pip zog ihre Jacke an und ging, Susans Augen ignorierend, die sich in ihren Rücken bohrten. Sie macht sich zu viele Gedanken, dachte Pip. Damit war die Sache für sie erledigt, und sie widmete sich statt dessen der Frage, wie sie Corrinne in ihr Bett bekommen würde.

Corrinne Leger erschien pünktlich. Das sprach für sie, denn Pip haßte unpünktliche Menschen. Eine schwarze Tasche baumelte von ihrer linken Schulter, und sie trug einen großen quadratischen Gegenstand in einer schützenden Hülle. Sie lächelte, als Pip sie in ihre Suite hereinbat.

»Was ist das?« fragte Pip und zeigte auf den Gegenstand.

»Mein Tisch. Ohne ihn kann ich nicht arbeiten.«

Sie ließ die Tasche auf den Boden fallen und öffnete den Reißverschluß der Hülle. Wenig später hatte sie ihn in der Mitte des Zimmers aufgebaut. Sie bezog ihn mit einem sauberen weißen Laken aus ihrer Tasche und breitete eine Decke darüber aus. »Wenn Sie sich jetzt fertig machen würden, ich bin gleich wieder da.«

Pip nickte, und während Corrinne im Badezimmer verschwand, zog sie ihre Sachen aus und schlüpfte zwischen Laken und Decke. Kurz darauf kehrte Corrinne zurück. Sie stellte eine Reihe Fläschchen auf dem Boden zu ihren Füßen ab und machte sich ans Werk.

Corrinne verstand offensichtlich etwas von ihrer Arbeit. Ihre Finger waren flink und kräftig, und sie knetete die harten Muskeln durch, als ob sie Pip seit Jahren behandelte. Pip spürte, wie sich ihre Verspannung löste, und ging zum Angriff über. »Seit wann sind Sie mit Margaret zusammen?«

»Ungefähr seit vier Monaten. Aber sie ist mir einfach zu besitzergreifend. Es ist, als müßte ich jedesmal Bescheid sagen, wenn ich aufs Klo gehe.«

»Was hält Sie dann bei ihr?«

»Ach, sie ist verläßlich, wissen Sie. Das gefällt mir, zumindest war es am Anfang so. Ihre Launen und Ansichten sind beständig. Sie ist der Fels und ich die Brandung. Das kann angenehm sein. Aber Annehmlichkeiten haben auch ihre Grenzen, und allmählich ermüdet es mich, an den Fels gekettet zu sein.«

»Was hat Sie denn anfänglich zu ihr hingezogen?«

»Das sind aber ganz schön persönliche Fragen.«

»Ich weiß. Werden Sie antworten?«

Corrinne lachte, und ihre Finger gruben sich tiefer in Pips Schultermuskulatur. Pip stöhnte. »Sie ist eine verdammt gute Musikerin. Zu Hause hat sie afrikanische Trommeln, und wenn sie darauf spielt, kommt es mir vor, als würde es meinen Körper zerreißen. Als würde der Rhythmus mich ganz und gar durchdringen. Das liebe ich. Vermutlich hatte ich schon immer eine Schwäche für Musikerinnen. Ich stelle mir gerne vor, wie sie mich berühren.«

»Tatsächlich?«

»Ja doch. Entspannen Sie sich, Frau Martin. Sie denken zuviel nach.«

Pip lachte leise auf und gab sich Corrinnes Händen hin. Sie ließ ihren Gedanken freien Lauf und durchspielte noch einmal das heutige Konzert. Ihre Finger zuckten. Die mittlere Passage ihres Solos bereitete ihr noch Schwierigkeiten, und sie erkannte mit Verdruß, daß sie noch vor der Probe würde üben müssen, sonst könnte es peinlich werden. Es war ihr also wieder einmal nicht vergönnt, bis elf Uhr zu schlafen.

Corrinne endete damit, Pips Körper sanft zu schütteln, zuerst eine Seite, dann die andere. Es erregte Pip, und als sie spürte, wie Corrinnes Hände kurz ihren Kopf berührten, bevor sie sich ins Badezimmer zurückzog, um sich zu waschen, war sie sicher, daß sie bleiben würde. Pip war überzeugt, daß die Massage lediglich ein Vorspiel war, und als sie von dem Tisch stieg und ihren Bademantel überzog, stellte sie sich bereits vor, wie es sein würde.

Corrinne kehrte in das Zimmer zurück. Pip ging mit einem zarten Lächeln auf sie zu. »Du wirst doch bleiben.«

Corrinne errötete. »Tut mir leid, Pip. Ich kann nicht.«

Erschrocken und verwirrt wich Pip einen Schritt zurück. »Du mußt dich wohl zurückmelden?« spottete sie.

»Das nicht. Ich bin müde. Aber darf ich darauf später einmal zurückkommen?«

»Mal sehen«, Pips Stimme war eisig in dem Bemühen, ihre Verlegenheit zu verbergen. Es war lange her, seit man sie zurückgewiesen hatte, und sie fühlte sich wie ein Kind, das Bonbons geklaut hat und erwischt worden ist.

Corrinne klappte ihren Tisch zusammen und steckte ihn zurück in die Hülle. Sie packte die Ölfläschchen ein. »Wie fühlst du dich?«

»Viel besser, danke.«

Corrinne holte eine Visitenkarte hervor. »Deine Managerin kann mir einen Scheck schicken. Die Preise stehen auf der Rückseite.« Sie drückte Pip die Karte in die Hand.

»Du bist ganz schön raffiniert.«

»Ich mache nur meine Arbeit.« Sie hob ihre Sachen auf und ging auf die Tür zu. »Hoffentlich sehen wir uns wieder.«

»Ja«, sagte Pip und war sich nicht sicher, ob sie es meinte oder nicht. Als sich die Tür hinter Corrinne schloß, drehte Pip die Karte um. Sechzig amerikanische Dollar pro Stunde. Teures kleines Miststück, dachte Pip. »Du bist wirklich ein raffiniertes Luder«, sagte sie laut und legte die Karte mit einer Anweisung für Susan, die Rechnung zu bezahlen, auf den Tisch. Sie ging ins Bett und verbannte Corrinne aus ihren Gedanken.

Eine Woche später, nach dem ersten von drei aufeinanderfolgenden Konzerten in Edinburgh, klopfte jemand an Pips Garderobentür. Pip öffnete die Tür und erblickte zu ihrer Überraschung Corrinne. »Was machst du denn hier?« stieß Pip hervor.

»Ich bin gekommen, um dich zu sehen.« Corrinne setzte sich in einen schäbigen, aufgeplatzten Sessel und schlug sittsam die Beine übereinander. Sie trug einen langen schwarzen Seidenrock über einem dunkelgrünen Body, der ihre vollen Brüste zur

Geltung brachte. Ihr nervös wippender Fuß verriet, daß sie vor Energie überschäumte. Sie strich ihr dunkles Haar aus dem Gesicht und lächelte.

»Wo ist Margaret?«

»Da mach dir mal keine Gedanken. Wie gesagt – ich komme und gehe, wie es mir paßt.«

»Und was hält deine geniale Trommlerin davon?«

»Das soll nicht Ihre Sorge sein, Frau Martin.«

»Nein«, meinte Pip, »da hast du recht.« Sie lehnte sich an den Toilettentisch und verschränkte die Arme vor der Brust. Corrinne stand auf. Pip betrachtete ihr Gesicht. Die Haut unter dem Kinn und um den Mund trug die Narben eines aussichtslosen Kampfes gegen Akne. Ihre Lippen waren voll, die Augen klein und dunkel. Sie lächelte und hob die Hände, um Pips Gesicht zu berühren. Pip zuckte zurück. »Heute abend wohl besser in Form?«

»Kann schon sein.«

»Wie wär's dann mit einem Schlummertrunk?«

Corrinne nickte. Pip warf sich ihren schwarzen Mantel um die Schultern und bedeutete Corrinne, voranzugehen. In der Hotelbar führte Pip sie in eine verschwiegene Ecke und bestellte zwei Gläschen Brandy. Sie wärmte den Schnaps zwischen den Händen, und sein Aroma stieg ihr in die Nase. Sie sah Corrinne über ihr Glas hinweg an. »Ich bin überrascht, dich hier zu sehen«, sagte sie.

»Warum?«

»Als du letzte Woche gingst, schien unsere Bekannschaft rein geschäftlicher Natur zu sein.«

»War sie auch. Heute ist eine andere Geschichte.«

»Ach ja?« Pip hob die Augenbrauen. »Wie kommt's?«

»Du hast heute abend umwerfend gespielt.«

»Du wechselst das Thema«, mahnte Pip.

»Ganz im Gegenteil«, lächelte Corrinne langsam, »genau darum geht es.«

Pip nippte an ihrem Brandy. »Verstehe.«

»Wirklich?«

Pip nickte. »Ja.« Sie trank aus. »Morgen abend spiele ich Liszt. Komm nach der Vorstellung vorbei.« Sie berührte Corrinnes Hände, die auf dem Tisch ruhten. »Achte auf meine Hände. Und träum von mir.«

Corrinne erbebte. Pip stand unvermittelt auf und verließ die Bar.

Am zweiten Abend trafen sie sich erneut in der Garderobe. Pip hatte ihre Konzertkleidung bereits gegen ein Paar enge Jeans und ein weites Leinenhemd eingetauscht. Sie nippte gerade an einem Glas Champagner, als Corrinne anklopfte. Pip reichte ihr ein Glas. »Nun, wie hat es dir gefallen?« erkundigte sie sich.

»Spielst du immer so?«

»Heute hab ich für dich gespielt.«

Corrinne setzte ihr Glas ab und kam in Pips Arme. Pip küßte sie begierig. Sie schob ihre Hände unter Corrinnes Bluse und ertastete die Spitze ihres Büstenhalters mit den Fingerspitzen. Sie spürte, wie Corrinne zitterte, und ihre Beine drohten nachzugeben.

»Ich will dich, jetzt«, forderte Pip.

»Ja. Aber ich habe eine bessere Idee.«

Pip hielt inne.

»Morgen abend ist dein letzter Auftritt. Du hast gesagt, daß du danach ein paar Tage frei hast«, meinte Corrinne.

»Stimmt, habe ich.«

»Spiel morgen wieder für mich. Spiel, als würdest du mich genauso leidenschaftlich berühren wie die Tasten. Dann, nach dem Konzert, gehen wir auf dein Hotelzimmer und ...«

»Ich will nicht warten.«

»Aber es wird wundervoll. Magisch.«

»Das gefällt dir, wie?« fragte Pip.

»Was?«

»Dieses Spiel, die Jagd. Annäherung und Rückzug. Es macht dich an.«

»Und wie.«

»Na gut. Morgen abend.«

Corrinne lächelte. Sie küßte Pip, innig, sehnsüchtig. Dann schlüpfte sie aus der Tür und war verschwunden.

Am nächsten Abend spielte Pip voller Verlangen. Ihre Hände nahm sie nur verschwommen wahr, sie rasten über die Tasten, und Töne aus Gold und Karminrot hingen in der Luft, sprühten wie ein Feuerwerk. Sie spielte mit einer ungeahnten Leidenschaft, ihre Sehnsucht und ihr Begehren ergossen sich über den Bühnenrand und überfluteten das Publikum mit Wellen des Klangs.

Als sie endete, erfüllte ein benommenes Schweigen den Saal. Dann, mit einer Bewegung, erhob sich das Publikum, erhob sich das Orchester. Donnernder Applaus umgab sie. Aber Pip hatte nur Ohren für den Klang ihres Namen, der aus der Kehle einer dunkelhaarigen Frau in der ersten Reihe drang. Ihr Blick traf auf Corrinne, Pip verbeugte sich und wußte später nur noch, daß sie weniger als eine Stunde später in ihr Hotelzimmer kamen.

Sie standen sich einen Augenblick schweigend gegenüber. Pip hob langsam die Hände und umfaßte Corinnes Gesicht. »Es war für dich.«

»Ich weiß.«

»Du bist die Musik, Corrinne. Du wirst immer die Musik bleiben. Ich hatte keine Ahnung, daß ich so spielen kann. Das Verlangen nach dir hat mich aufgebrochen.«

Corrinne führte sie zum Bett, drückte sie hinab. Sie zog Pip langsam und aufreizend aus. Dann verharrte sie einen Moment an der Bettkante und legte selbst die Kleider ab. Corrinne kniete sich über sie und ließ ihr Haar über Pips Haut gleiten. Es war wie Seide, und Pip wollte sich in seine Weichheit und seinen Duft vergraben. Corrinne schien die Initiative übernehmen zu wollen, indem sie Pip mit ihrem Mund und ihren Fingerspitzen reizte, und Pip erlaubte es ihr. Sie gab sich der Verführung hin und spürte, wie sie sich in großen und immer größeren Spiralen des Begehrens drehte. Corrinne schien instinktiv zu wissen, was ihr Genuß bereitete, und sie reckte ihr Becken der Berührung ihres Mundes entgegen, verharrte bebend für eine Ewigkeit am Rande des Höhepunkts, bis Corrinne sie befreite.

Pip drehte sich um und fing an, sie zu liebkosen, aber Corrinne hielt ihre Hand zurück. »Noch nicht«, sagte sie, »es ist in Ordnung so.«

Damals erschien es Pip nicht seltsam, daß Corrinne nicht berührt werden wollte. Aber später fragte sie sich, woran es wohl gelegen hatte, und bewahrte die Erinnerung an die wenigen kostbaren Zeiten, in denen Corrinne sich von ihr lieben ließ, wie einen Talisman auf. Jetzt, als sie im zunehmenden Licht im Hinterhof ihres Großvaters saß, streichelte sie diese Erinnerung, wie sie früher Corrinne gestreichelt hatte.

Diese ersten Begegnungen steckten voller Hinweise auf die Lügen, die folgen sollten, aber damals war Pip taub für alles außer Corrinnes sanfter Stimme, hatte sie nur Augen für die Kurven und Winkel ihres nackten Körpers, ohne zu ahnen, welches Chaos sich dahinter verbarg.

Es war so einfach, an sie zu glauben. Sie war so lange unterwegs gewesen, mit der Einsamkeit als einziger Begleiterin, daß es sich anbot, ihr zu glauben. Pip dachte erst wieder an Margaret, als alles auseinanderfiel, aber dann dachte sie oft an sie. Doch es war bereits zu spät, und Corrinne war lediglich die Erinnerung an einen warmen Fleck in einem zerrauften Bett und ein stechender Schmerz, der nicht vergehen wollte.

Pip kam mit Haaren, die vom Duschen noch naß waren, an den Frühstückstisch. Frederick warf ihr über die Zeitung hinweg einen Blick zu. »Gut geschlafen?«

»Den Umständen ensprechend«, erwiderte sie und ging zur Anrichte, um eine feine Porzellantasse mit Kaffee zu füllen. Sie setzte sich zu ihm an den Tisch.

»Guck in die Küche und sag Mrs. O'Malley, wie du deine Eier zubereitet haben möchtest«, meinte Frederick.

»Ich hab keinen Hunger.«

Irgendwo läutete das Telefon. Kurze Zeit später erschien Mrs. O'Malley im Eßzimmer. »Joan Sanders für dich, Phillipa.«

Pips Augenbrauen schossen überrascht hoch. Sie hatte Joan das letzte Mal gesehen, als sie am Juilliard College studierten, vor mehr als sechs Jahren. Sie nahm ihre Kaffeetasse mit und ging an den Apparat in Fredericks Büro.

Nachdem sie aufgelegt hatte, kehrte sie ins Eßzimmer zurück, um ihre Tasse abzustellen. Frederick ließ seine Zeitung sinken, und sie kündigte an: »Ich fahr für eine Weile in die Stadt. Hast du den Jetta eigentlich noch?«

»Steht in der Garage. Ich hab letzte Woche vollgetankt.« Er sah sie an. »Du willst doch nicht etwa so ausgehen?«

Pip blickte an ihren ausgewaschenen Jeans und ihrer kurzärmligen türkisfarbenen Bluse hinab. »Warum nicht? Ich treffe Joan doch bloß in Ann's Diner.«

Sein Gesicht verriet Mißfallen. Ein alter Diskussionspunkt. Er zupfte unbewußt an den Ärmeln seines weißen Hemdes. »Vergiß nicht, Mitchell anzurufen«, ermahnte er sie und widmete sich wieder seiner Zeitung.

Pip traf Joan in Ann's Diner an der Huntington Avenue. Das Lokal lag direkt um die Ecke von der Symphonie und war ein Treffpunkt für Berklee Studenten, Mitglieder der Symphoniker und Schauspielstudenten der Kunstfakultät der Boston University. Ab und zu wagte sich auch ein gewöhnlicher Einheimischer herein, um eine schnelle Tasse Kaffee zu trinken oder ein Sandwich an einem der kahlen Tische zu essen.

Pip war das Lokal sehr vertraut, da sie hier oft Limonade getrunken hatte, mit Frederick und verschiedenen Musikern, mit denen er sich hier zu zwanglosen Gesprächen traf. Er nahm sie stets mit, stellte sie allen vor und prahlte mit ihrer außergewöhnlichen Begabung. Sie kamen fast jeden Samstag nach dem Ausflug zum Collegevorbereitungsprogramm von Juilliard hierher. Sie flogen aus New York zurück, nahmen ein Taxi zum Diner, und manchmal sahen sie noch im Konzerthaus vorbei, bevor sie nach Hause zurückkehrten. In jenen Tagen war Frederick noch Gastdirigent. Nachdem er das Orchester übernommen hatte, reiste Pip allein nach New York und wurde dort von einer früheren Geliebten Fredericks abgeholt, die sie ans Julliard brachte, auf sie wartete und sie schließlich zurück zum Flughafen fuhr. Manchmal erwartete sie Frederick, manchmal schickte er jemand anders. Im Alter von zwölf Jahren war Pip bereits daran gewöhnt, allein zu fliegen.

Joan brachte ihr Tablett an den Tisch und entlud es. Pip hatte bereits eine halbe Portion fettiger Pommes Frites vertilgt. »Wie ich sehe, haben deine Eßgewohnheiten sich nicht verändert«, neckte sie Joan.

»Ich muß schließlich was für meine aufregende Figur tun«, parierte Pip. »Außerdem, diese Dinger mögen schrecklich sein, aber sie erinnern mich an alte Zeiten.«

»Hm.« Joan nippte an ihrem Kaffee. »Jedenfalls haben sie die Kaffeekanne nicht gespült, seit ich das letzte Mal hier war.« Sie lachten.

»Wie zum Teufel hast du rausbekommen, daß ich hier bin? Ich bin erst gestern angekommen.«

»In der guten alten Gerüchteküche brodelt es wie eh und je. Ehrlich gesagt, bin ich Mitchell Ellis vor ein paar Tagen zufällig begegnet. Ich erteile einem seiner Konservatoriumstudenten Privatunterricht, und er sagte es mir. Er sagte, daß er hofft, dich für die Fakultät zu gewinnen.«

»Hofft er.«

»Machst du's?«

»Unterrichten ist nicht gerade mein Fall. Ich weiß nicht, ob ich die nötige Geduld mitbringe. Du wirst dich erinnern, daß ich beim Collegevorbereitungsprogramm am Juilliard nur ein Semester durchgehalten habe. Und das auch nur, um Mira nahe zu sein.«

»Ach ja. Deine erste Liebe. Hast du nach ihrem Abschluß von ihr gehört?«

»Nein. Sie hielt es für das beste, den Kontakt ganz abzubrechen.«

»Und was ist mit dir? Hieltst du es auch für das beste?«

»Nein. Aber damals dachte ich, daß sie alles wüßte, was es über Beziehungen zu wissen gab, und richtete mich nach ihr.«

»Aber inzwischen weißt du Bescheid.«

Pip dachte an Corrinne. »Ich wünschte, ich könnte das behaupten.« Sie verfiel in Schweigen. Sie war noch nicht bereit, über Corrinne zu sprechen.

»Na ja, ich hätte auch nicht gedacht, daß mir das Unterrichten Spaß machen würde, aber das tut es. Ich habe inzwischen drei Schüler, und der Unterricht und meine eigene Musik sichern mir ein anständiges Einkommen.«

»Reicht es für die Wohnung an der Marlborough Street, die du dir immer gewünscht hast?«

Joan nickte.

»Und ob. Ich habe wunderschöne Räume mit Blick auf die Straße. Oben, am Stadtpark, und abgesehen vom entsetzlichen Parkplatzmangel ist es perfekt.«

»Spielst du noch im Symphonieorchester?«

»Ich spiele keine Klassik mehr, Pip.«

»Nicht?« Pip war erstaunt. »Ich hätte nie gedacht, daß du dich mal davon abwendest.«

»Du weißt doch, wie es ist – die Konkurrenz, die Intrigen, immer muß man aufpassen, weil die nächste vielversprechende Harfenspielerin schon wartet. Ich hab beschlossen, daß ich doch keine Solokarriere anstreben wollte.«

»Wie ging's weiter?«

»Ich hab ein paar Spielzeiten bei den New Orleans Symphonikern mitgespielt. Das war schön. Hat mir viel Spaß gemacht. Aber dann fing ich an, mich für Jazz zu interessieren. Genaugenommen hab ich mich schon immer für Jazz interessiert, aber ich hatte ja nie die Zeit, mich darauf einzulassen.«

»Wirklich? Das überrascht mich aber.«

»Wir haben uns ja auch nur über klassische Musik unterhalten. Am Juilliard gilt alles, was nicht klassisch ist, ohnehin als Scheiße, hab ich recht?«

Pip dachte zurück und lächelte. »Stimmt.«

»Na, jedenfalls habe ich begonnen, in Jazzclubs rumzuhängen. Ich hab Leute kennengelernt, bei ihnen mitgespielt.«

»Jazzharfe?«

»Ja. Das ist groß im Kommen. Ist natürlich noch etwas außergewöhnlich. Ich trete mit zwei Musikern auf, einem Bassisten und einer Gitarristin. Manchmal nehmen wir noch eine Klavierspielerin dazu. Kommt darauf an. Es ist ziemlich locker, verglichen mit der Klassik-Szene. Weniger lukrativ, aber ich bin glücklicher. Entspannter, als ich es seit Jahren war. Ich war kurz davor, alles hinzuschmeißen, weißt du? Ich wußte, daß ich nicht mehr spielen wollte, aber ich konnte mir nichts anderes vorstellen. Ich meine, ich kann doch sonst nichts. Mich anbiedern und Harfe spielen. Keine solide Existenzgrundlage.«

Pip lachte.

»Jedenfalls treten wir in den nächsten Wochen an verschiedenen Veranstaltungsorten auf. Du könntest mitmachen, wenn du Lust hast.«

Pip lächelte. »Ich überleg's mir.« Sie aß ihre Pommes Frites auf und trank den Rest ihrer Limonade aus.

»Mein letzter Stand war, daß du nächste Woche wieder auf Tournee gehen wolltest«, meinte Joan.

Pip spürte, daß ein Stichwort gefallen war, und zögerte. Sie schwenkte das zerstampfte Eis in ihrem Papierbecher. »Ich hab die Tournee abgesagt.« Sie blickte kurz zu Joans Gesicht auf und sah dann an ihrer Schulter vorbei hinaus auf die Straße. Sie erkannte den Bühneneingang des Konzerthauses auf der anderen Seite der Huntington Avenue und fühlte, wie ihr Magen sich kurz zusammenkrampfte und wieder entspannte. Ein Taxi raste laut hupend vorbei, schoß über die Kreuzung und bog links auf die Massachusetts Avenue Richtung Cambridge ab. Pips Blick kehrte zu Joan zurück. »Ich glaube, daß ich nicht mehr spielen möchte.«

Joan wirkte nicht überrascht. Sie nickte lediglich. »Weißt du, ich glaube, Martia Siris ist die einzige aus unserer Klasse, die noch auftritt. Der Rest macht was anderes. Manche sind der Musik treu geblieben, andere ... Ich hab gehört, daß Joe Swaft Versicherungen verkauft.«

»Joe? Dieser blöde Hundesohn? Schon damals am Juilliard hat ihm keiner getraut, warum sollte ihm jemand eine Versicherung abkaufen?«

»Er ist reifer geworden.«

»Du bist also mit ihnen in Kontakt geblieben?«

»Ja und nein. Viele unserer Kommilitonen haben New York verlassen. Manche hat es nach Boston verschlagen. Leslie Silk und Jonas Brandt haben letztes Jahr geheiratet. Sie sind jetzt Mitglieder des Händel- und Haydn-Ensembles an der Boston University. Sophie Levitz unterrichtet an der Berklee. Jon Richter auch.«

»Du bist eigentlich neben Martia die einzige, die wirklich Erfolg hatte, Pip. Als wir Juilliard verließen, hatten die meisten von uns bereits die Schnauze voll und waren fertig mit der ganzen Szene. Sie hatten recht, als sie uns sagten, daß die meisten Wunderkinder als Erwachsene nicht weitermachen. Es ist ein seltsamer und irgendwie auch furchterregender Gedanke: Wir haben soviel aufgegeben, um Musik zu machen, und später gaben wir genau das auf, wofür wir unsere Kindheit geopfert hatten.«

Pip nickte. »Hatten wir denn eine Kindheit?«

»Ich nicht. Du bestimmt auch nicht. Wenigstens waren meine Eltern nicht Teil der Musikwelt wie Frederick. Als ich beschloß, künftig Jazz zu spielen, war es nicht, als hätte ich mich in ein fremdes Land abgesetzt.« Joan trank ihren lauwarmen Kaffee aus. »Eigentlich erstaunt mich eher, daß du so lange durchgehalten hast.«

»Wieso?«

»Du hast so besessen gewirkt. Ich dachte, du würdest dich kaputtmachen. Du schienst nichts außer der Musik zu wollen oder zu brauchen.«

»Es war das einzige, was ich kannte. Was ich habe. Oder hatte.«

»Wir quälen uns für etwas, das wir angeblich lieben. Es lohnte sich für mich einfach irgendwann nicht mehr. In Clubs zu spielen ist anders. Der Druck ist nicht so groß, keiner urteilt über dich. Wenn du Mist baust, werden dich die Kritiker nicht am nächsten Tag in der Zeitung verreißen«, sagte Joan.

»Du hast immer gute Kritiken bekommen.«

»Ja, aber frag nicht, was es mich gekostet hat.« Joan schob ihr Tablett weg. »Ich kam aus dem Nichts, Pip. Ich war ein Zufallstreffer, ein schicksalhafter Unfall. Meine Eltern sind beide nicht besonders musikalisch, und ich schätze, daß sie keine großen Hoffnungen in mich setzten. So sieht es aus. Du hingegen hattest ein Erbe. Jeder kannte Frederick. Ich nehme an, sie erwarteten, daß du seinem Namen Ehre machen würdest.«

»Du hast recht.«

»Ich habe beobachtet, wie es an dir zehrte, dich auffraß. Weißt du, Pip, irgendwie bin ich froh, daß du aufgehört hast. Wenn auch nur vorübergehend.«

»Vielleicht für immer.«

Joan schüttelte den Kopf. »Das glaub ich nicht, Pip. Dir wurde die Musik in die Wiege gelegt. Sie ist ein Teil von dir, wie deine Arme und Beine.«

»Aber jetzt ist sie verschwunden. Ich hab bloß einen leeren Platz in meinem Innern, wo sie mal war.«

Joan zögerte und sah Pip lange an, bevor sie fragte: »Was ist passiert?«

»Ich hab in London eine Frau kennengelernt. Zum erstenmal in meinem Leben begann etwas, wichtiger als die Musik zu werden. Die Leidenschaft, die ich in mir verschlossen hielt, für das Spiel aufbewahrte, richtete sich auf sie. Ich hab Proben verpaßt und fing an, mich zu verspäten – spielte die Primadonna. Ich wußte, daß ich es mir erlauben konnte. Also machte ich weiter. Aber ich büßte meine Energie ein. Meine Sehnsucht. Sie wurde die Musik, und als ...«

Pip spürte, wie ihre Kehle sich zusammenschnürte, und sie schluckte, um die Tränen zurückzuhalten.

»Wo ist sie jetzt?«

»Sie lebt mit einer anderen zusammen, im Londoner West End.«

»Tut mir leid.«

Bedauern, dachte Pip, kann die Leere nicht ansatzweise ausfüllen. Allen tat es leid. Corrinne tat es leid, aber das änderte nichts an dem, was geschehen war. Selbst Pip bedauerte es, und sie hatte sich schon oft gewünscht, sie hätte sich in jener Nacht auf dem Balkon nicht umgedreht und Corrinne neben sich erblickt.

»Ich weiß, daß das keine große Hilfe ist«, fügte Joan nach einer Weile hinzu.

»Ja und nein. Es ändert nichts an meinen Gefühlen.«

»Ich weiß.«

»Bevor ich Corrinne traf, nahm ich Beziehungen nicht sonderlich ernst. Ich hab keine Gedanken an die Gefühle anderer Leute verschwendet, weil ich wußte, daß die Wahrscheinlichkeit, sie wiederzusehen, ziemlich gering war. Es gab keine Erwartungen. Jedenfalls habe ich versucht, das klarzustellen.« Pip hob den Papierbecher und trank von dem geschmolzenen Eis. Es rutschte ihre Kehle hinunter und linderte den Schmerz. »Und jetzt kann ich mir nicht verzeihen – ich war so grausam zu Margaret, der Frau, mit der Corrinne zusammen war, als wir uns kennenlernten. Ich fühlte mich so mächtig dabei, ihr Corrinne wegzunehmen. Wenn ich an ihren Gesichtsausdruck denke, als sie zusah, wie Corrinne mit mir flirtete und ich ihre Avancen erwiderte ... und dann muß ich daran denken, daß ich am Boden zerstört war, als ich erfuhr, daß Corrinne eine andere hatte.« Pip lachte. »Es ist bitter, ein Gewissen zu haben.«

Joan antwortete nicht.

»Ich schätze, davor hatte ich keins«, meinte Pip, nachdem sie lange geschwiegen hatten. »Wurde auch nicht gerade gefördert.«

»Es ging immer darum, für sich selbst zu sorgen, auf Kosten aller anderen«, sagte Joan.

»Aber das ist doch kein Leben, oder?«

»Nein«, erwiderte Joan leise, »ist es nicht. Ich bin auch deswegen ausgestiegen. Ich fühlte mich schlecht, verkommen.«

»So fühle ich mich jetzt. Nicht wegen der Musik, sondern wegen meines sonstigen Verhaltens. Wenn ich an all die Frauen denke, mit denen ich schlief, wenn ich auf Tournee war, ohne Rücksicht auf ihre Gefühle, ihre Träume ...«

»Gab es viele?«

Pip nickte. »Es war so leicht. Ich konnte bekommen, was ich wollte, und ich habe es weidlich ausgenützt. Die Gelegenheit, jemanden mit aufs Hotelzimmer zu nehmen, ergab sich immer. Es tröstete über die Einsamkeit des Tourneelebens hinweg – einfach nur unverbindlicher Sex und ein wenig Gesellschaft für eine Nacht oder zwei. Aber ich ließ nie zu, daß es meine Arbeit beeinträchtigte. Bis ich Corrinne traf.«

»Pip, du solltest dir nicht zuviel aufladen. Es waren gemeinsame Entscheidungen. Du hast diese Frauen ja nicht gefesselt und geknebelt und auf dein Hotelzimmer geschleppt.«

Pip lachte. »Nein. Das ist wahr.«

»Wenn es Margaret und Corrinne betrifft, dann geht es ausschließlich um die beiden. Wenn es deine Musik betrifft, dann geht es genau darum.«

»Es geht um alles. Es ist ein großes Durcheinander.«

Joan nickte. »Laß dir Zeit.«

Pip sah sie an und spürte, wie Wut und Frustration in ihr explodierten. Obwohl ihr Verstand ihr sagte, daß es ungerecht war, ärgerte sie sich über das, was ihr Herz als Gemeinplatz empfand, es kam ihr vor, als werde ihr Schmerz mit einem saloppen »Mach's gut« abgetan. Sie wartete, bis das Gefühl nachließ, aber als es schwand, ließ es sie verwundbar und unruhig zurück. Sie wollte wieder allein sein. Sie wollte allein in ihren Wunden stochern und zurückblicken. In der Befürchtung, Corrinne ganz zu vergessen, wenn sie losließ, wehrte sie sich gegen die Erkenntnis, daß der Weg, der vor ihr lag, genau dies erforderte.

Falls Joan spürte, daß hinter Pips Augen eine Tür krachend ins Schloß fiel, so ließ sie sich nichts anmerken. Pip war dankbar, als sie beinahe entschuldigend auf ihre Uhr sah und meinte: »Ich erwarte in einer Stunde einen Schüler.«

Pip nickte, und als Joan aufstand, erhob sie sich ebenfalls und folgte ihr nach vorne, um ihr Tablett abzustellen. Draußen auf der Straße zog Joan eine Visitenkarte aus ihrer Handtasche und gab sie Pip. »Ruf mich an«, bat sie.

Pip steckte die Karte in die Gesäßtasche ihrer Jeans und nickte. Sie trennten sich auf dem belebten Gehsteig. Pip sah Joan nach, die die Massachusetts Avenue überquerte und auf die Bushaltestelle zusteuerte. Als der Bus erschien, winkte sie kurz. Dann schluckte sie eine Abgaswolke, und Pip war wieder allein.

Abends saß Pip auf der Veranda und beobachtete, wie der Regen vom Dach herabströmte. Es war endlich kühler geworden, und sie hatte ihren Stuhl dicht an das Fliegengitter gezogen, so daß der feine Regengischt ihre nackten Füße und Beine benetzte. Sie bereute, daß sie an der spanischen Küste kein Sonnenbad genommen hatte; ihre Beine sahen in der Dämmerung blaß und schneckenartig aus.

Sie sah sich nicht um, als sie Fredericks Schritte hinter sich vernahm. Sie wartete, hörte, wie er seine Pfeife stopfte und ein Streichholz anzündete. Eine zarte Rauchwolke trug den süßen Duft seines Tabaks zu ihr, wurde durch das Gitter gesogen und verschwand im Regen.

»Ich habe für morgen früh um zehn Uhr einen Termin bei Mitchell Ellis für dich vereinbart«, sagte Frederick unvermittelt.

Pip wandte sich ihm zu. Er hatte sich umgezogen und trug nun bequeme Freizeitkleidung. Seine weißen Turnschuhe leuchteten in der hereinbrechenden Dunkelheit. »Ich hab dir doch gesagt, daß ich ihn anrufen würde«, antwortete sie.

»Wann? In zwei, drei Wochen? Pip, so ein Angebot kann man nicht links liegenlassen.«

Pip sprang auf und stand mit geballten Fäusten vor ihm. »Verdammt, wann wirst du aufhören, mir Vorschriften zu machen?« schrie sie.

»Sobald du mir beweist, daß du in der Lage bist, dein Leben eigenverantwortlich zu führen.«

»Was habe ich wohl während der letzten sechs Jahre getan?«

»Wenn ich mich recht erinnere, hat Susan sich um alles gekümmert. Du mußtest lediglich erscheinen und spielen. Wenn du auf dich achtgegeben hättest, würdest du jetzt nicht auf meiner Veranda sitzen. Du wärst auf Tournee.«

»Leck mich am Arsch, Frederick«, zischte Pip, und Genugtuung erfüllte sie, als sie den verdutzten Ausdruck auf seinem Gesicht sah. Obwohl sie häufig stritten, hatte Pip sich so etwas noch nie erlaubt. Jetzt machte der Schmerz sie tollkühn. Sie stieß ihn aus dem Weg und vernahm mit Befriedigung, daß er erschrocken aufstöhnte, als sie seinen Brustkorb traf und ihn zwang zurückzuweichen. Er rief ihr nach, aber sie reagierte nicht. Ihre Schlafzimmertür hinter sich zuschlagend, warf sie sich auf ihr schmales Bett und schluchzte.

Pip starrte die glänzenden Dielen zwischen ihren ausgetretenen braunen Schuhen an. Die Schnürsenkel des einen Schuhs waren offen und sahen aus wie Schlangen, die davonkrochen. Wenn sie die Augen zusammenkniff, schien es ihr, als könnte sie ihr Spiegelbild im Wald erkennen. Sie wußte, daß die Gürtelschnalle ihres Großvaters auf ihrer Augenhöhe sein würde, wenn sie den

Blick hob. Er würde seine Hände in den Taschen seiner grauen Flanellhose zu Fäusten ballen oder mit dem Kleingeld in seiner linken Tasche klimpern. Pip spürte ihre Mutter hinter sich, ihre kühle Haut, den zarten Fliederduft ihres Parfüms. Sie stritten. Pip versuchte, den Krach zu verdrängen. Sie kam sich unsichtbar vor, wie ein durchsichtiges vierjähriges Etwas, gänzlich unbedeutend. Das Auto in der Auffahrt hupte ungeduldig. Roger, der neue Mann ihrer Mutter, ließ den Motor seines knallroten Sportwagens aufheulen.

»Du weißt doch, daß ich sie nicht mitnehmen kann, Papa. Außerdem mag Roger Kinder nicht.«

»Sie ist deine Tochter, Lucy.«

Pip fühlte den Atem ihrer Mutter, der wie ein Fluch über ihren Kopf strich.

»Es ist doch nur für ein paar Monate. Wir kehren im Herbst aus Europa zurück.«

Pip blickte hoch zu ihrer Mutter, sah den flehenden, einschmeichelnden Ausdruck in ihren Augen. Sie hörte, wie ihr Seidenrock knisternd über ihre Strumpfhose glitt, den harten, hohlen Klang ihrer Absätze auf dem Parkett der Diele, als ihre Mutter zum Fenster schritt.

»Und im Herbst?«

»Sagte ich bereits. Ich komme noch vor dem *Labor Day* zurück.« Lucy ging ungeduldig auf und ab. »Ich dachte, es sei kein Problem für dich.«

»Sie ist doch kein Gepäckstück.« Seine rauhe Stimme durchbrach die Stille. »Du kannst sie doch nicht einfach abladen, wann immer dir danach ist.«

»Herrgott, Papa, was ist – nimmst du sie oder nicht?«

Pip sah auf zu ihm und senkte ihren Blick wieder auf ihre Schuhe, die sie im vorigen September bekommen hatte und die inzwischen abgetreten und stumpf waren. Ihre Augen füllten sich mit Tränen, und sie sah, wie sie auf den Boden zwischen ihren Füßen tropften. Ihr Großvater seufzte tief.

Er hatte wohl genickt, denn Pip bekam nur noch mit, wie ihre Mutter ihr unvermittelt einen Kuß auf die Wange drückte und die Tür hinter ihr zuschlug. Sie hörten, wie das Auto davonraste, dann herrschte Stille. Nach einer Weile spürte sie, wie die Hand ihres Großvaters sanft über ihr Haar strich. »Hast du Hunger, Phillipa?« fragte er.

Sie schüttelte den Kopf. Er kniete sich neben sie, wischte ihr die Tränen von den Wangen. Als sie aufsah, waren seine Augen nicht mehr wütend.

»Dann komm mit hoch«, meinte er und hob ihren Koffer auf. »Wir packen deine Sachen aus.«

Es war der Sommer, in dem sie die Musik entdeckte.

Eines nachmittags klimperte Pip behutsam ein paar Takte des Liedes nach, das ihr Großvater morgens gesummt hatte. Er sah von seinem Platz am Eßtisch hoch, an dem er gerade Kaffee trank und Zeitung las. Sie zog schüchtern die Hände von der Tastatur zurück.

Als er aufstand und auf sie zukam, rutschte sie von der Bank. »Nicht«, sagte er. »Spiel das noch mal.«

Sie gehorchte.

Er spielte eine kurze Passage. »Kannst du das spielen?« fragte er. Pip spielte es fehlerfrei nach. Sie blickte zögernd zu ihm hoch, unsicher, ob sie ihn damit erfreut hatte. Er starrte sie verdutzt an. Sie versuchte wieder, von der Bank zu steigen, voller Angst, etwas falsch gemacht zu haben, aber er berührte sanft ihren Arm. »Pip«, begann er, »möchtest du gerne lernen, Klavier zu spielen?«

»Ich glaub schon«, sagte sie.

Sie erzählte ihm nicht, welch vollkommenes Glück sie durchströmte, wenn sie die Tasten berührte und der Klang den Raum erfüllte, weil es ihr schien, als habe man ihr stets alles, was sie liebte, weggenommen. Sie verriet ihm nie, wie die Töne dem Körper des Instruments entsprangen wie bunte Vögel, wie schwebende Farbtupfer, die sie umschwirrten. Sie hielt diese Fähigkeit, die Töne zu sehen, während sie spielte, zu erkennen, wie sie zusammenpaßten und zu einem Wirbel der Farbe und der Bewegung verschmolzen, für seltsam und unnatürlich. Als sie älter wurde, begriff Pip, daß Frederick, der zwar ein perfektes Gehör besaß, aber zu ihren leidenschaftlichen Visionen nicht fähig war, nie ein so großer Musiker wie sie sein würde. Sein Talent bestand in der technischen Perfektion, im untrüglichen Blick für die Zusammensetzung einer Partitur, in der Fähigkeit, andere Musiker zu Höchstleistungen anzutreiben, ohne diese selbst erbringen zu können. Also teilte sie ihre Visionen nie mit ihm, sondern bewahrte sie in einem dunklen, warmen Platz in ihrem Innern auf, dort, wo die Musik sie tröstete und umfangen hielt, sie liebkoste, wie es vor Corrinne keinem Menschen gelungen war.

Pip wußte, daß Frederick ein begnadeter Lehrer war. Er war nicht zum Spielen, sondern zum Dirigieren geschaffen. Die gemeinsame Liebe zur Musik bildete das Fundament ihrer Beziehung, wenngleich sie sich ihr auf unterschiedliche Weise näherten. Und obwohl Pip versuchte, ihn zu lieben, wie ein Kind seine Eltern liebt, gestattete er ihr nie, an seinen Gefühlen oder seinem

Leben jenseits der Musik teilzuhaben. Sie lernte rasch, ihre Träume für sich zu behalten, daß die Musik an erster Stelle kam und sie es war, die sie einander nahebrachte. Wenn sie sich von der Klavierbank erhob, kehrte die alte Distanz zurück, und sie zog sich zurück in die Geborgenheit ihres Zimmers oder die sanfte Stille des Waldes hinter dem Haus. Nur am Klavier war sie zu Hause. Überall sonst fühlte sie sich seltsam fehl am Platze, als Zuschauerin.

Als sie sechsundzwanzig Jahre später auf demselben schmalen Bett in demselben kleinen Zimmer lag, rief sich Pip den Augenblick ins Gedächtnis, an dem ihre kleinen Finger zum erstenmal auf glänzendem Elfenbein ruhten, an dem sie über die Elfenbeintasten glitten, die auf ihre Berührung gewartet zu haben schienen. Wenn sie spielte, existierte nichts außer ihr. Sie war mehr als nur ein Körper vor der Tastatur, sie war die Musik selbst. Sie war die wandelnde Form, die bunten Farben, und so lange sie verharrte, stand die Zeit still, war der Zauber ungebrochen.

Pip wischte sich mit dem Handrücken übers Gesicht. Im Haus herrschte Stille. Mrs. O'Malley war schon vor Stunden nach Hause gegangen und hatte die Auseinandersetzung auf der Veranda nicht mitbekommen. Pip war froh darüber. Sie hatte es satt, daß andere über sie Bescheid wußten, war des Lebens im Goldfischglas überdrüssig. Sie hatte es ein für allemal satt. Es war fast Mitternacht, und der Regen prasselte immer noch sanft gegen das Fenster. Pip zog sich in der Dunkelheit aus und kroch zwischen die feuchten Laken. Sie stellte widerwillig den Wecker und drehte sich zur Wand. Die Arme vor der Brust verschränkt, schlief sie augenblicklich ein.

Kapitel Zwei

Das Konservatorium, das vor mehr als sechzig Jahren gegründet worden war, befand sich in einer ruhigen Seitenstraße des Harvard Square. Es bestand aus sechs Granitbauten inmitten riesiger Eichen und verschwiegener Gärten, die von einer hohen Mauer vor den Blicken vorbeieilender Fußgänger geschützt wurden.

Pip lenkte den Wagen auf den Besucherparkplatz und fand eine Lücke. Sie stieg aus, zerrte an der dünnen Bluse, die an ihrem Rücken klebte, und ärgerte sich, daß der nächtliche Regen die Hitzewelle, die über die Stadt hereingebrochen war, nicht beendet, sondern verschlimmert hatte. Sie hatten bereits fünfunddreißig Grad, es war schwül, und feiner Schweiß glänzte auf ihrer Haut. Pip schob ihre weizenblonden Haare aus der Stirn und wünschte, sie wären nicht so fein und dünn.

Als sie die kühle Eingangshalle des Hauptgebäudes betrat, fühlte sie sich augenblicklich an das Juilliard College zurückversetzt. Dabei hatten die beiden Schulen wenig gemeinsam, wenn man absah von der Musik, die aus Übungsräumen drang, von plötzlichem Gelächter und von Wortfetzen, die durch die Gänge hallten. Juilliard befand sich mitten in Manhattan, von den Übungsräumen in den oberen Stockwerken des Gebäudes sah man hinab auf den chaotischen New Yorker Verkehr. In den Gängen von Juilliard spürte man stets Ruhelosigkeit, nervlichen Starkstrom, der sich an den Wänden entlud, Spannung, die hinter verschlossenen Türen anwuchs. New York war unvergleichlich, aber zur Zeit vermißte Pip es ganz und gar nicht.

Sie war sogar dankbar für die gedämpfte Stille, den anhaltenden Geruch von Bohnerwachs und den hohlen Klang ihrer Schritte, als sie langsam den Gang nach dem Büro von Mitchell Ellis absuchte. Schließlich entdeckte sie es, es war die letzte Tür rechts, und betrat das kleine Sekretariat.

Eine äußerst gepflegte Frau saß an einem mit Papieren übersäten Stahlschreibtisch, einem Standardmodell, wie man es meistens in den Büros von Akademikern vorfindet. Ein Messingschild, das sie als Mrs. Rachel Peavey auswies, lehnte gefährlich nahe an der Tischkante. Sie blickte Pip über ihre Gläser hinweg ratlos an und schien über die Unterbrechung ihrer Arbeit verärgert. Als Pip sich vorstellte, veränderte sich die Haltung der Frau abrupt, sie wurde hektisch und eilfertig, bis Pip kurz davor war, sie zu schütteln und ihr zu sagen, sie solle sich endlich beruhigen und sie in Ruhe lassen. Sie führte Pip in Ellis' Büro und entschuldigte sich wiederholt dafür, daß er bei einer Fakultätssitzung aufgehalten worden sei. Er ließe aber ausrichten, daß er in Kürze kommen werde. Als die Frau endlich die Tür hinter sich schloß, atmete Pip erleichtert auf.

Sie ging um den massiven Holzschreibtisch herum und sah aus dem Fenster. Der Raum hatte einen beneidenswerten Blick auf einen Ziergarten, der von der Vorderseite des Gebäudes nicht zu sehen war. Zwei junge Männer mähten den satten grünen Rasen in langen, gleichmäßigen Streifen, und ein weiterer rupfte das Unkraut aus Beeten, die randvoll waren mit Löwenmaul und Petunien. Auf der gegenüberliegenden Seite des Rasens, hinter einem dichten Wäldchen, lag ein weiteres Gebäude. Um den Innenhof führte ein geteerter Gang, mehrere von Schieferplatten gesäumte Fußwege strebten in die Mitte und trafen an einem kleinen Teich zusammen. Ein leichter Wind brachte die stehenden Binsen kurz zum Schwanken, das Geräusch der Rasenmäher war durch das dicke Gemäuer und die geschlossenen Fenster kaum vernehmbar. Pip spürte, wie die Klimaanlage ansprang und kühle Luft auf sie herabblies.

Sie wandte sich vom Fenster ab und betrachtete die Fotografien, die die Wände bedeckten. Ellis war auf mehreren Bildern mit ihrem Großvater zu sehen, auf einem mit Yo Yo Ma, auf zwei weiteren mit John Williams. Es gab sogar ein altes Porträt von Arthur Fiedler. Sein Juilliard-Diplom hatte Ellis neben weiteren Ehrenurkunden zur Schau gestellt. Pip musterte die Fotos. Viele Leute waren ihr bekannt, es waren meist Dirigenten oder andere Musiker. Es gab sogar eine Aufnahme von ihr, sie stammte vom Cover ihrer ersten Platte.

An drei der vier Bürowände standen niedrige Bücherregale, die mit Lehrbüchern und Partituren vollgestopft waren. Sie schienen wahllos abgelegt worden zu sein, dennoch vermutete Pip, daß Ellis ein System hatte, da sein Schreibtisch weder Unordnung noch überflüssige Nippes aufwies. Nachdem sie sich einen Überblick verschaffte hatte, kehrte sie zu dem Ledersessel vor dem Schreibtisch zurück und setzte sich, um zu warten. Mrs. Peavey brachte ihr eine Tasse Kaffee und berichtete, daß Ellis bereits unterwegs sei. Pip lächelte sie an, seufzte und wünschte, sie wäre noch zu Hause im Bett und könnte schlafen.

Wenige Minuten später kam Mitchell Ellis in sein Büro gehastet. Er war ein untersetzter, dicklicher Mann, und Pip fiel auf, daß er seit ihrer letzten Begegnung mindestens zehn Kilo zugenommen hatte. Sein Anzug saß nicht, und er schien fast aus den Nähten seines Sakkos zu platzen. Er zog es sofort aus, als müsse er sich daraus befreien, und ließ sich mit einem Seufzer der Erleichterung in seinen Sessel fallen. Er grinste sie breit an, erhob sich gleich wieder höflich, beugte sich über den Tisch und reichte ihr die Hand. »Wie geht es dir, Pip?«

Sie schüttelte seine Hand. »Gut, vielen Dank.«

Er setzte sich wieder, nahm seine Brille ab und begann, sie mit einem Taschentuch zu putzen. »Hattest du Schwierigkeiten herzufinden?«

»Nein.« Sie haßte dieses belanglose Geschwätz und wünschte, er würde endlich zur Sache kommen. Sie unterdrückte ihren Ärger und beantwortete lächelnd seine Fragen über Frederick und ihren Rückflug aus Europa. Schließlich lehnte er sich in seinem Sessel zurück und sah sie kurz prüfend an.

Als er wieder ansetzte, erschien er ihr entspannter und nachdenklicher. »Ich nehme an, daß du von dem Gedanken zu unterrichten nicht begeistert bist. Aber mir hat gefallen, was du in Juilliard mit den Schülern vom Vorbereitungsseminar gemacht hast.«

»Mitchell, was soll das …«

»Ich will mich kurz fassen. Ich weiß aus Erfahrung, daß die meisten Musiker nur eines wollen: auftreten. Aber ich bin überzeugt, daß du hier einen wertvollen Beitrag leisten könntest, Pip. Ich möchte, daß du mein Angebot in Erwägung ziehst.«

Pip gab nach, blieb aber skeptisch. »Was genau hast du im Sinn?«

»Ich möchte dir einen Lehrauftrag am Institut für Musik anbieten. Das bedeutet sämtliche Leistungen und relativ wenige Lehrveranstaltungen. Da es sich um einen Lehrauftrag handelt, bräuchtest du dich für die Ausschüsse nicht zur Verfügung zu stellen. Du müßtest allerdings an den Sitzungen der Fakultät und des Instituts teilnehmen.

«Du würdest den fortgeschrittenen Pianisten Einzelunterricht erteilen. Du hättest einen eigenen Übungsraum, in dem du deinen Unterricht abhalten könntest, und ein eigenes Büro. Die Sekretärin müßtest du dir mit dem Rest des Instituts teilen. Es wäre deine Aufgabe, zehn Studenten im Hauptstudium zu betreuen, dich täglich oder an jedem zweiten Tag mit ihnen zu treffen, je nachdem, was du für nötig hältst. Du würdest sie auf Wettbewerbe, Konzerte und so weiter vorbereiten. Und, wenn du Lust hast, könntest du sogar mit dem Orchester zusammenarbeiten, ein wenig arrangieren, vielleicht sogar mal dirigieren?«

»Dirigieren?«

»Falls du dich dafür interessierst.«

»Ich hab noch nie darüber nachgedacht.«

»Dann laß es dir mal durch den Kopf gehen. Es wäre ein einträglicher Beruf, falls du dich dafür entscheiden solltest. Außerdem bist du Fredericks Enkelin … na ja, ich bin mir sicher, daß dir alle Türen offenstehen würden.«

Pip nickte. So war es immer gewesen.

Sie hörte zu, als Ellis den Wochenstundenplan beschrieb und ihr ein Gehaltsangebot machte. Frederick hatte ihr eingeschärft, eine bestimmte Summe zu verlangen, und darauf bestanden, daß sie nicht weniger annehmen dürfe, aber da Susan sich immer um ihre finanziellen Angelegenheiten gekümmert hatte, war sie unsicher, wie man Gehaltsverhandlungen führte. Sie hatte beschlossen, daß sie sich die Mühe nicht machen würde. Pip bedeuteten Verhandlungen nichts mehr. Noch weniger als dieser Job. Trotzdem überraschte sie sein Angebot, denn es war großzügig.

Als er fertig war, schwieg Pip lange, und ihr Kopf war wie leergepustet. Sie stellte fest, daß sie keine Fragen an ihn hatte und die Stelle sie herzlich wenig interessierte, obwohl sie ihr viel Zeit zur Beschäftigung mit ihrer eigenen Musik ließ – falls sie das wollte – und ihr ausreichend Geld bot, um angenehm leben zu können, entweder bei Frederick oder in einer eigenen Wohnung.

Sie betrachtete Ellis' erwartungsvolles Gesicht, und das Schweigen dehnte sich aus. Er wirkte weder ärgerlich noch beunruhigt, sondern lächelte sie unverwandt an, während sie versuchte, seine Gedanken zu erraten. Schließlich sagte er: »Pip, ich weiß, daß diese Arbeit nicht auf deiner Top-Ten-Liste steht, aber du würdest mir damit einen Gefallen tun.«

»Mitchell, ich kann doch gar nicht unterrichten. Alles, was ich darüber weiß, hab ich in deinem Seminar gelernt, und das war vor fast zehn Jahren.«

»Du bist begabt. Für die Studenten wäre es eine einmalige Chance – die Gelegenheit, bei einer, die's geschafft hat, zu studieren. Ich werde dir helfen, so gut ich kann.«

»Warum tust du das?«

Mitchell schwieg kurz. Dann sagte er: »Darf ich dich etwas fragen?«

Pip nickte.

»Warum bist du zurückgekommen?«

Pip erstarrte. »Das hat private Gründe.«

»Täusche ich mich, oder fühlst du dich ausgelaugt? Abgestumpft?«

»Auch das.«

»Unsere Studenten sind begeisterungsfähig. Vielleicht könnten sie deinen Glauben, deine Liebe zur Musik wiedererwecken.«

»Das bezweifle ich.«

Mitchell lachte. »Du hast dich kein bißchen verändert. Warst schon immer schonungslos offen.«

»Mitchell, ich bin sicher, daß du die Stelle mit jemandem besetzen könntest, der sie wirklich haben will; jemand, der nicht von Zweifeln und Dämonen geplagt wird.«

»Könnte ich vermutlich. Aber ich will dich, Pip. Ich will deine Erfahrung und dein Können. Deine Begabung.«

»Und was ist, wenn ich's hasse?«

»Du kannst nach einem Semester aufhören.«

»Warum tust du das?« beharrte Pip.

Diesmal beantwortete Mitchell ihre Frage. »Weil, ob du's glaubst oder nicht, ich dich mag. Ich glaube an dich, und ich bin mir sicher, daß du es schaffst. Ich habe viele Musiker erlebt, die eine schwere Zeit durchmachten. Manche haben nie wieder gespielt. Ich möchte nicht, daß es dir so ergeht. Ich möchte helfen. Darf ich?«

»Ich weiß nicht, ob ich möchte, daß man mir hilft.«

»Ich kenne dich schon sehr lange. Du warst immer ichbezogen, aber du hast dich verändert. Du bist nicht mehr dieselbe Frau, von der die Van-Cliburn-Jury so tief beeindruckt war. Du bist nicht mehr diejenige, die alle beim Tschaikowsky-Wettbewerb umgehauen hat. Da brannte ein Feuer in dir, das anscheinend erloschen ist. Ich hoffe, daß du es wieder entfachen kannst, Pip. Das hoffe ich sehr. Du bist eine der begabtesten Pianistinnen, der ich jemals begegnet bin. Es wäre für uns alle ein großer Verlust, wenn du nicht mehr spielen würdest.«

»Von wegen. Es gibt immer ein neues Talent, das auf Abruf bereitsteht«, meinte Pip pessimistisch, aber Mitchell schien sich von solchen Bemerkungen nicht beirren zu lassen. Er lächelte sie einfach an, als habe er das alles schon tausendmal gehört. »Wann brauchst du meine Entscheidung?«

»So bald wie möglich. Ich brauche unbedingt Verstärkung, und das Semester beginnt in drei Wochen. Wenn ich die Stelle ausschreiben müßte ... Ich will es mal so sagen: Es ist ein langwieriger und ermüdender Prozeß, und mir fällt niemand ein, den ich lieber in die Fakultät aufnähme als dich.«

»Dein Angebot ist sehr großzügig, Mitchell«, sagte Pip langsam. »Aber ich brauche ein paar Tage Bedenkzeit.«

»Kein Problem«, meinte er fröhlich, und Pip fragte sich, ob er immer so ausgeglichen war. »Wenn du noch ein wenig Zeit hast, würde ich dir gerne den Campus zeigen. Wir haben ein paar wunderbare kleine Bonbons, die dir die Entscheidung erleichtern könnten.«

Er sprang hinter seinem Tisch auf, warf einen Blick auf sein Sakko und schüttelte den Kopf, als verwerfe er den Gedanken, es zu tragen. Er wies auf die Tür. Pip erhob sich und folgte ihm hinaus.

Mitchell führte sie durch die gepflegten Gänge der Universitätsgebäude. Die umfangreiche Musikbibliothek machte Juilliard Konkurrenz, und der Konzertsaal war frisch renoviert worden.

Als er begann, die Türen zu den Übungsräumen zu öffnen, galt ihre Aufmerksamkeit weniger seinen Worten als den Räumen selbst. Sie waren makellos. Jeder Raum verfügte über einen glänzenden Flügel, der in einwandfreiem Zustand war. Zudem hatte jedes Zimmer ein Fenster zum Hof, das frische Luft hereinließ. Schilder, die das Rauchen, Essen und Trinken verboten, waren an den Türen angebracht. Auf sie war vermutlich die Tatsache zurückzuführen, daß die Klaviertasten keine Brandstellen oder Schmutzflecken aufwiesen. Es gab sogar ein Schild, das anzeigte, ob der Raum besetzt war.

»Es ist ungewohnt, leere Räume zu sehen«, staunte Pip.

»Sie werden nicht lange leer bleiben. Die Wohnheime machen nächste Woche auf, und dann werden die Räume praktisch durchgehend genutzt. Das Gebäude wird zwischen zwei und sechs Uhr morgens zugesperrt, das ist die einzige Zeit, in der sie nicht zur Verfügung stehen. Damit das Reinigungspersonal reinkann.

Außerdem wird jeder Raum für zwei Stunden in der Woche geschlossen, dann wird das Klavier gestimmt. Zu unterschiedlichen Zeiten. Wenn es richtig hektisch wird, erledigen wir es manchmal in den frühen Morgenstunden.

Du wirst dich erinnern, daß man in Juilliard um einen Übungsraum kämpfen mußte. Wir versuchen dafür zu sorgen, daß jeder Student und jede Studentin ausreichend Zugang zu Übungsräumen hat und sogar aufstehen und aufs Klo gehen kann, ohne sich sorgen zu müssen, ob sich jemand in der Zwischenzeit den Raum unter den Nagel gerissen hat. Da wir eine wesentlich kleinere Universität sind, haben wir damit bis jetzt keine Probleme gehabt, und die Studenten halten sich größtenteils an die Regeln. Für jeden Raum liegt im Sekretariat eine Liste aus, in die man sich eintragen muß, und wir haben eine Angestellte, die dafür sorgt, daß keine Person oder Gruppe die Räume unverhältnismäßig lange in Beschlag nimmt.«

»Klingt zu gut, um wahr zu sein.«

Mitchell lachte. »Ist es manchmal auch, aber wir sind sehr streng und verlangen vom Lehrkörper, daß er uns darin unterstützt. Jeder Musiker braucht viel Zeit, um zu üben, und wir bemühen uns, soweit es geht, ein Klima der Kooperation zu schaffen.«

»Gelingt das denn immer?«

»Nicht immer. Wie du weißt, zeichnen sich Musiker oft mehr durch Egozentrik als durch Gemeinschaftssinn aus, und das trifft besonders auf Solisten zu.« Er warf Pip einen Blick zu und lächelte. »Obwohl dein Ego natürlich nie ein Problem war.«

»Sehr komisch.«

Er lachte, und Pip mußte grinsen. Sie war noch nie dafür bekannt gewesen, besonders umgänglich zu sein, was die Musik betraf. »Aber durch die Erfahrungen, die ich am Juilliard gemacht habe, zunächst als Student und dann als Professor, fühle ich mich verpflichtet, das zu ändern oder es zumindest zu versuchen«, fuhr Mitchell fort. »Es ist mir vermutlich nicht hundertprozentig gelungen, aber das Leben besteht nicht nur aus Auftritten, Pip, und ich möchte, daß meine Studenten das begreifen.«

Er schloß die Tür des letzten Zimmers hinter sich. »Wir nehmen es mit der akademischen Ausbildung ebenfalls sehr genau. Ich möchte nicht, daß jemand dieses Konservatorium als Analphabet verläßt.«

»Ein ehrenwertes Bestreben«, meinte Pip. Sie hatten ihren Rundgang beinahe abgeschlossen. Mitchell hielt ein letztes Mal an und schloß die Tür zu einem kleinen Büro auf.

Vom Fenster überblickte man denselben Garten wie von Mitchells eigenem Büro, und im Raum standen ein Stahlschreibtisch mit einem bequemen Stuhl, ein Telefon und einige leere Regale. »Wenn du mein Angebot annimmst, gehört dieses Zimmer dir. Du müßtest natürlich die Bürozeiten einhalten, aber deine Anwesenheitspflicht hinge letztendlich vom Stundenplan deiner Studenten ab. Die Institutssekretärin ist am anderen Ende des Gangs. Sie wird für dich kopieren und tippen, was immer du brauchst. Sie wird außerdem Nachrichten entgegennehmen und in dein Fach legen. Das Übliche«, schloß er.

Pip trat in das Büro und ging zum Fenster. Ein Zimmer mit Aussicht, dachte sie trocken, vielleicht lohnt der Versuch schon allein wegen dieses schönen Blickes. Bedürfnisse sind etwas Seltsames, überlegte sie, mehr als die leichte Aufgabe und die verhältnismäßig geringe Verantwortung, lockt mich die Aussicht auf einen angenehmen Raum, in dem ich meinen Mantel aufhängen und einen hübschen Blick genießen kann, während ich auf die bizarren Ereignisse in meinem Leben zurückblicke.

Pip drehte sich um und lächelte Mitchell an; es war das erste richtige Lächeln, das ihr an diesem Morgen über die Lippen kam. »Hübscher Blick«, meinte sie, und er erwiderte ihr Lächeln.

Als Pip zwei Tage später anrief und Mitchell Ellis' Angebot annahm, sah sie seinen Luftsprung förmlich vor Augen. Sie unterdrückte ein Grinsen und kündigte an, daß sie einen Tag vor Unterrichtsbeginn um neun Uhr bei ihm vorbeikommen werde.

Während der ersten beiden Wochen verschwammen die Gesichter, die Räume und die Musik miteinander. Pip stellte fest, daß sie die Namen der Studenten nicht behalten konnte, sondern sie an ihrem Spiel und ihren Händen erkannte. Nach einer Weile gelang es ihr, die verschiedenen Eindrücke zu einem Bild zusammenzufügen und die ganze Person, anstatt einer Ansammlung einzelner Züge, wahrzunehmen.

In der ersten Woche des Semesters lernte Pip Emma Wilbur, die Klavierstimmerin des Konservatoriums, kennen. Sie traf Freitag morgens pünktlich um acht Uhr ein und arbeitete sich systematisch den Gang entlang, bis sie gegen sechs Uhr abends fertig war. Pip begegnete ihr zufällig, als sie nach einer Stunde den Übungsraum verließ, den Emma sich als nächsten vornahm. Pip bemerkte ihre Werkzeugtasche und lächelte. »Das hohe C klemmt mal wieder«, sagte sie.

Emma schüttelte den Kopf. »Verdammt, ich dachte, ich hätte es letzten Monat hinbekommen.«

»Sie kommen aus Galway?« fragte Pip, die dort viel Zeit verbracht hatte und den Dialekt erkannte.

»Bin dort aufgewachsen. Bin erst seit drei Jahren in Amerika. Und wie, wenn ich fragen darf, haben Sie so genau rausbekommen, wo ich meine Kindheit verbracht habe?«

»Es ist die Art, wie Sie ›a‹ aussprechen.«

»Sie waren dort wohl länger, wie?«

»Ich hab dort Urlaub gemacht, wenn ich in Großbritannien auf Tournee war.«

»Aha, dann sind Sie wohl unsere Neue«, meinte Emma. Sie gab ihr die Hand und stellte sich vor. »Ich hab gehört, daß Sie bald kommen würden und daß Sie ein perfektes Gehör besitzen. Ich sollte wohl auf der Hut sein.«

Pip lachte. »Ich bin verschwiegen wie ein Grab.«

»Nun denn.« Emma öffnete ihre Werkzeugtasche und hob den Klavierdeckel.

»Stört es Sie, wenn ich bleibe? Ich hab mich nie genug um diesen Teil gekümmert, und ich wollte schon immer wissen, wie man's macht.«

»Ist in Ordnung.« Emma holte eine Stimmgabel heraus, brachte sie zum Schwingen und fing an. Während der Stunde, die Emma brauchte, um das Klavier zu stimmen, wechselten die beiden Frauen kein Wort. Als sie fertig war, hantierte Emma eine Weile mit der Stoßzunge. »Sieht aus, als wär's die Feder«, bemerkte sie schließlich. »Schätze, ich muß 'ne neue einsetzen.« Sie zeigte auf die kleine Feder direkt unter der Stoßzunge, die mit dem darunterliegenden Hebeglied verbunden war. »Das wird 'ne Arbeit«, murmelte sie. Sie trat einen Schritt vom Resonanzkörper zurück und setzte sich auf die Bank. Ihre Finger glitten über die Tasten.

Sie war eine beachtliche Pianistin, und ihre Finger tanzten über die Tastatur, um ihre Arbeit zu überprüfen. »Ich sollte es eigentlich nicht wagen, vor einer wie Ihnen zu spielen«, ulkte sie. »Vielleicht haben Sie ja Lust, mir was vorzuspielen?»

Pip schüttelte den Kopf. Seit ihrer Rückkehr aus London hatte sie kein Klavier mehr angefaßt. »Ein anderes Mal», meinte sie.

»Eine bescheidene Frau, das gefällt mir.» Pip sah zu, wie Emma ihr Werkzeug vorsichtig einwickelte und in einer alten Tasche mit einem Schnappverschluß verstaute, die wie ein Ärztekoffer aussah. Sie klappte sie zu und lächelte. »So, das war's für heute.»

»Danke, daß ich zusehen durfte», sagte Pip.

»Gern geschehen«, erwiderte Emma, und Pip spürte, daß sie es ehrlich meinte. »Also bis nächste Woche?« Pip nickte und folgte der Klavierstimmerin aus dem Raum. Sie blickte Emma nach, bis sie das Ende des Gangs erreichte und um die Ecke bog. Dann kehrte Pip in ihr Büro zurück, machte das Licht aus und ging nach Hause.

Fast jede Nacht träumte Pip von Musik. Manchmal klangen die Töne vertraut, und sie wachte in dem Gefühl auf, wieder gespielt zu haben. Dann wieder war es eine fremde Musik, doch die Melodien verklangen abrupt, sobald sie aufwachte, und wenn Pip den Wunsch gehabt hätte, nach einem Stift und Papier zu greifen und sie aufzuschreiben, so wäre es bereits zu spät gewesen. Aber Pip verspürte kein Bedürfnis, die Musik zu transkribieren, denn sie erfüllte sie mit Trauer und rief Erinnerungen wach, die sie mit aller Macht zu verdrängen suchte.

Doch Pip sah sich manchmal gezwungen, an Corrinne zu denken. Sie befürchtete, sich selbst zu vergessen, wenn sie Corrinne vergaß. Sie war das letzte Bindeglied, das Pip zur Musik blieb, und sie war überzeugt, daß die verzweigten Pfade der Erinnerung an Corrinne den Weg zurück zur Musik wiesen, das Vergessen hingegen ihren endgültigen Verlust bedeutete. Sie spielte also weiterhin ihr gefährliches Spiel, rief sich Corrinnes Gesicht ins Gedächtnis, beschwor die Erinnerung an ihre Liebkosungen, ihr Lachen, den Duft ihrer Haut. Corrinne, wie sie morgens aussah, noch warm vom Schlaf, wie sie sich anfühlte in Pips Armen, wenn sie einen Kuß, eine Berührung verlangte, wie ihre Körper nahtlos ineinander zu passen schienen. Ihre Brüste in Pips Händen, wie sie erregt zitterte, wenn Pips Zunge ihr Ohr entlangglitt, wie sie seufzte, wenn Pip die zarte Haut unter den Rippen und unter der Kehle küßte. Wenn sie an Corrinne zurückdachte, tauchte die Musik in Pips Erinnerung auf, und sie schwoll in ihr an wie ein Verlangen, das nie gestillt wurde, das sie fest in der geballten Faust umklammert hielt, ohne Erlösung zu finden.

Daß es Pip gelang zu unterrichten, ohne jemals die Tastatur zu berühren, war ein Kunststück der Manipulation. Ihren Schülern erzählte sie, daß es Teil ihrer Unterrichtsmethode sei, niemals zu demonstrieren. Wenn sie hören wollten, wie sie spielte, so sollten sie ihre Platten kaufen. Sie wußte, daß es Frederick mißfallen würde. Er war ein überzeugter Verfechter der Demonstration und entriß den Orchestermitgliedern des öfteren ihre Instrumente, um vorzuführen, »wie man es macht«. Pip hingegen verspürte diesbezüglich keinerlei Drang und hatte jegliche Überzeugung verloren, daß sie wisse, wie irgend etwas zu tun sei.

Ende September schaute Mitchell in ihrem Büro vorbei. Sie sah von dem Bericht, den sie über einen ihrer Schüler verfaßte, auf und winkte ihn herein.

»Hast du einen Augenblick Zeit? Ich möchte etwas mit dir besprechen«, meinte er. Mitchell machte es sich in dem Sessel vor ihrem ordentlichen Schreibtisch bequem. »Melissa Reynolds hat mich aufgesucht.«

»Der aufstrebende Star? Fräulein Weiß-ich-alles-längst? Was wollte sie denn diesmal, paßt ihr meine Augenfarbe nicht?«

»Sie erinnert dich wohl an jemanden?«

»Nein«, antwortete Pip knapp.

Mitchell zuckte mit den Schultern. »Ich gebe ja zu, daß sie eine Nervensäge ist, aber sie hat ein interessantes Thema angesprochen. Sie erzählte, daß du niemals vorspielst.«

»Stimmt.«

»Würdest du mir bitte erklären, weshalb?«

»Nicht alle Lehrer demonstrieren. Ich hatte einige, die es nie gemacht haben. Es ist nicht so, als wäre so etwas noch nie dagewesen, Mitchell«, meinte Pip defensiv.

»Stimmt, aber das hier ist eine Schule, und wir haben dich eingestellt, um zu unterrichten. Wenn ich dich verteidigen soll, dann mußt du mir wenigstens was in die Hand geben.«

»Ich kann nicht.«

»Du kannst es mir nicht erklären?«

»Nein. Ich kann nicht spielen.«

»Oh.« Mitchell lehnte sich in seinem Sessel zurück. Er schwieg einen Augenblick, dann fragte er: »Seit wann?«

»August. Seit ich die letzte Tournee unterbrach. In mir ist alles durcheinandergeraten. Es ist nicht, daß ich nicht spielen will, aber jedesmal, wenn ich mich an ein Klavier setze, um Klassik zu spielen, erstarre ich. Ich möchte nicht, daß die Schüler das sehen.«

Mitchell nickte. »Hast du mal versucht, was anderes zu spielen? Etwas anderes als Klassik?«

»Ich hab's versucht. Aber irgend etwas hält mich immer zurück. Ich schaffe es inzwischen wenigstens, mir Musik anzuhören, irgendeine Musik. Ich brauche einfach Zeit.«

»Wieviel Zeit?«

»Verdammt noch mal, Mitchell, ich weiß es nicht!«

»Pip, ich versuche doch nur, dir zu helfen, aber du machst es mir ganz schön schwer.«

Pip reagierte nicht.

»Na gut. Ich werde dir noch eine Weile den Rücken decken. Aber irgendwann wirst du vorspielen müssen.«

»Ich verstehe«, meinte Pip knapp. Mitchell erhob sich, um zu gehen. Pip holte tief Luft. »Mitchell?«, sagte sie. Er drehte sich um. »Ich danke dir.«

»Ist schon in Ordnung.« Er schloß die Tür leise hinter sich.

Während Pip mit ihren Dämonen kämpfte, empfing Neuengland den Herbst mit offenen Armen. Es wurde merklich kühler, und die Bäume entflammten ein letztes Mal farbenprächtig, bevor sie sich in den sanften Winterschlaf begaben. Früher war es für Pip die schönste Jahreszeit gewesen, sie liebte das trotzige Aufbegehren der Natur im Angesicht des Todes. Obwohl ihr Blick meist nach innen gerichtet war, verbrachte sie die Pausen zwischen ihren sogenannten Unterrichtsstunden damit, aus dem Fenster in den geschützten Innenhof zu sehen. Manchmal beneidete sie die Studenten um die Fülle an Erfahrungen, die sie gerade machten, und wünschte, es gäbe einen Weg, zurückzugehen und ihre Vergangenheit zu ändern. Sie stellte sich vor, sie wären unbeschwert, obwohl sie wußte, daß das Gegenteil der Fall war. Dennoch schien es ihr, als sie die jungen Leute aus der Geborgenheit ihres Büros beobachtete, als gebe es Momente, in denen ihr Leben von größeren Zusammenhängen verschont blieb, wenn sie etwa auf dem weichen, duftenden Gras lagen, miteinander lachten, sich umarmten. Sie hielt an diesen Bildern fest und erfand für sie ein Leben, das frei war von Verantwortung, Trauer und Verlust.

Es gab eine Studentin, die oft Zuflucht suchte in dem Garten, den Pip mittlerweile als den ihren betrachtete. Die zierliche Frau hatte schulterlange, gewellte braune Haare mit blonden Strähnchen und trug die übliche Studentenkluft: eine Jeans, ein knappes Oberteil oder ein T-Shirt oder, an kühleren Tagen, ein graues Sweatshirt. Sie schleppte stets einen zerbeulten Gitarrenkoffer mit sich herum. Pip sah sie oft spätnachmittags, wie sie unter einem der mächtigen Bäume saß, ein Bein angewinkelt, um den Resonanzkörper ihrer Gitarre zu stützen, und ihrem Instrument sanfte Klänge entlockte. Dann öffnete Pip das Fenster und rückte ihren Stuhl heran, um den Fragmenten der Melodien, die zu ihr herüberschwebten, zu lauschen. Sie hatte ein Leben für diese Frau geschaffen, sich vorgestellt, daß eine sommersprossige Geliebte sie abends zu Hause erwartete; eine Schriftstellerin vielleicht, oder eine Künstlerin, die für sie kochte. Sie aßen gemeinsam auf einer überdachten Veranda irgendwo in Cambridge, vielleicht in einer Wohnung am Charles River, und danach gingen sie lange in der frischen Abendluft spazieren. Dann huschten sie durch die einbrechende Dunkelheit, durch die Schatten, die die Treppe in ihrem schönen Haus säumten, stiegen hinauf zu einem Schlafzimmer mit Spitzengardinen und einem großen kühlen Bett. Dort angekommen, nahmen sie einander zärtlich, mit rhythmischen, sinnlichen Bewegungen, ihre Haut wie Seide, die über Seide gleitet. Vielleicht stöhnte die eine leise, und die andere seufzte, dann schliefen sie ein, um am nächsten Morgen zu erkennen, wie sich ihr erfülltes, liebevolles Lächeln im Gesicht der Geliebten spiegelte.

Als sie an diesem Morgen aufstand, dachte Pip an die Gitarrenschülerin und fragte sich, ob sie nachmittags im Hof sein würde. Pip freute sich auf den sanften, sehnsüchtigen Klang der Gitarre – die Musik vermochte sie mehr als alles andere zu trösten, und ihr war, als sei sie die Brücke, die es zu überqueren galt, zurück, zu ihrer eigenen Musik. Auf Melissa allerdings verspürte sie keine Vorfreude. Seit Melissa Mitchell aufgesucht hatte, war die Spannung zwischen ihnen gewachsen.

Pip betrat den Übungsraum um Punkt neun. Melissa stand am Fenster, mit dem Rücken zu Pip, die Arme vor der Brust verschränkt. Sie trug eine schwarze Jeans und ein zerknittertes weißes Hemd. Ihre schwarze Lederjacke hatte sie nachlässig auf den Klavierdeckel geworfen.

»Guten Morgen«, begrüßte Pip sie. Melissa wandte sich ihr stumm zu und setzte sich auf die Klavierbank. Pip nahm ihren gewohnten Platz am Fenster ein und öffnete einen Ordner mit Notizen. »Wie kommst du mit dem Mozart-Quartett voran?«

Melissa zuckte mit den Schultern. »Ich werde bereit sein, wenn der Wettbewerb steigt.«

»Laß hören.« Melissa begann. Sie spielte lustlos, unkonzentriert. Pip unterbrach sie. »Du hast die Sechzehntelnote im fünften Takt verpaßt. Noch mal.«

Melissa spielte diesmal noch schlechter. Pip bemerkte, wie Melissa auf ihr Gesicht schielte, als wolle sie ihre Reaktion prüfen. Pip ärgerte sich über die bewußte Herausforderung. Es war eine alte Taktik, die sie früher selbst angewendet hatte, um ein Stück, das sie nicht geübt hatte, nicht spielen zu müssen.

»Schluß«, befahl Pip. Sie kam herüber und legte ihre Hände auf das Klavier. »Wenn du das Pflichtstück für den Van-Cliburn-Wettbewerb nicht einstudieren möchtest, dann kannst du es gleich vergessen. Du solltest dieses Stück bereits parat haben. Hör auf, meine Zeit zu verschwenden.«

»Ihre Zeit verschwenden? Ich bezahle teures Geld für diesen Unterricht und bekomme dafür nur Gequatsche. Fassen Sie sich an die eigene Nase, Frau Lehrerin.« Melissa stieß das letzte Wort wie einen Fluch aus.

Pip beherrschte sich mühsam. »Worum geht es hier eigentlich?«

»Angeblich sind Sie 'ne richtig heiße Nummer, eine Supervirtuosin. Aber Sie spielen ja nie. Was ist los – haben Sie Angst, daß Sie zur Salzsäule erstarren könnten, wie letzten Sommer?«

Pip spürte, wie die Wut in ihr explodierte. Sie ballte die Fäuste und fühlte, wie die alte Rage ihre Gesichtszüge verzerrte. Ihr Herz hämmerte. »Steh auf«, befahl sie, ihre Stimme leise und bedrohlich.

Melissas Gesicht verriet Angst. Sie erhob sich eilig von der Bank, als habe sie gemerkt, daß sie zu weit gegangen war. Pip setzte sich. Bloß nicht zögern, trieb sie sich an. Brennende Wut erfüllte sie, ihre Glieder fingen Feuer, ihre Hände schlugen Funken. Sie hämmerte das Stück herunter, ohne zu pausieren, ohne zu zögern. Sie nahm ihre Finger über den Tasten nur verschwommen wahr. Sie ließ keinen einzigen Ton aus, und die Musik schwoll zu einem wütenden Crescendo an. Die Töne purzelten übereinander, als versuchten sie verzweifelt, dem Zorn der Spielerin zu entkommen. Fünf Minuten vergingen. Die Musik entfuhr dem Klavier schreiend. Das Zimmer schien überzuquellen vor Klang, vor Wut und Leidenschaft.

Dann war es vorbei. Pip erhob sich langsam. »Sprich nie wieder so zu mir. Lern das Stück bis Mittwoch, sonst brauchst du dich hier nicht mehr blicken zu lassen.« Sie hob Melissas Lederjacke auf und warf sie ihr zu. »Raus jetzt.«

Melissa zögerte.

»Sofort!« Melissa drehte sich um und floh. Pip sank zurück auf die Bank. Ihre Hände zitterten, sie sackte zusammen und begann zu schluchzen. Tränen strömten über ihr Gesicht. Ihre Nase lief, sie erstickte fast daran. Sie weinte laut, heiser, verfluchte Corrinne, brüllte Obszönitäten gegen die nackten, gleichgültigen Wände. Der schallgedämpfte Raum verschluckte alles und gab nichts zurück. Nach einer langen Weile beruhigte sich Pip, fischte ein Taschentuch aus ihrer Jackentasche und putzte sich die Nase.

Sie schlich wie ein Dieb in die Toilette und erfrischte ihr Gesicht mit kaltem Wasser. Ihre Augen waren vom Weinen ganz verquollen, sie lehnte sich an das Waschbecken und überlegte, ob sie ihre restlichen Stunden absagen sollte. Sie entschied sich dagegen. Es war an der Zeit, sich zu stellen.

Als Melissa am Mittwoch zurückkam, war sie zahm. Sie hatte das Stück auswendig gelernt, und ihr Vortrag war einwandfrei.

Der folgende Freitag war ein ruhiger Tag auf dem Campus. Pip saß an ihrem Schreibtisch und hatte soeben den obligatorischen Papierkram erledigt, als Emma den Kopf durch die Bürotür steckte, um Hallo zu sagen. Pip folgte ihr den Gang entlang und beobachtete die mittlerweile vertraute Routine des Werkzeugauspackens. Aber heute drehte sich Emma zu ihr um und fragte: »Willst du es nicht mal probieren?«

Sie hielt ihr Stimmhammer und Stimmkeil entgegen. Pip nahm das Werkzeug zaghaft in die Hand. Sie starrte den silberfarbenen Hammer und den Keil an, strich mit dem Finger über die glatten Kanten des Keils. Der Raum war plötzlich sehr still. Pip machte Anstalten, das Werkzeug zurückzugeben, aber Emma schüttelte den Kopf. »Komm schon, Frau Perfektes Gehör. Zeig mir, was du kannst.«

Pip hob den Klavierdeckel. Sie steckte den Keil zwischen die Saiten, um diejenigen zu dämpfen, die sie nicht hören wollte, und schlug zuerst die Stimmgabel, dann die erste Taste an. Als sie mit dem Ergebnis zufrieden war, ging sie zur nächsten über.

Pip stellte entsetzt fest, wie lange sie brauchte, wie selbst das vorsichtigste Drehen am Stimmnagel einen viel zu hohen oder tiefen Ton erzeugte. »Ist nicht so einfach, wie es aussieht«, murmelte sie.

Emma lachte. »Es wird mit der Zeit leichter. Es wird mir schon gelingen, eine Technikerin aus dir zu machen.«

»Ich trau's dir jedenfalls zu«, meinte Pip und sah sie zum erstenmal an, seit sie angefangen hatte. Sie nahm mit Gefallen zur Kenntnis, wie Emmas Mund sich kräuselte, wenn sie lächelte. Als Pip fertig war, richtete sie sich auf und streckte ihren Rücken. Sie reichte Emma das Werkzeug, die es zwar einsortierte, aber nicht wegpackte.

»Jetzt mußt du es probieren«, sagte Emma.

Pip spürte, wie ihr Magen sich verkrampfte. »Dir gebührt die Ehre.«

»Oh nein«, lachte Emma. »Du hast die Arbeit gemacht, jetzt darfst du die Früchte ernten.«

Pip hatte keine Lust zu erklären, weshalb sie die Tastatur nicht anfassen wollte. Sie berührte sie schließlich bereits seit einer Stunde. Aber jetzt war es anders. Sie wurde nicht von der Wut vorangetrieben, wie es am Montag der Fall gewesen war. Sie empfand nichts als Angst. Mit der Tatsache konfrontiert, daß sie etwas würde spielen müssen, sträubte sie sich. Sie zögerte so lange, daß sie sich fragte, ob Emma sie nicht für leicht übergeschnappt hielt. Schließlich holte sie tief Luft und setzte sich an das Klavier. Was spielen? Mitchell hatte vorgeschlagen, etwas anderes als Klassik zu probieren, und Pip fiel die Platte von Enya ein, die sie aus Irland mitgebracht hatte. Sie hörte sie oft, während sie mit ihren Tarotkarten arbeitete, und fand die Musik wohltuend.

Pip hielt ihre Hände über die Tastatur. Sie zitterten leicht, und sie hoffte, daß es Emma nicht auffiel. »Einer deiner Landsleute«, sagte Pip, Emmas Akzent schlecht imitierend. Sie spielte den ersten Takt eines Instrumentalstücks aus *Shepherd Moon*.

»Ah«, seufzte Emma, die es erkannte. Es war eine melancholische Melodie, die Pip an die irische Küste erinnerte, an die nebelumwobenen Gewässer, das smaragdgrüne Gras, den dumpfen, hämmernden Klang der Brandung auf dem felsigen Boden des

Meeres. Sie spielte das Stück aus dem Gedächtnis, obwohl sie es noch nie gespielt hatte, und als sie fertig war, drehte sie sich um und sah Emma unsicher an.

»Wunderschön«, meinte Emma bloß. Ihr Gesicht war traurig, und sie schüttelte den Kopf, als wolle sie einen Gedanken abschütteln. »Da bekomm ich gleich Sehnsucht nach Zuhause. Und nach jemandem, den ich zurückgelassen habe.«

»Tut mir leid«, sagte Pip, und es kam von Herzen.

»Ach, das ist lange her, und sie ist inzwischen verheiratet.« Emma, die ihre Hände betrachtet hatte, blickte auf und fügte hinzu: »Es ist schon komisch, wie Leute sich verändern. Du denkst, du kennst sie, und dann stellst du fest, daß du sie eigentlich kein bißchen kennst.«

»Ja«, stimmte Pip ihr zu.

»Ach ja«, seufzte Emma und bückte sich, um ihr Werkzeug einzupacken. »Wie meine Mutter immer sagte: ›Das wird schon wieder‹.« Sie steckte das Werkzeug in ihre Tasche und richtete sich auf. Ihr trauriger Ausdruck war verflogen, sie lächelte strahlend. »Gut gemacht, Frau Martin«, neckte sie Pip. Sie schnappte die Tasche zu und griff nach der Tür. »Möchtest du irgendwohin auf einen Drink gehen?«

Weder die Unsicherheit in ihrer Stimme noch das Zittern ihrer Finger auf der Klinke entging Pip. Sie war versucht, ja zu sagen, aber eine plötzliche Furcht ergriff sie, und sie wandte die Augen von Emma ab und schloß sie einen Augenblick. »Würdest du's mir übelnehmen, wenn ich ein anderes Mal darauf zurückkäme?« erkundigte sich Pip.

»Natürlich nicht.« Emma zögerte, dann fragte sie: »Ich hoffe, ich habe dich nicht verärgert, ich meine, mit meinem Gerede von der Frau, die ich mal kannte. Ich dachte, vielleicht ...« Sie verstummte verlegen.

»Du hattest recht«, sagte Pip leise. »Und nein, du hast mich ganz und gar nicht verärgert, weder mit deinem Angebot noch mit deinen Erinnerungen.« Sie blickte Emma an, sah ihre Hoffnung und ihre eigene Angst, erkannte, daß Emma die Mutigere von ihnen beiden war, und wünschte, es wäre anders, wünschte, sie könnte ihre Ängste herunterschlucken und den Mut finden, ein Angebot anzunehmen, das so ehrlich und unschuldig wirkte. Aber sie konnte es nicht, deshalb sagte sie: »Nächste Woche würde mir besser passen.« Emmas Gesicht hellte sich auf. »Das wär schön.« Sie öffnete die Tür und winkte zum Abschied. Pip hörte, wie sie pfeifend den Gang hinunterging, und fragte sich, auf was sie sich da wohl eingelassen hatte.

Pip merkte nicht, unter welchem Baum sie saß, bis die Spitze eines Gitarrenkoffers in ihrem Blickfeld auftauchte. Sie hielt inne, die Tasse auf halbem Weg zum Mund geführt, und blickte auf. Vor ihr stand die Studentin, für die sie ein ganzes Leben erträumt hatte, und sie spürte, wie sie vor Verlegenheit rot anlief, nun, da sie sich plötzlich von Angesicht zu Angesicht gegenüberstanden. »Entschuldige,« sagte Pip, »ich habe deinen Stammplatz okkupiert, stimmt's?«

Die Frau schien verwirrt. Pip sprach hastig weiter, um ihre Verlegenheit zu verbergen. Sie zeigte auf die andere Seite des Innenhofs. »Das ist mein Bürofenster. Ich hab dich hier schon öfter gesehen. Mir war aber bis eben nicht klar, daß ich unter deinem Lieblingsbaum sitze.«

Die Frau lächelte. »Ich wußte nicht, daß ich beobachtet werde.«

»Versteh mich nicht falsch. Es ist bloß so –«

»Schon in Ordnung. Ich geh einfach woandershin.«

»Nein«, sagte Pip schnell: »Ich muß selbst bald los. Ich wollte nur kurz an die Luft. Ich war den ganzen Tag drinnen. Bitte, setz dich.«

Die Frau setzte ihren Gitarrenkoffer vorsichtig ab und ließ sich daneben aufs Gras fallen. Pip musterte sie, registrierte die feinen Sommersprossen auf ihrer Nase und die unglaublich langen Wimpern, die meergrüne Augen umrahmten. »Ich bin Pip Martin«, sagte sie.

»Ja, ich weiß. Ich heiße Jamie Morris. Ich hab gehört, daß Sie den Van Cliburn und den Tschaikowsky gewonnen haben. Beeindruckend.«

»Hallo Jamie. Und von wem hast du das?«

»Von Melissa Reynolds.«

Pip lachte. Ihr Bericht war bestimmt nicht schmeichelhaft gewesen. »Ich nehme an, daß sie dir auch erzählt hat, daß ich schrecklich aufbrausend bin.«

»Das ist sie selbst, falls es Ihnen noch nicht aufgefallen ist.«

Pip lachte. »Woher kennst du Melissa?«

»Sie ist meine Geliebte«, sagte Jamie frei heraus. »Bald meine ehemalige Geliebte«, fügte sie leise hinzu. Pip, überrascht von der beiläufigen Art, in der Jamie diese Tatsache erwähnte, sagte nichts. Es war ihr noch nie in den Sinn gekommen, daß Melissa mit Jamie zusammensein könnte, da sie die beiden noch nie miteinander gesehen hatte.

»Ich bin so froh, daß ich im Dezember meinen Abschluß mache. Es ist sehr hart, sie jeden Tag zu sehen und zu wissen, daß sie mit jemand anders schläft.«

»Wie bitte?« sagte Pip, deren Gedanken abgeschweift waren.

Jamie wiederholte, was sie eben gesagt hatte. Dann sah sie Pip an und meinte: »Tut mir leid, ich dachte, Sie wüßten das. Jeder weiß es.«

»Ich fürchte, ich habe mich um so was nicht gekümmert –«, sie unterbrach sich, es klang prüde. »Ich meine, die Studenten nehmen an, wir wüßten alles über sie, dabei stimmt das gar nicht. Ich bin schon froh, wenn ich mir ihre Namen merken kann, von ihren Beziehungen zueinander mal ganz abgesehen.«

Jamie lachte.

»Ich wünschte, ich wäre so blind«, sie hielt inne. »Entschuldigung, ich wollte nicht –«

Diesmal lachte Pip und sagte: »Ich verstehe. Es stimmt schon, ich bin tatsächlich blind, lebe in meiner eigenen kleinen Welt, mitten in einer weiteren abgeschlossenen kleinen Welt hier auf dem Campus.«

»Na, ich bin seit vier Jahren hier und kann's kaum erwarten rauszukommen. Es wird nach 'ner Zeit richtig inzüchtlerisch, wissen Sie?«

Pip, die ans Juilliard dachte, sagte, sie wisse es nur zu gut. »Was hast du nach deinem Abschluß vor?«

»Nie wieder klassische Musik zu spielen«, erwiderte Jamie.

»Wirklich? Wieso?«

»Als ich hierher kam«, setzte Jamie an, »dachte ich, daß ich das unbedingt machen wollte. Ich meine, schließlich hat Meg Christian auch klassische Musik studiert.«

»Wer?«

»Meg Christian. Egal. Jedenfalls fand ich's anfangs ganz gut, aber irgendwas daran hat mir schon damals nicht gefallen. Es macht mich einfach nicht mehr an. Aber Jazz und Rock, die machen an. Da passiert noch was. Das ist nicht so'ne alte spießige Musik, so alt, daß sie schon schimmelt.« Jamie sah Pip an, als erwarte sie Zustimmung. »Aber da Sie hier unterrichten, finden Sie klassische Musik wohl super.«

»Im Gegenteil. Ich bin auch nicht mehr sicher, ob sie mir noch gefällt.«

»Echt? Da müssen Sie aber die einzige sein. Alle anderen denken, diese verstaubten alten toten Jungs wären die einzigen Komponisten auf der Welt. Ich steh auf Melissa Etheridge. Sie ist großartig. Ihre Musik ist so voller Kraft, so voller Leidenschaft. Kennen Sie sie?«

Pip schüttelte den Kopf. »Sagt mir gar nichts. Ich war fast sechs Jahre lang in Europa auf Tournee, und zu behaupten, daß ich von amerikanischer Musik nichts mitbekommen habe, wäre eine Riesenuntertreibung.«

»Europa. Ha. Sie waren auf Tournee und so?«

»Ja. Ich war ›auf Tournee und so‹.« Pip lächelte. Sie mochte Jamie. Sie war erfrischend, und nach einer weiteren, schier endlosen Woche, in der sie mit anhören mußte, wie ihre Schüler einige ihrer liebsten Klavierkonzerte massakrierten, benötigte sie dringend eine Erfrischung.

»Ich spiel in so 'ner Band. Ich finde, wir sind ziemlich gut, und es gibt eine Plattenfirma hier, die das auch findet. Wir glauben, daß sie uns bald einen Plattenvertrag anbieten werden.«

»Gratuliere.«

»Wird nicht viel Geld bringen, aber wenigstens haben wir dann was vorzuzeigen, wissen Sie, um uns zu verkaufen. Dann kommen wir ins Radio, können Interviews geben, reisen.« Jamie sah Pip durchdringend an. »Wie ist es überhaupt, auf Tournee zu gehen?«

»Willst du alles hören, oder nur die guten Seiten?«

»Alles.«

»Um es kurz zu fassen: Es bedeutet viel harte Arbeit, wenig Schlaf, viel Druck und kaum Freizeit.«

»Was ist mit den guten Seiten?«

»Das waren die guten Seiten«, scherzte Pip. Jamie wirkte kurz verwirrt, dann lächelte sie. »Die guten Seiten. Nun, ich hab viele Leute kennengelernt, und manche mochte ich sehr gerne. Ich hab, so oft ich konnte, die Städte verlassen und schöne abgelegene Orte entdeckt, an denen ich mich erholen konnte. Ich hab fast jeden Abend klassische Musik gespielt, und damals war es eigentlich das einzige, was zählte. Aber mit dem Reisen ist es wie mit allem anderen, Jamie«, sagte Pip leise, »es verliert mit der Zeit seinen Reiz, und irgendwann möchte man nur noch nach Hause.«

»Ging es Ihnen so? Sie wollten nur noch nach Hause?« Pip versteifte sich. Doch dann blickte sie Jamie an und erkannte, daß sie nicht aufdringlich war, sondern lediglich Konversation machte.

»So in etwa, ja.«

Jamie nickte. Pip sah an ihr vorbei und erblickte Emma, die den Hof überquerte. Pip winkte, und Emma winkte zurück. Pip trank gerade den letzten Schluck Kaffee, als Emma zu ihnen stieß. Pip stellte die beiden einander vor und stand auf. »Hat mich gefreut, Jamie«, sagte Pip.

Jamie blinzelte Pip durch die Abendsonne an und lächelte. »Mich auch«, meinte sie.

Es war spät geworden, und Pip spürte die Auswirkungen des warmen Stouts, den sie auf nüchternen Magen getrunken hatte. Sie waren wieder auf dem Campus angelangt, angeblich, um Pips Wagen abzuholen, aber es war offensichtlich, daß beide überlegten, wie es weitergehen sollte.

Pip lehnte sich an ihren Wagen und erwog ernsthaft, Emma zu bitten, mit zu ihr zu kommen. Das Bier hatte sowohl ihre Erinnerungen als auch ihre Ängste erfolgreich gedämpft und gleichzeitig ihr Verlangen gesteigert. Als Emma ihr Gewicht ein wenig verlagerte und sich an Pip drückte, hob Pip also einfach ihr Gesicht, um sich küssen zu lassen. Emmas Atem auf ihrer kühlen Haut war warm, ihr Mund begierig und offen. Pip stöhnte, hungerte plötzlich nach Berührung. Sie zog Emma an sich, schob die Finger unter ihr Sweatshirt, um die warme Haut darunter zu streicheln. Seit Stunden schon hatte sie es gewollt, während der gesamten Zeit, die sie im Restaurant am Harvard Square verbrachten, während des Essens, des Kaffees, des Geplauders.

Emma stieß einen kleinen Laut aus und preßte ihre Hüften an Pips Lenden. Pip spürte, wie eine heiße Flamme sie durchzuckte. Als Emma sich zurückzog, galten Pips Gedanken nur noch der Entfernung bis zu ihrer Wohnung.

Fünf Minuten später betraten sie eine mietpreisgebundene Wohnung in der Mount Auburn Street. Pip registrierte mit Befriedigung den polierten Holzboden und die großen Fenster mit Blick auf den Park auf der anderen Straßenseite, wandte aber ihren Blick ab, als Emma sie in Richtung Schlafzimmer zog.

Bis zu diesem Augenblick war Pip nicht bewußt gewesen, wie sehr ihr der Sex fehlte, der Anblick eines Frauenkörpers, die verlockenden Düfte, die glatte, weiche Haut. Es war ihr nicht bewußt gewesen, wie sehr ihr Mund nach Küssen hungerte, wie ihre Zunge sich nach der Brustwarze einer Frau sehnte, die unter ihrer beharrlichen Liebkosung steif wurde, wie sehr ihre Hände nach der glatten Feuchtigkeit zwischen den Schenkeln einer Frau und dem Gefühl ihrer Finger im Körper einer anderen verlangten. Sie hatte nicht gewußt, wie sehr sie sich wünschte, ein lustvolles Stöhnen oder dieses scharfe Einatmen zu hören und das Zittern von Fingerspitzen, die über Nacken und Schultern fuhren, zu spüren. Ihr war nicht klar gewesen, wie sehr sie es brauchte, berührt zu werden.

Danach dauerte es ein paar Minuten, bis die schreckliche Erkenntnis dessen, was sie getan hatte, sie wie ein Blitzschlag traf und ihr die Tränen in die Augen trieb. Sie hatte Corrinne betrogen. Sie hatte mit einer anderen Frau geschlafen. Nein. Sie korrigierte sich. Nicht betrogen. Sie erinnerte sich jetzt an das, was geschehen war, und weinte noch heftiger. Jetzt, wo sie den ersten Schritt unternommen hatte, der sie von Corrinne entfernte, wo sie den Fingerabdruck einer anderen Frau auf ihrem Körper trug, beschwor sie erfolglos die Erinnerung an Corrinnes Berührung. Es ängstigte sie. Dann verspürte sie Erleichterung. Dann Verzweiflung.

Emma drehte sich zu ihr und berührte die Tränen auf ihrer Wange. »Was ist?«, fragte sie. Pip wußte nicht, wie oder wo sie anfangen sollte. »Hab ich dir weh getan?«

»Nein«, würgte Pip hervor. Emma nahm sie zärtlich in die Arme und ließ sie weinen. Als Pip sich wegrollte, um nach einem Taschentuch zu greifen und ihre Nase zu putzen, wußte sie, daß sie irgend etwas sagen mußte. Sie blickte Emma an und lächelte traurig. »Es tut mir leid«, sagte sie.

»Ist schon in Ordnung.«

»Ich sollte dir erklären –«

»Du brauchst nicht zu reden, wenn du nicht willst. Du bist nicht verpflichtet, deine Lebensgeschichte zu erzählen, bloß, weil wir uns geliebt haben. Aber ich höre gerne zu, wenn du möchtest.«

Pip schwieg einen Augenblick, unschlüssig, wo sie ansetzen sollte. Sie erzählte Emma von ihrer ersten Begegnung mit Corrinne und hielt inne. Nach einer Weile nahm sie den Faden wieder auf und dachte zurück an Corrinne und ihre schäbige Londoner Wohnung.

Pip nutzte die kurze Pause in ihrem Tourneeplan, um den Zug von Paris nach Calais zu nehmen. Corrinne holte sie in Dover ab, und nach einem schnellen Abendessen nahmen sie einen Zug Richtung London und Corrinnes Wohnung im West End. Es war Spätwinter, und alles war grau und schmutzig. Auf zwei kalte und verregnete Tage war ein Temperaturanstieg gefolgt, Nebelschwaden stiegen auf, und sie waren auf der Hut, als sie sich durch die beinahe ausgestorbenen Straßen auf den Heimweg machten. Corrinne strahlte Wärme und Begehren aus, wie der warme Strahl einer Gaslampe, die Dunkelheit und Kälte fernhielt. Sie hasteten das Treppenhaus hinauf und hielten nur an, um ihre Kleidung auf dem Weg ins Schlafzimmer in kleinen Haufen abzustreifen.

Corrinnes langes Haar war von feinen Nebeltröpfchen überzogen. Als sie in Pips Arme kam, fing sich das Kerzenlicht in den Wasserperlen, und es sah aus, als trüge sie ein Diamantendiadem. Ihr Mund war gierig, und Pips Verlangen wuchs, als sie merkte, daß Corrinne nach Pips Berührung hungerte und sie heute nacht zulassen würde. Sie schob Corrinnes Hände weg, wollte sie zuerst nehmen und spüren, wie die Spannung in ihrem eigenen Körper schier unerträglich wurde, während sie Corrinne liebte.

Ihre Finger in Corrinne stoßend, spürte Pip, wie sie zu beben begann, als Corrinne flehte: »Fester. Schneller.« Mit jeder Faser darauf konzentriert, Corrinne zu befriedigen, verlor sich Pip im Augenblick. Es war besser als Spielen, berauschender als Musik. Es war alles, was sie wollte, nichts sonst schien von Bedeutung.

Sie spürte, wie Corrinnes Körper fester wurde, wie die schmerzliche Spannung in ihr anwuchs, dann bog sich Corrinne ihr entgegen, ihr Mund fand Pips Lippen, und sie zog sie an sich, erbebte und seufzte endlich.

Sie lagen lange umschlungen, ihre Gesichter am Hals der anderen vergraben. Pip fühlte, wie Corrinne sich entspannte und rückte von ihr ab. Corrinne öffnete die Augen und lächelte. Ihre langen Finger zeichneten Pips Wangenknochen nach, teilten verspielt ihre Lippen. Sie drehte Pip auf den Rücken, und Pip gab sich ihren Liebkosungen hin.

Pip erwachte morgens als erste und stolperte in die winzige Küche, auf der Suche nach Kaffee. Zunächst bemerkte sie das Klavier nicht, welches das Wohnzimmer beherrschte, dann sah sie noch einmal ungläubig hin. Beim letztenmal hatte es noch nicht dort gestanden. Sie setzte Wasser auf und ging zurück, um es sich genauer anzusehen.

Es war ein abgenutztes Instrument, eines der kleineren Steinweg-Modelle. Pip zog die Bank hervor und setzte sich, probierte die Pedale und justierte die Höhe der Bank. Ihre Finger strichen über die Tasten, ohne die Saiten im Innern des Instruments anzuschlagen. Der Kessel pfiff, und Pip ging, um Kaffee zu machen.

Sie brachte Corrinne eine Tasse und weckte sie mit einem Kuß. »Was ist das in deinem Wohnzimmer?« fragte Pip, sobald Corrinne die Augen weit genug geöffnet hatte, um sie zu sehen.

»Eine Überraschung. Ich hab's von meinem Onkel George geliehen, damit du für mich spielen kannst.«

Pip lachte entzückt. »Du bist unglaublich.«

Corrinne hob die Augenbrauen. »Dir beim Spielen zuzusehen macht mich an«, sagte sie, die Stimme sanft vor Verlangen. Pip stöhnte vor Lust und nahm Corrinne die Kaffeetasse aus der Hand.

Stunden später, nach einer gemeinsamen heißen Dusche und einem leichten Frühstück, setzte sich Pip wieder an das Klavier.

Corrinne streckte sich im Morgenmantel auf dem Sofa aus. Sie fuhr sich mit den Fingerspitzen durchs Haar und spielte mit ihrem Dekolleté. Pip fing mit Brahms' d-moll-Konzert an, sie wollte fühlen, wie die prächtige Tapisserie der Töne sich im Raum verdichtete. Sie wollte das Zimmer mit Musik vollschütten, jeden letzten Winkel damit durchdringen, damit sie eine Mauer des Klangs durchwaten müßte, um Corrinne auf dem Sofa zu erreichen. Während sie spielte, beobachtete sie, wie Corrinnes Fingerspitzen unter ihren Morgenmantel glitten, beobachtete, wie Corrinne sie ansah, bis ihre Konzentration abrupt nachließ und sie den Raum, der sie voneinander trennte, mit einem Satz durchquerte und ihre Hände unter die Seide schob, die Corrinnes Körper kaum bedeckte.

Die Melodie hallte in ihr wider, und es war, als schufen sie eine andere Art von Musik.

Drei Monate vergingen, und Ende Mai hatten Pip und Corrinne bereits eine Art Gewohnheit entwickelt. Jedesmal, wenn Pips Tourneeplan es zuließ, fuhr sie nach London. Der Mittelpunkt ihres Lebens verlagerte sich weg von der Musik, und zuweilen meinte sie, Fredericks Stimme zu hören, die warnte, daß es nie etwas anderes geben dürfe. Die Musik kam an erster Stelle, und so müsse es auch bleiben. Alles andere zerstöre die Konzentration und demnach den Künstler.

Doch Pip fühlte sich unangreifbar. Sie war zum erstenmal in ihrem Leben verliebt, und sie staunte über ihre Gefühle. In jedem Augenblick, in dem sie von Corrinne getrennt war, war sie in Gedanken bei ihr. Jeder Auftritt war Corrinne gewidmet, sie stellte sich einfach vor, sie wäre im Publikum, obwohl sie oft Tausende von Kilometern entfernt war. Sie spielte brillant, verführerisch. Sie bekam mehr sexuelle Avancen denn je. Und wies sie allesamt zurück. Sie lebte nur für Corrinne. Nur auf sie kam es an.

Pip packte, um den Zug von Oxford nach London zu nehmen. Susan kam herein. »Wohin willst du?« fragte sie.

»Nach London. Ich hab achtundvierzig Stunden frei, und ich möchte den Zug um fünf erwischen.«

»Du kannst nicht fahren, Pip.«

Pip fuhr herum. »Wovon redest du eigentlich? Ich kenne den Terminplan. Ich muß erst Montag abend wieder hier sein.«

»Der Plan hat sich geändert. Die Tochter des Dirigenten hat eine Blinddarmentzündung, und er ist bei ihr im Krankenhaus. Sie haben einen Ersatz besorgt, und der möchte morgen proben.«

»Nun, dann wird er's eben ohne mich machen müssen.«

»Pip, sei vernünftig.«

»Ich scheiß auf die Vernunft. Ich bin seit zwei Wochen in dieser gottverlassenen Stadt. Ich muß nach London. Ich möchte Corrinne sehen.«

»Pip. Du kannst nicht fahren. Bloß weil keine Probe geplant war, heißt das noch lange nicht, daß du frei über deine Zeit verfügen kannst. Du mußt flexibel sein.«

»In Ordnung. Verschieb die Probe auf Montag früh. Ich werde etwas früher zurückkommen.«

»Das reicht nicht.«

Pip klappte die Tasche zu. »Das muß es aber.« Sie drängte sich an Susan vorbei und ging aus der Tür. Für einen kurzen Augenblick plagte sie ihr Gewissen, weil sie Susan in solch einem Schlamassel zurückließ, aber sie hörte auf, darüber nachzudenken, sobald sie den Zug bestieg. Während der Fahrt dachte sie an Corrinne. Es war beinahe drei Wochen her, seit sie sich zum letztenmal gesehen hatten, und Pip spürte die Anstrengung, die es kostete, die Beziehung aufrechtzuerhalten. Obwohl sie es nicht zugab, hatte sie das Gefühl, als entglitte ihr etwas, und sie fürchtete, daß dieses Etwas Corrinne war.

Als Pip Corrinne das letzte Mal gesehen hatte, wollte Corrinne in einen neuen Rockclub. Pip war widerwillig mitgegangen und bereute es später. Die Band war lediglich laut gewesen, und sie kehrte mit rasenden Kopfschmerzen und einem Klingeln in den Ohren nach Hause zurück.

»Du bist einfach nur ein Klassiksnob«, warf ihr Corrinne vor.

»Das stimmt nicht. Ich mag auch andere Musikrichtungen, aber das da konnte man nicht wirklich als Musik bezeichnen. Das war Krach, Corrinne. Einfach nur Krach.«

Corrinne wandte sich von ihr ab und entzog sich Pips Berührung. »Du weißt nicht alles über Musik, weißt du«, sagte sie. »Du tust nur gerne so.«

»Laß uns nicht streiten«, bat Pip. »Ich bin doch nur so kurz hier. Laß uns das Beste daraus machen. Ich bin schließlich mitgekommen, oder etwa nicht?«

»Oh, wie toll. Ich sollte wohl dankbar sein.«

»Nein, aber –«

»Vergiß es, Pip. Ich werd einfach hingehen, wenn du nicht da bist. Ich hab nämlich noch andere Freundinnen.«

»Bin ich etwa nur eine Freundin?«

Corrinne drehte sich langsam um. »Nein, natürlich nicht. Ich liebe dich, aber manchmal werd ich stinksauer.«

»Tja, mir geht's genauso.«

»Du kannst dich eben nicht immer durchsetzen.«

»He, Corrinne. Jetzt laß uns aber mal was klarstellen: Meistens machen wir, was du willst. Du gibst den Ton an, und das weißt du auch.«

»Quatsch. Du kommst vorbei, wenn dein teurer Terminkalender es zuläßt, und erwartest, daß ich solange rumsitze und warte.«

»Ich kann den Tourneeplan nicht ändern, bloß weil er dir nicht paßt. Außerdem kündige ich mich immer weit im voraus an.«

»Ja, wirklich super. Und was ist, wenn ich was anderes vorhabe?«

»Was zum Beispiel?«

»Na, so was wie heute abend. Ich möchte in einen Club gehen, und du hast keine Lust. Soll ich mein Leben auf Eis legen, wenn du kommst?«

»Nein. Ja. Ich weiß nicht. Hör mal, Corrinne, die Tournee endet im August, und dann könnte ich eine Pause machen. Eine schöne lange Pause.«

»Drei Monate sind mir zu lang. Ich lebe fürs Jetzt. Für diesen Augenblick, nicht für irgendeine Zukunft, die vielleicht nie kommt.«

»Was meinst du damit?« Pip spürte, wie ihr Magen sich zusammenzog. Es war ihr noch nie in den Sinn gekommen, daß ihre gemeinsame Zeit begrenzt sein könnte.

»Ich meine bloß, daß ich nicht weiß, was sein wird, Pip. Ich weiß nur, daß ich zur Zeit nicht glücklich bin.«

»Nun, was würde dich glücklich machen, Corrinne?«

»Du. Du öfter hier. Gib die Musik auf, Pip, und zieh bei mir ein.«

Pip verschlug es die Sprache. Schließlich meinte sie: »Weißt du eigentlich, was du da verlangst?«

»Ja«, sagte Corrinne nach einer langen Pause. »Das weiß ich.«

Pip fiel aufs Bett zurück und starrte an die Decke. Die Musik aufgeben. Ihr Leben aufgeben. Sie könnte sich genausogut die Hände abhacken. Noch nie war sie mit solch einer Entscheidung konfrontiert gewesen. Sie hätte nie gedacht, daß sie es auch nur für einen Augenblick in Erwägung ziehen würde, aber jetzt tat sie es. Sie lag bis spät in die Nacht da, lauschte Corrinnes gleichmäßigem Atem und überlegte, aber sie konnte sich zu keiner Entscheidung durchringen.

Am nächsten Morgen im Bett drehte Corrinne sich zu ihr und sagte: »Ich wollte meine Kinder immer nach griechischen Göttinnen wie Artemis benennen. Ich möchte mit dir Kinder aufziehen, Pip.« Pip war, als würde man sie in zwei verschiedene Richtungen zerren. Denn obwohl ihr Herz jubelte bei der Vorstellung, ein Leben lang mit Corrinne zusammenzubleiben, eine Familie zu gründen und sich in einem ruhigen, durchschnittlich langweiligen Alltag einzurichten, zitterte sie gleichzeitig bei dem Gedanken, alles aufzugeben, was sie sich so hart erarbeitet hatte, und ein solches Wagnis einzugehen. Sie wünschte, die Beziehung würde ewig halten, wünschte es sich so sehr, wie sie sich ihren ersten Sieg beim Van-Cliburn-Wettbewerb gewünscht hatte, aber dies hier war weit unsicherer, als der Van Cliburn es gewesen war.

Sie konnte nicht stundenlang üben, wie man eine gute Liebhaberin wird, konnte keinen Unterricht bei anderen Liebhaberinnen nehmen, wie sie es bei ihren Klavierlehrern getan hatte. Sie hatte keinen Boden mehr unter den Füßen, und das war ihr bewußt. Es ängstigte sie, mehr als alles, was sie jemals erlebt hatte.

Jetzt, im Zug aus Oxford, fragte sie sich, was Corrinne diesmal von ihr verlangen würde. Sie wollte, daß Pip ihretwegen große Opfer brachte, und Pip zog ihre Forderungen ernsthaft in Erwägung. Aber sie hatte einen Vertrag, der erfüllt werden mußte.

Als Pip in ihrer Wohnung im West End ankam, schien Corrinne hocherfreut, sie zu sehen. Sie verbrachten einen Teil des Nachmittags ruhig auf dem Sofa, guckten alte Filme und tranken heiße Schokolade. Die Nacht brach allmählich herein, und die spätwinterliche Dunkelheit griff mit klammen Fingern durch die klappernden Fenster.

»Hast du nachgedacht über das, was ich gesagt habe?« brach Corrinne das Schweigen.

»Welchen Teil meinst du?«

»Wirst du aufhören?«

»Ja. Ich habe beschlossen, nach dem Ende dieser Tournee aufzuhören, Corrinne. Ich hab ein wenig Geld für ein Haus beiseite gelegt, und ich dachte, wir sehen uns nach einem um, wenn ich das nächste Mal in London bin.«

»Aber das wird noch Monate dauern.«

»Nein. Ich komme in vier Wochen zurück, Ende Juli. Ich hab eine Woche frei, vor –«

»Nein. Die Tournee. Ich dachte, du wolltest gleich aufhören.«

»Ich kann nicht, Corrinne«, sagte sie langsam. »Ich stehe unter Vertrag.«

»Du willst also, daß ich die ganze lange Zeit auf dich warte. Was ist, wenn du's dir anders überlegst?«

»Das werde ich nicht. Ich möchte mit dir zusammensein, Corrinne. Nur darauf kommt es an. Das Tourneeleben langweilt mich, und seit ich dich kenne, ist mir die Musik nicht mehr so wichtig.«

»Dann hör jetzt auf.«

»Corrinne, du hörst mir nicht zu. Ich kann nicht.«

»Natürlich könntest du. Aber du willst nicht. Du denkst immer nur an dich.« Corrinne erhob sich vom Sofa und ging ins Schlafzimmer. Sie fing an, ihre »Ausgeh«-Klamotten zurechtzulegen: eine enge schwarze Jeans, eine schwarze durchsichtige Bluse und ihren schwarzen Spitzen-BH.

»Was tust du da?« fragte Pip.

»Ich hab meiner Freundin Linda gesagt, daß ich sie heute abend in der Bar treffen würde. Du kannst mitkommen, wenn du willst.«

Verwirrt und gekränkt stellte Pip sie zur Rede. »Ich komme von so weit her, nur um dich zu sehen, und du gehst einfach aus?«

»Pip, mein Leben hört nicht einfach auf, wenn du da bist.«

»Aber Corrinne. Ich kenne hier doch sonst niemanden. Ich bin gekommen, um dich zu sehen, nicht um zu warten, ob du dann und wann mal Zeit für mich hast.«

Corrinne fuhr während der Unterhaltung fort, sich anzuziehen, und wickelte sich jetzt ein buntgemustertes Tuch um den Hals. »Ich hab dich nicht gebeten zu kommen.«

»Aber du hast auch nicht gesagt, daß ich wegbleiben soll.«

»Ich komm ja bald wieder.«

»Das hast du das letzte Mal auch gesagt und bist erst nach Mitternacht nach Hause gekommen.«

»Pip, wenn dir dieses Arrangement nicht gefällt, dann solltest du dir vielleicht überlegen, ob du nicht doch nach London ziehst. Dann würden dich meine Verabredungen nicht mehr so stören.«

»Ich stecke mitten in einer Tournee. Ich kann nicht alles stehen- und liegenlassen.«

»Genau meine Rede. Ich auch nicht.« Sie band das Tuch fest und drehte sich um. »Verdirb es mir nicht, okay? Laß uns einfach die Zeit, die wir zusammen haben, genießen. Ich werde dich entschädigen.« Sie lächelte, und Pip wußte genau, was sie im Sinn hatte. Sie spürte, wie ihr Körper warm wurde und ihre Hände nach Corrinne griffen. Corrinne kam in ihre Arme, und sie ließen sich rückwärts aufs Bett fallen. Für einen kurzen Augenblick dachte Pip, Corrinne könnte es sich anders überlegt haben, als Corrinnes Hände sich unter Pips Kleidung gruben. Ihre Finger waren geschickt und geübt, und kurz darauf stöhnte Pip unter ihren Liebkosungen auf. Aber sobald Pip gekommen war und sich ihre Atmung normalisiert hatte, erhob sich Corrinne vom Bett und brachte ihre Kleidung in Ordnung. »Das war bloß die Vorspeise«, flüsterte sie und verschwand.

Wie sie so in dem zerwühlten Bett in Corrinnes schäbiger Wohnung lag, fühlte Pip sich billig. Sie war einsam und wollte ausgehen und etwas unternehmen, aber sie traute sich nicht, da sie nicht wußte, wann Corrinne zurückkommen würde und sie keinen der kostbaren Augenblicke, die sie zusammen verbrachten, verschwenden wollte. Also blieb sie und schlief schließlich gegen ein Uhr morgens vor dem Fernseher ein. Sie erinnerte sich später weder daran, gehört zu haben, wie Corrinne hereinkam, noch wie sie vom Sofa ins Bett gelangt war. Als sie am nächsten Morgen aufwachte, schlief Corrinne neben ihr, und Pip war überzeugt, daß alles gut werden würde.

Als sie von der Wohnung zum Bahnhof gingen, meinte Corrinne: »Du hattest recht, Pip. Es tut mir leid. Wenn du im Juli zurückkommst, suchen wir uns ein Haus.«

»Meinst du das wirklich?«

»Ja.«

»Hör mal, nächstes Wochende habe ich den Samstagnachmittag frei. Ich spendiere dir einen Flug nach Amsterdam. Wir könnten den Nachmittag gemeinsam verbringen, und dann könntest du zum Konzert kommen. Du wärst Sonntagabend zurück.«

»In Ordnung. Das wäre schön.«

Als sie sich am Bahnhof trennten, war Pip im siebten Himmel. Sie würden es hinbekommen. Alles würde gut werden.

In Oxford angekommen, glättete sie die Wogen, die sie zwei Tage zuvor verursacht hatte.

Die Probe ging reibungslos über die Bühne, und die Konzerte der Woche waren ausverkauft. Selbst Susan regte sich ab, als sie merkte, daß die verschobene Probe keine Katastrophe bedeutet hatte. Doch am nächsten Samstagmorgen in Amsterdam dauerte die Probe länger als geplant.

Corrinne kam im Taxi am Konzerthaus an, und Pip erhob sich von der Bank, mitten in der Probe von Tschaikowskys Konzert No. 1 in b-moll. Das Orchester kam ins Stocken und verstummte, und der Dirigent drehte sich zu ihr um. »Wohin gehen Sie?«

»Es ist schon nach eins. Wir hätten bereits vor einer Stunde Schluß machen sollen.«

»Ja. Aber wir sind noch nicht fertig.«

»Ich schon.« Pip verließ die Bühne, und Susan fing sie in der Seitenkulisse ab.

»Tu's nicht, Pip«, sagte sie. »Du weißt, daß sie noch nicht soweit sind.«

»Ich bin soweit. Nur darauf kommt es an.«

»Pip.«

»Kann ich was dafür, wenn das Orchester nichts taugt? Ich hab sie nicht angeheuert, warum also sollte ich meine Pläne ändern?«

»Weil du, verdammt noch mal, angeblich ein Profi bist. Hör auf, dich wie ein geiles Schulmädchen zu verhalten, und geh zurück auf die Bühne.«

»Paß auf, wie du mit mir redest, sonst wirst du dir einen neuen Job suchen müssen.«

Susan antwortete nicht. Pip drängte sich an ihr vorbei und trat hinaus auf den Gang, wo Corrinne Zeugin des Wortwechsels geworden war.

»Gibt's ein Problem?« fragte Corrinne.

»Nein.« Pip nahm ihren Arm und führte sie nach draußen. »Ich hab ein wunderbares kleines Café entdeckt.« Die Tür schlug hinter ihr zu und verschluckte das Gebrüll des wütenden Dirigenten und die Stimme von Susan, die versuchte, ihn zu beruhigen.

Abends hatte er sich immer noch nicht erholt. Pip an der kurzen Leine haltend, watete er durch die Musik, als würde er Wasser treten. In der Pause schrie Pip ihn im Künstlerzimmer an. »Sie Dummkopf, Sie ruinieren das Konzert. Wenn Tschaikowsky gewollt hätte, daß es im Schneckentempo gespielt wird, dann hätte er es ›Schneckenkonzert‹ genannt!«

»Frau Martin, Sie sind diejenige, die heute nachmittag die Probe verlassen hat, und verpaßt hat, welche Veränderungen wir vorgenommen haben. Es ist nicht meine Schuld, wenn Sie Ihre Partie nicht beherrschen.«

»Sie Arschloch«, fauchte sie. »Dann ziehen Sie das gottverdammte Ding doch einfach alleine durch.« Pip marschierte aus dem Künstlerzimmer ins Foyer. Sie fand Corrinne draußen vor. Ihren Arm nehmend sagte sie: »Laß uns gehen.«

»Wovon redest du?«

»Ich hau ab. Ich werde mit diesem Idioten nicht arbeiten. Soll er sich doch eine andere Pianistin suchen, wenn er sich für so verdammt genial hält.«

»Pip, ich halte das nicht –«

»Mußt du auch nicht. Komm einfach.«

Corrinne entzog sich Pips eisernem Griff. »Laß deine Launen nicht an mir aus. Ich hab dich heute nachmittag nicht gebeten, die Probe zu verlassen. Es war deine Idee, weißt du noch?«

»Fang nicht auch noch an, Corrinne. Ich bin nicht in der Stimmung –«

»Nun, ich auch nicht.« Corrinne stürmte davon und verschwand bald in der Menschenmenge auf der Straße. Pip stand einen Augenblick wie betäubt da.

Susan stürzte aus der Tür und stieß beinahe mit Pip zusammen. »Da bist du!« rief sie. »Ich hab befürchtet, du seist schon weg.«

Pip sah sie nicht an, sondern starrte der unsichtbaren Corrinne nach. Dann drehte sie sich langsam um.

»Du mußt dich auf die zweite Hälfte des Programms vorbereiten.«

»Du hast aber ein kurzes Gedächtnis. Ich hab gerade einen Abgang gemacht, hast du das vergessen?«

Susan warf Pip einen drohenden Blick zu.

Pips Augen waren hart und stumpf, ihre Fäuste geballt. Sie fing an, leise zu fluchen. »Eine Entschuldigung, sonst läuft gar nichts.«

Susan schüttelte ungläubig den Kopf. »Geh zurück ins Künstlerzimmer. Ich werde sehen, was sich machen läßt.«

Pip drehte sich langsam um und folgte ihr hinein. Am Ende war es eine beiderseitige Entschuldigung, die die musikalischen Räder wieder in Bewegung setzte. Doch statt fünfzehn Minuten hatte diese Pause eine Stunde gedauert. Die Presse bekam davon Wind, und als Susan Pip am nächsten Morgen die Zeitung ins Hotelzimmer brachte, hatte sie bereits die Kulturseite aufgeschlagen, deren Schlagzeile verkündete: »Eigenwillige Pianistin verzögert Konzert um eine Stunde.«

»Na toll«, meinte Pip und griff nach der Kaffeekanne und einer Tasse.

»Pip, wir müssen uns unterhalten.«

»Nicht jetzt.«

»Nein. Jetzt.«

Pip schob die Zeitung beiseite. »Was ist los?«

»Ich gehe.«

»Komm schon, Susan.«

»Ich meine es ernst, Pip. Ich hab mir deinen Mist lange genug reingezogen. Diese Sache mit Corrinne steht mir bis hier oben, ich hab keine Lust mehr, alles andauernd wieder hinzubiegen. Wenn du dich ruinieren willst, von mir aus. Aber ich muß an meinen Ruf als Managerin denken, und mir reicht's. Pip, du bist die begabteste Frau, der ich jemals begegnet bin. Und anfangs war es wunderbar, mit dir zusammenzuarbeiten. Aber jetzt stimmt gar nichts mehr. Ich hab die Nase voll von den versäumten Proben und deinem ewigen Zuspätkommen. Du hast dich früher nie verspätet, Pip. Ich konnte mich mit deinen Launen abfinden, mit deiner selbstverständlichen Annahme, daß ich mich um alles kümmern würde. Ich hab für mehr Arschlöcher gearbeitet, als du dir vorstellen kannst, aber irgendwo muß ich eine Grenze ziehen. Du hast sie letzte Nacht überschritten. Das war unverzeihlich.«

Pip war sprachlos. Sie hatte das Gefühl, als bräche ihre Welt zusammen. Der Himmel wußte, wo Corrinne war, und jetzt auch noch das. Sie verließ sich seit vier Jahren auf Susan und konnte sich nicht vorstellen, ohne sie zu reisen.

»Bitte geh nicht.«

»Warum sollte ich bleiben?«

»Weil ich dich brauche.« Pip spürte, wie sie anfing zu weinen, und wandte sich ab. »Susan.«

»Nenn mir einen guten Grund, weshalb ich bleiben sollte.«

»Ich werde mich ändern.»

Susan lachte. »Das kommt mir bekannt vor.»

»Nein. Ich tu's wirklich. Bitte. Sieh mal, Corrinne hat starken Druck auf mich ausgeübt. Sie möchte, daß ich diese Tournee hinschmeiße und bei ihr einziehe. Und ich würde es gern, Susan. Sehr gern sogar. Aber ich fühle mich verpflichtet –«

»Solltest du auch.«

»Laß mich ausreden. Ich fühle mich verpflichtet, die Tournee zu beenden. Dann ziehe ich mich zurück. Mir reicht's. Bleib bis August bei mir. Bitte. Ich werde dein Gehalt verdoppeln.«

»Es geht nicht ums Geld, Pip.«

»Okay. Worum dann?«

»Behandle mich wie einen Menschen. Ich bin keine gottverdammte Maschine, ich bin ein Mensch, und ich habe Gefühle. Ich werde auch müde. Und mach Schluß mit Corrinne. Merkst du es denn immer noch nicht? Sie manipuliert dich. Du siehst diese Art Frau doch nicht zum erstenmal, Pip. Warum bist du jetzt so blind?«

»Ich liebe sie.«

»Laß dich nicht von ihr benutzen, nur weil du sie liebst.«

»Wir werden gemeinsam ein Haus kaufen.«

»Tu's nicht, Pip. Es wird nicht halten.«

»Woher willst du das wissen?«

»Wieviel Zeit habt ihr denn in den letzten Monaten tatsächlich miteinander verbracht? Wie gut kennst du sie eigentlich?«

»Gut genug, um zu wissen, daß ich den Rest meines Lebens mit ihr verbringen will.«

»Und die Musik aufgeben.«

»Sie gibt mir mehr, als die Musik es könnte. Ich hab die Nase voll von klassischer Musik. Ich hab die Nase voll von Tourneen.«

»Du hast bloß eine Leidenschaft durch eine andere ersetzt. Aber, Pip, die Musik wird dich nie verlassen. Sie ist ein Teil von dir. Ein anderer Mensch, das ist einfach nicht das gleiche.«

»Sie ist jetzt die Musik, Susan.«

Susan antwortete nicht, aber ihr Gesicht war von Besorgnis und Erschöpfung gezeichnet. »Pip, du bist zu gut, um die Musik aufzugeben. Bitte denk noch mal darüber nach.«

»Nur, wenn du bleibst.«

»Das ist nicht fair.«

»Stimmt. Ist es nicht.«

»In Ordnung. Ich bleibe bis August. Aber danach bist du auf dich gestellt. Und mit dem Mist ist Schluß, Pip. Du wirst pünktlich sein und deine Freizeit nicht verplanen, ohne zuerst mit mir Rücksprache zu halten.«

»Das ist ein faires Angebot. Darf ich Ende Juli nach London fahren, Mama?«

»Du kannst mich mal, Pip«, sagte Susan. Aber sie mußte lachen. »Laß mich meinen Terminkalender holen.«

Ende Juli begannen Pip und Corrinne, sich nach einem Haus umzusehen. Sie fanden auf Anhieb etwas, das ihnen gefiel. Das kleine Landhaus war perfekt. Es war alles, was Pip sich erhofft hatte. Klein, bäuerlich, mit mehreren Hektar Land, lag es nahe genug am nächsten Dorf, um Einkäufe problemlos zu ermöglichen, und weit genug davon entfernt, um ihnen ein Gefühl der Abgeschiedenheit zu geben. Es war ein romantisches Landhaus, in dem sie endlich ihr gemeinsames Leben beginnen würden.

Obwohl Pip am folgenden Abend das letzte Konzert der Tournee, die vor einem Jahr begonnen hatte, bestreiten mußte, entschied sie, mit Susans widerwilliger Zustimmung, den Zug nach London zu nehmen, um Corrinne zu überraschen. Sie freute sich auf das Haus, das sie zu kaufen beabsichtigten, und wollte sichergehen, daß Corrinne die Anzahlung bereits geleistet hatte. Pip hatte ihr das Geld vor einem Monat geschickt.

Sie und Corrinne hatten vereinbart, sich in zwei Tagen zu sehen, und dennoch konnte Pip nicht so lange warten. Also kam sie am späten Morgen, von Vorfreude und Verlangen erfüllt, in London an und ging schnurstracks zu Corrinnes Wohnung.

Sie schloß die Tür mit dem Schlüssel, den Corrinne ihr gegeben hatte, auf, eilte den kurzen Gang entlang zur Küche und blieb wie angewurzelt stehen. Corrinne lehnte am Spülbecken, ihr Morgenmantel halb geöffnet. Eine andere Frau, die den Morgenmantel trug, den Pip für sich selbst mitgebracht hatte, lag in ihren Armen. Sie lösten sich abrupt voneinander und rückten ihre Kleidung zurecht. Pip glotzte sie stumm an. »Was zum Teufel ...« fing sie an.

Die Fremde warf Corrinne einen Blick der Verwirrung und des Entsetzens zu und huschte aus der Küche ins Schlafzimmer am

Ende des Gangs. »Was machst du denn hier?« fragte Corrinne. »Du solltest doch in Newcastle sein.«

»War ich auch. Ich wollte dich sehen.«

»Na gut, jetzt hast du mich gesehen.«

»Was geht hier vor?«

»Nichts.« Corrinne zurrte ihren Morgenmantel fester und drehte sich zum Spülbecken.

Pip durchquerte die kurze Entfernung zwischen ihnen mit zwei Sätzen, packte Corrinne am Arm und wirbelte sie herum. »Nichts? Ich erwische dich dabei, wie du irgendeine Fremde küßt, und du sagst, es sei ›nichts‹?«

»Pip. Es paßt mir jetzt gar nicht. Warum gehst du nicht einfach, und wir reden am Montag darüber.«

»Wir werden jetzt darüber reden.«

Sie wurden durch das Erscheinen der anderen Frau unterbrochen. Pip drehte sich um, als Corrinne sagte: »Das ist Linda. Linda, Pip.«

Linda sagte nicht Hallo, nur »Wir sehen uns« zu Corrinne, dann war sie fort.

Pip sank auf einen der Küchenstühle und vergrub den Kopf in den Händen. Sie meinte, sich übergeben zu müssen. Ihre Hände zitterten, und Schweiß lief ihr den Rücken herunter. »Was geht hier vor?« fragte sie wieder ängstlich.

»Ich hatte vor, es dir zu erzählen.« Corrinne kam herüber und setzte sich. »In Wahrheit ist es so, daß ich mich im Augenblick nicht binden will, Pip.« Sie beugte sich vor und berührte Pips Arm. »Es muß nicht aus sein, Pip. Bloß weil ich mit Linda schlafe, bedeutet das nicht, daß wir nicht weiterhin Geliebte sein können.«

Pip verspürte einen Funken der Hoffnung. Ich kann sie trotzdem haben, dachte sie. Sie wird mich weiterhin berühren und lieben. Vielleicht muß ich ja nicht die einzige sein. Vielleicht gelingt es mir, sie mit einer anderen zu teilen. Solange ich mich noch so offen und wunderbar und lebendig fühle, wenn wir uns lieben, kann ich mich vielleicht damit begnügen. Sie blickte auf zu Corrinne. »Bin ich nicht genug?«

Corrinne lachte. »Oh, Pip. Du bist mehr als genug. Ich will keine neue Beziehung. Aber du weißt, daß ich nicht nein sagen mag, wenn ich mich von jemandem angezogen fühle. Ich möchte dieser Anziehung nachgeben. Ich dachte, das hättest du begriffen.«

«Aber ich hielt es bloß für eine Idee. Eine theoretische Haltung.«

»Ist es auch. Aber dann hab ich Linda kennengelernt, und da wollte ich wissen, wie es sich anfühlt.«

»Und was ist mit mir? Hast du nicht daran gedacht, wie ich mich fühlen würde?«

»Natürlich hab ich das. Aber ich bin für deine Gefühle nicht verantwortlich, Pip. Das bist nur du.«

Pip wußte darauf nichts zu erwidern, also schwieg sie. Sie stellte fest, daß Corrinnes Logik ihr Hirn vernebelte, und es gelang ihr nicht, einen klaren Gedanken zu fassen. »Also machst du nicht mit mir Schluß?«

»Natürlich nicht. Das hier ist doch nebensächlich, Pip. Es beeinflußt meine Gefühle zu dir kein bißchen.«

Pip fing an zu weinen. Corrinne zog Pip in ihre Arme und wiegte sie. »Ich wollte nicht, daß du es so erfährst. Ich wollte es dir erzählen, sobald wir ein wenig Zeit zum Reden hätten.« Sie stand auf und zog Pip mit sich hoch. Sie fing an, Pip zu küssen, und Pip konnte nicht anders, als ihre Küsse zu erwidern. Sie wollte Corrinne besitzen, sie überzeugen, daß sie nur sie allein brauchte. Pip nahm Corrinne bei der Hand und führte sie ins Schlafzimmer. Sie zwang sich, nicht an das ungemachte Bett zu denken und daran, was es bedeutete. Sie drückte Corrinne in die Kissen, an ihrem Morgenmantel zerrend. Sie würde jetzt nicht daran denken. Sie würde sich ausschließlich darauf konzentrieren, Corrinne zu befriedigen. Nichts sonst war von Bedeutung. Sie würde sie zurückerobern. Sie würden diese Zeit überstehen, und dann würde alles wieder so werden, wie es war. Früher.

Während der Zugfahrt verbannte Pip jegliche Gedanken. Sie würde es klären. Aber als sie begann, das Brahmsstück zu spielen, das sie an jenem nebligen Nachmittag, der so lange her zu sein schien, gespielt hatte, brachen all ihre Ängste, all ihr Schmerz, all ihre zersplitternden Hoffnungen über sie herein, und sie geriet ins Stocken. Einen langen Augenblick lang herrschte Stille im Konzertsaal, und Pip sah und fühlte nur Corrinne. Es würde nicht gut werden.

Sie wollte von der Bühne laufen und ihr Gesicht in den Händen vergraben und weinen. Es würde nie wieder so sein wie früher. Ihre Hände zitterten, und Tränen verschleierten ihren Blick. Die schreckliche Wahrheit war da, vor ihren Augen, und sie konnte sich nicht abwenden. Mit sich ringend, zitternd, legte Pip die Hände wieder auf die Tasen und spielte weiter. Es war aus. Alles war aus. Und der Platz in ihr, an dem die Musik war, den Corrinne eingenommen hatte, war ein tiefes schwarzes Loch ohne Ende. Pip stürzte durch die Dunkelheit, und das einzige, was sie vor der vollständigen Erniedrigung bewahrte, war die Tatsache, daß sie nicht mehr nachdenken mußte, so oft hatte sie dieses Stück schon gespielt. Sie war leer. Als das Konzert vorüber war und sie in ihre Garderobe zurückkehrte, überraschte sie der Anblick ihres Gesichts im Spiegel; sie war überrascht festzustellen, daß sie überhaupt noch existierte.

Ein Schleier hing über dem Rest des Wochenendes. Pip packte sorgfältig ihre Tasche und nahm wieder den Zug nach London. Sie stieg die Treppe zu Corrinnes Wohnung hinauf und schloß die Tür auf. Corrinne saß allein im Wohnzimmer. Das erste, was Pip auffiel, war, daß das Klavier verschwunden war.

»Ich hab beschlossen, daß ich doch nicht mit dir zusammenziehen will, Pip«, sagte Corrinne.

Pip stellte ihre Tasche ab, blieb aber stehen. »Wieso?«

»Ich brauch das tägliche Miteinander, Pip. Es gefällt mir nicht, allein zu sein, während du irgendwo auftrittst. Ich möchte nicht alleine schlafen.«

»Ich hab dir doch gesagt, daß ich aufhören würde zu reisen.«

»Das hat Margaret auch behauptet. Aber sie hat es nie ernst gemeint. Ich glaube nicht, daß es dir damit Ernst ist, Pip. Du könntest die Musik nie aufgeben.«

»Ich bin nicht Margaret.«

»Nein. Aber es ist das gleiche.«

»Was ist mit dem Haus?«

»Was soll damit sein?«

»Hast du das Geld erhalten, das ich dir geschickt habe?«

»Ja.«

»Was hast du damit gemacht?«

»Ich hab damit meine Rechnungen bezahlt.«

»Hast du alles ausgegeben?«

Corrinne antwortete nicht.

»Corrinne, das Geld war für das Haus bestimmt, nicht für deine Rechnungen.«

»Ich gebe es dir zurück. Im Augenblick bin ich etwas knapp bei Kasse. Sobald es aufwärts geht, schick ich dir einen Scheck.«

Pip schwankte zwischen Wut und Verzweiflung. Sie wollte Corrinne anschreien, aber sie fürchtete, ein Streit könnte den heiklen Waffenstillstand zwischen ihnen gefährden.

»Kann ich für ein paar Tage bleiben?«

»Wenn du möchtest.«

Pip hob ihre Tasche auf und trug sie ins Schlafzimmer. Die Wohnung war wie üblich unaufgeräumt, aber wenigstens hatte Corrinne das Bett gemacht. Pip starrte es lange an und fragte sich, ob

Linda noch vor wenigen Stunden darin geschlafen hatte. Sie entdeckte ein Paar Ohrringe auf dem Nachttisch, das ihr nicht gehörte, und ihr Mut sank. Auf der Kommode lag eine Karte. Pip hob sie auf und öffnete sie. Sie war von Linda. Das Datum lag über einen Monat zurück, und sie war voller klischeehafter Phrasen über Corrinnes herausragende Fähigkeiten im Bett und ihre magischen Hände. Pip legte die Karte langsam hin und sank aufs Bett. Sie wußte nicht, was sie tun sollte. Sie konnte nirgendwo hin. Einen Augenblick später stand sie auf und verließ die Wohnung. Sie verbrachte den Rest des Tages damit, durch die Straßen Londons zu wandern, in dem Versuch, ihre widersprüchlichen Gefühle zu ordnen. Kurz vor Sonnenuntergang beschloß sie zu bleiben. Sie würde Corrinne entschädigen. Sie würde alles in Ordnung bringen.

Von neuer Hoffnung erfüllt, eilte sie zurück zur Wohnung. Als sie ankam, war es in der Wohnung dunkel, und ihre Tasche stand neben der Tür. Auf ihr lag ein Zettel, auf dem lediglich stand: »Ich glaube nicht, daß es klappen wird, Pip. Ich kann mich nicht schuldig fühlen, weil ich so bin, wie ich nun mal bin, und im Augenblick ist es zu schmerzhaft, in deiner Nähe zu sein. Es ist besser, wenn du nicht hierbleibst. Ich liebe dich, Pip. Aber ich denke, wir wissen beide, daß die Liebe nicht genügt.«

Pip sank in der dunklen Diele auf die Knie und weinte.

Als sie endlich imstande war aufzustehen, rief sie Susan an.

»Wo bist du?«

»London.«

»Das weiß ich. Wo genau?«

»Am Flughafen. Heathrow. Ich fliege nach Hause. Wirst du dafür sorgen, daß meine Sachen zu Fredericks Haus nach Weston geschickt werden?«

»Pip, warte. Unternimm erst mal nichts, noch nicht. Geh und miete dich im Cheshire Hotel ein. Ich treffe dich dort.«

Pip reagierte nicht.

»Pip?«

»Ich bin noch dran.«

»Hast du schon gebucht?«

»Nein. Ich –«

»Tu's nicht. Fahr ins Hotel. Ich packe sofort und treffe dich dort morgen früh.«

»Susan –«

»Tu's einfach, Pip. Ich komme, sobald ich kann.«

»Warum tust du das?«

»Weil mir etwas an dir liegt.«

»Warum? Jeder weiß, daß ich dich beschissen behandle.«

»Du behandelst alle beschissen. Jetzt leg auf und fahr ins Hotel.«

»Okay.« Pip zögerte. »Danke, Susan.«

»Keine Ursache.«

Als Susan frühmorgens ankam, war Pip immer noch wach. Sie hatte eine Suite gemietet, und als sie Stimmen im Gang hörte, erhob sie sich von dem Sessel, in dem sie die Nacht verbracht hatte, und streckte den Kopf aus der Tür.

Susan gab dem Pagen ein Trinkgeld und kam dann nach hinten in Pips Zimmer. »Bist du okay?« fragte sie. »Du siehst schrecklich aus.«

»Danke«, meinte Pip. »Du siehst auch nicht gerade umwerfend aus.«

Susan fuhr sich durch die Haare. »Ich hab auch schon bessere Zeiten erlebt.« Sie ging ans Telefon und bestellte ihnen Frühstück.

»Was ist passiert?« fragte Susan schließlich.

»Sie hat mich verlassen. Sie hat eine Neue.«

»Oh, Pip. Das tut mir leid.«

Pip sank zurück in den Sessel. »Und sie hat das Geld für die Anzahlung ausgegeben.«

»Alles?« Susan konnte es nicht fassen.

Pip nickte. »Es ist futsch. Das Haus ist futsch. Sie ist futsch. Und die Musik ist futsch. Ich möchte nicht mehr spielen. Ich möchte bloß noch nach Hause.«

»Und die Tournee vom nächsten Jahr?«

»Sag sie ab.«

»Bist du sicher?«

»Ja. Ich hatte ohnehin schon beschlossen, sie nicht zu machen. Ich dachte, du wüßtest das.«

»Ich hab gehofft, daß du's dir anders überlegen würdest.«

»Nein. Ich möchte nicht mehr spielen.« Ihr Frühstück wurde serviert. Pip schob ihr Essen auf dem Teller eine Zeitlang hin und her, dann gab sie auf. »Susan«, sagte sie. »Darf ich dich was fragen?«

Susan blickte auf. »Sicher.«

»Wie hast du's bloß mit mir ausgehalten?«

Susan lachte. »Die Frage hab ich mir hundertmal am Tag gestellt.«

»Ernsthaft.«

»Weil du begabt bist. Weil ich an dich glaube. Weil ich gut bin und weil du, ob du's glaubst oder nicht, nicht die schwierigste

Musikerin bist, mit der ich je gearbeitet habe. Bis du Corrinne kennengelernt hast, warst du nicht so schlimm, Pip. Ich wußte, woran ich bei dir war. Ich wußte, was du brauchtest, und ich hab dafür gesorgt, daß du's bekamst. Aber als du Corrinne kennenlerntest, fingst du an, Sachen zu machen, die schlicht unprofessionell waren. Ich dachte, es würde vorübergehen. Entweder ihr würdet euch trennen oder du würdest dich zusammenreißen und ein Gleichgewicht finden.

Du hast mich wirklich bis an die Grenze des Erträglichen gereizt. Ich wollte wirklich abhauen. Aber nach unserer Unterhaltung hast du dich geändert. Ich bin die letzten Monate geblieben, weil ich wußte, daß du mir zuhörtest und begriffst, daß ich nur das Beste für dich wollte.«

»Ich bin froh, daß du mich nicht für ein totales Arschloch hältst.«

»Nein. Du bist einfach nur eine Musikerin mit einem Ego und Allüren.«

»Danke.«

Susan zuckte mit den Schultern. »Stimmt doch. Ich hab nicht gesagt, daß es schlimm ist.«

Pip sank tiefer in ihren Sessel.

»Du bist kein Arschloch, Pip. Du übersiehst nur manchmal, welche Wirkung du auf andere hast.«

»Ich glaube, ich bin einfach nur blind.«

»Nein. Du hast eine Antriebskraft: Musik. Du bist Musik. Sie lebt und atmet, wenn du spielst.«

»Und jetzt ist sie weg.«

»Sie kann nicht weg sein. Das ist sie nicht. Du mußt dir ein wenig Zeit lassen. Ruh dich aus. Erhol dich von Corrinne. Du hast was Besseres verdient.«

»Ich weiß nicht mehr, wer ich bin.«

»Ja, ich weiß. Aber du wirst die Antwort in dir finden.« Susan erhob sich und ging zu ihrer Tasche. »Ich möchte dir etwas geben.« Sie reichte Pip einen Satz Motherpeace-Tarotkarten und Vicki Nobles Buch. »Sie helfen mir, wenn ich durcheinander bin. Ich dachte, du hättest vielleicht gerne welche.«

Pip öffnete die Schachtel. »Ich hab noch nie runde gesehen.« Sie breitete die Karten nacheinander auf dem Tisch aus. Als sie die Bilder betrachtete, spürte Pip, wie etwas in ihr sich beruhigte. »Danke, Susan.«

»Keine Ursache. Und, Pip, versuch, ein wenig zu schlafen. Wir können uns später weiter unterhalten.« Susan stand auf und schob den Frühstückswagen in die Diele. Sie ließ Pip allein.

Pip schlüpfte aus ihren schmutzigen Sachen und kletterte ins Bett. Sie fing an, Nobles Buch zu lesen, und schlief ein – mit den Karten wie einen schützenden Mantel um sich herum ausgebreitet.

Viel später am selben Tag buchte Susan Pips Rückflug nach Amerika. Pips Telefonat mit Frederick war kurz und angespannt. Dann überschlugen die beiden Frauen Pips Finanzen. Die Anzahlung für das Landhaus hatte Pips Ersparnisse beinahe erschöpft, und nachdem sie Susans Gehalt ausgezahlt und offene Rechnungen beglichen hatte, würde Pip mit etwas über fünftausend Dollar heimkehren. So hatten sie sich das Ende der Tournee nicht vorgestellt.

Pip stand vom Tisch auf und streckte sich. Sie ging zum Fenster und sprach mit dem Gesicht zur Scheibe. »Was wirst du jetzt tun?«

»Erst mal fahr ich nach Hause, nach Seattle. Ich möchte meine Familie sehen und die paar Freunde, die sich mit meinem merkwürdigen Lebensstil arrangiert haben. Ich brauch auch 'ne Pause. Aber ich schätze, daß ich ziemlich bald wieder ruhelos werde.«

»Hast du irgendwelche Angebote?« fragte Pip. »Es tut mir leid, daß ich dich so in der Luft hängen lasse.«

»Das tust du nicht, mach dir keine Sorgen. Andre Welks, der Cellist, hat mich gebeten, seine Tournee, die im Oktober anfängt, zu betreuen. Bis dahin werde ich ohnehin von Seattle die Nase voll haben.«

Pip wandte sich vom Fenster ab. »Würdest du ...« Sie hielt inne, versuchte es wieder. »Wenn ich beschließen sollte, zurückzukehren, wärst du dann ...«

»Ja. Wir hatten zwar unsere Probleme, aber ich würde es wieder tun.«

Pip nickte. Sie kam zurück an den Tisch, an dem sie gearbeitet hatten, während Susan ihre Papiere zusammensuchte und in ihrem Aktenkoffer verstaute. »Ich schick dir von allem Kopien. Mein Flug geht heute abend, ich muß packen.«

»Okay. Ich bring dich zum Flughafen.« Susan wirkte überrascht, nahm das Angebot aber an. Sie trennten sich dort in der Abflughalle. Als Susans Rücken um die Ecke der Gangway bog, weinte Pip.

Später, im Hotel, versenkte sie sich in die Karten und versuchte, alles andere zu verdrängen. Zwei Tage später saß sie im Flugzeug nach Boston. Irgendwie schmutzig fühlte sie sich, als Versagerin. Nach so vielen Jahren, in denen sie die Wünsche anderer verkörpert hatte, hatte sie keinen blassen Schimmer, was sie selbst wollte. Nicht einmal, wer sie war.

Und als Pip die Geschichte nun erzählte, wurde sie ein kleines bißchen leichter. Noch wußte sie nicht, weshalb. Sie merkte nur, daß der Schmerz ein wenig nachließ und ihr alles nicht mehr ganz so schrecklich erschien.

Als sie fertig war, sprach Emma lange von Alison, die sie für die Verheißung eines »normalen« Lebens verlassen hatte – für einen Ehemann und vielleicht auch ein Kind.

»Seitdem hat es andere gegeben«, sagte Emma, »aber ich werde sie nie vergessen. Manchmal würde ich's gerne, aber es gelingt mir nicht.«

»Aber du machst weiter.«

»Muß ja. Ich hab doch keine Wahl, oder?«

»Stimmt«, meinte Pip. »Aber wie schafft man's weiterzumachen? Wie läßt man los?«

»Keine Ahnung. Es passiert wohl einfach.« Emma schwieg einen Augenblick, dann fügte sie hinzu: »Nein, das stimmt nicht ganz. Ich habe mich bewußt entschieden, es zu verwinden. Ich bin ausgegangen, hab Leute getroffen, hab versucht, mich zu amüsieren. Aber es war schwer. Die Orte zu sehen, an denen wir gemeinsam waren, dort zu sein, wo wir früher zusammen spazierengingen. Radio zu hören, und dann kam ein Lied, von dem ich wußte, daß sie's mochte. Ich würde nicht soweit gehen zu sagen, daß ich deshalb Irland verlassen hab, aber es war ein entscheidender Auslöser. Ich brauchte einen Tapetenwechsel. Was ganz Neues. Also schrieb ich einem Cousin, der in Boston lebt, und fragte ihn, ob ich eine Weile bei ihm wohnen könne. Er sagte ja, und so bin ich hergekommen.«

Pip wollte sagen, daß sie das auch versucht hatte und daß, obwohl sie die Umgebung gewechselt hatte, ihre innere Landschaft unverändert blieb. Sie sehnte sich nach einer einfachen Lösung: Tu dies, und deine Sorgen sind vorbei, obwohl sie wußte, daß es nicht so einfach war und es auch nie sein würde.

Sie kuschelte sich unter die schwere Decke und schmiegte sich in die weiche Wärme des Bettes und an Emmas Körper. »Ich bin noch nicht soweit, eine neue Beziehung einzugehen«, sagte sie leise und fürchtete sich vor Emmas Reaktion.

»Ich bin nicht auf der Suche nach einer«, erwiderte Emma. »Es ist, was es ist, und morgen ist ein neuer Tag.«

»Damit kann ich leben«, sagte Pip.

»Gut.« Emma küßte sie zärtlich. »Dann schlaf jetzt.« Sie zog Pip an sich. Pip döste, hörte, wie Emmas Atem langsam und regelmäßig kam. Einige Zeit später schlief sie ebenfalls ein.

Es war die letzte Oktoberwoche, als Melissa Reynolds eine Stunde verpaßte. Pip lief zum zehnten Mal in ebensovielen Minuten zur Tür des Übungsraums und spähte den ausgestorbenen Gang entlang. Sie wartete noch fünf Minuten, dann schloß sie die Tür ab und kehrte in ihr Büro zurück.

Sie stieß die Tür auf, warf ihre Schlüssel auf den Schreibtisch und ging zum Fenster. Der graue Himmel hing voller Wolken, die Luft roch herb vom bevorstehenden Regen. Draußen im Hof erblickte sie Melissa und Jamie. Melissa fuchtelte wütend mit den Händen. Pip öffnete das Fenster, um zu hören, was sie sagten. Die Stimmen von Melissa und Jamie waren plötzlich deutlich vernehmbar.

»... hältst mich zurück«, schrie Melissa gerade.

»Bloß weil ich wissen will, ob du zum Essen nach Hause kommst?«

»Darum geht's nicht. Ich brauche meine Freiheit. Ich möchte kommen und gehen, wann's mir paßt.«

»Damit du Lacie Carter bumsen kannst?« schrie Jamie zurück.

Melissa wich einen Schritt zurück, die Fäuste geballt. »Halt den Mund.«

»Ich bin doch nicht blind, Melissa. All die nächtlichen Anrufe, wenn du dachtest, ich schlafe. Hab ich aber nicht. Ich hab alles gehört.«

»Wie kannst du es wagen, bei meinen privaten Anrufen zu lauschen –«

»Privat! Der ganze Campus weiß, daß du auf sie scharf bist. Ich weiß nicht, warum ich mich mit dir abgebe. Du bist doch nur eine verdammte Schlampe. Und eine beschissene Musikerin dazu. Ein Riesenego und kein Talent –«

Melissas Hand sauste hoch und schlug Jamie ins Gesicht. Jamie zuckte zurück, aber Melissa hatte sie bereits ein zweites Mal getroffen. Pip und Jamie setzten sich im gleichen Augenblick in Bewegung. Pip schwang sich gerade übers Fensterbrett, als Jamie sich auf Melissa warf und die beiden Frauen zu Boden stürzten.

Pip lief über den Hof und zerrte die beiden auseinander. Ein kleiner Kreis Schaulustiger hatte sich bereits gebildet, Mitchell Ellis, der aus dem Verwaltungsgebäude eilte, stieß zu ihnen. Pip steckte einen Hieb von Melissa ein, bevor Melissa erkannte, wen sie da eben geschlagen hatte und beschämt zurückwich. Pip packte beide Frauen am Arm und sagte mit einer leisen, harten Stimme: »In mein Büro. Sofort.« Sie schob sie in die entsprechende Richtung und wandte sich Mitchell zu.

»Was zum Teufel geht hier vor?« fragte er. Pip zog ihn beiseite und erzählte es ihm. Er nickte. »Ich komme mit«, meinte er.

Pip hielt ihn zurück, noch bevor er zwei Schritte getan hatte. »Mitchell«, sagte sie, »ich glaube, ich kann allein mehr erreichen.«

Er sah sie überrascht an.

Dann hellte sich sein Gesicht auf, und er schien zu verstehen. »Ach so. Dann schau aber in meinem Büro vorbei, bevor du gehst, abgemacht?«

Pip willigte ein und ging. Erst als sie die Tür ihres Büros erreichte, merkte sie, daß ihre Hose bei dem Sprung aus dem Fenster gerissen war.

Im Büro brachte Pip Melissa mit einer Handbewegung zum Schweigen. »Es ist mir egal, wie sie dich genannt hat, es gibt keine Entschuldigung dafür, jemanden zu schlagen. Unter keinen Umständen. Ist dir klar, daß man dich von der Schule weisen könnte?«

Melissa riß die Augen auf und kniff sie wieder zu.

»Das dachte ich mir.« Pip rutschte auf ihrem Stuhl zurück und sah aus dem Fenster. Der Hof war jetzt leer, und die letzten Sonnenstrahlen wurden zunehmend vom Schatten geschluckt. Ihr Bein schmerzte, und der Riß in ihrer Hose war ihr peinlich. Sie bemühte sich, vor den zwei Studentinnen, die weniger als zehn Jahre jünger waren als sie selbst, Haltung zu bewahren, und fuhr fort: »Ich werde mit Mitchell Ellis über diesen Vorfall sprechen müssen.«

»Na und? Er wird auf meine Studiengebühren nicht verzichten wollen. Außerdem weiß doch jeder, daß Sie hier nichts zu melden haben. Sie sind eine miese Lehrerin. Wie alle frustrierten Musiker.«

Pip spürte eine Woge der Wut in sich aufsteigen. Bevor sie sich bremsen konnte, brüllte sie: »Für wen hältst du dich eigentlich, du kleines Stück Scheiße? Deine Technik ist grauenvoll. Leidenschaft und Überzeugung gehen dir vollkommen ab. Du wirst höchstens mal eine zweitklassige Begleiterin einer Amateurtheatergruppe. Wenn du auch nur das geringste bißchen Grips in deinem kleinen Hohlkopf hättest, hättest du schon längst aufgegeben. Du bist untalentiert und hast es nicht verdient, hier zu sein. Also nimm deine leeren Drohungen und steck sie dir in den Arsch. Jetzt raus hier, bevor ich wirklich noch die Beherrschung verliere.«

Melissa blieb regungslos auf dem Stuhl sitzen, als klebte sie daran fest, und Tränen füllten ihre Augen. Dann stürzte sie aus der Tür und schlug sie hinter sich zu.

Pip sank auf ihren Stuhl und vergrub das Gesicht in den Händen. »Scheiße«, fluchte sie. »Ich glaub, ich hab Mist gebaut.« Jamie starrte sie an. Sie hatte die ganze Zeit kein einziges Wort gesagt. »Tut mir leid, Jamie.«

»Das braucht es nicht. Ich wünschte, ich hätt's gesagt.«

»Ja, aber ich dürfte so was nicht sagen. Ich dürfte die Beherrschung nicht verlieren.« Jamie schniefte, und Pip reichte ihr ein Taschentuch. »Es ist mir so peinlich«, meinte Jamie schließlich.

Um die Situation ein wenig aufzulockern, stand Pip auf und zeigte Jamie den Riß in ihrer Hose. »*Dir* ist es peinlich?« Sie lachte. »Ich hab Mitchell versprochen, alles zu klären. Und schon geht mein Ruf als taktvolle Vermittlerin flöten.«

Jamie lachte. Dann lächelte sie traurig. »Danke«, meinte sie. Sie erhob sich, um zu gehen, und holte ihren Gitarrenkoffer aus der Ecke.

»Wofür? Ich hab eben deine Freundin fertiggemacht.«

»Sie haben ihr nur gesagt, was ich ihr selbst sagen wollte.«

»Schade, daß es nicht stimmt.«

»Wie meinen Sie das?«

»Melissa ist sehr begabt. Ich hätte meine Wut nicht an ihr auslassen dürfen. Ich wünschte, ich könnte sie dazu bringen, die Musik ernst zu nehmen. Aber solange sie die Musik nicht zum Mittelpunkt ihres Lebens macht, wird sie immer zweitklassig bleiben.«

»Hat sie Ihnen denn soviel bedeutet?«

»Bis vor einem Jahr.«

»Was ist passiert?«

»Ach, Jamie, das ist eine lange Geschichte. Und eine, die ich lieber nicht erzählen möchte.«

Jamie sah gekränkt aus. »Entschuldigen Sie. Ich wollte nicht aufdringlich sein.«

»Warst du auch nicht. Wirst du klarkommen?«

Jamie nickte. »Mit der Zeit. Darf ich wiederkommen und mit Ihnen reden?«

Pip entfuhr beinahe ein Wieso?, aber sie hielt sich zurück. »Sicher«, sagte sie. Sie legte zaghaft eine Hand auf Jamies Schulter. »Das ist der Tiefpunkt«, meinte sie. »Danach geht's bergauf.«

Jamie sah zu ihr hoch, als habe sie soeben einer Ertrinkenden die Hand gereicht. »Schlimmer kann's nicht werden«, murmelte sie. Pip begleitete sie bis an den Ausgang des Gebäudes und verabschiedete sich, dann wandte sie sich nach rechts und der unangenehmen Aufgabe zu, Mitchell Ellis gegenüberzutreten.

»Ich hab Mist gebaut, Mitchell«, sagte sie, als sie die Schwelle seines Büros übertrat.

»Ich hab's schon gehört. Melissa ist gerade gegangen.«

Pip sank in einen Sessel. »Es tut mir leid.«

»Erzähl mir, was passiert ist.«

Pip berichtete aus ihrer Perspektive. Als sie fertig war, meinte sie: »Zu unterrichten ist schwerer, als ich dachte.«

Mitchell nickte bloß.

»Ich bin es nicht gewohnt, mein Temperament zu zügeln.«

»Offensichtlich. Melissa hat mir von deiner ›Demonstration‹ erzählt.«

Pip lächelte grimmig.

»Während ich die Geste begrüße, habe ich bezüglich der Methode doch einige Vorbehalte.«

»Ich verstehe.«

»Ich denke, es wäre für alle das beste, wenn wir Melissa einer anderen Lehrerin zuteilten.«

»Ja«, sagte Pip.

»Ich werde sie nicht verweisen. Aber ich habe ihr für zwei Wochen Hausverbot erteilt. Meiner Ansicht nach ist eine Verweisung nicht angebracht. Sie ist vielversprechend, aber nicht engagiert genug. Ich hoffe, daß sie sich beruhigen und auf ihre Prioritäten besinnen wird.«

Pip zögerte kurz und fragte dann: »Und was ist mit mir?«

»Dich werde ich ebenfalls nicht verweisen.« Er lächelte. »Aber du darfst nicht vergessen, daß du viel Macht besitzt, Pip. Und daß es eine andere Art Macht als bisher ist. Sei vorsichtig. Du darfst sie nicht mißbrauchen. Deine Wirkung auf die Studenten ist viel größer als die auf erfahrene Musiker. Versuch, dich zusammenzureißen.«

»Mach ich. Danke, Mitchell.« Auf dem Rückweg zurück ins Büro dachte Pip nach über das, was Mitchell gesagt hatte. Es überraschte sie festzustellen, daß er schon seit einiger Zeit von dieser Beziehung und der bevorstehenden Trennung gewußt hatte. Pip fragte sich, was er sonst noch alles wußte, ohne es sich anmerken zu lassen. Obwohl er manchmal wirkte, als kümmere er sich nicht um derlei Dinge, war er weit scharfsinniger, als Pip angenommen hatte, und ihr Respekt für ihn wuchs täglich. Pip erkannte allmählich, wie anstrengend es sein mußte, ein Institut voller Primadonna-Musiker zu leiten, von denen die meisten über Leichen gehen würden, um eine Tournee wie die, die sie gerade abgesagt hatte, zu bekommen. Sie begann zu verstehen, wie anspruchsvoll und auch verwirrend dieser Lehrberuf war. Er erforderte einen delikaten Balanceakt zwischen Machtausübung und der Bereitschaft, Kompromisse zu schließen, zwischen Egopflege und der

Unterdrückung von Größenwahn, zwischen blinder Unterstützung und der Anerkennung der harten Wahrheit. Und Mitchell, das mußte man ihm lassen, gelang es, diesen Balanceakt ohne sichtbare Mühe zu vollführen.

Noch immer über diese neue Erkenntnis lächelnd, bog Pip um die Ecke zu ihrem Büro und erblickte Emma. Sie blieb kurz stehen und genoß es, Emma im verschwommenen Abendlicht zu betrachten, wie sie einen Zettel an Pips Tür anbrachte. Dann drehte Emma sich um, erblickte Pip und winkte. Sie wartete, bis Pip neben ihr stand, und sagte: »Ich hatte fast schon die Hoffung aufgegeben. Ich wollte dich überreden, einen Happen mit mir essen zu gehen.«

»Es war ein langer Tag, Emma«, meinte Pip und berichtete von den Ereignissen der letzten Stunden. Emma schüttelte den Kopf und lächelte. Pip spürte, wie Emmas Blick ihren Körper hinunterwanderte. Es erregte sie, aber sie schob das Gefühl weg. Zuviel beschäftigte sie, und sie wollte nur noch allein sein. »Ich möchte bloß nach Hause. Hoffentlich ist Frederick nicht da und liest mir die Leviten.«

»Na ja, ich kann nicht bestreiten, daß ich enttäuscht bin, aber ich kann's verstehen«, meinte Emma mit einem Lächeln. »Wenn du's dir anders überlegen solltest – du weißt, wo du mich findest. Stell dir einfach vor, wie ich ganz allein auf dem großen Bett liege und an dich denke. Meine Hand wird runterwandern zu –«

»Emma«, zischte Pip und lachte, »hör sofort damit auf.«

»Schon gut«, schmollte sie. »Aber im Ernst, du könntest mich mal anrufen, Pip. Wir müssen unsere Bekanntschaft nicht auf den Freitag beschränken.«

»Ich weiß.«

Emma nickte, wirkte aber enttäuscht. Pip ging einen Schritt zurück. Ich will das nicht, dachte sie. Es sollte doch unkompliziert werden. Dabei ist es nie unkompliziert, antwortete eine andere innere Stimme. Und wird es auch nie sein.

Pip schloß die Tür zu ihrem Büro auf. Emma trat nach ihr ein und schloß die Tür hinter sich. Pip drehte sich um, befürchtete, direkter werden zu müssen als sie wollte, befürchtete, sie könnte in ihrer Erschöpfung und Frustration etwas sagen, das sie später bereuen würde. Aber Emma lächelte sie nur an, als könne sie Pip alles von den Augen ablesen. »Dann also bis nächste Woche?«

»Ja. Wir gehen Freitag abend aus, okay?«

»Sicher.« Emma berührte sanft ihre Wange, und Pip mußte sich zusammenreißen, um nicht zurückzuweichen. Wenige Minuten später drehte Pip das Licht aus und schloß die Bürotür hinter sich.

Sie ging langsam den Gang runter, Emmas Zettel noch immer in der Hand haltend. Sie hielt am Papierkorb, überflog den Zettel kurz, knüllte ihn zusammen und warf ihn weg.

Sie ahnte weder, daß Jamie, die sich im Schatten am Ende des Gangs verbarg, die gesamte Unterhaltung verfolgt hatte, noch daß sie den Zettel aus dem Abfallkorb fischen, seinen harmlosen Inhalt lesen und ihn in die Tasche ihrer ausgewaschenen Jeans stecken würde. Sie würde nie erfahren, daß Jamie aus dem dunklen Säulengang vor dem Gebäude beobachtete, wie sie in die kühlen Oktobernacht davonfuhr, nie verstehen, was Jamie durch den Kopf ging, als Pips Scheinwerfer durch die Bäume strichen wie eine schnelle Liebkosung und in der Dunkelheit verschwanden.

Zwei Wochen später sank Pip in ihren einigermaßen bequemen Bürosessel und drehte ihn zum Fenster. Es war die Woche vor dem Erntedankfest. In letzter Zeit war der Himmel fast durchgehend bewölkt, und der heutige war keine Ausnahme. Kalter Regen prasselte schon den ganzen Tag mit Unterbrechungen gegen die Fenster. Die meisten Blätter waren bereits gefallen und lagen verstreut wie verworfene Träume auf dem Rasen. Man hatte die Blumenbeete umgegraben. Pip ließ ihren Blick auf einem dieser Beete ruhen, und etwas in ihr wünschte, ihr Körper läge langsam verwesend unter der Erde, während ihre Seele emporstieg, von dem Gewicht der Unentschiedenheit, das auf ihr lastete, befreit.

Sie hatte sich das Unterrichten einfacher vorgestellt. Sie hatte versucht, ihren Studenten vorzuspielen, aber es hatte nicht funktioniert. Heute hatte sie während der letzten Stunde einen weiteren Versuch unternommen, ihren Verstand auszutricksen und abzuschalten. Am frühen Nachmittag hatte sie sich gezwungen, einer Studentin ein paar kurze Passagen vorzuspielen, aber der Streß, den der Zusammenprall von Erinnerungen mit der Musik verursachte, ließ sie schwach, zitternd und am Rande der Tränen zurück. Als es später zwingend wurde, eine Passage zu illustrieren, befürchtete sie, es nicht durchhalten zu können. Sie setzte sich an die Tasten, und für etwa eine Minute vergaß sie alles außer der Musik, doch dann brach es wieder über sie herein, und sie entschuldigte sich hastig, floh aus dem Zimmer und ließ ihren Schüler mit einem Ausdruck der Verwunderung zurück.

Jetzt, in ihrem Büro, ließ sie den Tränen freien Lauf. Sie vermißte Corrinne und wünschte, sie wäre geblieben, wünschte, sie wäre fähig gewesen, eine nichtmonogame Beziehung zu akzeptieren und sich mit dem zu begnügen, was ihr angeboten wurde.

Ich hätte es geschafft, dachte sie. Wenn ich mich nur mehr angestrengt hätte.

Sie schluchzte laut hinter der geschlossenen Tür. Weinte vor Einsamkeit und Verwirrung. Die Tränen stiegen aus einem tiefen, leeren Loch in ihr auf, das noch nie gefüllt worden war. Nach einer Weile versiegten sie, doch der Schmerz hatte nicht nachgelassen. Sie griff in ihren Aktenkoffer und holte ein ledergebundenes Tagebuch und ihre Tarotkarten heraus. Die Karten auf dem Tisch ausbreitend, zog sie drei Stück: eine für ihren Körper, eine für ihren Geist und die dritte für ihre Seele. Narr. Sieben der Schwerter. Fünf der Schwerter. Zuviel Kopfenergie, dachte sie. Sie trug die Karten in ihrem Tagebuch ein und schrieb: *Ich denke zuviel darüber nach. Fühle mich in der Vergangenheit – und der Gegenwart – gefangen. Hier ist zuviel Druck. Keine Zeit, einfach nur zu heilen, der Stimme in mir zu lauschen, die es geben muß, die mir sagen wird, was ich tun soll.*

Sie klappte das Tagebuch langsam zu und steckte es, zusammen mit den Karten, zurück in ihren Aktenkoffer. Sie wußte jetzt mit einer Gewißheit, der sie sich nicht verschließen konnte, daß sie nicht für diese Arbeit geschaffen war. Ihr ging Mitchells Finesse im Umgang mit anderen ab. Sie wurde ungeduldig, wenn sie verständnisvoll sein sollte, wütend, wenn sie unterstützen müßte. Und allein die Musik zu hören weckte solche schmerzlichen Erinnerungen.

Das Klopfen an der Tür holte sie in die Gegenwart zurück. Pip drehte ihren Stuhl herum. Jamie stand in der Tür, und als Pip sie hereinwinkte, trat sie zögernd ein.

»Was gibt's?« fragte Pip.

Jamie setzte ihren Gitarrenkoffer ab. »Ich wollte nur Hallo sagen.« Sie zögerte. »Und Ihnen erzählen, daß Melissa und ich uns getrennt haben.«

Pip deutete auf einen Stuhl. »Tut mir leid.«

»Mir nicht.« Jamies Worte waren tapfer, aber ihre Augen füllten sich mit Tränen. »Ich hab's einfach nicht mehr ausgehalten. All die Lügen. Ich wußte, daß sie sich mit Lacie Carter traf. Ich schätze, ich wollte es nicht wahrhaben. Wissen Sie, was ich meine?«

»Ja.« Von dem Vorfall im Übungsraum noch immer angeschlagen und verwundbar, war Pip kurz versucht, Jamie alles zu erzählen.

Doch sie zögerte, bis der Drang nachließ. Statt dessen meinte sie: »Ich hab etwas Ähnliches erlebt.«

»Mit ... einer Frau?«

»Ja«, erwiderte Pip nach einer Weile.

»Ich dachte, Sie seien vielleicht eine von uns, aber ich war mir nicht sicher.«

»Bin ich.«

»Wird das denn da draußen akzeptiert? In der Berufswelt, meine ich?«

»Mehr oder weniger. Die Musikwelt ist kein magischer Kreis, der vor Vorurteilen schützt, aber im großen und ganzen habe ich die Leute als aufgeschlossen erlebt.« Jamie sah aus, als läge ihr noch etwas auf dem Herzen. Pip wartete.

Schließlich erkundigte sich Jamie: »Sind Sie okay?«

»Soweit ich weiß. Wieso?«

»Na, ich hab gehört, daß sie heute während einer Stunde ziemlich durcheinander waren.«

»Und das wolltest du dir mal angucken«, sagte Pip, härter als beabsichtigt.

Jamie zuckte zusammen. »Tut mir leid. Ich wollte nicht –«

Pip wedelte mit der Hand und unterbrach sie. »Nein. Du brauchst dich nicht zu rechtfertigen. Ich war in der Tat durcheinander.« Jamie öffnete den Mund, aber Pip kam ihr zuvor. »Jamie, es ist eine lange und komplizierte Geschichte. Eine, die ich nur ungern jemandem anvertraue.«

»Okay.«

»Trotzdem«, meinte Pip, ihre Stimme ein wenig sanfter, »danke für die Nachfrage.«

»Gern geschehen.« Emma erschien in der Tür, und Jamie, die dies als Zeichen zum Aufbruch verstand, erhob sich. »Bis die Tage, Frau Martin.«

»Auf Wiedersehn, Jamie.« Jamie und Emma begrüßten sich im Vorbeigehen, und als Jamie verschwunden war, bedeutete Pip Emma schweigend, die Tür zu schließen.

»Sieht aus, als hättest du 'ne Verehrerin«, meinte Emma.

»Ist das so offensichtlich?«

»Mmh.«

»Ich hab sie seit dem Vorfall im Hof schon ein paarmal dabei erwischt, wie sie im Gang rumhing.«

»Ach, dann ist das also Jamie«, sagte Emma, und Pip nickte. »Was ist das für ein Gefühl, wenn man angebetet wird?« zog Emma sie auf. »Entschuldige, ich vergaß, daß du das ja bereits kennst.«

»Emma, ich bin nicht in der Stimmung.«

Emma wurde ernst. »Tut mir leid, Pip. Hattest du einen schlechten Tag?«

Pip berichtete von ihrem Konfrontation-oder-Flucht-Dilemma

im Übungsraum. »Die Flucht hat gesiegt. Diese Arbeit liegt mir nicht. Ich kann's einfach nicht.«

»Bist du sicher?«

»Jetzt bin ich mir sicher.«

»Schade. Ellis wird sich über deine Offenbarung bestimmt auch nicht freuen.«

»Stimmt«, gab Pip zu, »das wird er nicht.«

»Ich lade dich zum Essen ein.«

»Ich glaub, ich möchte allein sein.«

»Ich hab nicht gesagt: Essen, ein Film und danach Sex. Ich hab bloß Abendessen gesagt.«

Pip lachte. »Ach, du willst mich also nicht mehr?«

»Natürlich tue ich das. Aber ich kann dir die Erschöpfung ansehen, außerdem bin ich selbst müde. Wir sollten einander einfach nur ein bißchen Gesellschaft leisten.«

»Warum bist du so nett zu mir?«

Emma legte den Arm um Pips Schultern. »Weil du's verdienst. Wie jeder andere Mensch.«

Am nächsten Morgen fühlte Pip sich immer noch überwältigt und bedrängt. Sie mußte sich zurückziehen. Dieses Bedürfnis überwog alle anderen. Also verfaßte sie zu Hause an ihrem Schreibtisch ihr Kündigungsschreiben.

Sie fuhr zum Konservatorium und legte den Brief in Mitchells Fach, wissend, daß er später hereinkommen würde, um Schreibarbeiten zu erledigen. In ihrem Büro sah sie sich traurig um, als würde sie sich von einem Freund verabschieden. Sie stand lange am Fenster und sah hinaus auf den schattigen Hof mit seinen fast schon kahlen Bäumen, erinnerte sich, wie schön sie ihn gefunden hatte, als sie ihn das erste Mal sah, und versuchte, sich den Blick für immer ins Gedächtnis einzuprägen. Sie wiegte die Schlüssel in der Hand, fuhr mit den Fingern über ihre Spitzen und Einkerbungen, wünschte, sie müsse diese Entscheidung nicht treffen. Aber sie hatte keine Wahl. Eine innere Stimme rief sie, und sie mußte ihrem Ruf folgen.

Kapitel Drei

Wie erwartet, rief Mitchell Ellis Pip am Sonntagmorgen an. Sie nahm an ihrem Apparat ab, nachdem Frederick an ihrer Tür geklopft hatte, um sie zu wecken. Ihr war klar, daß er fragen würde, weshalb Ellis sie zu Hause anrief, und sie wußte nicht, vor welcher Unterhaltung ihr mehr graute. Sie erklärte sich bereit, Mitchell in einer Stunde in einem Café am Harvard Square zu treffen.

Sie trugen ihren Kaffee nach draußen und setzten sich an einen Tisch mit Blick auf die Massachusetts Avenue. Zu Pips rechter Hand spielte ein zerknitterter Mann mit einem spärlichen roten Bart und einem verschmutzten Cowboyhut Schach mit einem adretten jungen Mann in einem Sweatshirt der Harvard University. Eine kleine Gruppe Zuschauer bildete einen Kreis um den Tisch und verfolgte schweigend das Spiel.

Das Wetter hatte der Stadt einen für den Spätnovember ungewöhnlichen Segen beschert: einen warmen, sonnigen Tag. Eine kühle Brise plusterte die blauweiße Markise über dem Drahttisch auf. Pip setzte ihre Sonnenbrille wieder auf und starrte einen Augenblick schweigend in den klaren Himmel, den Gesprächsfetzen vorbeigehender Passanten lauschend.

Ein paar Akkorde einer Gitarre schwebten aus einer Nische nahe der angrenzenden Bank und trieben in der spätmorgendlichen Luft davon.

»Ich möchte deine Kündigung nicht annehmen«, setzte Mitchell an.

Pip sah ihn verblüfft an. »Warum nicht?«

»Du bist ein zu großer Gewinn für das Konservatorium.«

Pip schnaubte. »Mitchell, das ist die dreisteste Lüge, die ich jemals gehört habe. Ich bin eine furchtbare Lehrerin; meine Studenten hassen mich. Ich bin fürs akademische Leben einfach nicht geschaffen.«

»Pip, du bist nur unerfahren. Du wirst es schon noch hinbekommen. Es braucht seine Zeit. Es stimmt zwar, daß manche geborene Lehrer sind, aber wie alles andere kann man auch das lernen. Du wirst besser werden. Genaugenommen halte ich dich schon jetzt für eine hervorragende Lehrerin, obwohl du noch ein wenig ungeschliffen bist. Ich habe bei einigen deiner Schüler

Fortschritte bemerkt, und ob sie dich mögen oder nicht, ist nebensächlich. Wichtig ist, daß sie was lernen. Und das tun sie.«

»Mitchell, ich kann einfach nicht so weitermachen. Nimm's nicht persönlich. Ich mag dich, und ich könnte nicht mal behaupten, daß der Job mir ganz und gar nicht zusagt, aber im Augenblick ist mir der Umgang mit Musik ungefähr so angenehm, als würde man mir in den Zähnen bohren. Ich ertrage es nicht, sie zu hören. Es tut einfach zu weh.«

»Warum, Pip? Würdest du mir wenigstens das verraten?«

»Jedesmal, wenn ich ein klassisches Stück höre, besonders Klaviermusik, habe ich das Gefühl, als würde mir das Herz aus der Brust gerissen. Ich dachte, ich könnte mich davon distanzieren, wenn ich nicht selbst spiele. Ich hab's versucht, weißt du. Ich habe es abgelehnt, schwierige Passagen vorzuspielen, und die Distanz zu den Schülern aufrechterhalten. Im Augenblick ertrage ich es nicht, eine Tastatur anzufassen, außer um ein Klavier zu stimmen.«

»Ein Klavier zu stimmen?«

»Ja, ist das nicht ulkig? Ich hab Emma Wilbur bei der Arbeit zugesehen, und sie hat mir beigebracht, Klaviere zu stimmen. Nur so gelingt es mir, die Tasten anzufassen – eine nach der anderen.«

»Was verursacht diesen Schmerz?«

Pip starrte an ihm vorbei auf die Straße. Jede Erklärung, dachte sie bei sich, klänge melodramatisch oder albern. Sie selbst fand die Tatsache, daß die Erinnerung an eine Frau, die sie seit über drei Monaten nicht mehr gesehen hatte, es ihr unmöglich machte zu spielen, lächerlich.

»Ich hab die bedauerliche Erfahrung gemacht«, fing sie schließlich an, »meine Musik mit einer Liebschaft zu verquicken. Als die Beziehung zerbrach, zerbrach auch meine Fähigkeit zu spielen. Ich bin unfähig, auf einem Klavier klassische Musik zu spielen, ohne an sie zu denken, ich kann diese Erinnerungen nicht aus meinem Gedächtnis verbannen. Es gelingt mir kaum, irgend etwas auf einem Klavier zu spielen, ohne mich daran zu erinnern, wie sehr ich meine Seele an diesen Menschen verkauft habe, und jetzt bezahle ich den Preis dafür, versuche, sie zurückzukaufen.«

Mitchell reagierte zunächst nicht. Er nippte schweigend an seinem Kaffee, und sein Blick wanderte von seinen Händen zu ihrem Gesicht. »Ich kann nicht behaupten, daß ich das ganz verstehe, Pip, aber allmählich fange ich an zu verstehen. Als Charlie Ivors vor zwei Jahren seinen Sohn verlor, kam er zu mir und bat um ein Freisemester. Ich habe es ihm verwehrt, weil ich überzeugt war, daß er nie zur Musik zurückkehren würde, wenn er jetzt ginge. Er hat lange gebraucht, bis er mir verziehen hat, aber ich glaube, inzwischen ist er dankbar. Er brauchte Ablenkung von seinem Verlust. Trotzdem weint er manchmal noch, wenn jemand Cello spielt. Es erinnert ihn zu sehr an Sam.«

»Aber Charlie spielt nicht Cello, Mitchell. Er ist ein Violinist. Stell dir mal vor, er müßte den ganzen Tag mit Cellomusik verbringen, tagein, tagaus, eine ewige Erinnerung daran, daß Sam nicht mehr da ist und nie zurückkehren wird.«

Mitchell nickte. »Das ist mir auch schon in den Sinn gekommen.«

Pip beugte sich vor. »Mitchell, ich kann nicht zurückkommen. Darauf läuft es hinaus. Ich kann es nicht. Der Erfolg der Studenten bedeutet mir nicht genug, und damit tue ich ihnen keinen Gefallen. Wenn du meinen Standpunkt nicht nachvollziehen kannst, dann denk wenigstens an sie. Sie bezahlen einen Haufen Geld für etwas, das ich ihnen nicht geben kann.« Sie zögerte, dann fügte sie leise hinzu: »Du weißt, daß es stimmt, Mitchell.«

Er nickte. »Ich gebe zu, daß ich hoffte, du würdest dich besser einleben. Aber es ist nicht ausgeschlossen, daß du noch eine hervorragende Lehrerin abgeben könntest, Pip. Mit ein wenig Unterstützung.«

»Genau darum geht es doch!« Pip fing beinahe an zu schreien. »Ich will keine hervorragende Lehrerin werden. Ich möchte gar nicht unterrichten. Das wußtest du von Anfang an. Ich hab es nicht eingefädelt, das hat Frederick getan. Ich wollte den Job nicht haben, ich hab ihn nur aus Wertschätzung für dich und für ihn angenommen.« Sie lehnte sich zurück und fügte ein wenig ruhiger hinzu: »Ich hab gehofft, daß es sich anders entwickeln würde, aber es ist nun mal so gekommen.«

»Du bist erst seit zweieinhalb Monaten dabei.«

»Mitchell, ich kenne mich. Es wird sich nicht ändern, weil mir nichts daran liegt.«

Mitchell verzog das Gesicht, als hätte sie ihn geschlagen. »Nun gut«, meinte er schließlich. »Ich verstehe. Ich hatte dir gesagt, daß du nicht länger als ein Semester bleiben müßtest, wenn du nicht willst. Ich halte mein Wort.«

»Danke«, erwiderte Pip.

Mitchell trank seinen Kaffee aus und stand auf. Pip sah, daß er frustriert und enttäuscht war, und war sowohl erleichtert als auch schuldbewußt. Sie hatte sich durchgesetzt, warum also war sie nicht froh?

»Es tut mir leid«, murmelte sie. »Sehr sogar.«

»Ich weiß das, Pip. Ich glaube ja auch nicht, daß du es aus Gehässigkeit tust. Ich hoffe nur, daß du nicht für immer in Klausur gehst.«

Pip antwortete nicht. Sie war den Tränen nahe. Sie wandte den Blick von ihm ab und sah hinüber zu dem bärtigen Schachmeister, der soeben ein weiteres Spiel gewonnen hatte und seine zwei Dollar von dem Verlierer einkassierte. Sie nuschelte einen Abschiedsgruß, aber sah ihm nicht nach, als er davonging. Tränen trübten ihren Blick. Pip mußte an ihren Heimflug denken: Sie hatte erneut das Gefühl, alle um sie herum zu enttäuschen, und war der Erkenntnis dessen, was sie wollte oder wer sie war, in den vergangenen drei Monaten kein Stückchen nähergekommen.

Pip klopfte an die Tür zu Fredericks Arbeitszimmer. Sie hatte es den ganzen Tag über vermieden, ihm zu begegnen, war nach der Abendessenszeit nach Hause gekommen und hatte sich in ihr Zimmer zurückgezogen. Er sah von der Partitur, die er mit seiner eigenen Notation versah, auf und bedeutete ihr, Platz zu nehmen. Seine Brille langsam abnehmend, lehnte er sich in seinem abgenutzten Ledersessel hinter dem Schreibtisch zurück und wartete darauf, daß sie begann.

»Ich verlasse das Konservatorium am Ende des Semesters«, sagte Pip geradeheraus, nicht wissend, wie sie es diplomatischer ausdrücken sollte.

Fredericks Augenbrauen schossen erstaunt in die Höhe. Er runzelte mißbilligend die Stirn. »Das sehe ich anders.«

»Ich habe es bereits in die Wege geleitet.«

»Phillipa, du wirst diese Stelle nicht aufgeben, wie du deine Karriere aufgegeben hast.«

»Frederick«, preßte Pip hervor, bemüht, ihre Stimme zu beherrschen, »es ist jetzt mein Leben, und wenn ich dir sage, daß es bereits geschehen ist, dann ist das auch so.«

»Du bist eine unglaubliche Närrin. Bist du etwa nicht schluchzend aus London zu mir zurückgelaufen gekommen? Habe ich dir etwa nicht ein Dach überm Kopf geboten und eine Stelle besorgt? Du wirst dich zusammenreißen. Du mußt endlich verstehen, daß du dich nicht aufgrund einer Laune der Verantwortung entziehen kannst. Wenn du wie eine Erwachsene behandelt werden willst, dann mußt du dich auch dementsprechend verhalten.«

»Ich bin erwachsen, und ich verhalte mich auch so. Diese Stelle ist nichts für mich, und ich werde nicht bleiben, nur weil du es für das beste hältst. Es ist nicht das beste für mich. Seit meinem vierten Lebensjahr dirigierst du meine Karriere und mein Leben.

Jetzt möchte ich mein eigenes Leben führen, und es tut mir leid, wenn dir das nicht in den Kram paßt. Ich bin nicht die, für die du mich hältst, Frederick, und wenn du dir die Zeit genommen hättest, mich kennenzulernen, dann würdest du mich verstehen.«

»Bloß weil irgendeine Jezabel in London dein Herz gebrochen hat, heißt das noch lange nicht, daß du nicht weitermachen kannst. Nur auf die Musik kommt es an. Die Liebe ist lediglich eine Unannehmlichkeit; den Luxus, dich ihr hinzugeben, kannst du dir nicht erlauben.«

»Ich hab endgültig die Nase voll von deiner blödsinnigen ›Die Musik ist alles‹-Leier. Corrinne hat mir was bedeutet. Sie hat mir mehr bedeutet als die Musik.«

»Das kann ich nicht akzeptieren.«

»Es ist mir egal, ob du es akzeptierst oder nicht. Im Grunde hat es mit dir nicht das geringste zu tun, Frederick, und wenn du dich noch um was anderes als die Musik kümmern würdest, könntest du das kapieren. Nicht jedem gelingt es, seine Leidenschaften zu verdrängen, andere Seiten seiner selbst, bloß weil du der Ansicht bist, daß er's sollte. Es gehört mehr zum Leben als Musik. Es gibt die Liebe; es gibt den Schmerz. Es gibt die Trauer. Erzähl mir nicht, du hättest nicht getrauert, als Alice starb. Herrgott, du warst zwanzig Jahre lang mit ihr verheiratet. Sie war ein Teil deines Lebens.«

»Das ist lange her.«

»Frederick, ich habe versucht, wie du zu sein. Ich hab versucht, den leeren Platz in meinem Innern mit Musik zu füllen. Aber ich kann nicht mehr. Es muß noch mehr geben, und ich brauche Zeit, um es zu finden.«

Frederick schwieg lange. Sein Blick irrte verlegen durch den Raum und wich ihr aus. »Wir werden es nie wieder erwähnen«, sagte er.

»In Ordnung.«

»Und du wirst dich nach einer neuen Bleibe umsehen.«

Das hatte Pip erwartet. Sie nickte. »Ich werde versuchen, bis zum Ersten des neuen Jahres weg zu sein.«

»Gut.« Frederick fischte seine Brille hervor und setzte sie wieder auf. Er widmete sich wortlos seiner Arbeit. Nach einer Minute stand Pip auf und verließ den Raum.

Nach ein paar Tagen fand Mitchell zu seiner üblichen positiven Gemütsverfassung zurück und behandelte Pip mit Liebenswürdigkeit und Respekt. Sie sprachen nie wieder über die Gründe für ihren Weggang, und als Pip sich nochmals für ihre unvermittelte

Kündigung entschuldigte, klopfte er ihr voller Zuneigung auf die Schulter und sagte, er habe oft darüber nachgedacht und meine, es zu verstehen. »Du wirst mir aber fehlen«, meinte er. »Versuch, diesen Abschied nicht als endgültig zu betrachten, ja? Dir stehen hier die Türen weiterhin offen.«

Pip schüttelte verblüfft den Kopf und versprach, in Kontakt zu bleiben. Am Freitag nach dem Erntedankfest, zwei Wochen vor dem offiziellen Semesterende, spürte Pip Emma auf und eröffnete ihr die Neuigkeiten.

»Ich hab's schon gehört«, sagte sie. »Ich hab mich gefragt, ob du's mir sagen oder einfach verschwinden würdest.«

»Ich hab nicht vor zu verschwinden, Emma. Aber ich muß 'ne Menge klären, und hier kann ich das einfach nicht.«

»Aber ich werde dich wiedersehn«, stellte Emma fest.

»Ich schätze ja«, erwiderte Pip, obwohl sie nicht sicher war, daß sie das wollte. Emma wollte mehr, als Pip in der Lage oder bereit war zu geben. Sie wußte nicht, wie sie es Emma beibringen sollte, ohne gemein zu klingen. Es war Pip wichtig geworden, Menschen, die sie kannte, nicht mit einem Gefühl, verraten worden zu sein, zurückzulassen; ein Gefühl, das nach Corrinnes Verlust mit Wucht über sie hereingebrochen war. Zum erstenmal in ihrem Leben hatte sie Schuldgefühle, und sie stellte fest, daß sie keine angenehmen Begleiter waren. Als sie ihr Büro aufräumte, wurde sie von einem Klopfen an der Tür unterbrochen. Es war Jamie. Pip winkte sie herein, und Jamie schloß die Tür hinter sich.

»Ich kann nicht glauben, daß Sie gehen«, meinte Jamie.

»Warum nicht?«

»Weiß nicht. So was passiert hier normalerweise nicht.«

»Ich bin eben kein normaler Mensch, schätze ich.«

»Nein. Sind Sie auch nicht. Sie werden mir sehr fehlen.«

»Jamie«, sagte Pip überrascht, »du kennst mich doch kaum.«

»Ich weiß. Aber als die ganze Sache mit Melissa passierte. Na ja, da hat sich keiner hier darum geschert, wissen Sie? Ich hatte das Gefühl, daß es Ihnen nicht egal war, wie's mir ging.«

»Stimmt. Es ist mir nach wie vor nicht egal.«

»Warum gehen Sie dann?«

Pip verstand die Frage zunächst nicht. Sie sah Jamie lange an, bevor ihr allmählich ein Licht aufging. »Weil ich eine miserable Lehrerin bin«, scherzte sie.

»Aber das sind Sie nicht.«

»Ich finde schon. Aber ganz im Ernst, es ist sehr kompliziert. Es ist allen damit gedient, wenn ich gehe, bevor ich den ›zarten‹ studentischen Egos noch größeren Schaden zufüge.«

»Wohin gehen Sie?«

»Ich weiß es noch nicht. Hab mich noch nicht entschieden.«

»Verlassen Sie Boston?«

»Wohl kaum.«

»Kommen Sie wenigstens zu meinem Abschlußkonzert? Es würde mir sehr viel bedeuten.«

»Ich überleg's mir, okay?«

Jamie nickte. »Bleiben Sie in Weston?«

Pip war verblüfft, daß Jamie sich die Mühe gemacht hatte herauszufinden, wo sie lebte. »Nein«, antwortete sie. »Ich ziehe um. Ich weiß noch nicht, wohin«, nahm sie Jamies nächste Frage vorweg. Pip packte ihre letzten Sachen in einen offenen Karton und klebte ihn zu. »Nun, das war's dann wohl.«

»Darf ich Ihnen helfen, die Sachen zum Auto zu tragen?«

»Ich komm schon klar, danke.« Pip kam hinter dem Tisch hervor und ging zur Tür. Sie griff nach der Klinke, hoffend, daß diese Geste Jamie das Ende der Unterhaltung signalisieren würde. Jamie verstand und erhob sich. Sie stand vor Pip und umarmte sie plötzlich unbeholfen. Bevor Pip reagieren konnte, huschte Jamie aus der Tür und war verschwunden.

Am ersten Samstag im Dezember folgte Pip der Maklerin durch die zwar kleine, aber ordentliche Wohnung. Im Erdgeschoß eines dreistöckigen Gebäudes in Cambridgeport gelegen, war sie hell und sonnig, wenn auch etwas beengt. Von dem schmalen Gang aus erblickte sie im Vorbeigehen rechter Hand ein Wohnzimmer mit drei Erkerfenstern.

Das Badezimmer war frisch renoviert worden, und die neuen Armaturen glänzten im Schein der Deckenlampe. Das Fenster über der alten Badewanne auf Klauen ließ sich quietschend öffnen. Die Wanne war lang und tief genug, um Gedanken an gemütliche Vollbäder heraufzubeschwören.

Ein Eßzimmer schloß sich an das Wohnzimmer an. Es war nicht groß genug, um ein Klavier zu beherbergen, hätte Pip eines gewollt. Und die Diele bot ebenfalls nicht genügend Raum für solch ein Instrument. Pip wußte, daß ihre Wahl der Wohnung ihre Entscheidung, nicht mehr zu spielen, endgültig besiegelte. Das Schlafzimmer ging von der Küche am Ende des Ganges ab. Es war mindestens so groß wie das Wohnzimmer, und die Dielen waren hier, im Gegensatz zum Rest der Wohnung, in gutem Zustand. Eines der Fenster bot einen Blick über die hintere Veranda. Obwohl der Hof klein war, gab es ein paar Bäume und die bräunlichen Überreste eines Rasens.

»Ich nehme an, daß Sie in diesen Räumen Teppiche auslegen werden«, sagte die Frau, als sie zur Eingangstür zurückgingen. »Die Vormieterin hatte eine Katze, die überall hingepißt hat. Wie Sie sehen, ist der Boden vor kurzem abgeschliffen worden, aber die Flecken gehen nicht mehr raus.«

Pip nickte. Das hier reichte zwar nicht im entferntesten an Fredericks geräumiges und gepflegtes Haus in Weston heran, aber es mußte reichen. Die Tapete war erträglich, obwohl die Frau, die vorher in der Wohnung gelebt hatte, eine ausgeprägte Vorliebe für Enten besaß und die Metallschränke in der Küche mit selbstklebender Folie mit winzigen blauen und rosa Enten darauf ausgelegt waren. Sie hatte nicht einmal davor zurückgeschreckt, die kleine Arbeitsfläche neben der Spüle damit zu bekleben. Aber wenigstens war die Wohnung einigermaßen sauber, abgesehen von den Fingerabdrücken auf Rahmen und Türen, und das Küchenlinoleum war nur an wenigen Stellen so durchgescheuert, daß der Boden darunter durchschien.

Sie traten auf die vordere Veranda hinaus. Rechts war eine weitere Tür, hinter der sich die Treppe verbarg, die zu den oberen Stockwerken führte. »Was sind die anderen Mieter für Leute?« fragte Pip.

»Tja, das Pärchen im ersten Stock, die sind beide Akademiker. Soweit ich weiß, sind sie ziemlich ruhig. Und der Junggeselle im zweiten Stock lebt seit sechs Jahren hier. Er ist Barkeeper, deshalb hat er einen merkwürdigen Rhythmus, aber es hat sich noch nie jemand beschwert. Haben Sie einen Wagen?«

»Ich weiß nicht. Vielleicht besorge ich mir einen.«

»Tja, hier heißt es auf der Straße parken. Es gibt keine Auffahrt, Sie werden sich also einen Parkplatz suchen müssen.«

Pip nickte. Mitchell war so nett gewesen, ihr eine Verdienstbescheinigung auszustellen, obwohl sie ab Ende des Monats nicht mehr auf seiner Gehaltsliste stehen würde. Da Frederick nie verlangt hatte, daß sie sich an den Haushaltskosten beteiligte, war es ihr gelungen, beinahe ihre gesamten Einkünfte des Semesters zu sparen.

Trotzdem wußte sie, daß ihr das Geld schon bald ausgehen würde, nachdem sie die erste Monatsmiete, die Kaution und die Maklergebühren bezahlt hatte.

Sie fuhren zurück ins Büro, und Pip sagte der Frau, daß sie die Wohnung nehmen würde. Sie unterschrieben die entsprechenden Papiere, und die Maklerin gab Pip einen Schlüssel. »Da Sie bereits für die erste Dezemberhälfte bezahlt haben, können Sie jederzeit einziehen. Sie müssen den Gaswerken Bescheid sagen und einen Termin mit ihnen vereinbaren. Wir haben das Gas abdrehen lassen, nachdem Ihre Vormieterin ausgezogen war.«

Pip nickte und nahm den Schlüssel sowie eine Liste der Nebenkosten an sich. Die Maklerin ging in ein anderes Zimmer, um den Mietvertrag für Pips Unterlagen zu kopieren, dann verließ Pip das Büro.

Frederick und Pip packten beide, aber aus unterschiedlichen Gründen. Frederick wollte einen Monat in Santa Fe verbringen, um mit einem kleinen Opernensemble zu proben und das Orchester bei einer Inszenierung von *Carmen* zu leiten. Diese Begeisterung für die Oper war Pip neu, aber Frederick schien sich auf dieses neue Projekt zu freuen. Er verbrachte mehrere Abende damit, sich zurückzuziehen und lange Gespräche mit dem Gesangsleiter zu führen, und wirkte in letzter Zeit weitaus besser gelaunt.

Weder erwähnten sie Pips Kündigung mit einem Wort, noch zeigte Frederick das geringste Anzeichen eines Gefühls – positiv oder negativ –, als Pip ihm mitteilte, daß sie eine Wohnung in der Stadt gefunden hatte. Falls es ihm leid tat, daß sie ging, so ließ er sich nichts anmerken.

Für Pip war das Packen zu einer Mammutaufgabe geworden, denn sie packte nicht nur Kleidung und andere Notwendigkeiten ein, sie sortierte außerdem ihr gesamtes Hab und Gut, das sich im Laufe der Jahre angesammelt hatte. Sie hatte sich in letzter Minute dazu entschlossen, in dem Versuch, die Spuren ihrer Anwesenheit vollkommen zu tilgen. Sie wollte Frederick verletzen, aber es schien ihm nicht einmal aufzufallen. Als sie erkannte, daß ihre Rechnung nicht aufgehen würde, war sie bereits so weit fortgeschritten, daß sie genausogut weitermachen und es zu Ende bringen konnte.

Etwa fünfzehn Minuten bevor sein Fahrer ihn abholen und zum Flughafen bringen sollte, klopfte Frederick an ihre Zimmertür. Pip blickte vom Boden auf, auf dem sie inmitten von Sachen saß, die sie aus Schachteln im Schrank gezogen hatte. Frederick trat ein, schob ein paar Sachen auf dem Bett beiseite und setzte sich.

Er schwieg zunächst, schien in den Anblick der Papierstapel und des Krimskrams, der übers Bett verstreut lag, vertieft. Er hob einen verblichenen Zeitungsausschnitt auf, die Kritik eines der ersten Konzerte von Pip, und legte ihn wieder hin. Er griff in seine Anzugtasche, zog einen Scheck hervor und reichte ihn ihr wortlos.

»Was ist das?«

»Nur etwas, um dir über die Runden zu helfen. Es ist ein Geschenk, kein Darlehen.« Der Scheck war über dreitausend Dollar.

»Ich kann das nicht annehmen.«

»Ich möchte, daß du es nimmst. Bitte.«

Pip sah zu ihm auf. Sein Gesichtsausdruck war gequält, und zum erstenmal, seit sie angekommen war, las sie in seinen Zügen etwas anderes als Wut oder Enttäuschung.

»Ich bedauere, daß die Dinge sich so entwickelt haben, Phillipa. Ich weiß, daß ich dich dazu angetrieben habe, die Beste zu werden, und es mag nicht die weiseste Entscheidung gewesen sein, aber jetzt ist es nun mal geschehen. Du warst alles, was ich mir erhofft hatte – talentiert, intelligent. In all den Jahren habe ich nie mit jemandem gearbeitet, der ein so instinktives Gespür für Musik hat wie du. Ich beneidete dich. Es schien dir so leicht zu fallen, während ich es mir hart erarbeiten mußte. Das hast du nie gemerkt, nicht wahr?«

Was soll ich nicht gemerkt haben, fragte sich Pip. Sie hatte seinen Neid von Zeit zu Zeit gespürt, aber sie hatte immer angenommen, daß der Weg, den er gewählt hatte, für ihn ebenso mühelos war wie der, den sie beschritten hatte. »Nein«, erwiderte sie auf seine Frage. »Du hast es dir nie anmerken lassen.«

Er lächelte. »Du bist alles, was mir noch geblieben ist.«

»Hörst du manchmal von Lucy?« fragte Pip zaghaft. Diese Frage wollte sie ihm schon seit Jahren stellen, und sie nutzte seine Stimmung, um das Thema anzusprechen. Er schwieg lange. Der Ausdruck auf seinem Gesicht wurde härter, und sie sah, wie er sich bemühte, die richtigen Worte zu finden. Sein Kiefermuskel zuckte.

»Nein«, antwortete er abrupt. Dann seufzte er und richtete sich auf. Er ließ seinen Blick in die Ferne schweifen und fuhr so leise fort, daß Pip sich vorbeugen mußte, um ihn zu verstehen. »Das stimmt nicht. Ich höre manchmal von ihr.« Er drehte sich um und sah Pip an, als durchforste er ihr Gesicht nach irgend etwas, einer Hoffnung, einer Erinnerung, einem längst vergessenen Traum. »Bitte versuch zu verstehen, daß ich sehr lange wütend auf sie war.«

Pips Magen zog sich zusammen. Etwas würde geschehen. In all den Jahren, in denen sie bei ihm lebte, hatte er kaum über ihre Mutter gesprochen. »Was meinst du damit?« fragte sie und fürchtete sich fast vor seiner Antwort.

Er erhob sich vom Bett. »Komm mit nach unten«, sagte er.

Pip folgte ihm in sein Arbeitszimmer. Er schloß eine mit feinen Schnitzereien verzierte Kommode neben seinem Schreibtisch auf und zog eine tiefe Schublade heraus. Er reichte sie ihr, und Pip sah hinein. Sie war gefüllt mit Briefen. Sie sank auf einen Stuhl und vergrub die Hände in der Schublade, als wäre sie voller Goldmünzen. Sie ließ die Briefe von ihren Fingerspritzen rieseln. Die meisten waren ungeöffnet. Alle waren an sie adressiert. Außer einem Päckchen, das von einem Gummiband zusammengehalten wurde. Pip hob es langsam auf. Es waren die Briefe, die sie an ihre Mutter geschrieben hatte. Er hatte sie nie abgeschickt.

Sie blickte langsam zu ihm hoch, ihr Gesicht wund vor Schmerz. »Wieso?« Mehr brachte sie nicht heraus.

»Ich war wütend. Ich wollte nicht, daß sie sich einmischte. Damals dachte ich, es sei gerechtfertigt.«

»Gerechtfertigt? Sie ist meine Mutter!«

»Ich weiß.«

»Wie konntest du nur?« Aus dem Schmerz wurde Zorn. Sie wollte sich auf ihn stürzen, zuschlagen und ihre Fäuste auf seinem Fleisch fühlen. Aber die Verzweiflung auf seinem Gesicht hielt sie zurück, und ihre Verwirrung hielt sie auf dem Stuhl gefangen. Nach den langen Jahren des Zweifelns, des Glaubens, daß ihre Mutter sie nicht liebte, sie ohne zu zögern verlassen hatte, war der Gedanke, es könnte sich anders verhalten haben, schockierend.

»Ich habe damals getan, was ich für das beste hielt.«

»Du hast einfach deine Vorstellung davon, was am besten sei, durchgesetzt? Ohne mich zu fragen, was ich wollte?«

»Was weiß ein Kind denn schon? Du bist begabt. Ich befürchtete, daß du sie der Musik vorziehen würdest –«

»Das hätte ich auch, da hast du recht«, versuchte Pip ihn zu unterbrechen, aber er fuhr fort, als habe er sie nicht gehört.

»–und ich hätte das nicht ertragen. Ich wollte nicht, daß du wie ein Gepäckstück herumgeschleppt wirst, während Lucy versuchte, ihr Leben in den Griff zu bekommen. Du warst wie geschaffen für diese Musik. Ich glaube, Lucy hat das auch verstanden. Sie hat dich gehen lassen.«

»Wieso sollte ich dir das glauben? Wie soll ich dir je wieder irgend etwas glauben, nachdem du mir das angetan hast?« Sie zeigte auf die Kiste Briefe.

»Lies sie«, sagte er mit einer wegwerfenden Geste, als sei er überzeugt, daß sie einsichtig werden würde. »Du wirst sehen, daß ich recht habe.« Die Verzweiflung und die Verletzlichkeit waren wie weggeblasen, an ihre Stelle trat die ihr vertraute Selbstgerechtigkeit. Aber sie war es müde, war es müde, seine Weltanschauung als die einzig gültige zu akzeptieren. Was gab es noch, das sie nicht wußte? »Sie ließ dich gehen, weil sie wollte, daß du etwas bekommst, das sie nicht haben konnte.«

»Und zwar?«

»Eine Musikkarriere.«

»Sie war eine Musikerin?«

»Ja. Sie war ungeheuer begabt. Aber ihr fehlte die Disziplin. Sie fing zu spät an und wollte nicht üben. Sie zog andere Dinge vor.«

Was für ›andere Dinge‹?, fragte sich Pip. Die Schule? Jungs? Discos in der Turnhalle? Kino? Vielleicht alles zusammen. Vielleicht keines davon. »Vielleicht wollte sie nicht Karriere als Musikerin machen, vielleicht wolltest du, daß sie's tut.«

Frederick sah sie streng an. »Talent sollte man nicht vergeuden.«

»Du hast uns voneinander ferngehalten, weil du Angst hattest, daß ich sie mehr lieben könnte als die Musik. Also hast du ein Umfeld geschaffen, in dem mir nur die Musik blieb, so daß ich nur die Wahl hatte, sie zu lieben oder aus Einsamkeit zu sterben. Ist dir eigentlich klar, was du getan hast, Frederick?«

»Wenn du spielst«, sagte er leise, »ist es wie ein Geschenk des Himmels. Es ist der schönste Klang, den ich jemals gehört habe. Ich konnte diesen Klang nicht verstummen lassen. Ich konnte einfach nicht. Es hätte mich umgebracht.«

Pip ließ den Kopf hängen und konnte nicht sehen, wie Tränen seine Augen füllten, aber sie hörte, wie Gefühle seine Stimme belegten. Sie war hin- und hergerissen zwischen Zorn und Verständnis. All die Jahre. Was für eine skrupellose Manipulation. Es war so viel verlorengegangen. War der Applaus ein angemessener Preis für solch einen Verlust? Sie bezweifelte es. Aber sie konnte ihn nicht hassen. Dessen war sie sicher. Er war ihre Familie gewesen, ihre einzige Blutsverwandtschaft. Dieses Band konnte sie nicht durchtrennen. Egal, wie emotional verletzt und blutig sie aus ihren Auseinandersetzungen hervorgingen, egal, wie sehr die Enttäuschung ihr ins Fleisch schnitt, er blieb der Mittelpunkt ihrer Welt. Und sie wußte, daß sie ihm ebenfalls viel bedeutete. Mehr als alles andere. Auf seine Weise liebte er sie. Sie wünschte, seine Weise hätte anders ausgesehen, und verstand doch, das dies unmöglich war. Er war kein sanfter Mann. Weder liebevoll noch besonders gütig. Er war brillant, begabt, ein Visionär der Musikwelt, aber kein Mann, der zu plötzlichen Gefühlsausbrüchen oder Zärtlichkeiten neigte. Er war ein Mann, der durch seinen Kopf lebte und den Rest seines Körpers und seiner Gefühle dafür verfluchte, daß sie ihm das Leben erschwerten. Könnte er als purer Intellekt existieren, so würde er es tun. Ein vom Körper befreiter Geist auf der Suche nach seiner ureigenen Version der Wahrheit.

Da sie sein Wesen verstand und akzeptierte, rief sein Zustand Mitgefühl statt Zorn hervor. Sie liebte und haßte ihn zugleich. Obwohl er Lucy und sie verraten hatte, hatte ein Teil von ihr Verständnis. Sie haßte es. Sie schob ihr Verständnis beiseite. Er war im Unrecht. Sie wußte es, und es wurde Zeit, daß auch er es begriff.

»Kann sein, daß es dich umgebracht hätte. Jedenfalls ist es dir beinahe gelungen, mich zugrunde zu richten.«

Er sah sie an, und sie beobachtete, wie die alte Kälte in seine Augen zurückkehrte. »Ich tat, was ich für das beste hielt. Lucy war nicht in der Lage, sich um dich zu kümmern.«

»Es lag nicht bei dir, diese Entscheidung zu treffen.«

»Sie verfügte nicht über meine Beziehungen. Sie hätte deinen Unterricht nicht finanzieren können. Sie wollte dich durch ganz Europa schleppen. Du hättest dein Potential nicht entwickelt.«

»Ich bin keine gottverdammte Aktie, Frederick. Ich bin ein Mensch. Ich bin ein Mensch mit Gefühlen und Bedürfnissen, die die Musik nicht befriedigen kann. Es sollte dir inzwischen klar sein, daß das von dir mit Bedacht kultivierte Potential nach hinten losgegangen ist. Sieh mich an. Ich bin hier, spiele nicht, will nicht mal spielen. Ich habe alles verloren, Frederick. Und jetzt erzählst du mir, daß ich meine Mutter nicht hätte verlieren müssen. Jetzt. Nach fast dreißig Jahren. Herrgott, wie konntest du ein so selbstsüchtiger Bastard sein?«

Sie hatte begonnen zu schreien, aber sie sah an seiner Miene, daß er sich verschlossen hatte und nicht mehr zuhörte. Sie könnte ihn bis zu Erschöpfung anbrüllen, und es würde rein gar nichts ändern. Sie würde ihn nie ändern. Niemals. Es war sinnlos, die Unterhaltung fortzusetzen.

Pip konnte sich bereits lebhaft ihre nächste Begegnung oder das nächste Telefongespräch vorstellen. Höflich. Friedfertig. Sie würden weitermachen, als wäre nichts geschehen. Als ob Gefühle unwichtig wären.

Frederick sagte: »Ich gab dir die Briefe, weil es Zeit wird, daß du diese anderen Dinge entdeckst.«

»Dafür ist es etwas zu spät«, fauchte sie zurück.

»Es wird Zeit, daß du merkst, welche Wogen du verursachst. Du kannst nicht einfach durchs Leben schwimmen und die ignorieren, die in deinem Kielwasser untergehen. Ich hab dir beigebracht, nur an die Musik zu denken. Vielleicht hätte ich deinen Horizont etwas erweitern sollen. Aber was vorbei ist, ist vorbei, und wir können es nicht ungeschehen machen.« Er klang, als wolle er sich ebenso überzeugen wie sie.

Sie starrte ihn an, bekämpfte ihren Wunsch nachzugeben. Es war so viel leichter, ihren eigenen Zorn und ihre Verletzung zu begraben, als Mal für Mal gegen die Mauer anzurennen, die ihr Großvater war. So nahe war er einer Entschuldigung noch nie gekommen. Aber sie war im Augenblick nicht in der Lage, das zu erkennen. Sie sah nur die Briefe in ihrem Schoß und den verwirrenden Strudel der Vergangenheit, in dem sie unterzugehen drohte.

Eine Autohupe ertönte aus der Auffahrt. Frederick ging zum Fenster, winkte dem Fahrer zu und gab ihm zu verstehen, daß er gleich kommen werde. »Meine Nummer in Santa Fe liegt neben dem Telefon. Ich seh dich im Neuen Jahr.« Er ging um den Schreibtisch und hielt zögernd neben ihrem Stuhl. Sie rührte sich nicht. Frederick klopfte ihr auf die Schulter – der unbeholfene Versuch, Zuneigung auszudrücken –, dann war er verschwunden.

Pip saß noch lange, nachdem das Motorengeräusch in der Ferne verklungen war, im Arbeitszimmer. Ihr Wunsch, die Briefe zu lesen, war beinahe so groß wie der Drang, es nicht zu tun. Sie dachte an ihre Mutter, aber sie konnte sich nicht einmal daran erinnern, wie sie damals ausgesehen hatte. Sie fragte sich, was Lucy für sie empfand. War sie eifersüchtig? Vermißte Lucy sie? Wie es wohl sein mochte, von der eigenen Familie abgeschnitten zu leben und nicht zu verstehen, weshalb ihr einziges Kind ihre Briefe nicht beantwortete?

Sie versuchte sich vorzustellen, sie hätte ein Kind, versuchte, sich in Lucys Lage zu versetzen. Sie fühlte die Verwirrung, die Wut. Fühlte Frederick wie eine Mauer zwischen ihnen. Fühlte Lucys Frustration über Fredericks Fähigkeit, andere von seiner Sichtweise zu überzeugen. Natürlich war Pip talentiert. Natürlich konnte Lucy ihr nicht dasselbe wie Frederick bieten. Er war vermögend, ein Vermögen, das Lucy geerbt hätte, wäre sie das Kind gewesen, das er sich wünschte. Sie wußte, daß er sie ausgeschlossen hatte. Er sprach nie von ihr, wehrte Pips Fragen ab und brachte sie mit einem eisigen Blick zum Schweigen.

Sie hob einen der Briefe auf und schlitzte ihn mit einem Papieröffner von Fredericks Schreibtisch auf. Lucys Handschrift war sorgfältig und ordentlich. Pip las:

Wenn ich nur wüßte, weshalb Du mir nicht schreibst. Ich weiß, daß Du beschäftigt sein mußt, aber ich mache mir Sorgen, und Frederick verrät mir nur soviel, daß es Dir gut geht und Du zu einer hübschen jungen Dame heranwächst. Ach Kind, ich wünschte, ich könnte Dich sehen, aber Dein Großvater sagt, daß Du jede freie Minute am Klavier verbringst, und ich kann im Augenblick keine zwei Nickel zusammenkratzen, zu Dir zu fliegen kommt also nicht in Frage. Aber Du darfst nicht glauben, daß ich nicht an Dich denke. Mein erster Gedanke am Morgen und meiner letzter Gedanke in der Nacht gelten Dir. Es gibt hier so viele Orte, die ich Dir zeigen möchte, so viel, das ich Dir erzählen will. Frederick sagt, Du seist so begabt. Hat er Dir erzählt, daß ich auch Klavier gespielt habe? Ich liebte es, aber ich wußte von Anfang an, daß ich es nicht zu meinem Leben machen wollte. Aber Du bist anders. Das bist Du immer gewesen …

Pip konnte nicht weiterlesen. Sie stopfte den Brief zurück in den Umschlag und setzte die Kiste auf den Boden. Sie krümmte sich auf dem Stuhl in Fredericks Büro zusammen und weinte. Dann rutschte sie hinab auf den Teppich und fiel in einen unruhigen Schlaf, ihr Körper um die Schublade gerollt. Als sie aufwachte, war es bereits dunkel, und der Boden war klamm. Pip ging nach oben, um fertig zu packen.

Am Schluß nahm sie kaum etwas in die neue Wohnung mit, und die Briefe lagen ungelesen in einer Schachtel im Schlafzimmerschrank. Sie lauerten in ihrem Hinterkopf, klangen nach wie die partielle Erinnerung an etwas, das sie tun sollte, das ihr aber entfallen war – so wie der Duft eines Parfüms in der Luft schwebt, lange nachdem die Frau, die es trägt, verschwunden ist.

Pip berichtete Joan, was sich ereignet hatte, seitdem sie sich im August bei Anne's gesehen hatten. Es kam ihnen nicht seltsam vor, daß soviel Zeit vergangen war, denn sie schienen jederzeit den Faden wieder aufnehmen zu können, als hätten sie sich erst am Tag zuvor gesehen.

Joan lachte an den richtigen Stellen, als Pip schilderte, wie sie aus dem Fenster gesprungen war, um den Streit zwischen Melissa und Jamie zu schlichten, aber Pip erwähnte Jamies Verliebtheit nicht. Sie schämte sich noch immer, es nicht vorausgesehen zu haben.

»Also, ich hab auch 'ne Neuigkeit«, verkündete Joan und spülte den letzten Bissen Pizza mit einem großen Schluck Bier hinunter. »Ich ziehe nach New York City.«

»Was?«

»Nächsten Monat. Wir haben uns entschlossen, die Jazzszene zu erkunden. In Manhattan haben zwei neue Clubs aufgemacht, und einer hat uns schon einen Vertrag angeboten, wir treten donnerstags und freitags auf.«

»Das ist ja toll. Aber ich dachte, du hättest dir geschworen, nie wieder nach New York zurückzukehren.«

»Hab ich auch. Und damals war's mir damit auch Ernst, aber wir können dort viel mehr Geld verdienen, und, um ehrlich zu sein, gibt es für unsere Musik hier einfach nicht soviel Nachfrage, wie wir gehofft hatten.« Joan sah Pip ernst an. »Ich hab mit der Band darüber geredet –wir würden dich gerne mitnehmen.«

»Mich? Spinnst du?«

»Nein. Wir reden schon seit 'ner Weile drüber, eine Keyboarderin dazuzunehmen. Es ist nicht Klassik, Pip, es ist vollkommen anders. Es wäre ein Neuanfang für dich.«

»Ich fühle mich geschmeichelt, Joan, wirklich. Aber im Augenblick bin ich nicht in der Lage, so einen Schritt zu wagen. Und New York hat mir gerade noch gefehlt.«

»Ich hab mir schon gedacht, daß du das sagst, Pip, aber ich wollte dich trotzdem fragen.«

»Dein Timing ist total daneben. Ich hatte mich gerade an den Gedanken gewöhnt, eine Freundin in der Nähe zu haben, und dann haust du ab.«

»Es ist doch nicht weit weg. Du bist früher jede Woche gependelt.«

»Das ist mir schon klar. Aber ich möchte eine Weile an einem Ort bleiben.«

»Wie läuft's mit Emma?«

Pip verzog das Gesicht. Sie hatte Emma seit über einer Woche weder gesehen noch gesprochen. Sie wußte, daß sie sich melden sollte, aber sie war noch nicht soweit. »Es wurde kompliziert.«

»Es ist doch immer das gleiche, nicht?« Joan trank ihr Bier aus und trug die Flasche zur Spüle. Sie nahm die leere Pizzaschachtel, faltete sie zusammen und stopfte sie in den Abfalleimer. »Du könntest dir ruhig noch ein paar Möbelstücke zulegen, Pip«, scherzte sie. »Es sieht hier aus, als wärst du völlig verarmt oder so was.«

»Ich will die Wohnung nicht vollstopfen.«

»Da besteht keine Gefahr. Wenigstens hast du ein Bücherregal. Was brauchst du mehr?« Joan langte in ihren Rucksack und reichte Pip drei Taschenbücher. »Ich dachte, die könnten dir Spaß machen.«

»Science Fiction?«

»Nun, ja und nein. Lies sie einfach.«

»Okay. Danke. Ich hab meinen neuen Bibliotheksausweis ohnehin noch nicht.«

»Du überraschst mich. Ich dachte, das wär dein erster Gang.«

»Ich kann mich dieser Tage nicht konzentrieren. Jedesmal, wenn ich anfange, etwas zu lesen, schweifen meine Gedanken ab, und ich denke an Corrinne. Mein erster Gedanke am Morgen und mein letzter Gedanke in der Nacht gelten immer noch ihr.«

»Wie grauenvoll.«

Der Sarkasmus in ihrer Stimme entging Pip nicht. »Ja, nicht wahr?«

»Na, das hier könnte eine Hilfe sein. Laß mich wissen, was du von ihnen hältst.« Joan schnürte ihren Rucksack zu und richtete sich auf. »Ich muß los. Ich muß eine Million Sachen erledigen, und wir ziehen Ende Dezember um.«

»Seh ich dich vorher noch mal?«

»Das hoffe ich. Was wirst du jetzt beruflich machen?«

»Ich hab keinen blassen Schimmer«, meinte Pip. »Überhaupt keinen.«

»Ich wünschte, ich könnte mir den Luxus erlauben. Aber ich kann nicht klagen.«

»Ich auch nicht, aber ich werde mir sehr bald etwas einfallen lassen müssen.«

Sie blieben an der Wohnungstür stehen. Joan knöpfte ihren Mantel zu und umarmte Pip. »Ruf mich an«, meinte sie.

»Mach ich.« Pip schloß die Tür hinter ihrer Freundin und lehnte sich dagegen. Von der Lampe auf dem Küchentisch fiel eine kleine Pfütze Licht in die Diele. Die anderen Räume lagen im Dunkeln. Pip ging ins Wohnzimmer und ließ die Jalousien herab. Sie setzte sich für eine Minute auf das Sofa, zog den Beistelltisch heran und nahm ihre Tarotkarten aus dem schwarzen Ebenholzkästchen, das sie eigens dafür gekauft hatte. Sie zündete die Kerze an, die für solche Anlässe auf dem Tisch stand, und legte die Karten, ohne an das Muster zu denken. Wann wird dieser Schmerz vergehen? fragte sie still. Was hält die Reise für mich bereit? Sie blickte auf die Karten, aber konnte ihnen keine klare Aussage entnehmen. Schließlich legte sie sie in die kleine Kiste zurück, blies die Kerze aus und ging zu Bett.

Kapitel Vier

Pip folgte Emma in ihre Küche, zog ihren Mantel aus, hing ihn über eine Stuhllehne und setzte sich. Emma brachte zwei Kaffeetassen an den Tisch und zog ihren Stuhl an Pips heran. »Du fehlst mir«, sagte sie. »Ohne dich macht die Arbeit im Konservatorium nur halb soviel Spaß.«

Pip lachte. »Ja, sicher.«

»Warum hast du nicht angerufen?«

»Aus keinem bestimmten Grund«, sagte Pip. Sie nahm einen Schluck Kaffee und korrigierte sich: »Doch, es gab viele Gründe.«

»Hab ich mir gedacht. Ich hab oft an dich gedacht, Pip.« Emma tat Sahne und Zucker in ihren Kaffee und rührte nachdenklich um. Das frühmorgendliche Licht durchbrach die hauchdünne Gardine und floß über den Kunststofftisch. In der Nacht war Schnee gefallen, und Pip lauschte dem Plopp-Plopp-Geräusch des schmelzenden Schnees, der vom Dach tropfte, während sie darauf wartete, daß Emma fortfuhr. »Ich fürchte, daß ich etwas kaputtgemacht habe, das hätte schön werden können.«

»Du hast nichts kaputtgemacht, Emma. Ich bin einfach noch nicht bereit, etwas Neues anzufangen. Ich denke pausenlos an Corrinne, und ich scheine noch keinen Platz für jemand anderen zu haben.«

»Ich weiß. Glaub nicht, ich hätte nicht gehört, was du an unserem ersten Abend gesagt hast. Ich schätze, ich hab mir was vorgemacht. Ich wollte, daß es was Lockeres wird. Du weißt schon: zwei Freundinnen, die ab und zu miteinander schlafen. Aber ich bekomme es einfach nicht hin. Der Sex hat mich ganz verwirrt.«

»Mich auch.«

Emma nickte. »Du bist gekommen, um dich zu verabschieden?«

»Das war es nicht, was ich wollte.«

»Was willst du dann, Pip?«

»Eine Freundin. Nur eine Freundin.« Pip haßte diese Situation. Sie fühlte sich schuldig, weil sie Emma nicht geben konnte, was sie sich anscheinend wünschte. Sie hatte mit sich gerungen, sich gefragt, ob es nicht doch möglich war. Aber schließlich hatte sie erkannt, daß es nicht ging, selbst wenn es das Ende ihrer Freundschaft bedeutete. »Ich weiß nicht, ob du das kannst, und ich hätte vollstes Verständnis, wenn du nein sagen würdest.«

Emma erwiderte lange nichts. Pip beobachtete ihr Gesicht und die widersprüchlichen Gefühle, die wie Wolken darüber jagten. Schließlich meinte Emma: »Ich versuch's, aber ich kann dir nicht versprechen, daß ich dich nicht ab und zu bitten werde, die Nacht bei mir zu verbringen.«

»Es wäre einfacher, wenn du's nicht tätest.«

»Einfacher für dich. Aber nicht für mich.«

Pip nickte. Ihr lag noch etwas auf dem Herzen, aber sie sprach es nur zögernd an. Sie schwenkte die letzten Tropfen ihres Kaffees in der Tasse umher. »Ich möchte dich um noch einen Gefallen bitten.« Sie blickte zu Emma auf, versuchte, ihren Gesichtsausdruck zu deuten.

»Okay.«

»Ich hab mich gefragt, ob du eventuell einen Lehrling nehmen würdest.«

»Einen Lehrling?«

»Ob du mir beibringen würdest, Klaviere zu stimmen.«

Emma preßte die Lippen aufeinander und runzelte die Stirn. Pip öffnete den Mund, um zu sprechen, aber Emma hob die Hand. »Es ist nicht so, daß ich nicht dazu bereit wäre, Pip, aber wir haben eine Rezession, da gibt der Markt nicht viel her, und ich kann, um ganz ehrlich zu sein, keine Konkurrenz gebrauchen.«

»Aber ich bin eine Anfängerin.«

»Ja, aber du weißt genausoviel über Musik wie ich, wahrscheinlich sogar mehr. Du hast ein gutes Gehör, und mir scheint, daß du es schnell lernen würdest.« Emma zögerte und sah Pip an. Dann fuhr sie fort: »Ich hab mit fünfzehn in Irland als Lehrling angefangen, nachdem ich erkannte, daß ich nie eine Musikerin werden würde. Ich habe in diesem Land, in dieser Stadt lange und hart gearbeitet, um einen Kundenstamm aufzubauen, und, ehrlich gesagt, habe ich nicht mehr Arbeit, als ich bewältigen kann. Ich habe gerade genug Geld, um meine Rechnungen zu bezahlen und etwas für Engpässe beiseite zu legen.«

»Ich verstehe«, sagte Pip.

»Laß mich darüber nachdenken.«

»In Ordnung.« Pip stand auf und trug die Kaffeetasse zur Spüle. Sie hatte nicht erwartet, daß Emma nein sagen würde. Es war ungewohnt, eine Tür vor der Nase zugeschlagen zu bekommen, anstatt daß sie sich ihr öffnete. Wütend und erschrocken zugleich verabschiedete sich Pip rasch und trat hinaus in den frischen Morgen. Sie lief zur U-Bahn-Station am Harvard Square, in der Absicht, zur Central zu fahren und den Bus nach Hause zu nehmen. Aber sie stellte fest, daß sie nicht aufhören wollte zu laufen, also passierte sie die feuchte, muffige Öffnung, die zur U-Bahn hinabführte, und steuerte auf die Putnam Avenue zu.

Als sie an dem Café vorbeiging, in dem sie Mitchell Ellis getroffen hatte, verlangsamte sie ihr Tempo, und sie fragte sich, ob sie nicht voreilig gehandelt hatte. Sie hatte die Möglichkeit, daß Emma ablehnen könnte, nicht in Betracht gezogen, und plötzlich stellte sich die Frage, woher sie Geld bekommen, wie sie ihre Rechnungen bezahlen sollte. Eine gänzlich neue Lage, überwältigend und beängstigend. In Gedanken überschlug sie ihre Ausgaben und Guthaben, ohne zu merken, wie weit sie gelaufen war, und schon bog sie in ihre Straße ein.

Eine Gruppe Kinder spielte auf der Straße, ging hinter Bäumen und Häuserecken in Deckung und bewarf sich mit Schneebällen. Der Schnee auf der Straße war bereits geschmolzen und gab den rissigen Asphalt frei, stellenweise ragte totes braunes Gras aus Fußabdrücken im Rasen. Einige Leute schaufelten die Reste des gestrigen Schneefalls von ihren Ausfahrten und Gehsteigen, und das Kratzen der Stahlschaufeln über Beton und Asphalt hallte laut und hart duch die helle Morgenluft.

Pip ging, den Kindern ausweichend, zu ihrem Haus. Sie stieg die Treppe hinauf, klopfte auf der Veranda den Schnee von ihren Stiefeln und schloß die Haustür hinter sich. Nach der Helligkeit draußen schien die Diele in Dunkelheit getaucht. Pip lehnte sich gegen die Tür, während ihre Augen sich umstellten, und fühlte sich so leer und kalt wie ihre öde Wohnung.

Pip träumte von Musik. Von ihren Händen, die über die Tasten glitten, so rasch, daß sie vor ihren Augen verschwammen. Sie konnte die Noten erkennen, ein wirbelndes Chaos in rhythmischen Klumpen, die auf ihr lasteten, immer schwerer. Blau, schwarz, orange, rot. Sie waren kalt wie das All, sengend wie eine Flamme. Dort, wo sie ihre Haut berührten, wuchsen Brandblasen, Blut erfüllte die runzlige Oberfläche. Eine Frau mit langem dunklem Haar lehnte sich lachend gegen das Klavier. Sie hob den Arm, enthüllte eine weitere Frau, die sich unter dem Flügel eines nachtschwarzen Umhangs an sie preßte. Sie lachte erneut und klatschte in die Hände.

Plötzlich eine Explosion. Pip fiel von der Bank, riß die Hände hoch, um die Noten abzuwehren, die sich in sausende, herabstoßende Messer verwandelt hatten. Ihre Finger, ihre Handflächen wurden zerschlitzt. Das Gewicht der Musik erdrückte sie. Sie spürte ihre Hände nicht mehr, wußte nicht, waren sie noch da oder bereits abgetrennt. Sie versuchte zu schreien, schlug in einem letzten verzweifelten Versuch, sich zu befreien, um sich und – erwachte von dem Klang ihrer eigenen Schreie.

Pip schob die Decke zurück. Draußen auf der Straße herrschte Stille. Noch immer zitternd erhob sie sich schließlich und ging ins Wohnzimmer. Sie zog die Jalousien hoch und sah hinaus. Unter den Straßenlaternen rollten Wellen dichten Bodennebels. Ein Auto fuhr langsam vorbei, bog in eine Einfahrt am Ende der Straße ein. Pip verspürte das Bedürfnis, im Nebel spazierenzugehen, seine Feuchtigkeit auf ihrer Haut zu fühlen, doch sie zögerte. Sie hatte in zu vielen Städten gelebt, zu viele Geschichten über Frauen gelesen, die spätnachts spazierengingen und den nächsten Morgen nicht erlebten. Sie ließ die Jalousien mit einem Seufzer los.

Sie war nicht mehr müde und wußte, daß es aussichtslos war, auf Schlaf zu hoffen. Es würde erst in einigen Stunden dämmern, aber das machte nichts. Sie hatte weder morgen noch übermorgen noch am darauffolgenden Tag etwas vor. Sie griff nach dem Exemplar von John Crowleys *Aegypten*, das Joan ihr mitgebracht hatte, und ließ sich auf dem Sofa nieder, um zu lesen.

Es gelang ihr, die ersten zehn Seiten aufzunehmen, bevor ihre Gedanken abschweiften. Die ersten Bilder, die das Buch heraufbeschwor, erinnerten sie an einen ihrer wiederkehrenden Träume: eine in Nebel gehüllte Straße und eine Kurve, die sie nie erreichte. Dann kehrten ihre Gedanken zu London und zu Corrinne zurück. Sie fragte sich, ob Corrinne und Linda noch zusammen waren, hoffte, sie wären es nicht, und wünschte sich, von Corrinne furchtbar vermißt zu werden.

Pip schüttelte wütend den Kopf. Sie wollte aufhören, an Corrinne zu denken, wollte, daß die Erinnerungen schnell verblaßten und in den nebligen Winkeln ihres Gedächtnisses verschwanden. Sie wollte vergessen.

Die Dämmerung fand Pip auf dem Sofa, das aufgeschlagene Buch auf der Brust. Sie erwachte von dem Geräusch von Kinderstimmen auf der Straße und fröstelte. Sie schlang ihren Morgenmantel um sich und griff nach dem Thermostat, um ihn hochzudrehen – ohne einen Gedanken an die schlecht isolierte Wohnung oder den Preis von Heizöl.

Auf dem Rückweg vom Tante-Emma-Laden, eine *Sunday Times* unter den Arm geklemmt, stieg Pip die Treppe zu ihrer Wohnung hinauf, drehte sich um und sah noch einmal hinunter auf die Straße. In diesem Augenblick prallte ein großer rostfarbener Gummiball gegen die unterste Stufe der Veranda. Erschrocken sah Pip sich um. Kurz darauf kam ein etwa achtjähriges Mädchen über die Straße gelaufen. Sie hob den Ball auf und starrte Pip an.

»Hallo«, meinte Pip.

»Hi.« Das Mädchen klemmte sich den Ball unbeholfen unter den Arm und verlagerte ihr Gewicht auf ein Bein. »Ich hab gesehen, wie Sie eingezogen sind.«

»Wirklich?«

»Ja. Ich wohn da drüben.« Sie deutete vage auf die andere Straßenseite.

»Welches Haus?« fragte Pip.

»Das rote. Meine Eltern sind beide Professoren«, prahlte sie.

»Wie schön«, sagte Pip. Sie wünschte, das Kind würde endlich weggehen, damit sie reingehen und ihre Zeitung lesen konnte. Statt dessen lächelte sie.

»Was machen Sie?« fragte das Mädchen.

»Zur Zeit nichts.«

»Sind Sie arbeitslos?«

Pip lachte. »Nicht direkt. Ich bin Musikerin. Aber vielleicht werde ich Klavierstimmerin.«

»Wir haben ein Klavier, ich bekomm zweimal die Woche Unterricht. Meine Mutter sagt, daß es gestimmt werden muß, vielleicht könnten Sie's ja machen.«

»Vielleicht.«

»Möchten Sie's sich ansehen?«

»Ein anderes Mal.«

Das Mädchen zuckte mit den Schultern. »Mein Vater sagt, daß man Arbeit nicht ablehnen sollte.«

Pip fiel keine passende Antwort ein, also schwieg sie.

»Wie heißen Sie?« fragte das Mädchen.

»Pip.«

»Pip? Ist das ein richtiger Name?«

»Muß er wohl sein, wenn ich so heiße, oder nicht?«

»Stimmt. Ist aber ein komischer Name.« Sie wandte sich ab. »Ich bin Katie Anderson-Morgan«, rief sie über ihre Schulter und sauste so schnell vom Hof, wie sie erschienen war.

Pip starrte ihr nach, dann zuckte sie mit den Schultern und ging hinein. Am späten Nachmittag rief Emma an, um Pip mitzuteilen, daß sie ihr beibringen würde, Klaviere zu stimmen. Überrascht erklärte sich Pip bereit, sie am nächsten Tag um zehn Uhr morgens zu treffen. Ihre Lehrzeit hatte begonnen.

Wie Emma vorausgesagt hatte, lernte Pip schnell. Sie folgte Emma zwei ganze Wochen lang auf Schritt und Tritt und ließ dabei nur die Tage aus, an denen Emma am Konservatorium zu tun hatte. Emma gestand Pip, daß sie überrascht sei, wie bald Pip sowohl die Fachbegriffe als auch das Handwerk beherrschte. Doch Pip erstaunte es nicht. Sie ging seit ihrem vierten Lebensjahr mit Klavieren um, und sie bargen nur noch wenige Geheimnisse. Eines Nachmittags zog Emma ein elektronisches Stimmgerät aus ihrer Tasche und stellte es auf den offenen Körper des Klaviers, an dem sie gerade arbeiteten. »Ich mag dieses Gerät nicht«, meinte sie, »obwohl viele Profis es vorziehen, weil man damit die genauen Einstellungen mehrerer gestimmter Klaviere speichern kann. Ich schätze, ich bin gegen neue Technologien resistent. Ich verlasse mich lieber auf mein Gehör.«

Pip sah zu, wie sie das Stimmgerät aufstellte. Eine Note anschlagend, zeigte Emma auf sieben kleine Kreise, die kreisförmig um einen achten kleinen Kreis in ihrer Mitte angeordnet waren. »Siehst du, wie das Muster sich gegen den Uhrzeigersinn bewegt?«

Pip nickte.

»Das bedeutet, daß die Note um einen halben Ton zu niedrig ist. Wenn sie zu hoch ist, kreist das Muster im Uhrzeigersinn, und das Licht in der Mitte geht an. Wenn die Tonhöhe stimmt, wird ein statisches Muster angezeigt.«

Pip war beeindruckt. »Warum nimmst du's denn nicht immer?«

»Es wäre zeitsparend, aber ich arbeite lieber mit dem Gehör. Die Vereinigung der Klaviertechniker hat es zwar befürwortet, aber ich gehöre anscheinend zur alten Schule.« Sie lächelte. »Probier du's.« Emma zeigte Pip, wie das Gerät zu bedienen war, und beschrieb die Funktion der einzelnen viereckigen Tasten. Pip war erstaunt, wie rasch das Stimmen gelang, nachdem sie raushatte, wie man die Anzeige las.

»Meiner Meinung nach«, sagte Emma, als sie die Arbeit abgeschlossen hatten, und packte das Stimmgerät ein, »ist es gefährlich, sich zu sehr auf die Technologie zu verlassen und sein Gehör zu vernachlässigen. Wir sind beide in der Lage, uns auf die Elemente des Klangs zu konzentrieren, die wir benötigen, weil wir dazu ausgebildet wurden, wenn auch auf verschiedene Weise. Ich kenne viele Stimmer, die auf dieses Ding schwören. Du wirst dich eben selbst entscheiden müssen.«

Sie reichte Pip die Tasche. »Noch eins, dann sind wir fertig für heute.«

Es war längst dunkel, als Pip nach Hause kam. Wie immer war die Wohnung feucht und kühl, und der Kühlschrank war leer. Pip beschloß, ein chinesisches Restaurant auszuprobieren, das sie auf einem ihrer Spaziergänge durch die Nachbarschaft entdeckt hatte, behielt ihren Mantel an und ging gleich wieder los.

Die Häuser und Büsche entlang der Straßen waren mit Weihnachtslichtern geschmückt. Pip hatte die Adventszeit nie gemocht, und sie und Frederick hatten schon vor Jahren aufgehört, sie zu feiern. Sie waren immer beschäftigt gewesen mit Weihnachtskonzerten und Vorträgen, und nachdem sie aufhörte, an den Weihnachtsmann zu glauben, schien es keinen Sinn mehr zu haben, den Weihnachtsschmuck für die paar Wochen auszupacken.

Aber heute nacht, als Pip die stille Straße entlangging, verspürte sie eine seltsam düstere Traurigkeit bei dem Gedanken daran, daß sie diese Tradition einfach sterben ließen. Im Glanz der Lichter wirkte die Straße viel einladender und freundlicher als sonst. In etlichen Häusern hatte man die Wohnzimmervorhänge zurückgezogen, die Fenster boten einen Blick auf geschmückte Bäume, und schon das Licht, das auf den Gehsteig fiel, wirkte festlich. Als sie so entlangspazierte, erwog sie, einen Baum und etwas Baumschmuck zu kaufen, verwarf den Gedanken jedoch rasch; es war noch deprimierender, einen Baum aufzustellen, wenn man nichts darunterlegen konnte. Joan verbrachte die Feiertage bei ihrer Familie in Connecticut, Frederick war immer noch in Santa Fe, und Emma hatte sich zu dem Thema ausgeschwiegen. Pip beschloß, sich selbst zu beschenken, einen Videorecorder und einen Stapel Kassetten auszuleihen, und es dabei zu belassen.

Ihre Pappschachteln mit chinesischem Essen nach Hause tragend, hielt Pip kurz vor dem Haus, in dem Katie lebte. Licht purzelte aus dem Fenster, und Pip konnte einige Schatten erkennen, die sich hinter den dünnen Vorhängen umher bewegten. Der gedämpfte Klang eines Klaviers schwebte in die scharfe Kälte der Nacht hinaus, und Pip erkannte die Meldodie. »Für Elise«, eines der ersten Stücke, das Frederick ihr beigebracht hatte. Es wurde schlecht vorgetragen, ohne die nötige Sensibilität für Modulation und Rhythmus, und Pip fragte sich, ob es ihr wohl jemals gelingen würde, Musik zu hören, ohne übermäßig kritisch zu sein. Schließlich schüttelte sie den Kopf und überquerte die Straße.

Während sie aß, sah Pip ihre Post durch. Als sie einen handbeschrifteten Umschlag erreichte, hielt sie inne. Er war in Cambridge abgestempelt worden, aber sie erkannte die Schrift nicht.

Pip schlitzte den Umschlag mit einem Messer auf und zog eine gedruckte Einladung zu Jamies Abschlußkonzert heraus. Sie betrachtete sie traurig und erwog für einen kurzen Augenblick hinzugehen. Dann legte sie sie beiseite, neben ihren Stapel

Rechnungen, und widmete sich dem Fernseher und dem Rest ihrer Mahlzeit.

Am nächsten Morgen schlief Pip aus und wurde kurz vor zehn von einem lauten Klopfen an der Wohnungstür geweckt. Verschlafen zog Pip ihren Morgenmantel über und stolperte den Gang entlang zur Tür. Sie versuchte, ihr Haar zu bändigen, das in einem merkwürdigen Winkel von ihrem Kopf abstand, und riß die schwere Tür auf. Ein kalter Luftzug traf sie im Gesicht, sie sah hinab und erblickte Katie, die von einem Fuß auf den anderen trat, einen bedeckten Teller in der Hand.

»Ich bring Ihnen die hier«, sagte Katie und gab Pip den Teller.

»Danke.«

»Es sind Weihnachtsplätzchen. Ich hab sie gestern abend gemacht. Na ja, Mama hat mir geholfen. Sie hat gesagt, daß ich sie Ihnen vorbeibringen darf.« Katie verstummte und starrte Pip an. »Wieso sind Sie noch nicht angezogen?«

»Ich hab etwas Schlaf nachgeholt.«

»Oh.«

»Möchtest du reinkommen? Ich glaub, ich hab irgendwo noch etwas Kakao.«

»Nein, danke. Ich wollte sie nur rüberbringen. Mama und ich gehen jetzt einkaufen. Für Papa.« Katie beugte sich vor und flüsterte: »Es ist ein Geheimnis.«

»Ich werd's nicht weitersagen.«

»Wann hängen Sie Ihre Lichter auf?«

»Ich fürchte, ich hab gar keine.«

»Sie können sich welche von uns borgen«, bot Katie an. »Mama sagt immer, daß wir zu viele haben.«

»Ich überleg's mir, okay?«

Katie nickte nur.

Auf der anderen Straßenseite rief eine Frau ihren Namen. Katie drehte sich um und winkte. »Ich muß gehen.«

»Danke für die Plätzchen«, meinte Pip.

»Gern geschehen. Tschüs.«

Pip sah Katie nach, die die Verandatreppe hinunter und über die Straße lief. Eine schlanke Frau in einem langen dunklen Mantel wartete bei einem Kombi. Sie berührte Katies Kopf zärtlich, dann stiegen sie in den Wagen und fuhren davon.

Pip ging in die Küche und zog die Folie von dem Teller. Es waren zwei Lebkuchenfiguren mit schiefem Zuckergußlächeln und Rosinen als Mantelknöpfe und mehrere weiße Zuckerkekse in der Form von Weihnachtsbäumen mit bunten Spitzen. Pip lächelte. Sie biß den Kopf einer Lebkuchenfigur ab. Es schmeckte köstlich, und sie war dankbar, daß jemand so freundlich war, ihr ein Frühstück vorbeizubringen.

Zwei Tage vor Weihnachten kam Joan vorbei, um Pip ihre New Yorker Adresse und Telefonnummer sowie eine Kopie der letzten Aufnahmen ihrer Band zu geben. Pip gab ihr ein Päckchen und beobachtete, wie sie das Geschenkpapier aufriß und *Tess von den d'Urbervilles* zum Vorschein kam. »Du hast immer gesagt, daß du's gerne lesen würdest –«

»– und daß ich nie dazu gekommen bin. Danke, Pip. Jetzt hab ich was zum Lesen für den Zug.« Sie umarmte Pip. »Was machst du zu Weihnachten?«

»Nichts«, gab Pip zu. »Ich war gerade auf dem Sprung, um einen Videorecorder und ein paar Videos auszuleihen. Um mich hinüberzuretten, bis der Trubel vorbei ist.«

»Was ist mit Frederick? Ist er denn noch nicht zurück?«

»Er kommt erst Anfang Januar. Er gibt Heiligabend ein Konzert. Ich hab gestern abend mit ihm gesprochen. Er ist begeistert von Santa Fe. Mach dir um mich keine Sorgen«, sagte Pip, als sie Joans bestürztes Gesicht sah. »Die Feiertage haben mir nie viel bedeutet. Ich werd es mir gutgehen lassen.«

Joan schien mit der Antwort zufrieden zu sein und lächelte. »Wenn du darauf bestehst.« Sie fischte ihre Jacke von der Lehne des Küchenstuhls. »Ich möchte, daß du mich in New York besuchen kommst. Bald.«

»Mach ich.«

An der Tür umarmten sie sich noch einmal. »Sieht aus, als gäb's bald Schnee«, sagte Joan und blickte prüfend in den bedeckten Himmel. Sie stieg die Stufen hinab, drehte sich um und winkte Pip zu, dann verschwand sie in der Nacht.

Pip trug den leeren Teller über die Straße. Es war Heiligabend, am frühen Nachmittag, und sie wollte wenigstens ein paar Minuten lang Gesellschaft haben, selbst wenn es die Gesellschaft von Fremden war. Sie hatte nicht erwartet, daß sie sich so einsam fühlen würde.

Sie klopfte an der Tür und wartete. Sie vernahm Stimmen auf der anderen Seite der Tür, aber es dauerte eine Weile, bis jemand kam. Dann wurde die Tür plötzlich aufgerissen, und der Lärm traf Pip wie ein Schlag. Sie achtete kaum auf den großen dunklen Mann, der vor ihr stand, sondern horchte gebannt auf das wirbelnde Chaos, das ihn umgab; irgend jemand, vermutlich Katie, fummelte sich durch »Für Elise«, wiederholte einige Takte und machte denselben Fehler; die Stimme einer Frau übertönte die Musik: »Katie, ich telefoniere!«

Pip sah dem Mann ins Gesicht. Er hatte es morgens versäumt, sich zu rasieren, dichte Stoppeln bedeckten Wangen und Kinn. Seine Augenbrauen waren wild und buschig wie sein Haar, das am Scheitel bereits schütter war. Im Schatten seiner Stirn leuchteten seine sommerblauen Augen wie Sonnenstrahlen. Er sah müde und abgekämpft aus. Pip stellte sich vor und hielt ihm den Teller hin.

»Ich bin Joe Morgan, Katies Vater. Kommen Sie doch einen Augenblick herein.«

Pip sagte: »Gerne« und trat ein. Joe half ihr aus dem Mantel. Sie folgte ihm durch die kleine Diele zur Küche. Die Diele wurde auf der einen Seite von einer Treppe, die nach oben führte, begrenzt und auf der anderen Seite von einer mit Mänteln vollgepackten Garderobe. Sie zögerte an der Schwelle zur Küche und staunte über die merkwürdigen Winkel und Ecken, des Raumes. Zwei Zimmer schlossen sich rechts an, wovon der eine von der Schwelle kaum zu sehen war. Wie die Küche, hatten auch sie spitze Winkel, die Nischen bildeten und mit Büchern vollgestopft waren, während die Einrichtung aus zusammengewürfelten Möbeln bestand. Die Schirme der Deckenlampen waren anscheinend aus einem Kleiderstoff, der sich in den sechziger Jahren großer Beliebtheit erfreute.

Katies Mutter, Erin Anderson, saß an einem Tisch, der – wie alle sichtbaren flachen Oberflächen – bedeckt war mit Papieren und Kaffeetassen, und schälte beim Telefonieren eine Orange. Pip beobachtete die breiten flachen Hände der Frau, die die Schale mit kurzen ruckartigen Bewegungen abzogen.

»Ich weiß«, sagte Erin. »Nein. Ich möchte den Vertragstermin nicht nach hinten verschieben. Ich hab jemanden beauftragt.« Sie drehte ihr Handgelenk, um auf die Uhr zu sehen, der Orangensaft tropfte auf den Tisch. Sie durchwühlte den unordentlichen Haufen Papiere und zog einen in schwarzes Leder gebundenen Terminkalender hervor. Papiere flatterten auf den Boden und landeten auf Orangenschalen. »Fünf Uhr paßt mir gut. Ja, Freitag.« Sie legte auf.

Die Frau wandte sich Pip zu und lächelte, warf Joe einen Blick zu, doch der las in der Zeitung, die eben zu Boden gefallen war.

In der Annahme, daß er sie nicht vorstellen würde, streckte Pip ihre Hand aus und meinte: »Ich bin Pip Martin. Ich wohne gegenüber.« Erin wischte sich rasch die Hand ab, bevor sie Pips fest drückte. »Erin Anderson.«

Pip spürte, wie der Blick der Frau über sie glitt, weder abweisend noch einladend, sie lediglich zur Kenntnis nehmend. Erins Augen waren hellblau, beinahe farblos. Pip hatte noch nie solche Augen gesehen, und es fiel ihr schwer, den Blick abzuwenden. Erin war überhaupt sehr blaß, mit ihrer milchweißen Haut und dem langen silbernen Haar, das sie, von Gesicht und Kopf streng zurückgekämmt, mit einem Gummiband zu einem Pferdeschwanz zusammengebunden im Nacken trug.

»Sie ist nur gekommen, um den Teller zurückzubringen«, sagte Joe und ließ die Zeitung sinken, als habe er sich soeben daran erinnert, daß Pip im Raum war.

»Katie hat von Ihnen gesprochen«, meinte Erin. »Pip. Das ist ein interessanter Name. Aus Dickens?«

»Sie meinen aus *Große Erwartungen?* »

Erin nickte.

»Nein«, lächelte Pip. »Es ist nur ein Spitzname, den mein Großvater mir gegeben hat. Es ist die Kurzform von Phillipa.«

»Möchten Sie ein Stück Orange?«

»Nein, danke.«

»Wie wär's mit etwas Glühwein?«

»Ähm. Okay.«

Erin stand auf und schenkte Pip ein. Sie brachte den Becher und einen Teller Plätzchen an den Tisch. Pip beugte sich hinab zu der Wärme und sog den Duft tief ein. Der Apfelwein duftete nach Zimt und Muskatnuß.

Joe, der unschlüssig an der Küchentür gestanden hatte, sagte: »Ich muß los, Erin.«

»Es ist Heiligabend, Joe«, erwiderte sie verärgert. »Ich dachte, du würdest zum Essen bleiben.«

»Ich kann nicht. Ich komme morgen früh zurück. Um acht Uhr, okay?«

Erin nickte.

»Hat mich gefreut, Sie kennenzulernen, Pip«, meinte er.

Pip hörte, wie er sich von Katie verabschiedete, dann schlug die Haustür zu. Katie kam weinend in die Küche. Sie lief zu Erin und kletterte ihr auf den Schoß, obwohl sie dafür eigentlich zu alt war.

»Er hat's versprochen«, schluchzte Katie.

»Ich weiß, mein Schatz«, tröstete sie Erin und strich ihr sanft übers Haar. Erin blickte zu Pip auf: »Joe und ich haben uns vor kurzem getrennt.«

»Tut mir leid«, meinte Pip.

Sie setzte ihren Becher ab. »Ich bin wohl zu einem ungünstigen Zeitpunkt gekommen.«

»Nein«, sagte Erin rasch. »Bitte laufen Sie nicht weg. Außer, Sie haben noch was vor.«

Pip breitete die Hände aus. »Rein gar nichts.«

»Keine Familie?«

»Meine Familie besteht aus meinem Großvater, und der ist in Santa Fe und dirigiert *Carmen.*« Katie hatte sich beruhigt und rutschte geräuschlos von Erins Schoß. Zwischen den Knien ihrer Mutter stehend, stocherte sie in den Überbleibseln von Erins Mittagessen herum und aß den Rest der Orange.

»Ich hab mich sehr über die Plätzchen gefreut«, sagte Pip.

Erin lächelte und sah Katie an. »Katie bemüht sich immer sehr um Neuankömmlinge in der Gegend. Wir sind vor ein paar Jahren mit ihr umgezogen, und sie hat nie vergessen, wie schwer es war, die Neue zu sein. Ich hoffe, sie hat Sie nicht gestört.«

»Ganz und gar nicht. Sie ist bisher der einzige Mensch, den ich hier kennengelernt habe.«

»Sie wohnen in Sandy Smiths alter Wohnung, stimmt's?«

»Kann sein. Ich weiß nicht, wer meine Vormieterin war.«

»Sie hat jahrelang dort gewohnt. Ist mit ihrem Freund zusammengezogen, glaub ich.« Pip antwortete nicht. Erin nahm ein Plätzchen und brach es entzwei. »Katie sagt, sie seien Musikerin.«

»Das war ich.« Erin blickte sie an, als erwarte sie, daß sie fortfuhr. »Ich war eine Pianistin, aber ich trete nicht mehr auf. Im Augenblick gehe ich bei einer Klavierstimmerin in die Lehre.«

Erin deutete auf das alte Piano im Nebenzimmer. »Das da hätte es mal nötig.«

»Das hab ich gehört. Ich meine«, fügte sie eilig hinzu, »Katie hat es mir gesagt.«

Erin lachte. »Zur Zeit klingt es grauenvoll.« Sie starrte einen Augenblick ins Leere und runzelte die Stirn. »Martin«, sagte sie vor sich hin. Dann sah sie Pip an. »Sind Sie dieselbe Phillipa Martin, die 1985 den Van Cliburn gewonnen hat?«

»Ich fürchte, ja.«

»Und Ihr Großvater ...«

»Frederick Martin. Der Dirigent.«

»Das ist ja unglaublich.« Erin lachte. »Ich habe Sie in der Symphony Hall gehört. Ach, Sie waren wundervoll. Ich habe einige Ihrer Platten. Ich schätze, ich bin ein richtiger Fan. Ich hätte mir nie träumen lassen, daß ich mal einem echten, leibhaftigen klassischen Musiker begegnen würde. Das ist eine ziemliche Ehre.«

Pip errötete. »Danke.«

»Ich erinnere mich, nach dem Van Cliburn von Ihnen und mir gewünscht zu haben, Sie einmal auftreten zu sehen. Ich mußte Joe beinahe mit Gewalt dazu zwingen, mit mir hinzugehen – er steht nicht besonders auf klassische Musik –, aber es hat ihm wirklich gefallen. Ich höre ihre Platten bei der Arbeit. Sie entspannen mich.«

»Was machen Sie?«

»Ich bin Professorin für Linguistik, an der Canton University. Im Augenblick arbeite ich an einem Buch, basierend auf Studien über Frauen in der Punkkultur. Es geht darum, wie Klasse und Geschlecht Sprache formen und wie diese bestimmte Form der Punkmusik aus den Erfahrungen dieser Frauen entsteht und sie widerspiegelt.«

Pip nickte.

»Es ist wirklich sehr interessant, aber wenn ich mir stundenlang diese Musik angehört habe, bin ich reif für etwas, das weniger aggressiv und angenehmer ist.«

»Das kann ich mir vorstellen«, meinte Pip und erinnerte sich an einige der Clubs, die sie mit Corrinne besucht hatte, und an die Kopfschmerzen, die sie hatte, wenn sie endlich gingen, und daran, wie sie sich nachher stritten. Aber sie wollte jetzt nicht an Corrinne denken und bemühte sich, die Erinnerungen zu verdrängen. Statt dessen konzentrierte sie sich auf das, was Erin gerade über ihre Forschungsmethoden erzählte, und versuchte, die Komplexität der Durchführung einer Ethnographie zu erfassen. Obwohl sie nicht viel verstand, hörte sie Erin gerne sprechen. Ihre Stimme war sanft und weich und beruhigte Pip. Nach einer Weile ging Katie hinaus, um mit ihrer Freundin Denise zu spielen, und ließ die beiden Frauen allein.

Die Unterhaltung trieb von Thema zu Thema. Pip erzählte von ihrem kurzen Gastspiel am Konservatorium, und Erin gab ihre Ansichten über das akademische Leben zum besten. Ohne daß sie es merkten, ging der Tag zur Neige, und das Licht im Himmel erlosch. Als die Küche vom Dämmerlicht erfüllt war, beugte Erin sich vor, um eine Lampe anzuknipsen, und warf einen Blick auf die Uhr. »Gütiger Gott«, meinte sie lachend. »Es ist schon nach vier.«

Pip erhob sich in der Annahme, daß dies ein diskretes Signal zum Aufbruch war. Sie wollte nicht gehen. Zum erstenmal seit langer Zeit fühlte sie Frieden, und sie wollte an dem zarten Gefühl, das wie eine Flamme in ihr brannte, festhalten. Sie beobachtete, wie Erin die Becher und den Teller zum Spülbecken trug und wünschte, sie lebte in einem Haus, in dem man sich so heimisch fühlen konnte.

Erin brachte sie zur Tür und hielt an, um die bunten Lichter am

Weihnachtsbaum anzuschließen. Die winzigen Lämpchen, die einzige Lichtquelle im Raum, blinkten fröhlich, und das bunte Geschenkpapier unter dem Baum warf hüpfende Lichtsplitter zurück. Pip betrachtete den Baum lange. Dann nahm sie ihren Mantel von dem Haken, auf den Joe ihn gehängt hatte, und verabschiedete sich.

Auf der Veranda zögerte sie. Am Ende des Treppengeländers hing eine kleine knallrote Schleife, die Sorte, die man um Geschenke bindet. Pip befühlte sie sachte, dann legte sie ihre Hand darüber und steckte sie in ihre Manteltasche. Als sie zu Hause ankam, klebte sie die Schleife auf den Fernseher. Pip fand, daß sie ganz allein in der dunklen Wohnung ziemlich verlassen aussah, aber sie ließ sie trotzdem dran. Und jedesmal, wenn sie sie ansah, erinnerte sie sich daran, wie es war, an dem Küchentisch einer Fremden zu sitzen.

Als Emma einige Stunden später mit Brathähnchen, Brötchen und einem Sechserpack Bier vorbeikam, war Pip nicht überrascht, sie zu sehen. Sie war davon ausgegangen, daß Emma irgendwann auftauchen würde, nur wußte sie nicht, wann. Sie aßen, schweigsam und entspannt, und sahen sich dabei einen der Filme an, den Pip ausgeliehen hatte. Als Emma fragte, ob sie bleiben dürfe, lehnte Pip sanft aber entschieden ab. Es schien Emma nicht sonderlich zu treffen. Sehr viel später fing es an zu schneien, und als Pip beobachtete, wie große lautlose Flocken fielen und die Straße und die Höfe und Häuser bedeckten, war ihr, als würde sie jemand in eine riesige weiße Decke hüllen, bis ans Kinn. Zum erstenmal seit Monaten verspürte sie ein wenig Ruhe. Sie dachte dabei nicht an Corrinne, nicht einmal an Erin. Sie dachte daran, wie anders es diesmal war, Sex abzulehnen. Statt einer Fremden eine Freundin zurückzuweisen. Es war seltsam und ein wenig unbequem, wie ein Hemd, das nicht ganz paßte. Aber als sie am nächsten Morgen allein aufwachte, wußte sie, daß sie richtig gehandelt hatte.

Frederick kam an einem klaren eisblauen Januartag zu Hause an. Pip holte ihn vom Flughafen ab. Als sie ihn erblickte, merkte sie, wie sehr sie ihn vermißt hatte. Er kam auf sie zu, gelassen wie immer, aber als sie ihn auf die Wange küßte, sah sie Anzeichen des Unbehagens in seinen klaren blauen Augen.

Er sah erschöpft und blaß aus, und Pip wußte, daß er sich wieder einmal bis an die Grenzen seiner Kraft und Ausdauer verausgabt hatte. Auf der Heimfahrt war er still, in seine eigene private Welt zurückgezogen.

Abends aßen sie im Eßzimmer in Weston eine leichte Mahlzeit. Als Frederick schließlich sprach, holte er Pip, die in Gedanken versunken war, jäh in die Gegenwart zurück. Sie überlegte, ob sie ihm von ihrem neuen Beruf erzählen sollte, aber seine Mitteilung fegte diese Ideen vollständig weg.

»Ich habe von deiner Mutter gehört.«

Pip legte ihre Gabel nieder.

»Sie kommt in einer geschäftlichen Angelegenheit nach Boston und möchte mich sehen.«

»Und was ist mit mir?«

»Ich bin davon ausgegangen, daß sie uns beide meinte.«

»Weshalb möchte sie dich sehen?« fragte Pip, ganz und gar nicht überzeugt, daß Lucy sie tatsächlich sehen wollte.

»Ich habe keine Ahnung. Sie wollte es am Telefon nicht besprechen.«

»Wann kommt sie?«

»Anfang Februar. Sie meinte, sie würde mich anrufen, sobald sie die genauen Termine wüßte.« Frederick trank einen kleinen Schluck Wasser. »Möchtest du sie sehen, Pip?«

»Ja. Nein.« Sie zögerte. Dann: »Ich weiß nicht so genau.«

Frederick nickte. »Ich werde dich über ihre Pläne auf dem laufenden halten. Du kannst dich später entscheiden.« Er schob seinen Teller weg und sah sie an. Sein Ausdruck war sanft. »Du mußt sie nicht sehen, wenn du das nicht willst.«

»Okay.« Ein langes Schweigen folgte. Pips Kopf schwirrte vor Fragen über die Beweggründe ihrer Mutter, die Frederick nicht beantworten konnte.

Schließlich setzte er wieder an. »Was hast du so getrieben?«

»Mit Emma Wilbur, der Klavierstimmerin, gearbeitet.« Pip sah ihm die Enttäuschung an, aber wider Erwarten äußerte er keine Kritik. Er nickte nur. »Du billigst es nicht«, stellte Pip fest.

»Ich verstehe es nicht, aber ich versuche, dich dein eigenes Leben führen zu lassen. Das hattest du selbst verlangt, wenn ich mich recht entsinne.«

Pip errötete. »Ich danke dir.«

Frederick rückte vom Tisch ab. »Bleibst du heute nacht hier?«

»Nein. Ich muß morgen früh arbeiten, und Emma holt mich ab.«

Frederick stützte sich an der Lehne seines Stuhles ab. »Geht es dir gut?«

»Alles in Ordnung«, sagte er langsam, als sei er außer Atem. »Nur müde.«

»Darf ich –« Pip wollte ihm ihren Arm anbieten, aber er winkte ungeduldig ab.

»Ich bin kein Krüppel. Ich bin bloß müde.«

Pip ließ ihn los. Frederick brachte sie zur Tür. Sie umarmten sich kurz. »Ich ruf dich an, sobald ich Genaueres weiß«, sagte er.

Auf der Treppe drehte Pip sich noch einmal um. Frederick stand auf der Schwelle, vom Lampenlicht umrahmt. Er sah dünn und ausgemergelt aus, und Pip erkannte mit Schrecken, daß er beinahe zweiundsiebzig war, nicht mehr der Mann mittleren Alters, der sie großgezogen hatte. Er winkte einmal und rief Gute Nacht. Dann ging die Haustür zu, und Pip war alleine in der Dunkelheit der Januarnacht.

Nach den Feiertagen setzte Pip ihre Zusammenarbeit mit Emma fort. Sie sprachen nie über das, was Heiligabend vorgefallen war, aber Pip spürte, daß sich etwas verändert hatte. Sie war nicht sicher, ob es ihr gefiel, es war, als wäre ein Schalter in Emma ausgeknipst worden, und die sexuelle Spannung zwischen ihnen war verschwunden. Aber nach einer Weile, als Pip sich an die neue Dimension ihrer Freundschaft gewöhnt hatte, stellte sie fest, daß ihr dieses Element überhaupt nicht fehlte.

Ende Januar erzählte Emma, sie habe einen Anruf des Musikinstituts der Canton University erhalten. Ihre Stimmerin war an Grippe erkrankt, und sie brauchten einen Ersatz. Emma bot Pip an, sie zu diesem ihrem ersten Auftrag zu begleiten, aber Pip wollte es allein wagen. Kurz nach Weihnachten hatte sie ihr eigenes Werkzeug gekauft und war dennoch ängstlich, als sie an der Tür des Musikdirektors klopfte und sich vorstellte.

Er führte sie in den Flügel des Gebäudes, in dem die Übungsräume lagen. »Füllen Sie einfach das Formular bei der Sekretärin aus, wenn Sie fertig sind, und wir schicken Ihnen einen Scheck.« Damit verließ er sie.

Pip starrte das Klavier lange an, bevor sie den Raum durchquerte und ihre Werkzeugtasche öffnete. Als sie den Deckel hob und den Stimmkeil hineinschob, zitterten ihre Finger. Sie arbeitete langsam, versuchte, sich an alles zu erinnern, was Emma ihr beigebracht hatte, und die innere Stimme zum Verstummen zu bringen, die ihr sagte, daß sie es nicht schaffen würde.

Zwei Stunden später war sie fertig. Obwohl der Raum nicht warm war, war ihre Bluse von Schweiß durchtränkt. Sie packte ihr Werkzeug sorgfältig weg und zögerte. Sie wußte, daß sie ihre Arbeit überprüfen mußte, aber sie konnte sich nicht überwinden, wieder auf der Bank Platz zu nehmen und zu spielen. Sie ging zur Tür. Machte kehrt. Hielt auf halbem Wege wieder an.

Sie begann vor Frustration zu weinen und war versucht, ihre Tasche an die Wand zu werfen. Sie tat es nicht, stand aber, wie ihr schien, stundenlang in der Mitte des Raumes, unfähig zu gehen, unfähig, einen Schritt nach vorne zu tun. Schließlich rieb sie sich die Augen und marschierte zur Bank. Sie zerrte sie hervor und setzte sich.

Pip schloß die Augen. Sie versuchte, in Gedanken weit weg zu sein. Es war aussichtslos. Aber dieser Raum rief immerhin kaum alte Assoziationen hervor. Das abgenutzte Klavier und das spärlich möblierte Zimmer glichen weder den Übungsräumen am Juilliard noch denen am Konservatorium. Ihr Hände zitterten, ihr Kopf war leer. Ihr fiel kein Stück ein, das sie spielen könnte. Für einen kurzen Augenblick ergriff sie Panik, und sie befürchtete, alles vergessen zu haben. Aber es kehrte mit Getöse zurück. Jetzt war die Auswahl zu groß.

Schließlich begann Pip, die Tonleiter rauf und runter zu spielen, ließ ihre Finger in einem Rhythmus über die Tastatur gleiten, der ihr so vertraut war, daß er ihr wohl schon in Fleisch und Blut übergegangen war. Es klang einwandfrei. Sie spielte mehrere Akkorde, prüfte das Register und stand auf. Das mußte reichen. Sie hob ihre Tasche auf, verließ den Übungsraum und betrat den nächsten. Die anderen Klaviere zu stimmen ging schneller vonstatten, und fünf Stunden später meldete sie sich ab.

Sie hatte die Kantine beinahe schon passiert, als sie endlich wahrnahm, daß jemand ihren Namen rief. Sie drehte sich um, um nachzusehen, ob sie es sich eingebildet hatte, als sie Erin erblickte, die sie herüberwinkte. Sie ging hinüber und begrüßte sie.

»Was tun Sie denn hier?«

»Die Klaviere des Musikinstituts stimmen«, antwortete Pip.

»Haben Sie schon gegessen?« fragte Erin.

Pip sah sie an. Sie trug eine Bluse, grün wie das Karibische Meer. Heute abend hatten ihre Augen die gleiche Farbe – dunkel, warm, einladend.

Pip schüttelte den Kopf.

»Ich auch nicht. Warum leisten Sie mir nicht Gesellschaft?«

Pip, die sich nach ihrem inneren Kampf im Musikzimmer wie erschlagen fühlte, hatte nicht die Kraft abzulehnen. Aber sie zögerte, den Tränen nahe. Sei bloß nicht nett zu mir, sonst zerfalle ich in kleine Stücke. Schließlich nahm sie die Einladung an und folgte Erin in den Speisesaal.

Pip bestellte einen Hamburger, und Erin wartete an der Kasse auf sie. Sie setzten sich in einer Ecke des fast leeren Speisesaals. Draußen hatte es heftig zu regnen begonnen, und das Fenster war beschlagen. Pip wischte das Kondenswasser weg und sah den schlammigen Hügel hinab auf die ruhige Straße. Im bronzefarbenen Schein der Straßenlaternen trieb der Wind den Regen in nahezu horizontalen Strömen vor sich her. »Was für ein Sturm«, meinte Pip. Sie lehnte sich auf ihrem Stuhl zurück und starrte ihr Essen an. Obwohl noch vereinzelt Leute zu Abend aßen, hatten der Regen und die späte Stunde die meisten Gäste aus dem Speisesaal vetrieben. Diejenigen, die blieben, beugten sich vetraulich zu ihren Gesprächspartnern vor, und der Klang ihrer Stimmen schwebte mit dem Dampf, der von ihren Kaffeetassen aufstieg, davon. Pip aß schnell. Sie hatte nicht gemerkt, daß sie so hungrig war. Als sie aufblickte, beobachtete Erin sie.

Pip fuhr sich verlegen mit der Hand durchs Haar. »Ein schöner Campus.«

»Ich bin schon so lange hier, daß ich es kaum noch wahrnehme. Aber Sie haben recht, obwohl es nicht gerade die beste Jahreszeit ist, um ihn würdigen zu können. Im Frühling gibt es einige wunderbar verschwiegene Plätze, an die ich mich zurückziehe, wenn ich allein sein möchte.« Erin hob ihre Kaffeetasse und deutete auf die von Pip. »Möchten Sie noch einen?«

»Sicher.« Pip sah aus dem Fenster und versuchte, ihre Eingeweide zu beruhigen. Sie war erschüttert, verletzlich, ihre Erinnerungen an Corrinne lauerten dicht unter der Oberfläche und drohten hervorzubrechen.

Als Erin zurückkehrte und die Tassen abstellte, fragte sie: »Darf ich Ihnen eine persönliche Frage stellen?«

»Ich kann nicht versprechen, daß ich sie beantworten werde.«

»Das ist fair. Ich habe mich gefragt, weshalb Sie nicht mehr spielen.«

Pip spürte, wie ihre Selbstkontrolle sie verließ und Tränen ihre Wangen hinunterliefen. Sie senkte den Kopf und preßte ihre Hände in den Schoß. Verlegen und beschämt, brauchte sie einige Minuten, bis es ihr gelang, die Kontrolle über ihre Stimme wiederzuerlangen und eine Entschuldigung hervorzuwürgen. Sie schneuzte sich und legte die Arme auf den Tisch, hatte aber nicht den Mut aufzusehen. Sie spürte, wie Erins Hand ihren Arm berührte und festhielt.

»Ich bin diejenige, die sich entschuldigen sollte, Pip. Ich hatte keine Ahnung –«

»Ist schon in Ordnung. Es geht mir gut.« Sie wagte es, den Kopf zu heben. Als sie den Ausdruck echter Besorgnis und Reue auf Erins Gesicht sah, fing sie beinahe wieder an zu weinen. »Um es kurz zu machen, ich kann einfach nicht mehr spielen.« Pip wollte nach ihrem Wasserglas greifen, aber sie wollte nicht, daß Erin ihre Hand wegnahm. Sie wollte den Kontakt noch nicht unterbrechen. »Ich schätze, es war einfach ein harter Tag.« Pip versuchte zu lächeln und zog statt dessen eine Grimasse. »Nachdem man ein Klavier gestimmt hat, soll man es spielen, und das fiel mir sehr schwer. Ihre Frage überrumpelt mich nicht, sie kommt bloß zur falschen Zeit.«

Erin zog ihre Hand zurück, aber Pip spürte ihre Wärme noch immer. Sie griff nach ihrem Glas und leerte es. Das Fenster war inzwischen wieder beschlagen. Sie streckte die Hand aus und zeichnete einen trägen Kreis auf die Fensterscheibe. Ihre Gedanken kreisten um eine Million Dinge.

»Fehlt es Ihnen?«

»Was genau meinen Sie? Die Auftritte? Die Wettbewerbe? Ja, schon. Ich hätte nie gedacht, daß ich einmal etwas anderes tun würde, und jetzt?« Pip hob die Hände und zuckte mit den Schultern. »Frederick war sehr wütend auf mich, als ich aufhörte zu spielen. Und als ich die Stelle am Konservatorium aufgab. Wir haben es durchgestanden, aber ich mußte aus seinem Haus in Weston ausziehen. Ich weiß wirklich nicht, was ich jetzt tun werde. Ich dachte, ich könnte Klaviere stimmen, aber nach heute bin ich mir nicht mehr so sicher.« Pip hielt inne. »Hoffentlich wird's mit der Zeit besser.«

»Werden Sie je wieder auftreten?«

»Ich weiß es nicht.«

»Ich erinnere mich noch an den Abend, an dem ich Sie spielen sah«, sagte Erin. Ihr Ausdruck wurde veträumt, sie schien sich in der Erinnerung zu verlieren. Erins Blick glitt zum Fenster und zurück. Sie lächelte. »Sie waren großartig. Ich konnte Ihre Energie, Ihre Ausstrahlung fühlen, obwohl ich ganz hinten saß.« Sie atmete aus.

Pip wollte ihr alles erzählen, aber traute sich nicht. Sie wollte ihr alles über Corinne erzählen, als würde das Erzählen die Dämone für immer vertreiben. Doch sie wußte, daß es zu früh war. Sie fühlte einen gähnenden Abgrund der Leere in sich, und sie wußte, daß ein weiter Weg vor ihr lag, bevor sie die Tiefe erforscht und ihre dunkelsten Winkel ausgeleuchtet haben würde. Sie blickte Erin wieder an und lächelte grimmig. »Vielleicht eines Tages«, meinte sie.

Sie saßen einige Minuten schweigend da, bis Erin sich auf ihrem Stuhl zu regen begann. »Ich sollte mich auf den Heimweg machen. Kann ich Sie mitnehmen?«

»Nein. Trotzdem, danke. Ich fahr noch nicht nach Hause.«

»Ich weiß, daß es wahrscheinlich der falsche Zeitpunkt ist, um zu fragen, aber ich würde mich freuen, wenn Sie unser Klavier stimmen würden – wenn Sie sich dem gewachsen fühlen.«

Pip lächelte. »Ich muß darüber hinwegkommen, und zur Zeit weiß ich keinen anderen Weg, als Klaviere zu stimmen. Also: ja, ich stimme Ihr Klavier. Ich werde es sogar gleich morgen machen, wenn Ihnen das paßt.«

»Wäre drei Uhr zu spät?«

»Drei Uhr paßt mir hervorragend.«

»Schön. Bis dann.«

Pip beobachtete, wie Erin ihr Tablett aufhob. Im Gehen lächelte Erin Pip kurz zu, dann bog sie um die Ecke und war verschwunden.

Pip hob die Plastikgabel auf, die Erin vergessen hatte, wendete sie in den Händen. Sie stand auf, berührte Erins noch warmen Stuhl mit den Fingerspitzen. Die Gabel umklammernd verließ sie die Kantine.

Pip hatte noch nie ein Wandklavier gestimmt, und sie brauchte ein paar Minuten, um sich zu orientieren. Sie war allein im Raum, aber sie hörte, wie Erin in der Küche herumwerkelte. Die Geräusche gefielen ihr, obwohl es sich nur um klirrendes Glas und klappernde Teller handelte, die in die Spülmaschine geräumt wurden.

Pip ging behutsam vor und versuchte, an nichts außer den Klang der Saiten zu denken. Ihre Konzentration war so vollkommen, daß sie zusammenzuckte, als Erin ihr eine Tasse brachte und sie auf einem Tischchen neben dem Klavier absetzte.

Erin lachte: »Ich wollte Sie nicht erschrecken. Joe sagt immer, daß ich ungefähr so leise wie ein Elefant bin, also nahm ich an, daß Sie mich kommen hörten.«

»Schon in Ordnung.« Sie hob die Tasse an die Lippen, aber erkannte den Duft nicht. »Was ist das für ein Tee?«

»Kamille. Wenn Sie ihn nicht mögen, kann ich einen anderen kochen.«

»Hab ich noch nie probiert. Riecht aber gut.« Sie nahm einen Schluck. Er war ein wenig bitter, hatte aber einen süßen Nachgeschmack. »Danke.« Pip setzte die Tasse wieder ab. »Ich bin beinahe fertig.«

»Lassen Sie sich Zeit.«

Pip machte sich wieder an die Arbeit und spürte, daß Erin sie von der Tür her beobachtete. Aber als sie das nächste Mal aufsah, war Erin verschwunden. Als sie fertig war, schloß Pip den Deckel, legte ihr Werkzeug auf den Boden und setzte sich auf die Bank.

Sie verspürte den starken Wunsch, für Erin zu spielen, und fragte sich, ob es ihr wohl gelingen würde. Sie spielte versuchsweise ein paar Akkorde und stand auf. Erin stand vor der offenen Kühlschranktür, als Pip in die Küche trat, und drehte sich zu ihr um. »Ich bin soweit.«

»Danke.«

»Jemand sollte darauf spielen – bevor ich gehe, meine ich. Um zu sehen, ob es in Ordnung ist.«

»Möchten Sie?«

Pip lachte. »Möchten schon, aber ich weiß nicht, in welchem Zustand ich mich nachher befinden würde.«

»Ich melde mich freiwillig, wenn Sie mir versprechen, daß Sie mich nicht auslachen.«

»Warum sollte ich lachen?«

»Weil ich nicht besonders gut bin.«

»Das bin ich zur Zeit auch nicht.« Pip folgte Erin ins Zimmer. Sie packte ihr Werkzeug ein, während Erin auf dem Klavier umständlich nach einem passenden Musikstück suchte. Schließlich hob sie den Deckel und nahm Platz. Als Erin zu spielen begann, zunächst zögernd und dann zuversichtlicher, erkannte Pip das Vorspiel zu Chopins Klaviersonate No. 2. Pip hörte anerkennend zu und versuchte, die Musik, so wie sie war, in sich aufzunehmen, ohne sie Erinnerungen wecken zu lassen.

Plötzlich brach Erin ab, und Pip sah sie überrascht an. »Warum haben Sie aufgehört?«

»Ich kann die nächste Passage nicht spielen«, gab sie mit einem Lachen zu. Erin nahm die Hände von der Tastatur und legte sie in den Schoß. »Aber das Klavier klingt wunderbar. Seit Jahren hat es nicht mehr so gut geklungen.« Erin erhob sich. »Möchten Sie mal?«, bot sie an.

Pip schüttelte den Kopf. »Vielleicht ein anderes Mal. Zur Zeit hab ich nicht mal eins in der Wohnung.«

»Also – wann immer Sie spielen möchten ...«

In diesem Augenblick wurde die Haustür aufgerissen. »Mama?« Katies Stimme schallte durch die Diele.

»Hier bin ich«, antwortete Erin.

Als Katie das Wohnzimmer betrat, läutete das Telefon, und Erin ging den Hörer abnehmen.

»Haben Sie es gestimmt?« fragte Katie. Sie warf ihre Schultasche auf den Boden und ließ sich auf die Bank plumpsen.

»Ja«, erwiderte Pip. Sie war ein wenig über Katies Rückkehr verärgert, denn es bedeutete, daß sie bald gehen mußte, und das wollte sie nicht.

Katie spielte wieder die ersten Takte von »Für Elise« und wiederholte den gleichen Fehler, den sie bereits vor einem Monat gemacht hatte.

»Ähm, Katie?«

»Ja?«

»Da ist ein Auflösungszeichen im fünften Takt. Es ist ein d, kein dis.«

»Was?«

»D, ohne Vorzeichen.« Pip zeigte es ihr.

»Oh. Warum spielen Sie es mir nicht vor?«

»Ich –«

»Mama sagt, daß Sie mit dem Symphonieorchester gespielt haben. Stimmt das?«

»Ja.«

»Na, dann müssen Sie's doch kennen. Sie haben doch das lila Heft fertig gemacht, oder?«

»Das lila Heft?« Katie klappte ihr Übungsheft zu und zeigte es ihr. »Das dritte Heft. Das lila Heft.«

»Ich hab diese Bücher nicht benutzt, Katie.«

»Aber Sie können's bestimmt trotzdem.«

Pip wußte nicht, was sie sagen sollte. Es kam ihr nicht in den Sinn, nein zu sagen, denn Katie würde es nicht verstehen, und sie hatte keine Lust zu versuchen, es ihr zu erklären. Also setzte sie sich, als Katie von der Bank aufsprang. Sie legte ihre Hände kurz in den Schoß. Sie vernahm die Stimme von Erin, die noch immer telefonierte, aus dem Nebenzimmer, ansonsten herrschte Stille. Katie lehnte sich an das Instrument und sah sie erwartungsvoll an. Pip schloß die Augen. Wenn sie an Frederick dachte, fiel es ihr leichter. Wenn sie an das erste Mal dachte, als es ihr gelang, dieses Stück fehlerfrei zu spielen, und daran, wie stolz sie war, dann konnte es ihr vielleicht gelingen.

Pip hob die Hände und griff in die Tasten. Die Noten stiegen auf und tanzten um ihren Kopf. Sie saß im Wohnzimmer des Hauses in Weston, und die Nachmittagssonne brannte ihr auf den Rücken. Frederick saß auf seinem Stammplatz am Eßzimmertisch und gab vor, nicht zuzuhören, obwohl Pip wußte, daß er jeder einzigen Note lauschte. Pip beugte sich vor, spürte, wie die Musik von ihr Besitz ergriff. Eigentlich eine äußerst einfache Melodie, sie fragte sich, weshalb sie so lange gebraucht hatte, um sie zu meistern.

Sie endete mit einem Tusch und öffnete die Augen. Katie starrte sie mit halbgeöffnetem Mund an. Erin stand dicht hinter ihr im Halbschatten, an den Türrahmen gelehnt.

»Nicht mal meine Klavierlehrerin kann es so spielen«, staunte Katie.

Pip lachte. »Ich hab mich wohl ein wenig gehenlassen.«

Erin trat in die Lichtkegel der Lampe, die auf dem Klavier stand. Sie lächelte. Katie schmiegte sich an sie, und Erin strich ihr gedankenverloren über den Kopf. Pip beobachtete ein wenig sehnsüchtig, wie ihre Hand durch Katies Haar fuhr.

»Spielen Sie noch was«, bat Katie.

Pip blickte Erin an und sagte: »Ich sollte mich auf den Weg machen.«

»Müssen Sie wirklich gehen?« fragte Katie.

»Ich bin sicher, deine Mutter hat zu tun, und du hast wahrscheinlich Hausaufgaben.«

Katie drehte sich zu Erin um. »War das Papa?«

»Wie hast du das erraten?«

»Er ruft immer an, um abzusagen, wenn er schon längst hier sein sollte.«

»Darauf ist tatsächlich Verlaß«, meinte Erin zu Pip.

»Hab ich recht?«

»Ja«, antwortete Erin.

Katie war traurig. Sie starrte auf den Boden, als wolle sie mit den Augen Löcher hineinbohren, und Pip fühlte sich an ein anderes Mädchen erinnert, das, obwohl jünger, dieselbe qualvolle Enttäuschung erlebt hatte.

»Katie«, sagte Pip.

Katie blickte auf. »Ich weiß nicht, ob dir das eine Hilfe sein wird, aber ich weiß genau, wie du dich fühlst.«

»Sind Ihre Eltern geschieden?«

»Ja. Ich hab meinen Vater nie kennengelernt, und meine Mutter hab ich während meiner Kindheit nur sehr selten gesehen.«

»Bei wem sind Sie dann aufgewachsen?«

»Ich bin mit acht Jahren zu meinem Großvater gekommen.«

»Und davor?«

»Hab ich mit meiner Mutter in einer Wohnung gelebt. Aber sie war oft verreist, und wenn sie weg war, hat sie eine ihrer Freundinnen gebeten, für ein paar Tage auf mich aufzupassen. Ich hab jahrelang so gelebt, bis ich acht war. Dann kam ich zu meinem Großvater. Meine Mutter hat versucht, ein eigenes Unternehmen aufzubauen, und hatte es sehr schwer. Ich glaube, sie wollte mehr Zeit mit mir verbringen, aber sie mußte schließlich die Rechnungen bezahlen.

Als ich anfing, ernsthaft Klavier zu spielen, brauchte ich jemanden, der mich unterrichten konnte. Mein Großvater besaß ein

Klavier und das nötige Geld, um einen Lehrer zu bezahlen. Also wurde beschlossen, daß ich bei ihm leben würde.

Ich hab meine Mutter sehr vermißt, so wie du deinen Vater bestimmt vermißt. Ich liebe meinen Großvater, aber er war nun mal nicht meine Mutter. Und du liebst deine Mama auch, stimmt's? Aber Mamas und Papas sind einfach was anderes.«

Katie nickte.

»Ich erinnere mich an einen Abend, an dem wollten meine Mutter und ich Pizza essen gehen. Ich war fertig angezogen und bereit zu gehen, als sie anrief und sagte, daß sie nicht kommen würde.«

Katie rückte ein wenig näher, rieb ihren Daumen an der Kante des Klaviers entlang und betrachtete den Streifen, den er auf dem Holz hinterließ. »Was haben Sie gemacht?«

»Geweint«, stellte Pip fest. »Ich war sehr böse auf sie. Ich dachte, ich bedeutete ihr nichts. Ich dachte, es würde immer irgend etwas geben, das wichtiger war als ich. Aber das stimmte nicht. Inzwischen weiß ich, daß sie mich liebte und daß es andere Male gab, an denen sie kam. Aber damals, da tat es weh. Ich war sehr böse auf sie.«

»Manchmal«, fuhr Pip fort, »begreifen Leute nicht, wie sehr sie anderen fehlen. Manchmal vergraben sich Leute in etwas, das in dem Augenblick wichtiger zu sein scheint, weil sie auch traurig sind. Das, was passiert, tut ihnen leid, aber sie haben das Gefühl, es nicht ändern zu können, deshalb bleiben sie weg. Und das macht alles nur noch schlimmer.«

»Es tut Papa leid?«

»Ja«, sagte Erin sanft. »Er tut das nicht, um dir weh zu tun. Er ist traurig und durcheinander, genau wie du und ich, aber aus anderen Gründen.«

Katie nickte. »Ich weiß.«

»Aber davon geht der Schmerz nicht weg, nicht wahr?« fragte Pip.

»Nein.« Katies Stimme war sehr leise.

»Was könnte dir helfen?«

»Weiß ich nicht«, sagte Katie. Dann: »Spielen Sie noch ein Lied für mich?«

Pip blickte hoch zu Erin. Erin öffnete den Mund – wie Pip ahnte, um Katie zu sagen, daß es unmöglich sei. Aber Pip kam ihr zuvor: »Was möchtest du hören?«

Katie zuckte mit den Schultern. Sie sah zu Pip hoch. Pip beschloß, mit einem einfachen Stück zu beginnen, und da sie das Gefühl hatte, Weihnachten in diesem Jahr mehr oder minder verpaßt zu haben, spielte sie »Lo, How A Rose Ere Blooming«. Katie, stellte Pip fest, kannte den Text und sang mit.

»Wir hatten das in der Schule«, sagte sie stolz.

»Du singst sehr gut.«

»Sie spielen wunderschön«, meinte Erin.

Pip lächelte. »Danke.«

»Bleiben Sie zum Essen, Pip? Ich hab genug Hähnchen für drei aufgetaut. Da ich es ohnehin zubereiten muß, macht es keine Umstände.«

Pip warf einen Blick auf ihre Armbanduhr und überlegte rasch. »Sicher«, meinte sie nach einem Moment. »Brauchen Sie Hilfe?«

»Nein, danke«, sagte Erin.

»Katie, vielleicht spielt Pip mit dir ein Spiel.«

»Monopoly?«

»Gerne.«

»Kann ich die Bank sein?«

»Klar«, sagte Pip.

Als Katie ging, um das Spiel zu holen, sagte Erin: »Danke, Pip.«

»Gern geschehen.«

Katie kehrte mit dem Spiel zurück, und sie stellten es auf dem Küchentisch auf. Die Küche füllte sich mit dem Duft von Brathähnchen und Backkartoffeln. Erin warf von Zeit zu Zeit einen Blick zum Tisch und lächelte den beiden, die sich über das Brett beugten, zu. Sie lauschte Pips sanfter, erklärender Stimme und Katies Lachen. Schon bald war das Essen fertig.

»Katie«, meinte Erin, »es ist Zeit, das Spiel wegzuräumen und den Tisch zu decken.«

Katie verzog das Gesicht. Sie fuchtelte mit dem Spielgeld herum. »Aber wir sind noch nicht fertig.«

»Du kannst ein andermal weiterspielen«, sagte Erin.

Katie seufzte und erhob sich dramatisch. Pip räumte das Spielbrett ab und packte es weg. Dann ging sie ins Nebenzimmer und setzte sich wieder ans Klavier. Sie ließ ihren Zeigefinger auf das Hohe C fallen. Sie zog ihre Hand weg. Hob sie und schlug erneut die Note an. In der Küche klapperten Teller und wurden mit einem dumpfen Knall auf dem Tisch abgesetzt. Sie hörte Katie fragen, ob sie Limonade haben dürfe, und wie Erin es ihr abschlug. Pip tat das Herz weh. Draußen war es bereits vollkommen dunkel. Pip saß in butterfarbenes Licht gebadet, gefangen in einem feinen Netz der Unentschlossenheit, das Erin durchbrach, indem sie sie zu Tisch rief.

Sie wünschten sich in der Diele Gute Nacht. Erin gab Pip einen Scheck für ihre Arbeit. Einen Augenblick herrschte peinliches

Schweigen. Erin spielte mit einem blauen Geschenkband, das von den Feiertagen übriggeblieben war. In dem Moment, als Pip ihren Mund öffnete, um zu sprechen, läutete das Telefon. Erin schlang das Band um das Treppengeländer.

»Mama!« rief Katie aus dem Nebenzimmer. »Es ist für dich.«

»Danke fürs Abendessen«, sagte Pip. »Ich finde selbst raus.«

»Hat mich gefreut. Bis bald.« Erin ging den Flur zurück.

Pip pflückte das Band vom Geländer und steckte es in ihre Manteltasche. Die Türe leise hinter sich schließend, ging sie den matschigen Weg hinunter, überquerte die Straße und betrat ihre eigene Wohnung. Sie war dunkel und kalt. Unwirtlich.

Sie lehnte sich in der dunklen Diele an die Wand. Es war Jahre her, seit sie an ihre Mutter und jenen enttäuschenden Abend gedacht hatte. Aber heute abend, angesichts Katies Wut und Enttäuschung, war das Bild plötzlich in ihr aufgetaucht, obwohl sie es nicht gerufen hatte. Sie erkannte so viel von sich in Katie, so viel Schmerz, den sie mühsam unmittelbar unter der Haut verborgen hielt. Die Anstrengung, die es kostete, um zu begreifen, was zwischen den Erwachsenen, die sie liebte, geschah.

An jenem Abend hatte Frederick sie schließlich ausgeführt. Er erwähnte Lucy mit keinem Wort, aber sie merkte, daß er wütend war. Pip hatte immer angenommen, daß er wütend war, weil sie im letzten Augenblick abgesagt hatte und er demnach seine Pläne ändern mußte. Doch jetzt überlegte sie, ob sein Zorn nicht vielmehr Lucys bloßer Gegenwart galt, und der Bedrohung, die sie für ihn darstellte. Er fürchtete, sie habe die Macht, sich zwischen Pip und ihre Musik zu stellen. Und das konnte er nicht zulassen.

Pip spielte die Erinnerung noch einmal in Gedanken durch. Sie erinnerte sich noch deutlich daran: Als es um zehn an der Tür läutete, war sie bereits seit Stunden im Bett. Aber sie schlief noch nicht. Sie lag auf dem Rücken, starrte die Decke an und fragte sich, weshalb ihre Mutter sich nicht einmal die Zeit nahm, mit ihr Pizza essen zu gehen. Sie zuckte zusammen, als ein Wagen in die Auffahrt bog. Dann läutete es an der Tür.

Sie lief hinaus zur Treppe. Von dort aus konnte sie die Eingangstür sehen. Barfuß auf dem weichen Teppich waren ihre Schritte lautlos. Frederick kam aus seinem Arbeitszimmer und öffnete die Tür. Pip hörte die Stimme ihrer Mutter. »Hallo, Papa. Ich komme gerade aus einer Sitzung und wollte Phillipa sehen.«

»Hast du eigentlich eine Ahnung, wieviel Uhr es ist?«

»Ich weiß, daß es spät ist.« Lucys Stimme war sanft und beschwörend. »Aber ich dachte, ich geh trotzdem hoch und geb ihr einen Kuß. Es tat mir so leid, sie zu enttäuschen, aber es ging nicht anders.«

»Du kannst ihr nicht andauernd Hoffnungen machen und sie wieder zerstören.«

»Darf ich reinkommen?«

»Nein.«

»Papa, bitte.« Ihre Stimme war leise und flehend. »Ich würde diese Unterhaltung lieber nicht auf der Veranda führen.«

Frederick ließ die Tür offen und ging hinein. Lucy folgte ihm.

Nach all den Jahren wußte Pip noch genau, was Lucy anhatte. Es regnete, und ihr beigefarbener Regenmantel war übersät mit Wassertropfen. Ihre flachen schwarzen Schuhe waren schäbig und abgenutzt. Unter dem Regenmantel trug sie einen grauen Rock und eine gebügelte weiße Bluse, die in der Feuchtigkeit begonnen hatte zu welken. Sie sah schrecklich müde und traurig aus. Bis zu diesem Augenblick hatte Pip vollkommen vergessen, wie sie die Treppe hinunterstürzte, ihr Zorn wie weggeblasen. Lucy kniete sich hin und fing sie in ihren Armen auf.

»Hallo, meine Maus. Es tut mir leid wegen heute abend.«

»Du hast mich nicht mehr lieb«, hatte Pip geschmollt.

»Das ist nicht wahr, Pip. Ich liebe dich über alles.«

»Ich möchte bei dir leben, Mama.«

»Ach, Herzchen, wir haben doch schon so oft darüber gesprochen. Zur Zeit bist du hier am besten aufgehoben. Du kannst Klavier spielen und in die Schule gehen. Aber bald, viel früher, als du denkst, kommt der Sommer, und dann werden wir zusammensein.«

Pip schmollte weiter. Lucy kniff sie sanft in die Nase. Pip lächelte. Frederick kehrte in die Diele zurück. »Geh ins Bett«, befahl er streng.

»Papa. Nur dieses eine Mal –«

»Sofort.« Er tat, als hätte er Lucy nicht gehört.

Pip hatte von einem zum anderen gesehen. Lucys frustriertes Gesicht, Fredericks Wut. Sie hielt sich an ihrer Mutter fest. Frederick ging einen Schritt auf sie zu. Pip erinnerte sich, wie groß er ihr erschienen war, wie furchteinflößend. Sie wußte es noch, wie der Stoff des Regenmantels ihr aus den Fingern glitt, ihre nackten Füße auf dem kühlen Holzboden, die zurückwichen und die Hand ihrer Mutter, die schützend zwischen sie fuhr. All dies geschah blitzschnell. Die Stimme ihrer Mutter sagte: »Papa ...«

»Verdammt noch mal, Lucy, du kannst nicht alles haben.«

Dann plötzlich war Lucy verschwunden, durch die Tür in den Regen, doch Pip hatte den Klang ihrer Schluchzer noch im Ohr.

Und Frederick ragte vor ihr auf, mächtig und feindselig. Sie wich zurück und lief die Treppe zu ihrem Zimmer hinauf. Sie stürzte an das Fenster. Alles, was von Lucys Wagen noch zu sehen war, war ein Paar Rückleuchten im Regen. Pip kroch in ihr Bett und weinte. Warum war ihre Mutter weggelaufen, fragte sie sich.

Jetzt erst verstand sie. Sie begann allmählich zu verstehen, wie Frederick sich und seine Musik zwischen sie geschoben hatte. In jenem Sommer hatte sie ihre Mutter nicht wiedergesehen. Frederick erzählte ihr, daß Lucy es nicht geschafft habe, aus London zu kommen. Außerdem gebe es ein neues Ferienlager für musisch begabte Kinder wie sie, und würde sie nicht ohnehin lieber dorthin fahren?

Schließlich fuhr sie tatsächlich. Jetzt fragte sie sich, was er Lucy wohl erzählt hatte. Wie er Pips Abwesenheit erklärt hatte. Wie er es Lucy verübelt haben mußte, daß sie zwischen ihnen beiden stand. Wie er angenommen haben mußte, daß sie sich zwischen Pip und ihre Musik stellen würde. Und Pips Gedanken wanderten zu Erin und Katie und stellten einen unerwarteten Zusammenhang fest. Sie würde sich nicht so verhalten wie er. Sie würde Erin nicht zwingen, eine Wahl zu treffen, egal, wie sehr sie sich nach Erins ganzer Aufmerksamkeit und nach Zweisamkeit sehnte. Sie würde nicht so werden wie er.

Pip stand lange an der Tür, ohne das Licht anzumachen, beobachtete das Haus auf der anderen Straßenseite und zog dabei das Band immer und immer wieder durch die Finger.

Kapitel Fünf

Pip wog den Pullover erneut in den Händen und blickte aus dem Fenster zu Erins Haus hinüber. Der Kombiwagen stand in der Auffahrt, also war Erin zu Hause. Es war kurz nach zwölf Uhr mittags, und Pip stand bereits seit fast einer halben Stunde am Fenster, unschlüssig, ob sie die Straße überqueren sollte oder nicht. Katie hatte den Pullover vor zwei Tagen bei ihr vergessen, als sie mit Erins Erlaubnis herübergekommen war, um eine weitere Runde Monopoly zu spielen.

Sie wollte Erin nicht stören, verspürte aber einen starken Drang, sie zu sehen, so tief war ihr Bedürfnis, das Gefühl der Gemeinschaft, das sie in ihrem Haus erlebt hatte, noch einmal zu erfahren. Schließlich zog sich Pip eine dünne Jacke über und trat hinaus. Das sprichwörtliche Tauwetter war auch in diesem Januar wieder in vollem Gange, und heute lag schon ein Hauch von Frühling in der Luft, obwohl er noch einige dunkle, kalte Monate entfernt war. Eine wäßrige Sonne an einem blassen Himmel bleichte die Schatten nackter Bäume und ließ die scharfen Silhouetten von Dachgiebeln und Ecken weicher erscheinen. Vögel flatterten durcheinander und stießen herab auf das Vogelhäuschen auf Erins Veranda, verscheuchten einander und schimpften Pip lauthals an, als sie die Stufen hinaufstieg.

Pip klopfte und steckte gleich darauf ihre Hände tief in die Taschen, um zu verhindern, daß sie zitterten. Erin ist keine Göttin, mahnte sie sich. Nur ein ganz normaler Mensch. Warum wirkt sie so auf mich? Aber als Erin die Tür öffnete und Pip sie ansah, da wußte sie es. Es war etwas in diesen Augen, ein Aufblitzen liebevollen Erkennens, das sie willkommen hieß. Sie hatte das Gefühl heimzukehren.

Pip reichte ihr Katies Pullover und meinte, sie habe ihn vergessen. Erin bat Pip herein. Pip folgte Erin in die Küche, sah den mit Papieren übersäten Tisch und ermahnte sich, den Besuch kurz zu halten. Sie nahm dankend eine Tasse Tee an und gesellte sich zu Erin an den Tisch. Ein oder zwei Minuten lang fiel ihr nichts zu sagen ein, und sie wand sich ungemütlich auf ihrem Stuhl. Erin schien zerstreut, und Pip hatte zum erstenmal das Gefühl, in diesem Hause im Weg zu sein. »Woran arbeiten Sie?« fragte sie, um das Schweigen zu brechen.

»An dem Buch, von dem ich Ihnen erzählt habe. Ich habe mir ein Freisemester genommen, um es zu Ende zu schreiben, aber es kommt mir andauernd was dazwischen.«

»Was zum Beispiel?«

Erin deutete auf die unordentliche Küche, das Geschirr in der Spüle, den Stapel ungeöffneter Post. »Es ist hier beinahe unmöglich, irgend etwas zu erledigen. Sobald es mir endlich gelungen ist, mich an die Arbeit zu machen, kommt Katie schon aus der Schule zurück, und dann saust sie den ganzen Nachmittag rein und raus. Ich hab Joe gesagt, daß ich sie in den Hort geben möchte, aber er ist der Ansicht, sie müsse dort nicht mehr hin, da ich ja jetzt ohnehin zu Hause sei.« Erin schob die Papiere wütend von sich. »Ich sollte es einfach bleibenlassen.«

»Warum sagen Sie Katie nicht einfach, daß sie in den Hort gehen soll? Ich meine, versteht Joe denn nicht, daß Sie arbeiten müssen?«

Erin blickte Pip an, und Pip sah die dunklen Ringe unter ihren Augen, sah, wie geschwollen sie waren, und wußte, daß Erin geweint hatte.

»Diese Trennung war für uns alle die Hölle. Unsere Finanzen müssen geklärt werden. Kann sein, daß ich das Haus verkaufen muß. Joe scheint sich nicht entscheiden zu können, ob er Katie sehen will oder nicht. Und jedesmal, wenn Joe und ich einander sehen, fangen wir an zu streiten. Ich bin es nicht gewöhnt, eine Alleinerziehende zu sein, und ich weiß nicht, ob ich es bewältigen und dabei noch meine Karriere aufbauen kann – jedenfalls nicht so wie früher.«

»Besteht noch eine Chance, daß Sie beide wieder zueinander finden könnten?«

Erin schüttelte den Kopf. »Es ist aus, und wir wissen es alle beide. Aber es bedeutet eine riesengroße Umstellung. Die letzten Monate waren sehr hart.«

»Ich weiß, wie Sie sich fühlen.«

»Den Eindruck hatte ich neulich abend. Sie sind von Frederick großgezogen worden?«

»Größtenteils, ja.«

»Und Ihre Mutter?«

Pip seufzte. Sie wußte nicht, wo sie ansetzen sollte. »Ich glaube nicht, daß die Mutterrolle Lucy lag. Ehrlich gesagt bezweifle ich, daß sie bereit war, Verantwortung zu übernehmen. Ich erinnere mich in erster Linie an ihr ewiges Kommen und Gehen. Ich habe oft bei Frederick gewohnt. Nachdem sich herausstellte, daß ich begabt war, übernahm Frederick die Verantwortung für meine

Erziehung. Ich habe Lucy vor sechs Jahren zum letztenmal gesehen, als ich den Van Cliburn gewann. Und selbst *dieser* Besuch war sehr kurz.«

»Fehlt sie Ihnen?«

»Schwer zu sagen. Kann man etwas vermissen, das man nie hatte? Ich vermisse meine Vorstellung von ihr, die Erinnerung an eine richtige Familie und Kindheit. Meine war alles andere als das.«

»Das ist traurig, Pip.«

»Nur, wenn ich darüber nachdenke«, versuchte Pip die Gefühle abzuwenden. Sie dachte erneut an Lucys Briefe.

»Ich schätze, bei mir und Joe ist es ähnlich. Wenn ich es vermeide, daran zu denken, geht es mir gut. Aber sobald ich es tue, habe ich das Gefühl, ich breche gleich zusammen. Ich habe versucht, ihn zu überreden, mit mir zu einer Beratung zu gehen. Ich habe versucht, ihn zu ändern. Ich habe versucht, mich zu ändern, um ihm entgegenzukommen. Ich habe versucht, meinen Weg zu gehen, und wenn er mit von der Partie ist: wunderbar. Wenn nicht: auch gut. Aber nichts klappt. Manchmal bin ich so einsam, daß ich es kaum ertragen kann, und nichts, weder meine Arbeit noch meine Freunde noch Katie kann die Leere füllen, die Joe hinterlassen hat. Als wir heirateten, dachte ich, daß sich alles mit der Zeit von allein finden würde. Aber Joe will sich nicht ändern. Ich habe versucht, so viele verschiedene Menschen zu sein, daß ich manchmal selbst nicht mehr weiß, wer ich bin.«

Pip verschlug es die Sprache. Es war ihr nicht in den Sinn gekommen, daß es einer anderen so ergehen könnte wie ihr. Daß auch Erin um einen Menschen trauerte, den sie verloren hatte. Sie kannte das Gefühl und dachte zurück an die Leere, die sie empfunden hatte, als Corrinne ihre Gegenwart zwar wahrnahm, aber nicht wirklich anerkannte. »Ich bin unter anderem wegen einer Beziehung in die Staaten zurückgekehrt. Ich brauchte Abstand, um mein Leben wieder in den Griff zu bekommen.«

»Kommt mir bekannt vor.«

Pip nickte. »Ich muß Ihnen was sagen.«

Erin blickte überrascht auf. »Okay.«

»Ich war mir nicht sicher, ob Sie wissen, daß ich lesbisch bin.«

»Ich hab nie darüber nachgedacht. Warum sind Sie der Ansicht, daß ich es erfahren sollte?«

»Manche Leute reagieren seltsam, wenn ihre Kinder mit Homosexuellen zu tun haben. Ich mag Katie und Sie sehr gerne, und ich möchte diesen Teil von mir nicht verbergen. Ich dachte bloß, falls es Ihnen Probleme bereitet …«

»Tut es nicht. Ich weiß Ihre Besorgnis zu schätzen, aber Katie ist in einem sehr offenen Umfeld aufgewachsen. Soweit ich weiß, ist das für keinen von uns, einschließlich Joe, ein Thema.«

»Ich wollte es Ihnen bloß sagen.«

»Ich bin froh, daß Sie es getan haben. Möchten Sie mir erzählen, was passiert ist?«

»Nur, wenn Sie es wirklich wissen wollen.«

»Tu ich«, sagte Erin.

Schon wenige Tage, nachdem sie Corrinne kennengelernt hatte, beschlichen Pip ungeahnte Gefühle. Es war, als sei alles neu – als sähe sie die Welt zum erstenmal. Corrinne fegte durch Pips Tage wie ein Sturmwind, und Pip erkannte Seiten an vertrauten Dingen, die ihr lange verborgen geblieben waren. Angefangen von der zärtlichen Nähe, die entstand, wenn sie sich liebten, bis hin zur kindlichen Ekstase und Begeisterung, die Corrinne für die Welt, in der sie lebte, empfand, gab sie Pip neue Hoffnung für die Zukunft. Sie hatte kaum Gedanken an die Verheißungen eines Lebens außerhalb des Rahmens, den sie gewöhnt war, verschwendet, doch Corrinnes Leben unterschied sich so sehr von ihrem. Sie verfügte selbst über ihre Zeit, zog an, was ihr gefiel. Ihr Leben erschien Pip unbeschwert, und darum beneidete sie sie. Corrinne forderte Pip heraus, etwas Neues, anderes zu probieren. Es schien, als prüfe sie die starre Struktur von Pips Leben und verwerfe sie als unvollständige Weltanschauung. »Du siehst die Welt nur durch eine Brille, Pip«, bemerkte Corrinne eines Nachmittags, als sie durch die Straßen von London wanderten. »Dein Blickwinkel ist zu eng.«

»Wie meinst du das?«

»Ich meine, daß du dich selbst durch deine strengen Regeln einschränkst. ›Ich darf nur dies, das und jenes machen.‹« Sie zählte die unbenannten Dinge an den Fingern ab. »›Aber niemals dies oder das.‹«

»Drück dich genauer aus, Corrinne«, brauste Pip auf, verärgert über Corrinnes verallgemeinernde kritische Bemerkungen.

»Okay. Du weigerst dich, mit mir in Punkclubs zu gehen –«

»Einmal bin ich mitgegangen –«

»Und hast es gehaßt. Du hast dich gar nicht darauf eingelassen.«

»Krach ist keine Musik.«

»Da haben wir's wieder. Du bist so ein Snob.«

»Bin ich nicht. Ich weiß einfach, was mir gefällt und was nicht. Es ist nicht so, als hätte ich mich nicht darauf eingelassen.«

»Dein Erfahrungshorizont ist so begrenzt, daß du wohl kaum dazu befähigt bist, so ein Urteil zu fällen.«

»Aber du etwa?«

Pip war verblüfft. »Frau Ich-hab-mein-ganzes-Leben-in-London-verbracht? Du hast selbst gesagt, daß du diese verdammte Insel noch nie verlassen hattest, bevor du mich kennenlerntest. Dein Kontakt mit klassischer Musik ist bestenfalls oberflächlich, und abgesehen von den allgemein anerkannten Dichtern bist du in puncto Literatur unglaublich naiv. Du bist bloß daran interessiert, dir alles in den Mund zu stopfen und jede zu ficken, die das geringste Interesse zeigt.«

»Pip, sprich leiser. Wir sind nicht zu Hause.«

Pip gab mürrisch nach. Sie mochte es nicht, wenn man ihr sagte, was sie tun solle.

»Du hast Angst davor, Risiken einzugehen«, meinte Corrinne.

»Das ist ausgemachter Blödsinn. Ich bin durch die ganze Welt gereist. Und die Tatsache, daß ich hier und nicht auf der Probe bin, wo ich eigentlich sein sollte, spricht auch dagegen.«

»Oh, welch großes Wagnis«, stichelte Corrinne, und ihre Stimme troff vor Sarkasmus.

»Für mich ist es das.«

Als sie Erin diese Szene schilderte, schüttelte Pip den Kopf. »Eine Zeitlang glaubte ich ihr alles«, gab Pip zu. »Ich hab sie beim Wort genommen, weil sie mir weit erfahrener schien als ich, obwohl ich seit mehr als fünf Jahren reiste. Sie schien sich so sehr an den Alltäglichkeiten des Lebens zu erfreuen – außer an der Hausarbeit. Die hat sie einfach liegenlassen. Ich glaube, sie fuhr einfach nur darauf ab, daß andere auf sie abfuhren.«

Erin nickte. »Ich kenne so eine Frau. Wenn man ihr das erste Mal begegnet, wirkt sie sehr aufregend und leidenschaftlich. Man fühlt sich sofort zu ihr hingezogen. Aber mit der Zeit verliert diese Art Selbstdarstellung ihren Reiz.«

»Genau. Anfangs gab sie mir das Gefühl, der einzige Mensch auf der Erde zu sein. Ich war das Zentrum ihres Universums – jedenfalls fühlte ich mich so. Wir haben viel Zeit zu zweit verbracht. Ich konnte mich in diese Zweisamkeit flüchten. Ich war müde. Mein Gott, ich war nach all den Jahren auf Tournee abgestumpft. Ich wollte bloß einen Ort, an den ich heimkehren konnte. Zu Anfang bot mir das die Beziehung auch. Aber dann wollte Corrinne andauernd ausgehen, sie wollte bunte Lichter und laute Musik und daß immerzu etwas los war. Davor flüchtete ich doch gerade.«

»Ist das der Grund, weshalb es nicht funktionierte?«

Pip lachte. »Ich wünschte, es wäre so einfach gewesen. Ja und nein. Ich fing an, an mir zu zweifeln«, sagte sie. »Fing an zu bezweifeln, ob die Musik tatsächlich das war, was ich wollte. Corrinne bat mich aufzuhören. Mitten in der Tournee.«

»Und?«

»Ich hab es in Erwägung gezogen. Aber ich konnte es nicht. Fredericks Erziehung steckt mir tief in den Knochen. So etwas tut man nicht. Man tut's einfach nicht. Sie wollte keine vier Monate warten. Ich hab sie mit einer anderen überrascht.«

»Oh, Pip, das ist schrecklich.«

Pip verzog das Gesicht. Dann nickte sie. Sie fühlte noch immer den harten Knoten in ihrer Brust, wenn sie daran dachte. Es war schrecklich gewesen. Und von da an schien alles wie ein sterbender Stern in sich zusammenzufallen. Als Pip im August nach Hause flog, hatte sie jedes Gespür für ihre eigene Mitte verloren und vergessen, wer sie ohne Corrinne war. Weit erschreckender jedoch fand sie, daß das eine Element ihres Lebens, das immer wie eine Flamme in jener inneren Kammer gebrannt hatte, erloschen war. Musik. Der Klang, der Rhythmus der Noten, das Gefühl der Tasten unter ihren Fingern, der innere Schmerz, der sich verlor, sobald sie spielte. Alles war fort. Und Pip empfand sich als leere Hülle. Ihr Hals schnürte sich zu.

Sie spürte Erins Hand auf ihrem Arm und nahm allmählich die Küche wahr: die Geräusche der Vögel, den Sonnenstrahl, der sich quer über den Tisch legte, und schließlich Erins Schweigen. »Eigentlich«, fuhr Pip leise fort, »wollte ich Ihnen damit nur sagen, daß Sie nicht allein sind. Daß ich versucht habe, mich für jemanden zu ändern, und mich selbst dabei verloren habe. Damals hielt ich es für das richtige. Es fühlte sich richtig an, und weil wir einander liebten, nahm ich an, daß wir es hinbekommen würden. Aber Corrinne hatte gewissermaßen recht. Liebe ist nicht genug. Sie ist zwar ungeheuer wichtig, aber wenn es einem nicht gelingt, den Alltagskram zu regeln und sich bei grundsätzlichen Fragen zu einigen, wird es einfach nicht klappen.« Pip suchte in Erins Gesicht nach einem Zeichen, daß sie ihr zuhörte. Sie fand es und darüber hinaus einen solchen Ausdruck der Trauer, daß Pip sich fragte, ob sie einen Fehler gemacht hatte. »Es tut mir leid«, fügte sie eilig hinzu, »ich wollte nicht klingen, als würde ich Ihnen Ratschläge geben.«

»Schon gut. Sie haben ja vollkommen recht«, sagte Erin. »Alles, was Sie sagen, habe ich mir schon selbst hundertmal gesagt. Zwischen Joe und mir lief es schon lange nicht gut. Sie haben nur den harmlosen Teil gehört. Manchmal fällt es mir schwer, an irgend etwas anderes zu denken. Aber ich war auch nicht ganz tadellos.« Erin hielt inne und blickte Pip an. »Es ist seltsam. Ich kenne Sie kaum, und doch fühle ich mich wohl in Ihrer Gegenwart, Pip.«

Pip wurde rot. »Danke.«

Erin starrte in ihre Teetasse und meinte: »Letztes Jahr hatte ich eine Affäre. Joe bekam's heraus. Ich dachte, daß er rasend vor Wut sein würde, aber statt dessen sagte er, daß wir es einfach vergessen, an Katie denken und um ihretwillen zusammenbleiben sollten. Da kam mir der Gedanke, daß er vielleicht dasselbe getan hatte. Hat er wahrscheinlich auch. Ich meine, Gelegenheit dazu hatte er oft genug.«

»Haben Sie ihn gefragt?«

»Nein. Seine Antwort hat mich so aus der Fassung gebracht, daß ich ihn nie danach gefragt habe. Nach jenem Abend haben wir es nie wieder erwähnt.«

»Wer war es?« fragte Pip.

»Ein Dozent an der Universität. Sein Name war Stefan Pilar, und er verbrachte ein Semester als Teil eines Austauschprogramms bei uns.« Erin sah in die Ferne. Bedauern schwang in ihrer Stimme mit, wenn sie von ihm sprach, und Pip hörte gebannt zu. Sie versuchte, sich Erin mit Stefan vorzustellen, und merkte, daß der Gedanke sie erregte.

Spätnachts, als sie in der Dunkelheit ihres Schlafzimmers lag, dachte sie zurück an Erins Geschichte, und die Bilder wurden hinter ihren geschlossenen Lidern lebendig: eine Folge von Standfotos.

Wie der sprichwörtliche Ritter auf dem weißen Pferd trat Stefan Pilar aus den Schatten und in das gedämpfte Neonlicht der gefliesten Gänge. Schmal wie eine Klinge, dunkler Teint, schiefe weiße Zähne und der sanfte, melodiöse Akzent der Insel, die ihn hervorgebracht hatte, glitt er in die Nachmittagssonne, die sich über das Durcheinander, das Erins Büro war, ergoß. In seiner manikürten Hand ein Papierbecher. Tee mit Honig. Dampf stieg auf, kroch wie Nebel über den Becherrand. »Mir wurde gesagt, daß Sie mir helfen könnten«, sagte er, und seine Stimme entfachte ein Feuer aus der Glut, die ohnehin schon in ihr schlummerte.

Lange Beine in einer hautengen Bluejeans, machte er es sich in einem Sessel neben Erins Schreibtisch bequem. Augen wie das Meer, lange Wimpern. Dunkles lockiges Haar, breite Wangenknochen. Mongolisches Erbe, zum Reifen in die mexikanische Sonne verpflanzt. Ein Familienumzug nach Puerto Rico, Studium in den Staaten, eine begehrte Stellung. Er tat, als gehöre die Welt ihm allein, ignorierte Hindernisse oder umging sie einfach. Der

Schönling des Instituts. Zu höflich. Zuviel Oberflächenspannung. Flach. Unkompliziert. Erins fleischgewordener Traum.

Die Erregung ließ sie jeden Mittwochnachmittag voller Erwartung erschauern. Tee, der in einem Papierbecher kalt wurde. Ein Schloß, das zufiel. Ungeduldige Hände, die ihren Rock hochschoben, während sie auf dem Rand der Schreibtischplatte saß. Samen, der auf den Teppich spritzte. Später ein Kondom, in ein Taschentuch gewickelt und im Papierkorb vergraben. Seine Augen blitzten, vom ersten Tag an. Die Begierde war ihm ins Gesicht geschrieben. Er setzte die angestaute Wildheit in ihr frei, vergrub sein Gesicht in ihr, trieb sie zum Höhepunkt. Las ihren Körper wie ein Kind sein erstes Buch. Sie verbannte jeden Gedanken an Joe.

Und später der Sonnenuntergang vor ihrem Fenster, das nach Westen ging. Sein Geruch auf ihren Händen, ihrem Gesicht und ihren Schenkeln. Eine Dusche im Umkleideraum der Turnhalle. In der Dunkelheit die Autobahn entlangfahren.

Sie ließ seine zärtlichen Worte nicht gelten. Keine Versprechen. Keine Pläne. Nach einer Weile wurde es ein unausgesprochener Schwur, an den sie sich beide hielten.

Mai. Der Frühling lag in der Luft. Schon mittags ein schmerzlich blauer Himmel. Die ersten Knospen brachen hervor, von weichem Regen benetzt. Ein leiser Abschied. Das Versprechen, sich noch ein letztes Mal auf einer Feier im Juni zu sehen. An jenem Abend ertrug es Erin nicht zu duschen, sondern verharrte lange allein in dem leeren Büro. Ein Haufen Papiere, die auf den Boden rutschten. Ein Papierbecher voll kalten Tees. Ein weiches Braun, wie seine Haut, mit Honig gesüßt.

Und Pip dachte an Joe. Daran, wie Erin ihn beschrieben hatte, und wie sie nach Stefans Abreise versuchte, ihn zum Zentrum ihres emotionalen Universums zu machen. Aber es gelang ihr nicht, ihn zu ändern. Der schwerfällige, stoische Joe. So verläßlich wie die Zeit, aber im Innern leer. Falls er Leidenschaft empfinden sollte, so Erin, dann galt sie nicht ihr, sondern seiner archäologischen Feldforschung. Den Knochensplittern und Keramikscherben, die er mit seinen eigenen Händen freilegte. Er lebte für die Vergangenheit und nicht in der Gegenwart. Sie hatte nie an erster Stelle gestanden. Und es gefiel ihr nicht, von der Geschichte auf den zweiten Platz verwiesen zu werden, von dem Abfall und den Überbleibseln der Toten.

Pip öffnete die Augen und starrte die Risse an, die über die Decke liefen wie Straßen, die zu unbekannten Orten führten. Alles verknotete sich wieder in ihr. Sie griff nach dem Stück Papier, das Erin den ganzen Nachmittag über gefaltet und aufs neue gefaltet hatte, und das Pip einsteckte, als Erin den Raum verließ, um ans Telefon zu gehen. Sie versuchte zu fühlen, wie es Erins Energie verbreitete, versuchte, das Papier zu werden und zu spüren, wie Erins Finger über ihre Oberfläche glitten. Was geschieht mit mir? Warum empfinde ich so viel für eine heterosexuelle Frau, die ich kaum kenne, obwohl ich jetzt in Emmas Armen liegen könnte? Oder, wenn ich recht überlege, in Jamies?

Jamie. Sie hatte es während ihrer Zeit am Konservatorium vermieden, an Jamie zu denken, da es zu peinlich und merkwürdig gewesen wäre. Jetzt tat es ihr leid, daß sie nicht zu ihrem Abschlußkonzert gegangen war, es abgehakt hatte, ohne es ernsthaft in Erwägung zu ziehen.

Pip schloß wieder die Augen. Es wurde alles zu verwirrend, es kam ihr vor, als hätte sie, in ihrem Bemühen, sich Corinne auszutreiben, all ihre vergrabene Leidenschaft, Wut und Liebe an die Oberfläche geholt. Ohne die Musik gab es kein Ventil für diese unvereinbaren Elemente, also trieben sie in ihrem Innern herum, direkt unter der Haut, wie bunte Regenbogen aus Öl auf Wasser: unfähig, sich zu verbinden, unfähig, zu zerfließen.

Pip packte ihr Werkzeug wieder zusammen und gesellte sich in der Kantine eines Gymnasiums in Cambridge zu Emma. Sie hatten beschlossen, sich diesen Job zu teilen, da Emma es eilig zu haben schien, die Arbeitswoche hinter sich zu bringen. Sie winkte Pip zu einem Ecktisch herüber. Als Pip sich setzte, sah sie einen Ausdruck der vollkommenen Freude auf Emmas Gesicht und das selbstzufriedene Lächeln eines Menschen, der ein Geheimnis hat und es nicht für sich behalten möchte.

»Ich hab gute Nachrichten«, sagte sie.

»Für dich oder für mich?«

»Für uns beide. Du wirst nie erraten, wer mich gestern abend angerufen hat.«

»Wer?«

»Alison. Weißt du noch? Die Frau, von der ich dir erzählt habe?«

»In Irland. Die verheiratet ist?«

»Genau die. Sie hat ihren Mann verlassen, Pip. Sie möchte, daß ich sie besuche.«

»Wirklich?«

Emma nickte.

»Und du fliegst hin?«

»Natürlich fliege ich. Pip, ich kann dir gar nicht sagen, wie lange ich darauf gewartet habe. Davon geträumt habe. Ich reise Ende nächster Woche ab. Und hier kommst du ins Spiel.«

»Ich soll dich zum Flughafen bringen.«

Emma lachte. »Nein, Dummerchen. Ich gebe dir meine Kundenliste. Du kannst sie für mich übernehmen, während ich weg bin. Ungefähr für einen Monat. Ich habe den ganzen Morgen damit verbracht, zu telefonieren und alles in die Wege zu leiten!«

»Augenblick mal. Warum hast du mich nicht zuerst gefragt?«

»Ich frage dich jetzt.«

»Du erzählst es mir, genaugenommen.«

»Pip, was ist mit dir los? Ich dachte, du würdest dich freuen.«

»Tu ich auch. Es kommt bloß alles so plötzlich.«

»Ich weiß. Ach, ich kann es kaum erwarten, sie zu sehen. Und Galway. Ich hab meine Heimat so vermißt.«

Pip schmollte.

»Freu dich für mich, Pip. Es wird dir auch guttun. Du wirst genug Arbeit haben, um dich auszulasten.«

»Was ist mit dem Konservatorium?«

»Nun, ich hab Mitchell nicht angerufen. Ich dachte, ich überlasse es am besten dir. Wenn du's nicht machen willst, sorg ich dafür, daß es jemand anders übernimmt.«

»Ich überlege es mir.«

»In Ordnung. Hör zu, ich hab noch eine Million Dinge zu erledigen. Hast du uns schon abgemeldet?« Pip nickte. »Großartig. Wir sehen uns also morgen um neun?«

»Sicher.«

Emma lächelte und stand auf.

Pip sah ihr nach und wußte nicht, ob ihr die Neuigkeiten gefielen. Ihr Freundeskreis war ohnehin klein, und obwohl sie sich für Emma freuen wollte, hatte sie immer im Hinterkopf gehabt, daß Emma sie mit Freuden annehmen würde, sollte sie ihre Einstellung zu ihrer Beziehung ändern. Bis zu diesem Augenblick war ihr nicht einmal bewußt gewesen, daß sie an dieser Möglichkeit festgehalten hatte, und ihr Verlust ließ sie mit einem Gefühl der Trauer und der Verlassenheit zurück.

Pip war keine fünf Minuten zu Hause, als es an der Tür klopfte. Sie war todmüde und war versucht, nicht aufzumachen. Nach der ersten Woche der Selbständigkeit hatte sie nur einen Gedanken im Kopf: ein Tiefkühlgericht in den Ofen zu stecken und ein kühles Bier zu genießen. Sie riß die Tür auf in der Hoffnung, daß ihr Gesichtsausdruck hoffnungsvolle Vertreter abschrecken würde, und war ziemlich überrascht, Erin vorzufinden.

»Paßt es Ihnen gerade nicht?«

»Doch«, log Pip, »ich hatte bloß einen Geldeintreiber vermutet.«

»Also haben Sie ihr bestes ›Laß-mich-bloß-in-Ruhe-Gesicht‹ aufgesetzt.«

Pip nickte. Erin hatte noch nie ihre Wohnung betreten, und plötzlich waren Pip die spärliche Möblierung und die kahlen Wände peinlich.

Sie bat Erin in die Küche und bot ihr ein Bier an. »Ich hoffe, es stört Sie nicht«, sagte Pip und nahm ihr Abendessen aus dem Tiefkühlfach, »aber ich bin am Verhungern. Haben Sie schon gegessen? Ich weiß, es ist nichts Besonderes, aber ich könnte Ihnen eins von denen aufwärmen.«

»Ich hab schon gegessen, vielen Dank.«

Während das Essen im Ofen war, führte Pip Erin durch die Wohnung. Zu sehen gab es nicht viel. In der Küche standen ein Tisch, eine Lampe und zwei Stühle. Im Eßzimmer ein behelfsmäßiger Schreibtisch und zwei Bücherregale voller Taschenbücher, im Wohnzimmer befand sich eine Couch aus Fredericks Souterrain, ein Couchtisch, eine Stehlampe und ein Fernseher. Pips Schlafzimmer war leer, bis auf ihr Bett, einen Schrank und einen Nachttisch. Es gab zwar Jalousien vorm Fenster, aber keine Vorhänge. »Nicht gerade komfortabel, aber es ist mein trautes Heim.«

»Sie haben ja nicht mal eine Stereoanlage.«

»Stimmt. Ich hab zwar ein kleines Radio in meinem Schlafzimmer, aber das war's dann schon. Ich brauche nicht viel. Ich wollte nicht viel mitnehmen, als ich aus Fredericks Haus ausgezogen bin.«

»Warum sind Sie ausgezogen?« fragte Erin, als sie wieder in der Küche waren.

»Ich mußte eine Zeitlang allein sein. Es gibt einiges in meinem Leben, das ich klären muß – die Sache mit Corrinne, mit meiner Karriere. Er hat sehr viel Druck auf mich ausgeübt, wollte, daß ich ins Business zurückkehre, und ich konnte es einfach nicht mehr hören.«

»Also stimmen Sie jetzt einfach Klaviere.«

»Inzwischen sogar ganztags. Die Frau, bei der ich gearbeitet habe, ist am letzten Freitag für ein oder zwei Monate verreist, und ich habe ihre Kunden übernommen.«

»Gefällt Ihnen die Arbeit?«

»Zumindest übergangsweise ganz gut. Ich bin nicht daran interessiert zu spielen, aber irgendwie möchte ich doch weiterhin mit dem Instrument zu tun haben. Zuerst dachte ich, ich könne nicht einmal das ertragen, aber es wird immer besser. Es gelingt mir sogar, ein oder zwei kurze Sätze zu spielen, wenn ich mit dem Stimmen fertig bin. Mehr aber auch nicht. Wissen Sie noch, wie ich bei Ihnen Klavier gespielt habe, an dem Abend, an dem Sie mich zum Essen eingeladen haben?«

Erin nickte.

»Das war das erste Mal, daß ich etwas zu Ende spielte – ein klassisches Stück, meine ich –, seit ich London verlassen habe.«

»Meinen Sie, daß Sie weitermachen werden?«

Pip zuckte mit den Schultern und nahm einen Schluck Bier. »Ich hab keine Ahnung.« Der Timer des Ofens klingelte, und Pip nahm ihr Essen heraus. Sie trug es zum Tisch und sagte: »Also, was verschafft mir die Ehre Ihres Besuchs?«

»Ich kann zur Zeit einfach nicht schreiben und mußte mal raus.« Sie trank ihr Bier aus, und Pip brachte ihr noch eins. »Außerdem besucht Joe Katie. Er ist furchtbar schlecht gelaunt und streitlustig, und ich bin dazu nicht in der Lage. Ich dachte, es wäre besser, wenn ich ginge. Normalerweise mache ich dann einen kleinen Spaziergang, aber heute ist es dafür zu kalt. Also beschloß ich, Sie zu nerven.«

»Ich freue mich, daß Sie gekommen sind.« Pip aß eine Weile schweigend, dann meinte sie: »Ich hoffe, ich habe sie vor ein paar Tagen nicht in Verlegenheit gebracht.«

»Womit?«

»Mit meinem Gerede von Corrinne.«

»Ganz und gar nicht. Ich hab selbst schon mal einen Blick aufs andere Ufer geworfen, Pip.«

»Ach, was?« zog Pip sie auf. »Wann, wenn ich fragen darf?«

Erin wirkte verlegen, und Pip bereute ihren Tonfall, aber bevor sie sich entschuldigen konnte, sagte Erin: »Im letzten Jahr gab es einen ›Vorfall‹ mit einer meiner Doktorandinnen, Elizabeth Souther. Ich bin nicht besonders gut damit umgegangen. Jede Professorin wird im Laufe ihrer Karriere mit einem verliebten Studenten konfrontiert, aber die Grenzen verwischen sich bei den Doktoranden. Sie sind dir praktisch ebenbürtig, und da kommt es schon mal vor, daß was passiert.«

»Ist etwas passiert?«

»Nein. Sie wollte es, aber ich nicht. Ich meine, ich fand sie attraktiv, aber ich wollte nicht, daß sich mehr entwickelt. Ich glaube, sie hat widersprüchliche Signale von mir bekommen, weil ich gerne mit ihr zusammen war und meist sehr liebevoll mit Leuten umgehe, die ich mag. Es wurde sehr kompliziert.«

Erins Erinnerungen stolperten durch die Stille von Pips Küche, als sie versuchte zu erklären, was geschehen war. Ihre Erinnerungen waren wie unzusammenhängende Filmschnipsel, Schnappschüsse. Elizabeth, lachend, ihre gemütlichen Rundungen, wie sie den Sessel neben Erins Schreibtisch ausfüllte. Ihre großen, starken Hände auf ihren Knien. Hände, die Erins bedecken konnten. Kurze kräftige Beine. Sie bewegte sich mit einer Anmut, die Erin nie besitzen würde. Mit der Zeit liebte Erin ihre Körperfülle, begehrte sie. Ihre reine, glatte Haut und das volle dunkle Haar, mit einem Gel frisiert, dessen Duft sie nie vergessen würde. Eine Unterströmung der Sinnlichkeit, der sanften Wildheit. Zwei Gegensätze. In Elizabeth friedlich vereint.

Zunehmende Anziehung. Ihr Mund, die kleinen ebenmäßigen Zähne, ein strahlendes Lächeln. Ihr entspannter Umgang mit den Studenten, dem Lehrkörper. Sie strahlte Selbstbewußtsein, Vertrauenswürdigkeit, Großzügigkeit aus. Man wollte von ihr gemocht, bemerkt werden. Sie berührte andere, sanft und flüchtig. Erin hatte Elizabeths Interesse gespürt, das behutsame Sondieren. Dann, eines Abends, eine späte Sitzung, eine Umarmung in der Bürotür, eine Spur zu lange. Ein neugieriger Blick, der fragte: Würdest du? Bist du? Fühlst du es auch? auf Elizabeths Gesicht. Erin, die zurückwich, überrascht, verleugnend. Erschrocken. Eine gestammelte Ausrede. Elizabeth kein bißchen beleidigt. Ein leises Lächeln. Gute Nacht.

Dann wachsendes Unbehagen. Elizabeths Gesicht, Kränkung. Eine Auseinandersetzung über Elizabeths Dissertation ließ die Spannung wachsen. Verpaßte Termine. Dann eine Notiz. Formell. »Ich habe eine neue Doktormutter beantragt.«

Erin zog einen Mundwinkel hoch zu dem grimmigen Lächeln, das Pip inzwischen kannte. »Es wäre so leicht gewesen, diese Grenze zu überschreiten. Ich habe es mir überlegt. Ich meine, bloß weil ich mit einem Mann verheiratet war, hieß das nicht, daß ich Frauen nicht ansah oder überlegte, wie es wäre, mit ihnen zu schlafen.«

»Haben Sie's?«

»Nein. Das war das erste Mal, daß ich es ernsthaft in Erwägung zog. Aber dann tauchte Stefan auf. Das war viel unkomplizierter. Manchmal kann ich selbst noch nicht fassen, daß ich mein Ehegelübde gebrochen habe. Ich hätte nie gedacht, daß ich es tun würde, aber ich war so einsam. Ich hatte das Gefühl, seit Jahren nicht berührt worden zu sein – weder körperlich noch emotional. Ich konnte einfach nicht widerstehen. Wollte es wohl auch nicht.«

»Es überrascht mich, daß Joe es so gut weggesteckt hat.«

»Mich auch. Ich hab oft darüber nachgedacht, und das einzige, das mir dazu einfiel und Sinn ergab, war das: Entweder war er bereits untreu gewesen, oder er hatte eine Affäre, oder die Ehe bestand nur noch dem Namen nach. Wir haben nie überlegt, um unseretwillen zusammenzubleiben, nur für Katie. Damit sie unsere Scheidung nicht durchmachen muß.«

»Hielten Sie das denn für so schrecklich?«

»Die Leute denken immer, daß es schon nicht so schlimm werden wird, dabei wird es immer schmutzig und zerstört am Ende den empfindlichen Waffenstillstand, der zu Anfang bestanden haben mochte. Meine Freunde sagen, daß es auf Geld oder Besitz hinausläuft, weil das die letzte Verbindung darstellt. Es ist alles, was übriggeblieben ist. Oberflächlich besehen, scheinen diese Scheidungsregelungen blödsinning zu sein, aber man kann wohl den Schmerz nicht mit einem Preisschild versehen.«

»Nein«, sagte Pip. »Kann man nicht. Aber entweder man überwindet ihn, oder man gesellt sich zu den ›Wandelnden Wunden‹, wie sie eine Freundin von mir nennt. Diejenigen, die immerzu in ihre Schuhe bluten und ihr Leben nie wieder richtig in den Griff bekommen.«

»Was ist mit Ihnen? An welches Ende des Spektrums gehören Sie?«

»Ich möchte da durch und um das trauern, was ich verloren habe. Ich könnte vermutlich einfach weitermachen und versuchen, Corrinne und alles, was geschehen ist, zu vergessen. Aber es war das erste Mal in meinem Leben, daß ich verliebt war. Ich hatte viele Beziehungen, aber ich nahm sie nie ernst. Wenn ich zurückblicke, wird mir klar, daß ich etliche Herzen gebrochen habe, ohne es zu merken. Nur meine Karriere zählte. Frederick wird seinen Teil dazu beigetragen haben, nehme ich an. Aber ich möchte ein ganzer Mensch werden, bevor ich meine Musik zurückfordere. Das bedeutet vermutlich auch, Corrinne loszulassen.

Außerdem habe ich noch nie getrauert. Frederick weigerte sich, über Lucy zu sprechen, und ich war zu jung, um mir über meine Gefühle im klaren zu sein. Ich hatte wahrscheinlich nicht das nötige ›Werkzeug‹. Vor kurzem erfuhr ich, daß sie mir geschrieben hatte, aber Frederick behielt die Briefe. Ich habe sie nie zu sehen bekommen.«

»Wie schrecklich.«

Pip zuckte mit den Schultern. »Ich schätze, erst wenn ich die Briefe lese, wird es tatsächlich schrecklich. Es ist, als würde alles auf einmal geschehen. Ich habe meine Musik verloren, ich habe Corrinne verloren, und jetzt erfahre ich, daß ich meine Mutter vielleicht gar nicht hätte verlieren müssen. Ich habe begrenzte Kräfte, und zur Zeit denke ich hauptsächlich über Corrinne nach.«

»Wenn Sie hier sitzen und davon erzählen, wirken Sie so gefaßt.«

Pip lachte. »Im Augenblick bin ich einfach nur müde. Fast zu müde, um etwas zu empfinden. Aber es ist noch da, und selbst Kleinigkeiten können mich aus der Fassung bringen. Ich kann mich nur Schritt für Schritt da heranwagen.«

»Sie sind viel mutiger als ich.«

»Mutig?« fragte Pip. »Ich bin nicht mutig. Ich bin geflohen. Ich bin immer noch nicht überzeugt, daß ich die Beziehung nicht hätte retten können, aber ich hab es nicht getan. Damals war ich am Boden zerstört. Ich bin vor ihr geflohen. Ich bin vor der Musik geflohen. Ich bin selbst aus dem Konservatorium geflohen. Ich würde mich nicht gerade als mutig bezeichnen.«

»Wenigstens stellen Sie sich Ihrem Schmerz. Sie haben eine Beziehung verlassen, die nicht aufging.«

»Bin ich zu früh gegangen? Das werde ich nie erfahren.«

»Sehen Sie mich an. Bin ich zu lange geblieben? Ich wollte Joe viel früher verlassen. Aber ich konnte es nicht. Ich hatte Angst. Hab ich noch immer. Es ist lange her, daß ich selbständig lebte. Ich habe ihn kurz nachdem ich die Universität verließ geheiratet. Ich habe entweder bei meinen Eltern, im Wohnheim oder mit Joe zusammengelebt. Der bloße Gedanke, allein zu sein, mit einem Kind, für das ich verantwortlich bin, erschreckt mich zu Tode.«

»Sie machen Ihre Sache gut, Erin. Wenn ich allein klarkomme, dann kann es jeder. Ich hatte immer Frederick oder einen Manager, der sich um mich gekümmert hat. Ich bin zum erstenmal auf mich gestellt. Teufel noch mal, ich wette, Sie müßten nicht Pizza und Tiefkühlgerichte essen. Ich kann nicht mal kochen.« Pip lächelte, aber Erin erwiderte ihr Lächeln nicht. Pip beschlich das Gefühl, daß ihre Versuche, Erin aufzuheitern, alles nur noch schlimmer machten. Sie streckte zögernd die Hand aus und berührte Erins Arm.

Erin blickte auf und sagte: »Es ist nicht so einfach.«

»Ich weiß.«

Erin sah Pip ungläubig an. Sie schüttelte den Kopf und schlug die Hände vors Gesicht. Pip sah, wie ihre Schultern bebten, doch sie schien wie festgeklebt auf ihrem Stuhl. Sie wollte Erin berühren, traute sich aber nicht. Sie konnte nicht verleugnen, daß sie sich zu Erin hingezogen fühlte. Und heute abend, nach Erins Offenbarung ihrer Gefühle für Elizabeth, hatte Pip das Gefühl, als öffnete sich unverhofft die Tür zu einer neuen Welt. Sie war wichtig, diese Freundschaft, diese zarte Bindung, und sie wollte sie um keinen Preis gefährden. Also blieb sie einen Augenblick regungslos sitzen. Aber schließlich ertrug sie es nicht mehr, Erin so verzweifelt zu sehen, ohne sie zu trösten. Sie stand langsam auf und zog Erin sanft von ihrem Stuhl.

Erin legte ihren Kopf, ohne zu zögern, auf Pips Schulter. Allmählich wurde ihr Atem ruhig, und sie löste sich aus Pips Umarmung. Erin sah in ihr Gesicht, ihr Blick flog über das weizenblonde Haar mit dem eigenwilligen Wirbel, sie starrte in die klaren blauen Augen, die voller Fragen und Besorgnis waren, betrachtete ihre runden Wangen und den vollen Mund. Erin berührte Pips Mund mit den Fingerspitzen. Pip bewegte sich nicht. Einen Augenblick bildeten sie ein erstarrtes Tableau, dann wandte Erin sich ab.

Pip schluckte und versuchte die Gedanken, die ihr durch den Kopf schossen, zu ordnen. Sie war sich nicht sicher, wie all dies zu verstehen war, und war sich ebenfalls nicht sicher, ob sie das überhaupt wollte. Als Erin sich ihr gegenüber an den Tisch setzte, berührte sie sie nicht, sondern versuchte die Fragen, die sie beschäftigten, in Worte zu fassen.

»Es tut mir leid, Pip«, sagte Erin schließlich.

»Das braucht es nicht. Ich bin deine Freundin, Erin. Jedenfalls hoffe ich das.«

»Das bist du. Ich hab bloß das Gefühl, zu weit gegangen zu sein.«

»Ist schon in Ordnung.«

Erin zog das Etikett von ihrer Bierflasche und schob sie von sich. Als sie aufstand, um zu gehen, hielt Pip sie nicht zurück, obwohl jede Faser ihres Körpers schrie, sie solle etwas unternehmen, etwas sagen. Sie brauchte Zeit, um sich Klarheit zu verschaffen, diese Augenblicke vor ihrem inneren Auge noch einmal ablaufen zu lassen und sie zu begreifen. Zu begreifen, was sie bedeuteten.

Erin schlüpfte in ihren Mantel, und Pip begleitete sie an die Tür. Sie zögerte, und Pip wartete. Pip hob langsam die Hand und berührte Erins Wange. Erin schloß die Augen. Pip ließ ihre Hand über Erins Nacken gleiten, spürte die Wärme und die seidigen Haare auf ihrem Handrücken. Sie wußte, daß sie Erin an sich ziehen könnte, und etwas sagte ihr, daß Erin sich nicht wehren würde. Aber dennoch tat sie es nicht. Erin sah sie an, und Pip zog ihre Hand weg. Der Zauber war gebrochen.

Erin öffnete die Tür, drehte sich noch einmal mit einem traurigen, zarten Lächeln um und trat hinaus in die dunkle Januarnacht. Wieder in der Küche angelangt, leerte Pip Erins Bierflasche und fuhr mit der Zunge über den Rand.

Nachts in ihrem Bett drehte sich Pip auf die Seite und untersuchte den Inhalt eines Schuhkartons, den sie neben ihrem Bett aufbewahrte. Sie nahm einen Gegenstand nach dem anderen heraus: eine rote Schleife, ein Stück blaues Band, einen gefalteten Fetzen Papier, ein Stück von einem Bieretikett. In einem Umschlag befanden sich ein paar Haare von Erin, die Pip an ihrem Pullover gefunden hatte. Pip nahm sie vorsichtig heraus und hielt sie gegen das Licht. Nach einer Weile legte sie die Gegenstände zurück und verstaute den Karton.

Sie knipste das Licht aus und lauschte den Schritten des Paares über ihr, das im Begriff war, ins Bett zu gehen. Ein Schuh fiel, eine Schublade wurde aufgezogen. Jemand lief hin und her. Schließlich herrschte Ruhe, und Pips Erinnerungen drangen erneut an die Oberfläche.

Pip hatte sich stur an Corrinne festgeklammert. Je mehr Corrinne versuchte, sich zu befreien, desto fester wurde Pips Zugriff. Und obwohl Pip merkte, was geschah, und daß es sie beide unglücklich machte, konnte sie nicht anders. Ganz tief im Innern war sie überzeugt, daß ihre gemeinsame Zeit begrenzt war, und wollte jeden Augenblick, jede Sekunde auspressen, als würde sie Corrinne dann nach ihrer Trennung mehr fehlen. Aber es hatte nicht funktioniert.

Rückblickend fragte sich Pip, was wohl geschehen wäre, wenn sie früher losgelassen hätte. Ob das Verfolgungsspiel, das Corrinne und sie anfangs gespielt hatten, wieder begonnen und ihre Leidenschaft erweckt hätte. Vielleicht hätte sie das gerettet. Vielleicht auch nicht. Was genau den Zusammenbruch ihrer Beziehung bewirkte, ließ sich unmöglich feststellen. Es waren so viele Dinge, so viele Mißverständnisse, so viel Wut, ungelöste Spannungen. Sie hatten beide versucht, die andere zu ihrem eigenen Vorteil zu manipulieren, anstatt auf ein gemeinsames Ziel hinzuarbeiten.

Pip wollte diesen Fehler nicht wiederholen. Sie hoffte, sie hätte gelernt, sich bedeckt zu halten, nichts zu forcieren. Sie würde sich bemühen.

Kapitel Sechs

Pip hatte Erin einmal gefragt, ob sie je einer anderen Arbeit als dem Unterrichten nachgegangen sei. Als Erin antwortete, sie habe Literatur für Blinde aufgenommen, unter anderem Dickens' Roman *Große Erwartungen,* hatte Pip nicht weiter darüber nachgedacht. Sie hatte ihn vor Jahren gelesen, und manchmal tauchten Bilder aus dem Roman in ihren Träumen auf. Aber jetzt, wo die dichte Stille in jeden Winkel ihres Lebens zu kriechen schien, fiel Pip die Aufnahme wieder ein, und sie fragte sich, ob es ihr gelingen würde, ein Exemplar aufzutreiben.

Sie hoffte, durch das Konservatorium daran zu kommen. Sie war mit Mitchell übereingekommen, die Klaviere freitags morgens zwischen zwei und sechs Uhr zu stimmen, während es menschenleer war. Nun schien es ihr, als würde sie Mitchell wieder um einen riesengroßen Gefallen bitten, aber ihr Bedürfnis, Erin nahe zu sein, war so groß, daß sie ihren Stolz überwand und ihn anrief. Daß er sich bereit erklärte, ihr zu helfen, überraschte sie nicht. Ein paar Anrufe später hatte sie ein Exemplar ausfindig gemacht.

Sie wickelte die Kassetten an einem Februarmorgen auf dem Weg vom Konservatorium zu ihrem Wagen aus. Sie fragte sich, ob sie Erin jemals wiedersehen würde. Da sie in letzter Zeit so häufig an Erin dachte, schien Corrinnes Macht über sie allmählich nachzulassen. Nach dem Abend, an dem Erin hereingeschneit war, spürte Pip, wie sie sich zurückzog. Sie hatten in den vergangenen Wochen zwar einige Male miteinander geplaudert, aber den Unterhaltungen fehlte jede Tiefe. Pip fragte sich, ob sie Erin verärgert hatte oder ob es Erins Verwirrung war, die diese Distanz zwischen ihnen schuf. Gestern, als sie bei Sonnenaufgang erwachte, war es nicht Corrinnes Name, der ihr als erstes in den Sinn kam. Statt dessen hatte sie an den Arbeitstag gedacht, der vor ihr lag. Sie empfand eine tiefe Dankbarkeit für diesen kleinen Fortschritt.

Frederick hatte immer noch nicht angerufen, um sie von Lucys Plänen zu unterrichten. Als sie kürzlich abends mit ihm gesprochen hatte, empfahl er ihr, es einfach zu vergessen; Lucy habe es sich höchstwahrscheinlich anders überlegt.

»Sie war schon immer so«, stellte Frederick fest. »Steckt voller Pläne und Versprechen, die sie nie hält.« Aber Pip war dennoch enttäuscht. Sie erinnerte sich an all die anderen Enttäuschungen, die Lucy ihr bereitet hatte – ein vergessener Geburtstag oder ein verpaßtes Konzert, ein Versprechen, in den Zoo oder ins Kino zu gehen, das gebrochen worden war. Erinnerungen, die sie weggeschoben hatte, um den Schmerz zu begraben. Wütend über Lucys erneuten Verrat, beschloß sie, nicht mehr daran zu denken, nicht mehr zuzulassen, daß Lucy sie verletzte.

Als sie am späten Nachmittag nach Hause zurückkehrte, ging sie durch die kalte Wohnung ins Schlafzimmer. Sie schüttelte die Kissen auf, lehnte sich mit einem heißen Becher Kakao zurück und steckte die erste der acht Kassetten in den Rekorder.

Da es sich nicht um eine gekürzte Fassung des Romans handelte, konnte sie nicht das ganze Buch auf einmal hören, aber das machte nichts. Es reichte ihr zu hören, wie Erins Stimme durch den zellenähnlichen Raum hallte. Sie dachte an den anderen Pip und daran, daß die Dinge nie so waren, wie sie zu sein schienen, und schlief ein.

In dieser Nacht träumte sie, sie sei jener andere Pip, doch es war nicht der Sträfling Magwich, der sie auf den Kopf stellte und damit ihren Blickwinkel verzerrte, sondern Erin selbst.

Am Sonntag regnete es. Ein kalter, erbarmungsloser Regen, der sich gegen Sonnenuntergang in Schneeregen verwandelte. Pip machte sich erst gar nicht die Mühe, ihr Bett zu verlassen. Unter den Decken war es wärmer, außerdem hatte sie keinen triftigen Grund aufzustehen. Sie versuchte, sich weitere Kassetten anzuhören, aber in Gedanken kehrte sie zurück zu den Regentagen, die sie mit Corrinne verbracht hatte, zu den gestohlenen Momenten, die glitzerten wie Münzen in einem klaren Springbrunnen, damals, als alles noch unbekannt und neu war.

Da Pips vorherige Beziehungen meist kurzlebig und unverbindlich gewesen waren, rief Corrinnes anfänglicher Wunsch, sie in allen ihren Facetten kennzulernen, in Pip ein Gefühl der Lebendigkeit, der Erregung hervor, als sänge jede Faser ihres Körpers vor Freude. Sie hatte so etwas noch nie empfunden und war von der Einmaligkeit ihrer Gefühle überzeugt.

Sie erinnerte sich an einen Frühlingsabend; sie gingen einen gläsernen Korridor entlang, der zwei Londoner Gebäude verband. Links ging die Sonne unter, und der Himmel, mit schweren Pinselstrichen in Blutrot, Orange und Violett überzogen, glich einem Ölgemälde. Rechterhand ging der Vollmond auf. Inmitten dieses Panoramas war es Pip, als stünde die Zeit still.

Sie waren allein im Korridor und blieben stehen. Ihre Fingerspitzen berührten sich, und ein magischer, verheißungsvoller Funken schien von Corrinnes Körper auf ihren und wieder zurückzuspringen; ein Gefühl, das Pip später nur als einen Kreis blauweißen Lichts beschreiben konnte, der sie umgab. Sie befanden sich in einer Hoffnungsblase, und ihnen war, als läge eine strahlende Zukunft vor ihnen.

An jenem Abend, als sie vor dem elektrischen Kamin in Corrinnes Wohnung Tee tranken, las Corrinne Pip aus einem Gedichtband von Emily Dickinson vor. Jetzt dachte Pip an die Bilder aus »Wilde Nächte« zurück, daran, wie sie zur Ruhe gekommen war, an Corrinnes sicherem Hafen vertäut. Corrinne hatte sich an Pip geschmiegt und die Stimme über das Summen des Kamins erhoben, um ihr zu sagen, daß sie mit ihr Kinder haben wolle.

Pip hatte eine tiefe Freude empfunden, als stünde sie unter einem donnernden Bach warmen Wassers, lachend, jubilierend über die einfache Tatsache, am Leben zu sein, den Moment auskostend wie eine ausgedehnte Note, die allmählich verklang. Corrinne, die sich ihr zuwandte, sagte, daß sie sie liebte, wie schön sie sei, wie der bloße Gedanke an Pip sie mit Begehren und Liebe erfülle. Ihr Liebesspiel in jener Nacht war süß und zärtlich, und sie waren gemeinsam eingeschlafen.

Was war aus diesen Momenten geworden? Pip konnte nicht glauben, daß sie eine Illusion waren, daß Corrinne sie nie geliebt, sondern nur so getan hatte, weil es damals opportun war. Daß sie auf eine andere gewartet hatte, um ihre Theorien in die Tat umzusetzen, um zu sehen, ob sie der konventionellen Monogamie trotzen und sich der Möglichkeit öffnen konnte, zu allem und jeder, die ihr gefiel, ja zu sagen. Warum war Corrinne den Verlockungen des Einfachen, der Spannung der Jagd, des Unbekannten erlegen, sobald die ersten Anzeichen von ernsthaften Auseinandersetzungen zwischen ihnen auftauchten?

Als Corrinne begann, sich von Pip zu entfernen, hielt Pip hartnäckig an der Überzeugung fest, daß das Feuer noch in ihnen beiden brannte. Sie konnte nicht begreifen, weshalb sie nicht genug, nicht gut genug, klug genug, zärtlich genug, derb genug, stark genug war. Natürlich war Corrinnes Erklärung rational. Sie sprach über eine feste Beziehung, die sich in ein Gefängnis verwandelt hatte, darüber, wie ihre Geliebte sie in Gedanken mit Stacheldraht umgab, wie jeder Augenblick einer langsamen Tortur glich, wie der Funken aufgeflackert und verloschen war.

Inzwischen begann Pip zu verstehen, daß es in einigen Fragen keine Verständigung geben konnte. Pip hatte angenommen, daß sie zwar grundverschiedene Menschen waren, aber einander kennenlernen, sich aneinander anpassen und Kompromisse schließen könnten. Für Corrinne hingegen bedeuteten Kompromisse, sich zu verlieren, einer anderen einen Teil ihrer selbst zu opfern. Und dazu war sie letztendlich nicht bereit.

An ihren finstersten Tagen wünschte Pip, Corrinne würde eine neue Geliebte finden und Linda so gebrochen zurücklassen, wie sie selbst es gewesen war. Oder daß Linda Corrinne verließ, damit Corrinne am eigenen Leibe diesen Schmerz erführe. Sie wünschte ihnen sechsstündige aussichtslose Diskussionen und sexuelle Frustration. Sie wünschte ihnen zugeknallte Türen und Tränen. Sie phantasierte von Corrinne, die sie weinend anrief, um sich zu entschuldigen, sie anzuflehen, zu ihr zurückzukehren, und Pip würde langsam auflegen, ohne ein Wort gesagt zu haben. Sie wollte das letzte Wort haben. Nur ein einziges Mal. Corrinne verletzen, anstatt verletzt zu werden. Sie wünschte, sie hätte Corrinne wie ihre übrigen Affären behandelt, sich nie verliebt, ihr nie ihr Herz und ihren Körper geöffnet.

Aber jetzt, selbst in der tiefen Dunkelheit des Februars, dachte sie immer weniger an diese raffinierten Rachepläne oder all die schlagfertigen Dinge, die sie sagen würde, wenn sich ihr die Chance böte, die Uhr zurückzudrehen – die kränkenden Worte, die messerscharfen Angriffe auf Corrinnes wunde Punkte. Jetzt galten ihre Gedanken vornehmlich diesem Moment, dieser Zeit, diesem Ort. Sie dachte an das Wetter, an den Schneeregen, der gegen das Fenster prasselte, ein Geräusch, das sie an Sand erinnerte, an einen Strand in Spanien, an dem sie allein Urlaub gemacht hatte. Es hatte gutgetan, dort allein zu sein, weg von Menschen, von dem Druck des Tourneelebens. Die Sonne, die Worte auf den Seiten der Bücher, die ihr Gesellschaft leisteten, der Klang der Brandung in ihren Ohren war die einzige Musik.

Und als sie dem Schneeregen lauschte, dem Knacken nackter Äste im fegenden Wind, fühlte sie einen Moment lang Frieden. Selbst diese finstere Nacht, dieser finstere Monat würde bald vorbeigehen, das Licht würde zurückkehren und damit der Frühling.

Am nächsten Morgen stimmte Pip in einer Privatwohnung ein Klavier. Den Auftrag hatte ihr eine ihrer anderen Klientinnen vermittelt, und der Gedanke, an einem neuen Klavier zu arbeiten, machte Pip nervös. Jedes Instrument hatte seine Eigenheiten, und dieses schien ungewöhnlich viele zu haben. Nachdem sie das Klavier eine halbe Stunde lang untersucht hatte, bat Pip ihre Auftraggeberin, kurz herunterzukommen.

»Am Telefon sagten Sie, das Instrument sei letztes Jahr gestimmt worden, aber soweit ich erkennen kann, muß es länger her sein.«

Die Frau zögerte und klopfte mit dem Fingernagel gegen ihren Schneidezahn. »Nun, vielleicht ist es doch schon annähernd zwei Jahre her. Ich kann mich wirklich nicht mehr erinnern.«

»Also, es sieht folgendermaßen aus: Das gesamte Instrument hat seine Tonhöhe verloren, was bedeutet, daß die meisten Saiten beinahe um einen halben Ton verstimmt sind.«

»Ach so, ja.« Ihre Klientin verstand sichtlich gar nichts.

»Das wiederum bedeutet einen größeren Aufwand, als ich angenommen hatte, und es wird Sie mehr kosten.«

»Können Sie es nicht einfach stimmen?«

»Ich könnte es der existierenden Tonhöhe anpassen, das schon, aber damit täte ich Ihnen keinen Gefallen. Sehen Sie, die Saiten sollten eine gewisse Spannung haben, die sie auf den Körper des Instruments übertragen. Der Rahmen wurde gebaut, um zwanzig Tonnen Drehkraft auszuhalten. Sobald die Tonhöhe des Instruments sinkt, läßt die Drehkraft nach, und mit der Zeit entstehen schwere Strukturschäden. Also bevor ich darangehen kann, es zu stimmen, muß ich die Tonhöhe des ganzen Instruments korrigieren.«

»Wie lange wird das dauern?«

»Nun, weder die Saitenhalter noch der Resonanzboden noch irgendein anderer Teil scheint ernsthafte Schäden davongetragen zu haben.« Pip zeigte auf jeden Teil, während sie ihn benannte. »Das ist die gute Nachricht. Aber statt den üblichen ein bis zwei Stunden reden wir hier über einen ganzen Arbeitstag, zwei Jobs statt einen. Das Klavier muß wieder auf die Tonhöhe gebracht werden, die es hatte, als es die Fabrik verließ, die Tonhöhe, die es haben sollte, und dann muß es noch gestimmt werden. Es wird Sie mindestens doppelt soviel kosten, wie ich geschätzt hatte.«

»Warum haben Sie mir das nicht schon am Telefon gesagt?«

»Weil Sie meinten, daß es erst vor einem Jahr gestimmt worden sei. Selbst einmal im Jahr reicht nicht. Sie sollten Ihr Klavier mindestens zweimal im Jahr stimmen lassen. Viermal wäre noch besser.«

»Ich verstehe.«

Pip bezweifelte, daß sie es wirklich begriff, aber sie wußte nicht, wie sie es ihr sonst erklären sollte. »Ich wollte nicht anfangen, ohne es Ihnen zu sagen.«

»Ich danke Ihnen. Ich fürchte, ich werde meinen Mann anrufen müssen, da er derjenige ist, der wollte, daß es gestimmt wird.«

Während die Frau telefonierte, sah sich Pip im Wohnzimmer um. Das ganze Haus stank nach Geld, und Pip vermutete, daß das Klavier mehr als Ausstellungsstück diente, als daß man tatsächlich darauf spielte. Der Zustand der Vernachlässigung, in dem sich das Instrument befand, schien ihren Verdacht zu bestätigen, und als die Frau zurückkam und meinte, sie solle es nur stimmen, wußte Pip Bescheid. Sie begann, ihr Werkzeug zusammenzupacken.

»Was tun Sie da?« fragte die Frau.

»Ich kann Ihr Klavier nicht stimmen.«

»Wieso nicht? Sie sind doch ein Klavierstimmer, oder?«

»Ja, das bin ich. Mein Name bürgt für Qualität, und es wäre nicht in meinem Interesse, diesen Job zu beenden. Wenn Sie die Tonhöhe dieses Klaviers nicht korrigieren lassen, wird es in ein paar Jahren nicht mal das Material, aus dem es gemacht ist, wert sein. Ein Haufen Müll. Und ich will nicht, daß mein Name mit Müll in Zusammenhang gebracht wird, vor allem, wenn ich es hätte verhindern können. Es tut mir leid.«

Die Frau sah zugleich beleidigt und bestürzt aus. Pip drückte das Schnappschloß ihrer Tasche zu. »Sollten Sie es sich anders überlegen und wünschen, daß ich den Auftrag zu Ende führe, Sie haben meine Nummer. Es wäre mir ein Vergnügen, zurückzukommen.«

»Ich verstehe.«

Sie kapieren offenbar gar nichts, dachte Pip. Und ich habe den Großteil des Morgens darauf verschwendet, in diesen blöden Vorort hinauszufahren, als hätte ich nichts Besseres zu tun. Sie schrieb eine Rechnung und reichte sie der Frau.

»Was ist das?«

»Wie gesagt schließt mein Honorar die Anfahrtszeit ein. Dazu kommt die Stunde, die ich hier verbracht habe.« Pip wartete, gespannt, wie die Frau reagieren würde. Sie stand lange regungslos da, dann stürmte sie in die Küche und kehrte mit einem Scheck zurück. Sie machte sich nicht die Mühe, Pip hinauszubegleiten.

Als Pip nach Hause kam, fand sie einen Zettel von Erin in ihrem Briefkasten vor, auf dem lediglich stand: *Komm vorbei, wenn Du Zeit hast.* Pip blickte über die Straße. Erins Wagen stand in der Auffahrt, also ließ Pip ihre Tasche fallen und ging hinüber. Als sie sich dem Haus näherte, erkannte sie Erin, die aus dem Wohnzimmerfenster sah. Sie schien auf ihre Rückkehr gewartet zu haben. Sie stieg die Stufen hinauf, und die Tür öffnete sich.

Pip folgte Erin in die Küche, zog ihren Mantel aus und hängte ihn über einen Stuhl. Erin setzte geschäftig Wasser auf. Sie nahm zwei Teetassen von einem Regal über dem Herd und trug sie zu Pip hinüber. Als Pip sie ihr abnahm, berührten ihre Finger sich flüchtig, aber Erin hatte ihr Gesicht abgewandt, und Pip konnte ihren Ausdruck nicht erkennen.

Schließlich setzte sie sich zu Pip an den Tisch, und Pip fragte: »Schreibblock?«

Erin lächelte. »Nein. Ich wollte dich bloß sehen. Ich muß dir etwas sagen.«

Pip spürte, wie ihr Magen sich erwartungsvoll zusammenkrampfte. Sie hoffte, Erin würde sich nicht verabschieden.

»Ich habe viel nachgedacht, seit ich dich das letzte Mal gesehen habe«, sagte sie.

»Ich auch«, gab Pip zu.

»Ich schätze, ich wollte einfach nicht sang- und klanglos verschwinden, ohne dir wenigstens zu sagen, weshalb.«

Pip trank ihren Tee und wartete.

»Ich habe Angst, Pip.«

»Wovor?«

»Du warst gut zu mir, du hast eine leere Stelle gefüllt, die wohl gefüllt werden mußte, und ich glaube, ich habe Angst davor, mich zu sehr auf dich zu verlassen.«

»Aber du kannst dich auf mich verlassen.«

»Ich möchte dich mit meinen Problemen nicht überwältigen. Du hast selbst genug eigene Probleme.«

»Stimmt, hab ich. Aber es hilft mir, mit dir zu reden. Ich brauche auch eine Freundin, Erin.« Sie zögerte, dann fügte sie hinzu: »Du hast mir gefehlt.«

»Du mir auch.« Erin tauchte ihren Teebeutel ein paarmal unter, dann legte sie ihn auf den Unterteller. »Ich habe diese Tendenz, mich zu sehr auf andere zu verlassen und unrealistischerweise von ihnen zu erwarten, daß sie meine Bedürfnisse erfüllen. Ich wollte das nicht mit dir machen.«

»Ich werde tun, was ich kann. Ich hatte gehofft, daß du das weißt.«

»Tu ich. Ich schätze, ich hatte das Gefühl, dich warnen zu müssen.«

»Aber ich fühle mich nicht überwältigt. Ganz und gar nicht.«

»Ich habe mich zurückgehalten.«

»Tu's nicht. Ich sag's dir schon, wenn's mir zuviel wird.« Pip lachte. »Ich sollte dir wahrscheinlich dasselbe sagen. Ich glaube, ein Grund, warum alles mit Corrinne zusammenbrach, ist, daß ich zu sehr geklammert habe. Ich versuche, es nicht wieder zu tun. Das hier ist eine gute Übung für mich.«

Erin lächelte. »Ich mag dich wirklich gern, Pip.«

»Ich hab dich auch gern«, sagte Pip leise. Sie wünschte sich so sehr, von ihrem Stuhl aufzustehen und Erin in ihre Arme zu nehmen, Erins Nähe zu fühlen, ihre warme Haut zu spüren. Sie fragte sich, ob es eine Grenze zwischen Zuneigung und Sex gab, und ob sie sie erkennen würde, bevor sie sie überquerte. Ihr Schweigen wuchs. »Ich möchte dasein, wenn du mich brauchst«, sagte Pip schließlich.

»Ich glaube, ich brauche dich wirklich. Ich bin es nicht gewöhnt, so etwas zu sagen, und ich bin es ganz bestimmt nicht gewöhnt, zu bekommen, was ich brauche.«

»Wie steht's mit Joe?«

»Schlimmer. Zumindest halten wir uns an den Status quo. Er hat versprochen, Katie mindestens einmal die Woche zu besuchen, und er war zuletzt vor drei Wochen hier. Ich tue, was ich kann, aber ich bin nicht ›Papa‹. Ich hab das Gefühl, als würden wir alle Engelchen und Teufelchen spielen. Ich muß sämtliche Grenzen setzen, und er schneit einfach herein und entführt sie für ein paar Stunden. Keine Haken. Keine schlimmen Szenen. Und ich muß es ausbaden, wenn er nicht kommt.«

Pip nickte. »Ich verstehe.«

»Was ist mit dir?« fragte Erin. »Was hast du gemacht?«

Pip erzählte ihr von dem morgendlichen Fiasko. Dann gingen sie zu anderen Themen über und kamen schließlich auf Pips Konzerte zu sprechen.

»Glaubst du, daß du je wieder auftreten wirst, Pip?«

Pip lächelte. »Ich weiß es nicht. Ich kenne kein anderes Leben, aber ich bin nicht sicher, ob ich dazu zurückkehren möchte. Ich fing mit vier Jahren an zu spielen und fühlte mich, als würde ich in einem Übungsraum leben. Manchmal vergaß ich, daß es den Sonnenschein gab, daß es irgend etwas außer der Musik gab. Du darfst dich durch nichts ablenken lassen, wenn du die Beste sein willst. Schon in der Grundschule habe ich fünf Stunden am Tag geübt. Danach habe ich täglich bis zu zehn Stunden in den Übungsräumen vom Juilliard verbracht.«

»Du warst am Juilliard?«

»Hab dort meinen Abschluß gemacht. Nachdem ich 1985 den Van-Cliburn-Wettbewerb gewonnen hatte, bin ich sechs Jahre lang gereist. Wettbewerbe. Tourneen. Es war die Hölle, Erin. Wenn ich nicht gerade übte, probte ich, ansonsten trat ich auf. Ich habe selten mehr als zwei Tage in einer Stadt verbracht – manchmal in einem Land. Ich habe in Hotelzimmern aus Koffern gelebt. Ich aß, schlief und lebte Musik. Es gab nichts anderes.«

Pip schwieg eine Weile, dann meinte sie: »Am Juilliard kannst du andere bitten, dich in Seminarlisten einzutragen, und die meisten Fächer komplett schwänzen. Du mußt dich vollkommen deinem Spiel widmen. Wenn du eine Pianistin bist, gehst du nur zu den Konzerten anderer Pianisten. Du prüfst die Konkurrenz. Du baust dein Ego auf. Du versuchst, dir ein dickes Fell zuzulegen. Die Lehrer ... die meisten sind brutal. Sie wollen deine Interpretation nicht hören, sie wollen, daß du ihre lernst. Wenn sie dich bitten, zur nächsten Stunde ein Stück mitzubringen, dann meinen sie, daß du es können mußt. Der Druck ist unglaublich groß. Jeder ist dein Feind, jeder andere Pianist. Es ist beinahe unmöglich, Freunde zu finden. Du mußt dich anbiedern und den Mund halten.«

»Klingt schrecklich.«

»Das war es, aber dann auch wieder nicht. Damals war die Musik mein Leben. Es war alles, was ich wollte, woran ich dachte. Ich war vollkommen besessen. Ich wollte die Beste sein. Und eine Zeitlang war ich es auch.«

»Und was geschah dann?«

»Also, abgesehen von Corrinne, hatte ich von Tourneen die Nase voll. Ich hatte begonnen, die Musik zu hassen, die Leute, mit denen ich zusammenarbeiten mußte, die Egos. Es machte keinen Spaß mehr. Ich wollte meine Zeit nicht länger damit verbringen, Übungsräume zu suchen, andere für meine Zwecke zu manipulieren, Wutanfälle zu bekommen. Du kannst nicht mal ab und zu ein netter Mensch sein, du mußt hart und kalt und fordernd und ein totales Arschloch sein, sonst latschen sie auf dir herum. Du darfst dich nicht ablenken lassen.«

»Hast du aber.«

»Ja. Und ich begann abzurutschen. Ich habe aufgehört, täglich zu üben. Wurde unkonzentriert. Man hat es bald gemerkt. Ich habe mich wie eine Idiotin benommen. Ich habe anderen die Schuld an meinen Fehlern gegeben. War meiner Managerin Susan gegenüber furchtbar unhöflich. Ich konnte einfach nicht mehr. Frederick war wahnsinnig aufgebracht. Ich glaube, er wollte, daß ich einen Traum von ihm erfülle.«

»Wie das?«

»Er hat mir vor langer Zeit einmal gesagt, daß er selbst ein Pianist von Weltklasse werden wollte, aber er besaß nicht das nötige Talent. Das hat er am Juilliard erkennen müssen. Also wechselte er ins Dirigentenfach. Vor kurzem erfuhr ich, daß meine Mutter ebenfalls Musikerin war. Er hatte es nie erwähnt. Er sagte, daß sie nicht die nötige Disziplin besaß. Die haben nicht viele. Stundenlang vor einer Tastatur zu sitzen – dazu bedarf es eines bestimmten Temperaments, eines ernsthaften Wunsches, das Beste aus sich herauszuholen. Er hat mir diesen Trieb eingepflanzt, als ich noch zu jung war, um ihn zu hinterfragen. Er lobte mich, sagte, ich könne die Weltbeste werden. Und ich glaubte ihm.

Er ist ein talentierter Dirigent, aber er ist nicht begnadet. Er erkennt die Gabe in anderen, aber er kann sie nicht selbst zum Ausdruck bringen. Ich glaube, das frißt ihn auf. Er war eifersüchtig auf mich. Er hat es zugegeben. Er liebte und haßte mich zugleich, weil ich eine große Gabe besaß und er es wußte. Ich war besser, als er es jemals sein würde.«

»Gab es für dich jemals ein Leben jenseits der Musik?«

»Ich kann mich kaum daran erinnern. Ich lebte bei meiner Mutter, bis ich drei Jahre alt war. Nur wir beide. Wir hatten nicht viel Geld, aber es ging uns ganz gut. Wir haben viel unternommen, was immer es umsonst gab. Und Frederick ist oft eingesprungen und hat uns ausgeführt.«

»Warum hat er ihr nicht einfach Geld gegeben?«

Pip zuckte mit den Schultern. » Keine Ahnung. Das habe ich mich auch schon gefragt. Vielleicht, weil sie nicht tat, was sie seiner Ansicht nach tun sollte. Sich der Musik widmen. Wenn es um anderer Leute Leben geht, kann er ein richtiger Mistkerl sein. Er ist besessen, und er erwartet, daß der Rest der Welt ebenso voller Hingabe ist. Also, nein, ich hatte nicht viel vom Leben, nachdem ich begann, ernsthaft zu spielen, im Alter von fünf Jahren. Eigentlich habe ich erst seit letztem Jahr, als ich aus London zurückkehrte, das Gefühl, ein Leben zu führen, über das ich selbst verfügen kann. Auf Tourneen hatte ich gewissermaßen ein verkürztes Leben. Ich habe viel gelesen. Ich hatte eine Reihe unglückseliger Affären.« Pip lachte. Nach einem Moment fuhr sie fort: »Manche Musiker brechen unter dem Druck zusammen und fassen ihre Instrumente nie wieder an. Vielleicht bin ich eine von ihnen.«

»Vielleicht auch nicht.«

»Ich weiß, daß ich nie wieder diejenige sein werde, die ich war. Der Trieb ist weg. Es bedeutet mir einfach nicht mehr soviel.«

»Was ist dir jetzt wichtig, Pip?«

Pip schwieg lange. »Ich weiß es nicht«, antwortete sie schließlich. »Du. Unsere Freundschaft. Das ist alles, was ich zur Zeit brauche und möchte. Meine Arbeit gefällt mir, aber ich weiß, daß sie mir bald nicht mehr reichen wird.

Ich habe mich in Corrinne verliebt, weil sie mir etwas zu bieten schien, das ich noch nie gehabt hatte, eine neue Art, dem Leben zu begegnen, für alle Aspekte des Lebens offen zu sein. Ich dachte, ich könnte dieses Gefühl hinüberretten, aber es ging nicht. Und ich bin mir auch nicht mehr so sicher, ob es erstrebenswert ist. Sie hat nie Nein zu jemandem gesagt. Sie hat mir mal erzählt, daß sich von jemandem angezogen fühlen, ohne zu handeln, so sei, als säße man vor einer Schüssel Schokoladenpudding, ohne zu essen. Es war ihr unmöglich.

Sie sorgte gern für Chaos und lehnte sich dann zurück, um zu beobachten, was passierte. Anfangs gefiel mir dieses Chaos. Es unterschied sich so von den starren Strukturen, die ich gewöhnt war. Aber es klappte nicht. Die Beziehung ermöglichte es mir zwar, einige alte Strukturen zu zerstören, dafür habe ich aber neue aufgebaut. Ich brauche sie. Sie vielleicht nicht, ich aber schon.«

»Ich glaube, daß jeder sie braucht. Irgend etwas, das einem ein Gefühl der Sicherheit vermittelt«, sagte Erin.

»Manchmal fühle ich mich wie tot. Betäubt.«

»Ich weiß. Dieses ganze Jahr kommt mir so vor, als hätte ich eine Haut abgestreift, obwohl ich noch nicht soweit war. Ich weiß nicht mehr, wer ich bin, und das macht mir eine Heidenangst. Ich dachte immer, ich würde verheiratet bleiben, und daß ich mich auf diese Struktur verlassen könnte. Ich schätze, ich werde selbst eine neue aufbauen müssen.« Erin stand langsam auf und streckte sich. »Ich bin manchmal so einsam, Pip. Ich hab mich noch nie so gefühlt. Es ist beängstigend.«

»Aber du bist nicht allein, Erin. Ich bin hier.«

»Stimmt. Das bist du.«

Pip sah auf die Uhr. Es war spät, und Katie würde bald nach Hause kommen. Sie wollte nicht, daß Katie Erin ablenkte, wollte Erins ungeteilte Aufmerksamkeit.

Pip erhob sich vom Tisch und war im Begriff, ihre Tasse zum Spülbecken zu tragen, als sie beinahe mit Erin zusammenstieß, die hinter sie getreten war. Erins Arme umfaßten ihre Hüften, und sie legte ihren Kopf auf Pips Schulter. Zaghaft berührte Pip ihren Kopf mit den Fingerspitzen und erfreute sich an ihrem seidigen Haar. Sie fragte sich, ob Erin wohl hörte, wie ihr Herz hämmerte, und was sie davon hielt.

Sie machte sich vorsichtig los und nahm Erins Gesicht in die Hände. Erin wandte die Augen nicht ab. »Woran denkst du?« fragte Pip. Erin schüttelte den Kopf. Sie legte die Hände auf Pips Arme und zog Pips Hände von ihrem Gesicht. Pip befürchtete, daß sie zu weit gegangen war, und wollte gehen, doch Erin hatte ihre Hände nicht losgelassen. Pip spürte, wie Erins Daumen ihre

Handflächen streichelten. Pips Finger schlossen sich um Erins Daumen, drückten sie kurz und ließen sie los.

Die Haustür ging auf, und kurz darauf kam Katie in die Küche. Die Spannung, die eben noch in der Luft gelegen hatte, löste sich auf, und Pip spürte, wie Erins Aufmerksamkeit sich verlagerte. Sie blieb noch eine Minute, um Katie zu begrüßen, und ging dann zur Tür. Erin folgte ihr.

»Sehe ich dich bald wieder?«

»Ja«, sagte Erin. »Morgen?«

Pip lachte. »Morgen früh muß ich arbeiten. Mittags?«

Erin nickte. »Danke«, sagte sie. Pip lächelte.

Das Konservatorium war still und dunkel. Es war kurz nach zwei Uhr morgens, und Pip schloß die Tür des ersten Übungsraums auf. Sie setzte ihre Kaffeetasse auf dem Boden ab und packte ihr Werkzeug aus. Während der nächsten sechs Stunden arbeitete sich Pip durch die erste Hälfte der Übungsräume.

Sie arbeitete gerne, wenn niemand außer ihr da war. Die Stille gefiel ihr, und manchmal erinnerte sie sie daran, weshalb sie anfangs gern hier unterrichtet hatte. Jetzt, da ihr Lebensunterhalt gesichert war, bedauerte sie es nicht mehr, ihre Stelle aufgegeben zu haben. Als sie beschloß, Emmas Arbeit zu übernehmen, war Mitchell zwar überrascht, aber er sagte, er sei froh, nicht auf die Suche nach einem neuen Techniker gehen zu müssen. Sie stellte fest, daß seine Gesellschaft ihr fehlte, und sie fragte sich, wie es ihrer Nachfolgerin wohl erging.

Es war beinahe acht, als sie mit dem letzten Klavier fertig war. Sie setzte sich auf die Bank und schlug ein paar Akkorde an. In letzter Zeit hatte sie öfters einige von Enyas Instrumentalstücken gespielt, um ihre Arbeit zu testen, da sie in keinem Zusammenhang zur klassischen Musik standen. Pip stellte fest, daß sie allmählich wieder begann, das Instrument zu schätzen, es mit neuen Augen zu sehen und ihre labile Beziehung zur Musik durch diese einzigartigen Momente, die sie am Klavier verbrachte, wieder aufzubauen.

Sie hörte nicht, wie jemand die Tür öffnete, und erschrak so sehr, daß sie einen Schrei ausstieß, als sie sich von den Tasten abwandte und Jamie erblickte.

»Ich wollte Sie nicht erschrecken«, sagte Jamie.

Pip stockte der Atem, dann meinte sie: »Ist schon in Ordnung. Ich dachte bloß, ich sei allein.«

Jamie hielt eine Mappe hoch. »Ich hatte schon eine Weile vor, das hier abzuholen, und hab's immer vor mir hergeschoben.

Heute war ich in der Gegend.« Sie trat in den Raum. »Was machen Sie eigentlich hier?«

»Ich arbeite.«

Jamie wirkte verwirrt.

»Ich habe die Klaviere gestimmt.«

»Wie, zum Spaß?«

»Nein, für Geld. Das ist jetzt mein Job.«

»Sie machen Witze.«

Pip stellte fest, daß sie nicht in der Stimmung für diese Unterhaltung war. Sie erwiderte nichts, sondern begann, ihr Werkzeug einzupacken.

»Sie machen keine Witze. Tut mir leid, es war nicht so gemeint«, sagte Jamie. »Ich bin bloß überrascht.«

»Da bist du nicht die einzige.« Pip klappte ihre Tasche zu. »Was machst du denn so?«

»Meine Band spielt zur Zeit in der Stadt. Heute abend treten wir im Cellar auf. Wollen Sie nicht vorbeikommen?«

»Ich weiß nicht, Jamie.«

»Ach, kommen Sie. Es wird Spaß machen. Außerdem waren Sie nicht bei meinem Abschlußkonzert. Sie schulden mir was.«

»Ich schulde dir was?«

»Nicht direkt. Aber Sie wissen schon, was ich meine.«

Pip nickte. Das wußte sie. »Ich überlege es mir.«

»Wir sind um neun dran.« Sie war im Begriff zu gehen, dann meinte sie: »Es würde mir sehr viel bedeuten.«

Ich weiß, dachte Pip, und genau deswegen werde ich wahrscheinlich nicht kommen. Aber sie nickte lediglich. Spätabends machte sich Pip dann doch auf den Weg zu dem Club. Sie hatte im letzten Augenblick beschlossen, daß sie mal ausgehen sollte, statt immer nur vor dem Fernseher zu sitzen.

Der Name paßte. Der Cellar war ein enger, verrauchter Raum im Keller eines Bostoner Plattenladens, der nach verschüttetem Bier und schalem Rauch roch. Pip fand einen freien Tisch nahe der Wand und bestellte ein Bier. Der Raum war mehr als halbvoll, und der Lautpegel der Stimmen übertönte beinahe den Musiker auf der Bühne, ein affektierter junger weißer Mann mit zottigem braunem Haar, der offensichtlich versuchte, seinen Blues aufzuwerten, indem er tat, als sei er schwarz. Das allein amüsierte Pip so sehr, daß sie ihm mit einem Ohr zuhörte, während sie ab und an auf ihre Uhr sah.

Nach seinem letzten Lied sprang er plötzlich auf und stürmte zu höflichem Applaus von der Bühne, wobei er beinahe mit einem bärtigen Bär von Mann zusammenstieß, der in der Seitenkulisse gewartet hatte. Sie wechselten leise ein paar Worte, dann kam der Bärenmann auf die Bühne und kündigte an, daß die Firehouse Five in fünfzehn Minuten auftreten würden. Das Publikum jauchzte und pfiff. Pip sah, wie der Bluesmann im Halbschatten des Bühnenrands sein Gesicht verzog.

Jamie betrat als letzte die Bühne. Die Band fing mit einer lebhaften Version von Melissa Etheridges »Meet Me in the Back« an. Dann machte Jamie eine Pause und stellte die Band vor. »Wie die meisten von euch wahrscheinlich wissen, sind wir die Firehouse Five. Genaugenommen die Firehouse minus einer, da wir vor ein paar Monaten unsere Keyboardspielerin verloren haben. Schlagzeug – Sherri Lane, Baß – Amy Carmichael, elektrische und akustische Gitarre und Gesang – Monica Weiss, und ich bin Jamie Morris.

Ich sehe heute abend eine Menge bekannter Gesichter im Raum und ein paar Firehouse-Five-Novizinnen, willkommen. Ich hab eine tolle Neuigkeit. Wir haben endlich genug Geld zusammengekratzt, um eine Platte aufzunehmen. Sie erscheint, sobald wir mit allen Liedern fertig sind, also haltet Augen und Ohren offen.«

Die Art, wie die Band begrüßt wurde, ließ Pip vermuten, daß das Publikum entweder aus Firehouse-Groupies oder Stammbesuchern des Cellar-Clubs bestand. Zwischen der Menge und der Band herrschte ein familiärer Umgang, und Pip stellte fest, daß das Publikum überwiegend weiblich war. Jetzt war der Cellar voll, und es lehnten sogar Leute hinten an der Wand.

»Heute abend möchten wir ein paar unserer eigenen Lieder spielen. Das nächste ist neu. Eigentlich«, Jamie lachte nervös, »spielen wir es zum erstenmal. Es heißt ›Little Blue House‹.«

Als sie ansetzte, erkannte Pip die Melodie, die im letzten Herbst über den Rasen des Konservatoriums geweht war. Sie beugte sich vor, um zu verstehen, was Jamie sang.

We used to say all we need is a little house in the country
of course, with a little dog and a back yard a couple of friends,
maybe a garden and a picket fence.
Life would be so simple then now wouldn't it, oh wouldn't it…

Pips Kopf füllte sich mit Bildern, doch der Text durchdrang ihre konfusen Gedanken und gab sie wieder.

… but it's over now, it's over now
It's like reading a book that you like a lot
you put it down before it ends
I'll save the last few pages of our life
so at least we can be friends …

Pips Gedanken rutschten von den Worten ab, hinein in ihre eigene Welt. Sie sah das Haus, ein blaues Haus mit weißen Fensterläden und einer weißen Tür. Das Landhäuschen. Sie sah sich selbst, wie sie den Weg hinaufkam, sah die offene Tür. Corrinne lächelte sie verführerisch an. Pip beschleunigte ihre Schritte, schmolz in Corrinnes Armen, preßte sie in der Diele gegen die Wand. Pips Hände, die sich fordernd unter Corrinnes Kleidung schoben, die warme, weiche Haut streichelten. Sonnenschein ergoß sich über den Teppich, über die Couch, auf der sie einander liebkosten. Eine Brise blies die Vorhänge herein, den Klang von Vögeln und Zikaden. Diese dunkelhaarige Geliebte, die feucht und erregt unter ihr lag. Jamies Stimme schwebte am Rande von Pips Erinnerungen:

We used to say all we need is a little house
in the country of course, with a little dog and a back yard
now what we have, is my bed in my little room
in the city of course, with an empty space on your side …

Die Zeit schien stillzustehen. Pip war in ihrer Vision gefangen, schwebte mit der Musik im Raum. Plötzlich war es vorbei. Der Applaus erschreckte Pip. Sie schüttelte den Kopf. Jamie lächelte sie an, so schien ihr jedenfalls, und Pip lächelte zurück und hob ihr Glas.

Pip war erstaunt, wie gut die Band war. Im Unterschied zu den Gruppen, die Corrinne ihr vorgestellt hatte, die ihr amusikalisch oder einfach nur langweilig vorgekommen waren, waren die Firehouse Five eine Gruppe, deren Mitglieder musikalisch miteinander harmonierten. Ihre Arrangements waren dicht gewoben und gut einstudiert, und die Energie, die sie auf der Bühne verströmten, zwang das Publikum beinahe, aufzustehen und zu tanzen. Pip spürte, wie die Begeisterung des Publikums und die Musik sie mitrissen. Sie lauschte und erkannte hier und da ein paar Lieder, sie fühlte, wie die Texte und die beständigen Rock-and-Roll-Rhythmen ihre aufgestaute sexuelle Energie freisetzten. Die Wochen, die sie darauf gewartet hatte, daß Erin den Kontakt wiederherstellte, die verwirrenden Berührungen, die Art, in der Erins Daumen über Pips Handflächen geglitten waren, hatten sie so erregt, daß sie Erin davon abgehalten hatte weiterzumachen. Plötzlich wünschte sie, Erin wäre hier bei ihr, und sie könnte unter dem Tisch ihr Knie an Erins Schenkel pressen – ein Versprechen dessen, was sie später miteinander teilen würden.

Pips Körper schmerzte. Sie schüttelte ihren Kopf, um die Gedanken zu vertreiben. Sie überlegte kurz, ob sie gehen sollte, aber der Raum war vollgestopft, und es würde zu mühsam werden, sich durch die Menge zur Tür durchzukämpfen. Also blieb sie und wartete, bis die letzte Gruppe fertig war und die Menge begann, sich aufzulösen.

Als sie aufstand, um zu gehen, kam Jamie hinter der Bühne hervor und setzte sich an ihren Tisch. Ihr feines Haar war verschwitzt und klebte an Gesicht und Nacken. Sie nahm einen Schluck von ihrer Bierflasche und wischte sich das Gesicht mit einem Handtuch, das um ihren Hals hing, ab. »Ich kann nicht fassen, daß Sie tatsächlich hier sind«, sagte sie.

»Deine Band ist toll. Ich bin beeindruckt.«

»Danke«, meinte Jamie. »Ich bin froh, daß ich Sie heute morgen nicht beleidigt habe. Nachdem Sie weg waren, mußte ich andauernd daran denken, wie blöd ich mich benommen hatte. Ich hatte bloß nicht erwartet, Sie zu sehen. Ich war von den Socken.«

»Was meinst du, wie's mir ging? Du hast mich beinahe zu Tode erschreckt.« Pip spürte, wie sie sich entspannte. Sie versuchte, nicht an die Musik und die Wirkung, die sie auf sie gehabt hatte, zu denken.

»Haben Sie Lust, noch auf ein Bier irgendwohin mitzukommen?«

»Danke, aber ich werde mich auf den Heimweg machen. Ich bin aber froh, daß ich gekommen bin. Es hat mir wirklich gefallen.« Pip stand auf, und Jamie tat es ihr nach. Als Pip nach ihrem Mantel griff, kam Jamie einen Schritt näher. Pip lächelte in ihr hochgerecktes Gesicht, unsicher, was dies bedeutete.

Jamie umarmte sie. »Danke, daß Sie gekommen sind.«

Pip versuchte nicht, sich loszumachen. Es war angenehm, einen Augenblick lang so dazustehen. Sie legte ihre Arme um Jamie und seufzte. Sie freute sich nicht auf ihre kalte Wohnung und das leere Bett. Jamie wich ein wenig zurück, und Pip merkte, wie ihre Augen von dem offenen Kragen von Jamies Hemd, dem Schwung ihres Schlüsselbeins und den Sommersprossen, die ihre Haut bedeckten und unter dem Kragen verschwanden, angezogen wurden. Ihr Blick kehrte zu Jamies Gesicht zurück, und sie spürte plötzlich all ihre unterdrückte Lust. Vielleicht verriet ihr Gesicht Verwirrung, vielleicht erkannte Jamie das Begehren, das Pip zu verbergen suchte, einen Moment später war Jamies Mund auf ihrem, und Pip erwiderte ihren Kuß.

Ein tiefer Schmerz flammte in ihr auf. Jamies Mund war warm und einladend. Pip ertrank, und dann erinnerte sie sich, wo sie war und wen sie küßte. Pip wich abrupt zurück. »Jamie, es tut mir leid.«

»Das braucht es nicht«, hauchte Jamie.

Pip versuchte, sich aus Jamies Umarmung zu befreien. »Ich kann nicht. Es tut mir leid.«

Jamie ließ ihre Arme sinken und lächelte traurig. »Es gibt eine andere«, stellte sie fest.

»Nein. Das ist es nicht. Ich ...« Pip suchte mühsam nach den richtigen Worten, »ich kann einfach nicht.«

»Okay.« Jamie verließ den Tisch. Pip schlüpfte in ihren Mantel, murmelte eine weitere Entschuldigung und steuerte schnell auf die Tür zu. Als sie zu Hause ankam, fand sie eine Nachricht von Erin auf ihrem Anrufbeantworter vor. Als sie das Band zurückspulte, klopfte jemand an der Tür. Pip warf einen Blick auf ihre Armbanduhr. Es war beinahe Mitternacht. Sie konnte sich nicht vorstellen, daß Erin so spät vorbeikommen würde, aber Pip machte dennoch auf.

Eine elegant gekleidete Frau mit langem, rabenschwarzem Haar stand befangen unter der Verandalampe. Pip kämpfte mit einer vagen Vertrautheit, als die Frau ihren Namen aussprach.

»Lucy?« fragte Pip. »Mutter?«

Pip wich einen Schritt zurück und hatte das Gefühl, als würde der Boden unter ihr nachgeben. Die nächsten Worte, die ihre Mutter sagte, vernahm sie nur undeutlich: »Ich habe schlechte Nachrichten, Phillipa. Frederick ist tot.«

Kapitel Sieben

Pip öffnete die Tür ganz, und Lucy trat in die Diele. Diese Fremde, ihre Mutter … Pip kämpfte mit der Vorstellung … sprach weiter. Pip war nicht in der Lage aufzunehmen, was sie sagte. Lucy starrte sie erwartungsvoll an, und Pip war gezwungen zu sagen: »Entschuldigung. Wie bitte?«

Lucy sah frustriert aus. Sie nahm ihren Hut ab. Pip griff nach ihm und nahm ihr den Mantel ab. Sie hängte sie in den Dielenschrank und deutete auf das spartanische Wohnzimmer. Als Lucy die schäbige Wohnung sah, war ihr die Mißbilligung deutlich ins Gesicht geschrieben. »Himmel, Pip, hättest du keine bessere Bleibe finden können?«

»Ich freue mich auch, dich zu sehen.«

Lucy schüttelte den Kopf. »Entschuldige. Ich bin einfach furchtbar erschöpft.« Sie setzte sich auf die Kante des traurigen Möbels, das sich eine Couch nannte. Ihr Rücken war vollkommen gerade, ihr Kostüm wirkte noch frisch gebügelt, obwohl es bereits spät war. Ihre perfekt manikürten Hände flatterten über ihre Kleidung, überprüften den geflochtenen Zopf in ihrem Nacken, während sie sagte: »Es tut mir leid, daß ich es dir so mitteilen muß.«

Pip, die noch dabei war, sich von dem Schock, ihre Mutter zu sehen, zu erholen, schrak vor dem Gedanken an Fredericks Tod zurück. Sie sank neben ihrer Mutter auf die Couch und vergrub ihr Gesicht in den Händen. Tränen tropften zwischen ihren Fingern hervor und fielen auf den staubigen Boden.

Der rasselnde Klang von Lucys Atem durchbrach die angespannte Stille. Pip spürte, wie sie ihr unbeholfen auf die Schulter klopfte, und wünschte, sie könnte sich ihrer Mutter einfach zuwenden und von ihr in die Arme genommen werden. Sie blickte ihre Mutter an, sah das grimmige Lächeln, aber als sie sich hinüberlehnte, stand Lucy auf und fing an, im Zimmer auf und ab zu gehen.

Pip ließ sich zurückfallen und zog die Beine an die Brust. Lucy ging in die Küche. Pips Gedanken rasten umher. Es ergab keinen Sinn. Wann war das geschehen? Warum hatte sie niemand angerufen? Schließlich rollte sie von der Couch und ging, nachdem sie sich im Badezimmer die Nase geputzt hatte, in die Küche.

Lucy stand steif neben dem Tisch, einen Notizblock in der Hand.

»Unter dieser Nummer kannst du mich im Hotel erreichen. Morgen früh fange ich an, Telefonanrufe und so was zu erledigen. Mrs. O'Malley hat eine komplette Liste all derer, die benachrichtigt werden müssen. Ich weiß nicht, was ich ohne sie tun würde.«

Pip starrte sie ungläubig an.

»Der Trauergottesdienst ist für Ende nächster Woche angesetzt. Ich dachte, daß alle dadurch ausreichend Zeit haben würden, die nötigen Vorbereitungen zu treffen.«

»Lucy.« Pips Stimme durchbrach die Spannung. »Halt die Luft an.« Ihre Stimme wurde lauter. »Was zum Teufel ist hier eigentlich los?«

Lucy atmete tief ein, und der Ausdruck auf ihrem Gesicht ähnelte Frederick so sehr, daß Pip sie verblüfft anstarrte. »Was genau verstehst du nicht?« fragte sie Pip, als sei sie noch vier Jahre alt.

Pip ignorierte ihren Tonfall. »Wann ist er gestorben? Wie ist er gestorben? Warst du bei ihm? Was ist mit mir?«

Lucy legte den Notizblock auf den Tisch und verschränkte die Arme vor der Brust. »Er starb kurz nachdem ich heute nachmittag ankam, an einem Herzanfall. Ich habe die Rettung gerufen, aber sie konnten ihn nicht mehr beleben. Ich konnte dich nicht erreichen. Ich hatte andauernd diesen verdammten Anrufbeantworter dran, aber ich wollte keine Nachricht hinterlassen.«

»Wie rücksichtsvoll von dir.« Verletzt schlug sie zurück. »Wahrscheinlich hat ihn der Schock, dich nach so langer Zeit wiederzusehen, umgebracht.«

Dieser Ausbruch schien Lucy ebensowenig zu berühren, wie Pips Tränen es getan hatten. Sie sagte einfach: »Also wirklich, Phillipa. So was sagt man nicht.«

»Freust du dich nicht mal ein kleines bißchen, mich zu sehen? Möchtest du nicht wissen, wie es mir geht?«

»Natürlich möchte ich das. Aber es ist spät, und ich habe einen schrecklichen Tag hinter mir. Können wir uns die Nettigkeiten für morgen aufheben?«

»Herrgott noch mal, Lucy. Ich habe dich sechs Jahre nicht mehr gesehen. Und davor äußerst selten. Du tauchst mitten in der Nacht vor meiner Tür auf und teilst mir mit, daß der Mann, der mir Mutter und Vater war, tot ist, und denkst, daß es damit getan ist, deine Nummer zu hinterlassen und nach Hause zu gehen. Läßt du immer solche Bomben hochgehen und gehst dann seelenruhig von dannen?«

»Ich war nicht diejenige, die den Kontakt abgebrochen hat.«

»Ich auch nicht. Es war Frederick.«

Lucy starrte sie ungläubig an. Plötzlich war da eine Mauer hinter ihren Augen. Sie beugte den Kopf und sagte zum Boden: »Es tut mir leid, Phillipa, aber ich kann jetzt nicht mehr.«

»Okay, in Ordnung.« Pip war im Begriff zu gehen, doch dann drehte sie sich noch einmal um. An Fredericks Tod hatte nur Lucy Schuld. An dem Schmerz, den sie jetzt empfand, hatte allein Lucy schuld. »Du findest bestimmt selbst hinaus«, fauchte sie, ging ins Schlafzimmer und warf die Tür hinter sich zu. Sie fiel wie betäubt auf ihr Bett. Sie wollte weinen, aber sie konnte es nicht. Durch die Tür hindurch spürte sie, daß Lucy noch da war, und sie wünschte, Lucy würde anklopfen und hereinkommen, damit sie auf der Bettkante miteinander sprachen. Wie es bei Müttern und Töchtern sein soll. Aber es herrschte Stille. Pip war schon im Begriff aufzustehen, als sie hörte, wie Lucys Absätze über das Linoleum klapperten und die Garderobentür auf und zu ging. Dann wurde die Wohnungstür zugeworfen. Pip konnte sich nicht bewegen. Noch konnte sie Lucy sehen, die auf der Veranda zögerte und eine Handfläche an die Glasscheibe preßte, als könne sie sich wieder hineinwünschen. Dann drehte sie sich um und verschwand in der Dunkelheit.

Pip verharrte lange regungslos. Sie wünschte, sie könne alles noch einmal tun. Wünschte, Lucy hätte anders reagiert. Dies war jedenfalls nicht der Weg, die Wunden der Vergangenheit zu heilen. Sie fühlte, wie Zorn in ihr brodelte, aber sie wußte nicht, ob er Frederick oder Lucy galt. Im Augenblick machte es auch keinen Unterschied. Der Zorn schmolz und zerfloß zu Traurigkeit, zu Tränen. Sie griff nach dem Telefon, nach dem Klang einer vertrauten Stimme.

Erin meldete sich verschlafen.

»Erin? Hier ist Pip.«

»Wieviel Uhr ist es?«

»Ich weiß es nicht.«

»Du klingst nicht gut«, sagte Erin.

»Frederick ist tot.« Pip versuchte zu schlucken, trotz des Klumpens in ihrem Hals. »Ich dachte …«

»Ja. Komm rüber.«

Sie saßen in der Küche und tranken Tee. Pip berichtete Erin von Lucys Ankunft. »Sie hat Frederick umgebracht.«

Erin antwortete nicht, aber ihre Augen verrieten, daß sie es nicht glaubte.

»Okay. Vielleicht auch nicht. Aber es wird ihm nicht gutgetan haben.«

»Wohl kaum. Da hast du recht.«

Pip war erschöpft, ausgelaugt. Sie starrte stumpf auf den Tisch, beschrieb mit ihrer Tasse einen trägen Kreis. »Ich sollte wohl gehen«, sagte sie schließlich.

»Nein. Du bleibst besser hier.«

»Bist du sicher?«

»Ja.« Erin erhob sich vom Tisch und führte Pip nach oben. Sie gab ihr einen Morgenmantel und schob sie ins Bad. Als Pip herauskam, wartete sie zögernd vor der Schlafzimmertür.

»Soll ich auf der Couch schlafen?« fragte sie.

»Natürlich nicht. Komm, leg dich hin.«

Pip lag vollkommen verwirrt im Bett. Sie wollte wissen, was das zu bedeuten hatte, aber sie war zu müde, um zu fragen.

Erin streckte die Hand aus und berührte ihren Kopf. »Entspann dich«, murmelte sie.

Pip schloß die Augen. Erin strich sanft über ihren Kopf, als wolle sie sie beruhigen. Ihre Berührung war lindernd, unerschrocken. Pip schlief ein, wachte nachts auf, um festzustellen, daß Erin sie festhielt, und schlief weiter bis morgens früh.

Erin stand auf, als sich die Schlafzimmertür öffnete.

»Ist das Pip?« Katies Stimme.

»Ja.« Erin. Flüsternd. »Komm hinaus in den Flur. Pips Großvater ist gestern gestorben, und sie war ganz durcheinander. Ich hab sie eingeladen, bei uns zu übernachten, weil sie Gesellschaft brauchte.«

»Ist sie okay?«

»Sie braucht Zeit, Schätzchen«, sagte Erin.

Pip hörte, wie die Tür zuging. Sie drehte sich um, vergrub ihr Gesicht in Erins Kissen und schlummerte wieder ein.

Einige Stunden später kam Pip hinunter und versuchte, ihr zerrauftes Haar zu zähmen. Ohne Erfolg. Katie baute auf dem Wohnzimmerboden ein kompliziertes Lego-Haus, und die weichen Klänge von Bonnie Raitts CD *Luck of the Draw* flossen aus den Lautsprechern. Erin saß im Morgenmantel am Küchentisch und las die Zeitung. Sie blickte auf, als Pip hereinkam.

»Kaffee?«

»Ja, bitte.«

Erin goß ihr eine Tasse ein. Sie setzten sich zusammen hin. Trotz des tristen Februarregens, der draußen beständig fiel, war die Küche warm. »Wie fühlst du dich?«

»Als wär' ich von einem Lastwagen angefahren worden.« Pip fühlte sich benommen, verloren. Aber die Küche war sehr einladend, und sie wußte, daß sie nirgendwo lieber wäre als hier. Sie lauschte der Musik, etwas erregte ihre Aufmerksamkeit, und sie konzentrierte sich. Als das Lied zu Ende war, fragte Pip: »Wie heißt das Lied?«

»›All at Once‹.«

»Hättest du was dagegen, wenn ich es noch mal spielen würde?«

»Nein, mach ruhig.«

Pip ging ins Nebenzimmer und drückte die Wiederholungstaste am CD-Player. Katie kam und stellte sich neben sie. »He, Katie. Wie geht's dir?«

»Ich glaub, besser als dir.«

Pip lachte. »Wahrscheinlich. Danke, daß ich gestern bleiben durfte. Ich hab eine Freundin gebraucht.«

Katie schien sich darüber zu freuen, daß sie mit einbezogen wurde. Sie fragte: »Bist du okay?«

»Es geht mir bald wieder besser. Jetzt bin ich einfach nur müde. Ich habe so lange bei meinem Großvater Frederick gelebt, er wird mir sehr fehlen.« Das Lied fing wieder an, und Pip schenkte ihm ihre Aufmerksamkeit. Katie saß neben ihr und legte ihre Hand auf Pips Knie. Pip bedeckte Katies kleine Hand mit ihrer eigenen und drückte sie sanft. Sie hörten gemeinsam schweigend zu.

»Das gefällt mir«, sagte Pip, als es vorbei war. Es juckte ihr in den Fingern, und sie stellte die Musik bereits in ihrem Kopf zusammen.

»Kannst du das spielen?« fragte Katie.

»Ich glaub schon.«

»Mama mag das Lied auch.«

»Ach ja?« Pip wollte sich für Erins Güte bedanken. Sie stand auf und ging an das Klavier. Zögerte. Dann erschien ein Ausdruck der Entschlossenheit auf ihrem Gesicht. Sie setzte sich und begann zu spielen. Sie brauchte nur einen Moment, um die richtige Tonlage zu finden. Sie spielte das Lied von Anfang bis Ende durch, ohne einen Fehler zu machen, und summte die Melodie leise mit.

Erin erschien in der Tür, mit vor Tränen glänzenden Augen. Pip blickte auf.

»Erin«, sagte sie bestürzt. »Hab ich …?«

»Nein. Der Text ist nur so passend.«

Pip nickte. Es stimmte.

»Wie machst du das?«

»Was?«

»Kanntest du das Lied?«

Pip schüttelte den Kopf. »Auf diese Art hatte Frederick gemerkt, daß ich ein gutes Gehör für Musik habe. Einmal, als ich bei ihm wohnte, summte er diese Melodie. Ich kenne nicht mal den Titel. Sie geht so.« Pip spielte die einfache Melodie vor, die den

Anfang des Weges markierte, der sie hierhin geführt hatte. »Er war überrascht und fragte mich, ob ich lernen wollte, Klavier zu spielen. Ich wollte. Und er brachte es mir bei.«

»Wie alt warst du?«

»Vier«, sagte Pip leise. »Ich konnte von Anfang an spielen, die meisten Stücke jedenfalls.«

»Erstaunlich.«

Pip zuckte mit den Schultern. »Ich hielt es immer für selbstverständlich.« Sie lächelte traurig. »Ich kann nicht glauben, daß er fort ist.«

Erin legte eine Hand auf Pips Schulter. »Ich weiß.«

»Du warst erst vier?« fragte Katie.

Pip nickte. »Aber ich bin acht, und ich kann immer noch nicht so spielen.« Sie klang richtig enttäuscht.

Pip wandte sich ihr zu. »Dafür besitzt du andere Talente.«

»Welche denn?«

Pip deutete auf das Lego-Haus. »Dieses da. Das Haus ist wunderschön. Ich könnte nie so ein tolles Haus bauen.«

»Aber es ist ganz leicht.«

»Und Klavier zu spielen fällt mir leicht.«

»Oh«, sagte Katie. Sie sah Pip liebevoll an, und Pip berührte sanft ihren Kopf.

»Ich sollte jetzt gehen«, meinte Pip.

»Mußt du?« fragte Katie.

»Ich fürchte, ja. Ich muß mich mit einigen Leuten in Verbindung setzen, die meinen Großvater kannten, und ihnen die Nachricht von seinem Tod übermitteln.«

»Wann ist noch mal der Gottesdienst?« wollte Erin wissen.

»Freitag.«

»Möchtest du, daß ich mitkomme?«

»Das wäre mir eine große Hilfe.«

»Darf ich auch mitkommen?« fragte Katie.

»Bist du sicher, daß du das möchtest? Es wird nicht so sein, wie wenn wir mit Denises Familie in die Kirche gehen. Es ist ein besonderer Gottesdienst für Leute, die Frederick kannten und sich verabschieden wollen. Es werden vielleicht viele weinen«, warnte Erin.

»Wird sein Körper da sein?« wollte Katie wissen.

»Nein«, antwortete Pip.

»Warum nicht?«

»Weil er eingeäschert werden wollte. Das, was ihn besonders machte, ist bereits weg, deshalb wollte er, daß sein Körper verbrannt wird. Die Asche wird begraben.«

»Möchtest du immer noch mitkommen?« fragte Erin.

»Ja.«

»Also gut. Aber du kannst nicht den ganzen Tag zu Hause bleiben. Danach mußt du in die Schule.«

»Okay.«

Pip stand auf und verabschiedete sich von Katie. Erin brachte sie zur Tür. Sie umarmten einander. Pip löste sich von Erin und sah ihr ins Gesicht. »Du bist schön«, sagte sie.

Erin wurde rot.

»Ich danke dir für alles«, sagte Pip.

»Ruf mich an. Und bleib nicht allein drüben, wenn du das nicht möchtest.«

»Ist gut.«

Pip lief durch den strömenden Regen über die Straße und winkte von ihrer Veranda herüber. Drinnen angekommen, hörte sie ihren Anrufbeantworter ab, in der Erwartung, eine Nachricht von Lucy mit Instruktionen vorzufinden. Pip hatte angenommen, daß Lucy ihre Hilfe brauchen würde. Es gab keine Nachrichten. Verwundert wählte sie die Westoner Nummer. Mrs. O'Malley nahm ab.

»Oh Phillipa«, sagte sie. »Es tut mir so leid.«

»Danke«, erwiderte Pip, und es kam von Herzen. »Brauchen Sie Hilfe? Ich hatte heute einen Anruf von Lucy erwartet.«

»Sie ist hier, spricht gerade am anderen Apparat. Möchtest du mit ihr sprechen?«

»Bitte.«

Nach einem Augenblick meldete sich Lucy. »Ja?«

»Hattest du vor, mich anzurufen?« begann Pip und wußte sofort, daß sie den falschen Ton getroffen hatte. Sie hörte Lucys Stimme an, daß sie bereits in der Defensive war.

»Nach gestern abend nahm ich an, daß du mit den Vorbereitungen nichts zu tun haben wolltest.«

Pip verkniff sich eine wütende Bemerkung und erwiderte stattdessen: »Ich war gestern sehr durcheinander. Falls ich diesen Eindruck erweckt haben sollte, tut es mir sehr leid.« Am anderen Ende der Leitung herrschte lange Schweigen, und Pip begriff, daß sie ihre Mutter überrumpelt hatte. Schließlich fragte sie: »Was soll ich tun?«

»Wärst du bereit, ein paar Telefonanrufe zu übernehmen?«

»Natürlich«, sagte Pip leise. »Von hier aus?«

»Ich würde es für das beste halten.« Vorsichtig. Sie gingen ganz vorsichtig miteinander um. Pip wollte am liebsten drauflos reden, sagen, was sie beschäftigte. Konfrontieren, fordern, verstehen, was Lucy empfand. Was sie selbst empfand. Aber etwas sagte ihr, daß sie es langsam angehen und sich zunächst um dringendere Angelegenheiten kümmern sollte.

»Okay«, meinte Pip, »gib mir die Liste durch.« Als Lucy fertig war, fragte Pip: »Wollen wir uns treffen?« Noch eine lange Pause. Pip versuchte, sich zu gedulden.

»Warum kommst du nicht später auf einen Drink vorbei? In mein Hotel.«

»Sechs Uhr?«

»Gut«, sagte Lucy. »Bis später also.« Sie legte auf.

Pips Herz hämmerte in ihrer Brust, und ihre Knie waren wackelig. Sie schluckte und torkelte in die Küche. Die vertraute Prozedur des Kaffeekochens beruhigte sie, und als sie sich endlich setzte, um die Anrufe zu machen, hatte sie sich halbwegs erholt. Der erste auf ihrer Liste war Mitchell Ellis.

Vier Stunden später legte Pip das Telefon zum letztenmal auf die Gabel. Es lag nicht so sehr an der Länge der Liste, es war vielmehr so, daß alle offensichtlich das Bedürfnis hatten, über Frederick zu reden. Und ihr selbst, mußte Pip zugeben, ging es nicht anders. Als sie sich vom Stuhl erhob und ausstreckte, ermahnte sich Pip, daß die Zeit, die Briefe zu lesen, gekommen war. Sie konnte es nicht länger vor sich herschieben. Sie fischte die Schachtel aus ihrem Schrank und breitete die Briefe auf ihrem Bett aus, ordnete sie sorgfältig chronologisch und fing an zu lesen.

Anfangs waren es lediglich informative Briefe, in einer Sprache verfaßt, die eine Vierjährige verstehen konnte. Viele trugen einen Londoner Poststempel und beschrieben Ecken der Stadt, die Pip erkannte. Lucy reiste mit einem Mann namens Roger Fleming, der in der Modebranche beschäftigt war. Nach und nach fügten sich die Briefe zu einer Chronologie von Lucys Leben zusammen. Anscheinend hatte Lucy den Wunsch gehegt, Kleider zu entwerfen, und Roger war ihre Eintrittskarte in die Modewelt. Von 1967 bis 1971 waren die Briefe knapp. Es waren die Jahre, in denen Lucy zwischen Europa und den Staaten hin- und herpendelte. Es waren zugleich die Jahre, in denen Pip zwischen Fredericks Haus in Weston und der Wohnung ihrer Mutter in Cambridge hin und her geschoben wurde.

Danach gab es einen großen Bruch in der Chronologie, und die Korrespondenz wurde erst zwei Jahre später fortgeführt. 1973 lebte Pip seit drei Jahren bei Frederick und hatte bereits begonnen, als Solistin aufzutreten. Lucy, das wußte sie noch, hatte ihr erstes Solokonzert verpaßt.

Liebe Pip, begann ein Brief. *Ich weiß weder, ob Frederick Dir gesagt hat, was los ist, noch weiß ich, ob Du diese Zeilen erhalten wirst. Aber ich möchte Dir erklären, wie ich das, was geschehen ist, erlebt habe, nur, damit Du Bescheid weißt.*

Ich hatte nie vor, Dich für immer bei ihm zu lassen. Als ich nach Amerika zurückkehrte, in dem Sommer, als Du acht wurdest, erlaubte mir Frederick nicht, Dich zu sehen. Er sagte, Du wärst im Musik-Sommerlager und daß ich das Besuchswochenende verpaßt hätte, aber ich glaube ihm nicht. Er berichtete mir außerdem, daß Du eine begabte Pianistin seist. Ich bin stolz auf Dich, Pip, und ich hoffe, daß Du weiterhin spielen wirst, wenn es Dir wirklich Spaß macht. Aber vergiß nicht, daß es noch andere Dinge im Leben gibt, obwohl Frederick das vielleicht bestreiten würde.

Ich habe mich hier in London niedergelassen und eine Boutique eröffnet. Sie läuft ganz gut, aber es gibt viel, oft Langweiliges, zu tun. Doch mir gefällt die Arbeit, deswegen macht es mir nicht allzuviel aus.

Pip, ich weiß nicht, ob Du jemals verstehen wirst, weshalb ich Dich bei Frederick gelassen habe. Er hat mich überzeugt, daß es die beste Lösung sei. Du hast eine Begabung, die gefördert werden sollte. Ich kann Dir das nicht bieten. Du fehlst mir. Bitte schreib mir. Phillipa, bitte haß mich nicht für das, was geschehen ist. Alles Liebe, Mama.

Pip legte den Brief hin. Was hatte sie in jenem Jahr getan? Sie konnte sich nicht mehr daran erinnern. Aber sie wußte noch, daß Frederick jedesmal das Thema gewechselt hatte, wenn Pip die Rede auf ihre Mutter brachte, und schließlich hatte Pip aufgehört zu fragen. Diese Gespräche führten in eine Sackgasse. Sie nahm den nächsten Brief, der auf ein Jahr später datiert war.

Dies ist wahrscheinlich der letzte Brief, den ich Dir schreiben werde. Obwohl ich nicht mit Sicherheit weiß, weshalb Du mir nicht geschrieben hast, hege ich so meine Vermutungen. Keine davon ist besonders angenehm. Ich hoffe, daß Du mich nicht haßt, Phillipa, für die Entscheidungen, die ich getroffen habe. Ich habe nur versucht, das zu tun, was ich für das beste hielt – für uns beide.

Frederick kann Dir finanziell so viel ermöglichen, viel mehr als ich es jemals könnte, wie gut die Boutique auch laufen mag. Er hat hervorragende Verbindungen, die es Dir ermöglichen werden, Deinen Traum, eine Pianistin von Weltrang zu werden, zu verwirklichen. Ich hoffe, daß es auch Dein Traum ist, Liebes, und nicht nur Fredericks.

Ich wünschte, ich könnte Dir von meinen eigenen Kämpfen mit ihm erzählen, aber da ich nicht einmal weiß, ob Du diese Briefe erhältst ... Nun, vielleicht werde ich Dir eines Tages von meinem Leben erzählen können. Ich weiß, daß es Dir schwerfallen muß zu verstehen, weshalb ich hier lebe und du dort, aber versuch, mir zu verzeihen, wenn Du kannst. Ich muß selbst versuchen, mir all die Fehler zu verzeihen, die ich in bezug auf dich gemacht habe. Du sollst wissen, daß ich Dich mehr liebe, als Du es Dir vorstellen kannst. Lucy.

Pip legte den letzten Brief hin. Die Schreiberin klang viel verletzlicher und besorgter als die kalte und distanzierte Frau, die sie am vorigen Abend gesehen hatte. Selbst ihre letzte Begegnung vor sechs Jahren war kurz und lediglich höflich gewesen. Aber damals hatte Pip noch nicht von den Briefen gewußt. Und Lucy wußte nicht, daß Pip sie nicht gelesen hatte, daß Frederick dies erst vor kurzem zuließ.

Es gab so viel zu bereden, und Pip hatte keine Ahnung, wo sie anfangen sollte. Sie sah auf die Uhr. Fünf. Sie legte die Briefe zurück in die Schachtel, duschte und zog sich um, dann machte sie sich auf den Weg ins Hotel, um ihre Mutter zu treffen.

Lucy saß an der Bar und nippte an einem Martini. Pip bestellte ein Bier, und sie suchten sich einen Tisch in einer ruhigen Ecke. Pip stellte zu ihrer Überraschung fest, daß Lucy heute einen dunkelblauen Anzug, keinen Rock, trug. Er war weit geschnitten, aber schmeichelte dennoch der Figur, wie Pip bemerkte.

»Einer von meinen Entwürfen«, sagte Lucy. Sie öffnete ihre Jacke, und das blutrote Futter kam zum Vorschein. Pip erkannte das erste Anzeichen der Rebellin, die in ihrer Mutter steckte. Die Rüschenbluse, die sie unter der Jacke trug, erinnerte Pip an die Hemden der Helden alter Kostümfilme. Sie war übergroß, mit Rüschen an Kragen, Manschetten und der gesamten Vorderseite.

»Gefällt mir«, meinte Pip und nahm einen Schluck Bier. Sie sah ihre Mutter an. »Ich muß dir was sagen.«

»Ich weiß bereits, daß du lesbisch bist, Phillipa.«

Pip riß verblüfft die Augen auf. Doch sie faßte sich wieder und sagte: »Darum geht es nicht.« Sie brach ab. »Du billigst es nicht.«

Lucy seufzte und starrte einen Moment an Pip vorbei, als suche sie nach Worten. »Ich weiß nicht viel darüber. Frederick hat es mir vor langer Zeit erzählt. Aber du benötigst meine Zustimmung nicht, warum also darüber sprechen?«

»Du hast davon angefangen«, verteidigte sich Pip.

Lucy hob die Hände, wie um die Worte abzuwehren. »Okay.« Ein angespanntes Schweigen folgte.

»Erinnerst du dich an die Briefe, die du mir geschickt hast?« Pip beschloß, sofort auf das Wesentliche zu sprechen zu kommen.

Lucy sah überrascht aus. »Ja. Wieso?«

»Na, Frederick hat sie mir nie gegeben. Und meine hat er nicht an dich geschickt.«

»Dieser Bastard«, stieß Lucy leise aus.

Pip wartete, bis sie die Augen hob, bevor sie fortfuhr. »Er hat sie mir erst vor kurzem gegeben. Ich habe sie gelesen. Ich wollte bloß, daß du es weißt: Ich habe dir nicht geantwortet, weil ich dachte, daß ich dir nichts mehr bedeutete, nicht, weil ich es nicht wollte. Ich habe einfach nichts von dir gehört und ...« Pip spürte, wie es ihr den Hals zuschnürte, und sie geriet ins Stocken.

Lucy nickte nur. »Danke, daß du es mir erzählt hast«, meinte sie schließlich. »Ist es dir heute gelungen, alle zu erreichen?«

»Lucy«, begann Pip, »laß uns nicht darüber sprechen. Wir wollen über uns reden.«

»Wozu, Phillipa? Weshalb sollten wir das tun?«

»Weil wir gerade erfahren haben, daß Frederick uns all die Jahre voneinander ferngehalten hat. Weil er tot ist und wir hier zusammen sind, deshalb.«

»Phillipa, ich bin zweiundfünfzig Jahre alt, zu alt, um mich zu ändern. Ich habe einen zehnjährigen Sohn und einen Mann, den ich sehr liebe. Das ist jetzt mein Leben. Ich habe lange um dich getrauert, aber irgendwann habe ich aufgehört. Ich kann diese Wunden jetzt nicht wieder aufreißen, ich kann es einfach nicht. Du wirst es nie verstehen – etwas in mir ist gestorben, als ich den Kontakt zu dir verlor. Aber ich mußte weitermachen. Ich habe diese Tür geschlossen, Phillipa. Es tut mir leid, aber mehr als zwanzig Jahre einer Beziehung nachholen zu wollen halte ich einfach nicht für realistisch.«

»Warum nicht?«

»Weil es zu weh tut. Ich habe gerade meinen Vater verloren. Ich wußte nicht einmal, daß du in den Staaten bist, bis Mrs. O'Malley es mir bei meiner Ankunft erzählte. Ich war nicht darauf vorbereitet, dich zu sehen. Ich bin nicht mehr in der Lage, etwas zu empfinden, und ich kann jetzt nicht damit umgehen.«

»Aber mit der Zeit?«

»Ich kann nichts versprechen. Hör zu, es tut mir leid. Aber so ist es nun mal.«

»Willst du damit sagen, daß du mich nicht in deinem Leben haben willst?«

»Nein. Ich glaube nicht, daß ich das sagen will. Aber ich weiß nicht, was ich will. Ich brauche jetzt Zeit.«

»Du meinst, wir sollten uns gelegentlich Weihnachtskarten und dergleichen schicken?«

Lucy seufzte. »Mach keinen Druck. Bitte.«

Pip schob ihr Glas beiseite und sprang auf. »Ich dachte, du würdest dich freuen, mich zu sehen. Du hast mir so gefehlt. Ich hab davon geträumt, bei dir zu leben, Teil deines Lebens zu sein. Jetzt hat dieses Ereignis uns zusammengebracht, und du möchtest, daß alles so bleibt wie bisher. Aber das geht nicht. Alles hat sich für immer geändert. Ich habe deine Briefe gelesen. Ich habe deinen Schmerz gehört. Du bist meine Mutter, und ich möchte, daß du mich als dein Kind annimmst.«

Lucy schüttelte den Kopf. Sie hatte ihre Augen auf den Tisch geheftet und weigerte sich aufzusehen. Ihre Schultern bebten. Pip streckte die Hand nach ihr aus, aber Lucy zuckte zurück. Sie wandte sich ab und schlug die Hände vors Gesicht. Wandte sich von Pip ab. »Tu's nicht«, flehte sie. »Bitte.«

Pip zögerte. Dann ging sie um den Tisch und stand wieder vor Lucy. »Mama«, sagte sie. Lucy reagierte nicht. Dann sprang sie auf, drängte sich an Pip vorbei und lief aus der Bar. Pip wollte ihr schon nachgehen, hielt sich aber zurück. Lucy hatte recht. Sie hatten Zeit. Sie konnte warten.

Am Tag vor dem Trauergottesdienst aß Pip bei Erin zu Abend. Katie kam an die Tür, ein Geschirrtuch um den Kopf gewickelt. »Ich bin eine Bäuerin, und das ist meine Babuschka.«

»Eine reizende Bäuerin bist du«, erwiderte Pip, als Katie sie an der Hand nahm und hineinführte. »Wo ist dein Selbstgesponnenes?«

»Mein was?« fragte Katie.

»Na, deine selbstgesponnene Kleidung«, erklärte Pip. Sie betraten die Küche.

»Katie hat heute nachmittag die Nase in meine Mediävistik-Bücher gesteckt. Ich habe früher an der Uni einige Geschichtskurse belegt, und sie sieht sich gerne die Lithographien an.«

Katie tanzte durch die Küche und sang ihrem Geschirrtuch ihre eigene Version von Kate Bushs »Babushka« vor, mit der CD von Toni Childs, die im Nebenzimmer lief, konkurrierend. Pip warf einen raschen Blick auf das Chaos. Sie trat zu Erin und umarmte sie kurz. Einen Moment lang schien es, als verstummte die Welt um sie, doch die Stille wurde durchbrochen, als Katie absichtlich gegen Pip prallte, um ihre Aufmerksamkeit auf sich zu ziehen.

»Katie«, mahnte Erin.

»Kann ich beim Kochen helfen?« fragte Pip.

»Wenn du sie aus der Küche schaffen würdest, wäre mir das die größte Hilfe.« Erin zerzauste liebevoll Katies Haar.

»Okay. He, Katie, wie wär's mit einer Runde Karten?«

»Ich hol sie.« Katie hastete ins Nebenzimmer.

»Wie geht es dir?« fragte Erin.

»Es geht.«

»Hast du von Lucy gehört?«

Pip nickte. »Ich hab mich vor ein paar Tagen mit ihr getroffen. Es war enttäuschend.« Erin sah Pip an, die den Kopf beugte, um die Tränen, die ihr plötzlich in die Augen traten, zu verbergen.

»Enttäuschend?«

»Es war schrecklich.« Pips Stimme war belegt. »Ich habe eine Schachtel voller Briefe. Briefe, die sie mir geschickt hat, als ich noch ein Kind war, die Frederick aber versteckte. Ich sagte ihr, daß ich sie endlich bekommen habe und sie mir gefehlt hat. Daß ich versuchen möchte, eine Beziehung zu ihr aufzubauen.« Pip zitterte, und ihre gedämpften Schluchzer würgten die Worte ab. Erin streckte die Hand aus und nahm Pip in die Arme. Pip lehnte sich gegen sie. Sie schüttete ihre Stimme in die stille Küche. »Sie sagte, es sei zu schmerzhaft. Daß sie es sich überlegen müsse.«

»Aber du willst es jetzt. Du willst, daß sie dir sagt, daß alles gut werden wird.«

»Natürlich möchte ich das. Sie ist meine Mutter. Ich dachte, ich hätte sie verloren, und muß feststellen, daß es nicht hätte sein müssen. Frederick hat uns voneinander getrennt. Er ist fort. Jetzt steht nichts mehr zwischen uns.«

»Außer Lucys eigenen Bedürfnissen.«

»Auf wessen Seite bist du eigentlich?« fragte Pip und wich unvermittelt zurück.

»Ich bin auf deiner Seite, Pip« antwortete Erin gelassen. »Ich versuche nur zu verstehen.«

Pip wirkte besänftigt. Sie nickte. »Entschuldige.« Kurz darauf fuhr sie fort: »Es fällt mir so schwer, Erin. Es ist, als würde ich etwas sehen, aber nicht ganz zu fassen bekommen.«

»Bist du sicher, daß du es möchtest?«

»Ja.« Dann meinte sie: »Ganz sicher bin ich mir nicht. Ich schätze, es hängt davon ab, wie dieses ›Etwas‹ aussieht.«

»Kannst du ihm etwas Zeit lassen?«

Pip zuckte mit den Schultern. »Vermutlich hab ich keine andere Wahl ...«

»Ich hab sie!« Katie schwenkte die Karten vor Pips Gesicht.

»Katie«, wies Erin sie zurecht, »es ist unhöflich, andere zu unterbrechen.«

»Entschuldigung«, sagte Katie. Sie wartete. Niemand sagte ein Wort, also flüsterte sie: »Hier sind sie.«

Pip lachte. »Wir unterhalten uns später weiter?« meinte sie zu Erin.

»Ja. Ganz bestimmt.«

Pip folgte Katie ins Wohnzimmer. Während sie spielten, fragte Katie: »Warum umarmst du Mama eigentlich, wenn du reinkommst?«

»Weil sie meine Freundin ist. Freunde tun das manchmal, um einander zu zeigen, daß sie sich mögen.«

»Sie mag dich.«

Pip wurde rot. Sie versuchte, locker zu klingen. »Ich mag sie auch. Du hast Glück, sie als Mama zu haben.«

»Wieso?«

»Weil sie weiß, daß du was Besonderes bist, und das weißt du doch auch, oder?«

»Ja. Sie sagt mir oft, daß ich was Besonderes bin. Papa hat das auch immer gesagt, aber ich sehe ihn nicht oft.«

Pip wußte nicht so recht, wie sie reagieren sollte. Sie wartete ab, ob Katie mehr zu sagen hatte.

Das hatte sie. »Mama und Papa lassen sich scheiden. Wußtest du das?«

»Deine Mutter und ich haben mal darüber gesprochen.«

»Du bist nicht mit deinem Papa aufgewachsen«, stellte Katie fest.

Pip zog eine Karte, legte eine andere ab. »Meine Eltern haben sich scheiden lassen, als ich noch ein Baby war, deswegen erinnere ich mich nicht an ihn. Weißt du noch? Ich habe dir vor kurzem erzählt, daß ich hauptsächlich bei meinem Großvater aufgewachsen bin.«

»Warum?«

»Weil meine Mutter oft verreist ist.«

»Hat deine Mutter dich liebgehabt?«

Pip war versucht, nein zu sagen, aber statt dessen meinte sie: »Alle Mütter lieben ihre Kinder, Katie.«

»Aber warum ist ...«

»Katie«, rief Erin aus der Küche, »manchmal stellst du zu viele Fragen.«

»Woher soll ich wissen, wann ›manchmal‹ ist?« schrie Katie zurück.

Erin lachte. »Das ist eine gute Frage. Das lernt man mit der Zeit, nehme ich an. Jetzt komm und deck den Tisch.«

Da am nächsten Tag Schule war, ging Katie früh zu Bett, und

Pip und Erin blieben am Küchentisch sitzen. Es herrschte Ruhe im Haus. Der Regen, der seit Tagen mit Unterbrechungen niederging, setzte wieder ein. Ein rauher Wind rüttelte an den Fenstern, aber Pip fühlte sich hier so warm und geborgen, als befände sich das Haus in einem magischen Kreis, den nichts Schädliches durchdringen konnte.

»Tut mir leid, daß Katie dir Löcher in den Bauch gefragt hat. Sie wird so aufgedreht, wenn du da bist.«

»Sie ist ein prima Kind.«

»Ich wette, das warst du auch.«

»Weit gefehlt. Ich war altklug und verwöhnt. Ich hab mich meistens durchgesetzt, vor allem, was die Musik betraf. Schlechte Angewohnheit. Auf Tournee war ich ein Alptraum.«

»Das nehme ich dir nicht ab.«

»Ich gebe dir die Nummer meiner Managerin. Soll sie's dir sagen.«

»Ich kann es mir einfach nicht vorstellen. Du wirkst ganz anders auf mich.«

»Ich bin meiner inzwischen nicht mehr so sicher. Ich wußte, was ich auf der Bühne zu erwarten und wie ich mich zu verhalten hatte. So war es auch auf Tournee. Ich hatte eine Menge Macht und habe sie benutzt. Heute versuche ich, mich anders zu verhalten. Dieser ganze Ego-Kram funktioniert außerhalb dieser Welt nicht. Genaugenommen funktionierte er auch damals nicht.«

»Du kannst gut mit Katie umgehen.«

»Kann ich das? Sie ist das erste Kind, mit dem ich engen Kontakt habe.«

»Es liegt in deiner Natur, Pip. Du bist geduldig. Gütig. Nicht herablassend.«

»Alles Qualitäten, die ich noch nie mit mir verbunden habe.« Pip wurde rot und wechselte das Thema. »Wie läuft es mit Joe?«

»Wir waren letzte Woche beim Rechtsanwalt. Die Scheidung erscheint unvermeidlich. Wir haben es Katie vor ein paar Tagen gesagt.«

»Wie hat sie es aufgenommen?«

»So lala. Am ersten Abend war sie sehr traurig. Sie hat sich in den Schlaf geweint. Im Augenblick scheint sie in Ordnung zu sein, aber ich weiß, daß es kein glatter Übergang wird. Joe überläßt mir das Haus. Wir hielten es für vorteilhaft, Katies Rhythmus nicht mehr als nötig durcheinanderzubringen.«

»Fehlt er dir?«

Erin nickte. »Zeitweise fehlt er mir sehr. Aber ich weiß, daß es so am besten ist. Es lief nicht mehr, und ich hänge nicht dem

Glauben an, der sagt, daß man den Kindern zuliebe zusammenbleiben muß – komme, was wolle. Ich glaube, das bringt langfristig gesehen mehr Schaden als Nutzen.

Außerdem gewöhne ich mich daran, allein zu sein. Der Studienurlaub hat geholfen. Ich weiß allerdings nicht, wie es mir im nächsten Herbst ergehen wird.«

»Bis dahin kann noch viel geschehen«, meinte Pip.

»Das wird es vermutlich auch.«

Pip schrieb die Todesanzeigen für die Zeitungen. Sie erschienen in den Sonntagsausgaben und kündigten den Trauergottesdienst an, der für den folgenden Freitag angesetzt war. Gemeinsam war es Lucy und Pip gelungen, jeden, der zu Fredericks engem Freundeskreis gehört hatte, zu benachrichtigen. Die anderen würden es der Zeitung entnehmen. Sie hatten erwartet, daß der Gottesdienst gut besucht sein würde, es überraschte Pip daher nicht, eine große Menschenansammlung vorzufinden, als sie mit Erin und Katie eintraf.

Unsicher, wie sie sich verhalten sollte, beschloß Pip, sich nicht neben Lucy zu setzen. Sie wurde ohnehin bereits von einigen alten Freunden flankiert, also setzte sich Pip einfach eine Reihe hinter sie. Lucy drehte sich um und erwiderte Pips Gruß mit einem angespannten Lächeln. Erin beugte sich zu Pip und flüsterte in ihr Ohr: »Ist sie das?« Pip nickte. Erin schürzte die Lippen, sagte aber nichts weiter.

Nach dem Gottesdienst blieb Pip ein paar Minuten zurück, um alte Freunde zu begrüßen. Dann gesellte sie sich zu Erin und Katie, die draußen warteten. Ein scharfer Wind hatte die Wolken vertrieben, und das Februarwetter war wieder deutlich kälter geworden.

Lucy kam die Stufen hinab und näherte sich Pip. »Phillipa«, sagte sie.

»Dies sind meine Freundinnen. Erin Anderson und Katie Anderson-Morgan.«

Lucys Blick huschte von Erin zu Katie. Sie streckte Erin zuerst die Hand entgegen. »Freut mich, Sie kennenzulernen. Sind Sie eine Musikerin?« fragte Lucy.

»Nein. Eine Universitätsprofessorin. Linguistik.«

Lucy hob eine Augenbraue. Sie schüttelte Katies Hand. »Was für ein hübsches Kleid.«

»Danke«, antwortete Katie schüchtern.

»Phillipa, wir müssen uns unterhalten.«

»Sollen wir auf dich warten?« fragte Erin.

»Nein, danke. Ich nehme ein Taxi. Ich ruf dich später an?«

»Unbedingt«, bat Erin.

Pip beugte sich zu Katie hinab. »Tschüs, Katie. Geht's dir gut? Hattest du es dir so vorgestellt?«

»Es war traurig. Aber alle haben nette Sachen gesagt.«

»Es hilft uns zu gedenken. Danke, daß du gekommen bist, Katie. Es hat mir sehr viel bedeutet.«

Katie strahlte. Pip strich ihr über den Kopf und erhob sich. Sie umarmte Erin kurz, dann verabschiedeten sie sich.

»Ist das deine derzeitige ... Du-weißt-schon?« fragte Lucy, als sie außer Hörweite waren.

»Das Wort ist Geliebte«, erwiderte Pip, ohne die Frage zu beantworten. »Am Ende der Straße ist ein Café.«

Ein kalter Wind begleitete sie hinein, als sie die Tür öffneten. Pip deutete auf einen Tisch in einer Ecke. Während Lucy sich niederließ, betrachtete Pip sie in dem Versuch, sich jedes Bild einzuprägen. Heute trug Lucy ein strenges schwarzes Kostüm, das längst nicht so verspielt war wie das Modell, das sie bei ihrer letzten Begegnung getragen hatte. Ihr Haar war zu einem festen Zopf geflochten. Es war immer noch tiefschwarz, und Pip vermutete, daß sie es färbte. Wie Frederick war sie von Natur aus schlank, und ihre blauen Augen waren um einiges heller als Pips. Lucy legte ihre Handtasche neben sich auf die Bank und griff nach der Karte. Gut manikürte Nägel. Nicht zu lang, nicht zu kurz. Klarer Nagellack. Jedes Element wirkte auf Pip durchdacht, die sich nicht vorstellen konnte, soviel Zeit darauf zu verwenden, über Kleidung und Accessoires nachzudenken. Aber, erinnerte sie sich, Lucy liebte es.

Nachdem die Kellnerin sich zurückgezogen hatte, meinte Pip: »Ich weiß nicht, wo ich anfangen soll.«

»Ich aber«, sagte Lucy. »Es gibt Geschäftliches zu erledigen.« Pip verzog das Gesicht. Die Kälte war zurückgekehrt. Sie reagierte nicht. Lucy fuhr fort: »Er hat alles, was er besaß, auf dich überschrieben. Wußtest du das?«

Pip schüttelte den Kopf. »Alles? Die Bankkonten? Das Haus?«

Lucy nickte.

»Und was ist mit dir?«

Lucys Mund verzog sich zu einem angespannten Strich. »Ich habe eine Kopie seines Testaments gesehen. Er hat dir alles hinterlassen, bis auf ein paar Gegenstände im Haus. Nichts Besonderes. Es gibt ein paar Sachen, die ich gerne hätte, und ...«

»Nimm, was immer du möchtest«, unterbrach sie Pip. Lucy antwortete nicht. Die Kellnerin brachte Kaffee und ein Stück Pie.

Pip aß lustlos.
»Ich finde, wir sollten uns im Haus treffen. Wie wär's mit morgen, nach der Verlesung des Testaments?«
»In Ordnung.«
»Ich kehre in vier Tagen nach London zurück.«
Pip blickte auf. »So bald?«
»Ich hatte nicht damit gerechnet, so lange zu bleiben. Ich habe ein Geschäft, um das ich mich kümmern muß, und eine Familie.«
»Ich weiß. Das hast du mir bereits erzählt. Aber ich gehöre auch zu deiner Familie. Wirst du dich nicht um mich kümmern?«
»Du bist eine erwachsene Frau, Phillipa. Du kannst selbst auf dich aufpassen.«
»Nenn mich einfach Pip. Ich benutze Phillipa nicht mehr.« Lucy antwortete nicht. »Würdest du mir etwas verraten?« fragte Pip.
»Kommt darauf an.«
»Erzähl mir, was geschehen ist. Erzähl es mir von Anfang an. Ich muß es verstehen.«
Lucy sah genervt aus, als sei sie dieses Themas überdrüssig. Dennoch erzählte sie die Geschichte. »Als ich mit dir schwanger wurde, war ich unverheiratet. Zwei Dinge, die mich in Fredericks Augen herabsetzten. Ich habe Jim, deinen Vater, geheiratet, aber wir liebten einander nicht, und es war von Anfang an zum Scheitern verurteilt. Frederick war furchtbar wütend auf mich. Ich glaube, für ihn war ich eine Enttäuschung, und ich setzte diesem Bild nicht viel entgegen.

Als Jim mich verließ, bat ich Frederick um Hilfe. Er meinte, es sei Zeit, daß ich lernte, was es bedeute, erwachsen zu sein. Da stand ich also. Eine neunzehnjährige Mutter ohne Ausbildung und ohne Job. Ich fing in einem schicken Café in Cambridge als Kellnerin an. Ich durfte dich mitnehmen. Als du noch sehr klein warst, trug ich dich in einem kleinen Tragetuch, das jemand für mich gemacht hatte, auf dem Rücken herum. Später setzte ich dich mit ein paar Spielsachen ins Hinterzimmer. Ich nahm dich überall mit. Überall. Aber den Job wurde ich los. Nach einer Weile verlor das Kleinkind seinen Reiz für die Geschäftsleitung, und sie feuerten mich.

Ungefähr zu jener Zeit lernte ich Roger Fleming kennen. Er interessierte sich für meine Entwürfe, aber er mochte Kinder nicht. Er versprach, mich in London einzuführen. Er hatte ein Geschäft. Er hatte Geld. Er war unser Fahrschein in ein besseres Leben. Es gab nur einen Haken bei der Sache: Du mußtest zurückbleiben. Wenn ich alles noch einmal machen könnte, würde ich vermutlich stärker darum kämpfen, dich mitnehmen zu dürfen. Aber ich war jung und naiv, Pip. Ich glaubte, was man mir sagte. Ich vertraute Menschen, die nicht vertrauenswürdig waren. Du weißt bestimmt, was ich meine?«

Pip nickte. »Ich weiß.«

Lucys Ärger war geschwunden, und ihr Tonfall verriet, daß sie Wert darauf legte, daß Pip verstand. Sie fuhr fort. »Frederick erklärte sich bereit, dich den Sommer über zu sich zu nehmen. Ich glaube, du warst damals vier Jahre alt. Roger wollte mich überall vorstellen, mir eine Starthilfe geben. Das tat er auch. Wir waren sogar eine Weile verlobt, aber es war nicht von Dauer. Alles brauchte viel länger, als ich angenommen hatte. Als ich im Herbst zurückkehrte, sagte ich Frederick, daß ich noch ein wenig Zeit bräuchte und zunächst hin- und herfliegen müsse. So war es auch. Vier Jahre lang.«

»Ich erinnere mich«, sagte Pip. »In dem ersten Sommer, in dem du weg warst, fing ich an, Klavier zu spielen. Und dann lebten wir in der Wohnung in Cambridge, in die deine Freundinnen vorübergehend zogen, um auf mich aufzupassen.«

Lucy nickte. »Nach einer Weile bot sich Frederick an. Er hielt es für das beste, wenn du bei ihm wohntest. Es sei zu verwirrend für dich, immerzu von Fremden umgeben zu sein, dabei waren es gar keine Fremden. Aber ich war froh, die Wohnung loszuwerden, und ich wußte, daß du es dort gut haben würdest.

Als du acht Jahre alt warst, war ich soweit, dich zu mir nach Europa zu holen, aber da tratst du bereits auf. Ich konnte sehen, wie begabt du warst, Pip. Es war eine unmögliche Entscheidung. Ich wollte dir deine Musik nicht nehmen, aber ich wußte, daß ich mir weder den Unterricht noch ein Klavier leisten konnte. Außerdem verfügte ich nicht über Fredericks Kontakte. Aber ich wollte dich bei mir haben. Ich bat ihn, dich nach London zu schicken, damit du dort dein Studium fortsetzen könntest. Ich hoffte, er würde sich bereit erklären, dafür aufzukommen. Er bot es nicht mal an. Er stellte mich vor die Alternative, dich mitzunehmen und deine Karriere zu ruinieren oder dich zurückzulassen und es dir dadurch zu ermöglichen, die Musikerin zu werden, die in dir steckte.« Lucy brach ab. Sie schwieg, doch ihre zuckende Kehle verriet ihre Gefühle. Pip spürte, wie ihr Tränen in die Augen traten. »Ich habe es versucht. Du darfst nicht glauben, daß es mir leicht fiel. Glaub nicht, daß ich dich nicht genug geliebt hätte. Ich habe dich so sehr geliebt, daß ich dich losließ.«

»Warum hast du nicht um mich gekämpft?«

»Pip. Versteh doch. Es lief auf diese eine Entscheidung hinaus: deine Musik oder ich. Ich dachte, ich hätte es richtig gemacht, indem ich dir Raum ließ, dein Talent zu erforschen. Die großartigste Pianistin ihrer Zeit zu werden.«

»Ich wünschte, du hättest es nicht getan«, meinte Pip verbittert. »Ich würde alles gegen die Kindheit eintauschen, die ich nie hatte.«

»Sag so was nicht. Du bist begabt. Du bist brillant.«

»Ach was. Das muß der Grund sein, weshalb ich seit acht Monaten nicht mehr aufgetreten bin. Weshalb ich vom Klavierstimmen lebe. Tolle Begabung.«

»Wie bitte?« Lucy klang entsetzt und verblüfft. »Frederick hat nicht –«

»– Natürlich hat er das nicht. Er spricht nicht über diejenigen, die ihn enttäuschen. Er hat sich auch geweigert, über dich zu sprechen.« Jetzt war sie wütend, aber auf wen? Egal. Es brach einfach über sie herein, wie ein Welle sich bricht, und sie sprach weiter, ohne Rücksicht darauf, wie ihre Worte aufgenommen wurden. »Warum sind alle so wild darauf, mich auf Tournee zu sehen? Es ist ein gottverdammter Zirkus. Es macht keinen Spaß. Es ist kein bißchen magisch. Es bedeutet nur einen Haufen Arbeit und Frustration. Angeblich ist eine Begabung ein Geschenk, aber ein Geschenk sollte freimütig gemacht werden … ohne damit verbundene Auflagen. Es sollte erfreuen, nicht weh tun. Beglücken, nicht traurig stimmen. Aber es ist kein *Geschenk*, Lucy, es ist ein Fluch. Ich will meine Kindheit wiederhaben. Ich will, daß du um mich kämpfst. Daß du mich mitnimmst und in deinem Haus unterbringst und …« Pip brach ab. Sie ließ ihren Kopf auf den Tisch sinken und weinte. Ihre Schultern bebten. Sie wünschte, Erin wäre an ihrer Seite, denn sie wußte, daß ihre Mutter nicht zu ihr auf die Bank rutschen und ihr den körperlichen Trost bieten würde, nach dem sie sich sehnte. Endlich verstand sie. Und doch ließ der Schmerz nicht nach. Sie hatte Corrinne ebenfalls verstanden, und dennoch war es niederschmetternd gewesen, sie mit Linda zu erwischen. »Verdammt noch mal. Warum mußte es so kommen?« Sie schlug mit der Handfläche auf die Tischplatte.

»Ich weiß es nicht«, erwiderte Lucy leise.

Pip hob den Kopf, und Lucy reichte ihr eine Serviette. Sie trocknete ihre Augen. »Ich werde nicht aufgeben«, verkündete Pip.

»Wie meinst du das?«

»Ich werde nicht loslassen. Jetzt, wo du da bist.«

»Ach, Pip.« Lucy klang betroffen. »Das mußt du aber.«

»Muß ich nicht.«

Lucy lächelte langsam. »Du warst schon immer ein Dickkopf.« Sie sah auf die Uhr. »Ich muß los.« Sie legte Geld für die Kellnerin auf den Tisch und stand wortlos auf. Die Tür ging auf. Ein kalter Luftzug fegte durch das Café. Pip erhob sich, um ihr zu folgen. Als sie die Tür erreichte, sah sie Lucy in einiger Entfernung die Straße hinuntergehen. Pip versuchte, ihr nachzurufen, brachte aber keinen Laut hervor. Die Gestalt ihrer Mutter wurde immer kleiner, bis sie von den Menschen auf der Straße verschluckt wurde.

Die Verlesung des Testaments ging schnell vonstatten. Als es vorbei war, fragte Pip Mrs. O'Malley, ob sie bleiben wolle. Sie werde in Kürze wieder einziehen und sehe keinen Grund, warum nicht alles beim alten bleiben solle. Frederick hatte Pip mehr als genug hinterlassen, so viel, daß sie eigentlich nicht mehr arbeiten müßte. Aber das wollte sie nicht. Zur Zeit brauchte sie die Arbeit, irgend etwas, das sie von dem plötzlichen Chaos ablenkte.

Pip fuhr Lucy vom Notar zurück ins Hotel. Sie bestellten sich das Mittagessen aufs Zimmer. »Wann möchtest du zum Haus hinausfahren?« erkundigte sich Pip.

»Am besten gleich nach dem Mittagessen. Ich würde es gerne hinter mich bringen.«

In Weston angekommen, ließ Pip Lucy freie Hand. Es stellte sich heraus, daß Lucy nicht viel wollte: ein Fotoalbum aus ihrer Kindheit, Krimskrams, der ihr etwas bedeutete, einen von Fredericks Taktstöcken. Alles zusammen paßte in eine kleine Schachtel; auffällig wenige Stücke, die an den Mann erinnerten, der ihr Vater gewesen war. Vielleicht wollte sie sich gar nicht an ihn erinnern. Eingedenk der Tatsache, daß er sie bewußt auseinandergebracht hatte, all die Briefe in eine Schublade gestopft und verschlossen hatte. Sich körperlich zwischen sie gestellt und dadurch gewissermaßen zwei Leben zerstört hatte.

Wieder im Hotel zurück, begann sich Pip zu verabschieden. »Ich habe schon viele Menschen in meinem Leben verloren«, setzte sie an. »Ich möchte dich nicht auch verlieren.«

»Pip, diese Reise war sehr schwer für mich. Sie hat viele Erinnerungen ausgelöst, die ich lieber verdrängt hätte. Und sie hat mir eine Menge Neues beschert, mit dem ich nicht umzugehen weiß. Wirklich, ich weiß nicht, was ich tun soll. Ich weiß nicht, was ich dir sagen soll. Ich weiß nicht, was ich will. In gewisser Weise habe ich dich ziehen lassen, Pip. Wie eine Mutter, die ihr Kind zur Adoption freigibt. Ich versuche, es so zu betrachten. In dem Wissen, daß du wohlbehütet aufgewachsen bist. In der Hoffnung, daß du glücklich warst. Auf jeden Fall in der Gewißheit, alles getan zu haben, was in meiner Macht stand, was ich für richtig hielt. Jetzt trittst du zurück in mein Leben und erklärst, meine Briefe nie erhalten zu haben, was bedeutet, daß du mich nicht zurückgewiesen hast, wie ich annahm. Was wiederum bedeutet, daß du aus ganz anderen Gründen wütend auf mich warst, als ich dachte. Du bist immer noch wütend. Das ist verständlich.

Ich kann dich nicht von deinem Schmerz heilen, Pip. Es gelingt mir kaum, mich selbst zu heilen. Ich brauche Zeit, um all dies verstehen zu können. Du mußt mich eine Weile in Ruhe lassen. Diese Reise hat mein Leben verändert, und zur Zeit kann ich nicht weiter als bis zum nächsten Augenblick denken. Kannst du mir diese Zeit geben?«

»Wieviel?«

»Ich weiß es nicht. Ich kann mich noch nicht festlegen.«

Pip ging auf und ab. Plötzlich drehte sie sich zu Lucy um. »Versprich mir eines.« Lucy sah sie erwartungsvoll an. »Versprich mir, daß du dich bei mir meldest.«

»Ich verspreche es.«

Pip blickte ihre Mutter an und versuchte, diesen Abschied auf die leichte Schulter zu nehmen, aber ihre Begegnung fühlte sich unvollendet an, und das löste Unbehagen bei ihr aus. Sie wollte klare Antworten. Sie wollte Tatsachen und Termine und eine Platzreservierung auf einem Flug nach London. Sie rang mit sich. Dann schob sie es beiseite. Diese Schlacht würde weder in dieser Minute noch an diesem Tag gewonnen werden. Pip würde lange brauchen, um sich an diesen Gedanken zu gewöhnen. Vermutlich genausolange, wie ihre Mutter brauchen würde, um sich an den Gedanken zu gewöhnen, daß Pip wieder in ihr Leben getreten war.

Pip ging zum Nachttisch im Schlafzimmer. Ein gerahmtes Bild zeichnete sich gegen das Licht ab. Pip hob es auf. Ein dunkelhaariger Mann, etwa gleich alt wie ihre Mutter, stand neben ihr und strahlte in die Kamera. Im Vordergrund ein schlanker und unbeholfen wirkender Junge mit spitzen Knien und einem scheuen Lächeln. Er hielt sich an Lucys Hand fest, und sie hatte ihren Kopf ein wenig zu ihm hinab geneigt. »Wie heißt er?« fragte Pip.

»Joshua«, erwiderte Lucy, als wisse sie, daß Pip den Jungen und nicht ihren Mann meinte. »Der Name meines Mannes ist Patrick.« Pip stellte das Foto zurück und wandte sich wieder ihrer Mutter zu. Sie lächelte grimmig und zuckte mit den Schultern.

»Ich sollte gehen«, sagte sie.

Lucy brachte sie zur Tür. Sie nahmen sich nicht in die Arme. Pip drehte sich um und ging, auf das Geräusch der ins Schloß fallenden Tür horchend. Und als sie es vernahm, war es, als würde ihr Herz brechen.

Keine fünf Minuten, nachdem Pip zu Hause angekommen war, klopfte Erin an ihrer Tür.

»Warum hast du mich nicht angerufen?« wollte Erin wissen.

Pip schüttelte einfach den Kopf. »Ich mußte allein sein.« Pip trat zurück, und Erin folgte ihr in die schmale Diele. »Möchtest du einen Kaffee?«

»Gerne.«

Pip bereitete den Kaffee mechanisch zu. Sie wollte nicht reden, aber sie war dankbar für Erins Gesellschaft. Es hatte einen Wetterumschwung gegeben, und der kühle Februar war bedeutend milder geworden, also trugen sie ihre Tassen auf die hintere Veranda und setzten sich auf die Stufen. Manche Bäume waren bereits von festen Knospen übersät. Der Regen, der am Nachmittag des Gottesdienstes zurückgekehrt war und einige Tage über der Stadt verweilte, war letzte Nacht weggeweht worden, und heute jagte ein klarer, herber Wind Wolken über den Himmel. Pip beobachtete ihren Nachbarn, der in seinem Hof arbeitete und die Blätter des letzten Herbstes unter seinen noch kahlen Büschen hervorharkte und in schwarze Müllbeutel stopfte. Kinderstimmen hallten durch die Straße, und irgendwo in der Entfernung bellte ein Hund.

Pip fühlte sich leer. Eine Leere ohne Worte oder Gefühle. Ihr Körper war taub und reagierte nicht einmal, als sie den Druck von Erins Schenkel an ihrem spürte und die Wärme von Erins Hand, die auf ihrem Knie ruhte. Zu einem anderen Zeitpunkt hätte sie Erins Hand vielleicht mit der eigenen bedeckt und sich von ihrer Wärme erfüllen lassen. Vielleicht hätte sie es sich gestattet zu phantasieren, wie sie Erin im scharfen Wind umschlungen hielt, spürte, wie Erins Haar um ihr Gesicht peitschte, und sich fragte, was Erin wohl tun würde, wenn Pip das Gesicht zum Kuß hob. Aber nichts davon schien jetzt von Bedeutung zu sein. Pip sah ein, daß es dumm war, sich solchen Phantasien hinzugeben. Erin versuchte immer noch, sich einen Weg durch die Trümmer ihrer Ehe zu bahnen.

Sie hatte zwar zugegeben, etwas für Elizabeth empfunden zu haben, aber das mußte nichts bedeuten. Erin und sie waren lediglich gute Freundinnen.

Pip war froh, daß Erin keinen Zwang verspürte zu reden. Sie tauchte ein in ihr inneres Schweigen und vernahm nichts außer dem Klang des Windes in den Ästen und dem Gelächter der Kinder auf der Straße. Doch die Geräusche hatten keinen Widerhall in ihr, sie wehten durch Pip hindurch, als sei sie so zart wie die dünnen, zerzausten Glieder der Bäume, wie diese den Elementen ausgeliefert, tief im Winterschlaf, wartend auf die Wärme, die sie wieder zum Leben erwecken würde.

Pip war froh, daß ihr Leben nicht mehr mit Menschen angefüllt war wie früher. Durch ihre Arbeit kam sie mit einer Vielzahl von Leuten in Kontakt, gerade soviel, wie sie ertrug, und Erins Freundschaft füllte das verbleibende Loch. Sie dachte an alles, was sie verloren hatte. Fredericks Tod war noch nicht richtig in ihr Bewußtsein gedrungen, aber sie wußte, daß sie ihn schrecklich vermissen würde. Sie hatte ihn zugleich geliebt und gehaßt. Hatte seine Entscheidungen und seine Selbstgerechtigkeit gehaßt, seine Hingabe an die Musik und sein Streben, sie zur Perfektion zu vollenden, geliebt. Sie wünschte, sie könnte etwas für ihn, im Gedenken an ihn spielen. Wünschte, sie könnte ihre Musik ganz und gar zurückerobern. Sie war die einzige Verbindung, die zwischen ihnen bestand. Der Rest war Gehabe. Sie hatten allein durch die Musik kommuniziert. Sie sprach zu ihnen, in einer Sprache ohne Worte: eine Sprache aus Bildern, schöner und komplexer, als Worte sie jemals erfassen konnten. Sie war ein Gefühl, eine Farbe, ein bestimmter Einfall des Abendlichts, der Duft einer Rose aus dem Garten, der Ruf eines Vogels nach Einbruch der Dunkelheit. Sie war eine warme, ruhige See, ein Ort der Geborgenheit, eine Heimat in ihrem Inneren. Sie sehnte sich danach zurückzukehren. Nach Hause.

Zum ersten Mal seit Monaten war Pip gewiß, daß sie zu Hause ankommen würde. Und das war mehr als Fredericks Haus, obwohl dieses einen ruhigen Hafen in der stürmischen Welt darstellte. Es war die Musik selbst. Sie wußte, daß Corrinne mit jedem Tag verschwinden würde, bis sie nichts als eine böse Erinnerung war, ein gelegentliches Aufflackern der Wut. Sie verblaßte bereits. Ihr Name war nicht länger andauernd auf Pips Lippen, die Erinnerung an ihre Berührung nicht mehr auf ihrer Haut. Es war höchste Zeit, daß sie verschwand. Sie war eine selbstsüchtige Frau, für die die Liebe aus einem Spiel mit Gewinnern und Verlierern bestand. Pip hatte sich lange als Verliererin empfunden, aber sie war sich dessen nicht mehr so sicher. Vielleicht war es Corrinnes Verlust. Soweit Pip wußte, lebte Corrinne immer noch in ihrer Traumwelt, in der andere Menschen Mittel zum Zweck waren und nur das Ego zählte. Sie befriedigte ihr Ego, ohne einen Gedanken daran zu verschwenden, wie es anderen dabei erging. Natürlich konnte Pip nicht sicher sein, daß dies immer noch so war. Aber in ihrer Vorstellung hatte Corrinne sich nicht geändert. Sie hatte es genossen, Pips verhärtete Schale zu durchbrechen, das weiche Fleisch der Verletzbarkeit zu berühren. Aber sobald sie jemanden geöffnet hatte, übernahm sie niemals die Verantwortung für die Verwirrung, die diese plötzliche Verletzbarkeit auslöste. Sie war wie der Wind, immer in Bewegung, alles berührend, ohne zuzulassen, daß etwas sie berührte. Eine gleichgültige Kraft, die alles zerreißen konnte, aber niemals auf die Verwüstung zurückblickte.

Pip lächelte. Sie spürte den Wind auf ihrem Gesicht. Ich überlasse dich dem Himmel, Corrinne, dachte sie. Du kannst mir nicht mehr weh tun. Ich bin habe das Feuer der Trauer durchquert und bin hier angekommen, um mich selbst an meiner eigenen Tür willkommen zu heißen.

Und wie sie auf den baufälligen Stufen der Mietwohnung saß, die sie bald verlassen würde, wurde ihr viel leichter zumute. Corrinne brauchte ihr nicht zu sagen, daß sie schön oder sexy oder klug war. Lucy brauchte sie nicht als das verlorene Kind anzuerkennen, das sie war. Sie begann allmählich, sich selbst zu genügen. Diese Einsicht überraschte Pip, und sie lachte beglückt auf.

Erin wandte sich mit fragenden Augen um.

»Ich nehme an«, meinte Pip, »daß man einfach loslassen muß. Es ist wie ein Drachen. Laß einfach den Faden los.«

Erin sah verwirrt aus.

»Ich habe Corrinne soeben in einen Drachen verwandelt. Ich hoffe, sie wird überm Meer abtreiben.«

Erin lachte.

»Kannst du das mit Joe auch tun?«

Erin schwieg lange. Dann, »Ja«, antwortete sie, »kann ich.«

Pip klopfte an Erins Tür. Katie machte auf und verkündete: »Sie ist noch nicht fertig.« Pip folgte Katie in die Küche, in der sich Erin für den Elternabend in Katies Schule fertig machte.

»Du tust mir einen großen Gefallen«, sagte Erin. »Also, Katie. Um acht Uhr wird geschlafen. Und mach Pip keinen Ärger.«

Katie warf Erin einen verächtlichen Blick zu, aber Erin lachte nur und raufte ihr die Haare. »Ich werde nicht allzulange weg sein«, meinte sie auf dem Weg hinaus.

»Mach dir deswegen keine Sorgen«, erwiderte Pip und schloß die Tür hinter ihr.

An diesem Abend brachte Pip Katie bei zu pokern. Katie brauchte eine Weile, bis sie die Feinheiten des Spiels begriffen hatte, aber da sie ein gutes Gedächtnis für Zahlen und Muster hatte, gewann sie bald die meisten Spiele. Kurz nach acht hörten sie auf, und Pip schickte Katie nach oben, um sich fürs Bett fertig zu machen.

Als sie sicher war, daß Katie schlief, ging Pip in Erins Arbeitszimmer. Sie betrachtete lange die Papierstapel, die aufgeklappten Bücher, die den Schreibtisch bedeckten. Sie berührte die Tastatur von Erins Computer, strich mit den Händen über den Stuhlrücken. Pip konnte Erins Anwesenheit so stark spüren, als sei sie immer noch da. Ohne das Durcheinander zu verändern, faßte Pip alles an, las die Zettelchen und Notizen auf der Korktafel hinter dem Schreibtisch, sah hinaus auf die dunkle Straße. Sie überflog die Bücherrücken, fuhr mit dem Finger durch den Staub auf den Bücherborden.

Pip wanderte ins Schlafzimmer. Sie schlug den Bettüberwurf zurück und preßte ihr Gesicht in Erins Kissen, in den vertrauten Duft von Erins Haut und Haar. Sie sah sich die verschiedenen Gegenstände auf Erins Nachttisch an: eine Handvoll Kleingeld, ein paar einzelne Schlüssel, Bankgutschriftsbelege, ein sich aufrollendes Bild von Katie, zu Halloween als Kürbis verkleidet. Es gab Parfümfläschchen und eine Glasschüssel voller verschiedener Ohrringe, zwei U-Bahnfahrkarten, eine Elfenbeinnadel in Form eines Elefanten. Sie öffnete die oberste Schublade. Weiße Slips, zusammengerollte Strümpfe, ein Wirrwarr von Wäschestücken. Sie schob die Schublade wieder zu, ließ aber ihre Finger auf den Griffen ruhen.

Auf dem untersten Brett eines der Bücherregale in der Ecke des Schlafzimmers befand sich ein unordentlicher Stapel Fotoalben. Pip setzte sich auf den Boden und zog sie heraus.

Die Folge der Fotos schien keiner Chronologie zu unterliegen, es war einfach eine Reihe von Bildern aus den späten sechziger und frühen siebziger Jahren. Auf den Fotos fiel Erins Haar beinahe bis zur Taille, und man sah ihre muskulösen, wohlgeformten Beine unter den Miniröcken und den Shorts.

Pip legte das erste Album beiseite. Das zweite beinhaltete ein Nacktfoto von Erin. Sie hielt Katie an der Hand und stieg gerade aus einem Waldsee. Das Haar fiel ihr in nassen Strähnen über Schultern und Brüste, ihr Bauch wölbte sich sanft nach außen, ihre Beine waren fest. Sie grinste den Fotografen an, entspannt in ihrer Nacktheit, wie eine Wassernymphe, die man an Land gelockt hatte.

Pip löste das Bild aus dem Album und steckte es in ihre Tasche.

Auf den neueren Fotos bemerkte Pip eine deutliche Veränderung in Erins Gesicht. Es sah verschlossener, distanzierter aus. Bei den Bildern, auf denen Erin und Joe gemeinsam zu sehen waren, spürte Pip geradezu, wie Erin von ihm weg strebte, sich von der Kamera abwandte, ihr Gesicht im Profil.

Pip hörte Erins Wagen in der Auffahrt und legte die Alben eilig zurück. Sie ging nach unten. Erin sah müde aus, und Pip war versucht, sie nach oben ins Bett zu bringen, wie sie es vor wenigen Stunden mit Katie getan hatte.

»Nochmals vielen Dank«, sagte Erin, als sie Pip zur Tür brachte. Sie hielten dort kurz inne, und Pip trat zu Erin, um sie zu umarmen.

Erins Haar roch nach Frühlingsluft, und ihre Haut war kühl unter Pips Händen. Die Scheinwerfer eines Autos jagten über die Hausfront. Erin zog Pip in die Schatten zurück. Die Luft vibrierte vor Spannung. Pip erforschte im Halbdunkel Erins Gesicht, vermochte aber nicht, ihren Ausdruck zu entziffern. Erin ließ zuerst los, und einen Augenblick später machte sich Pip auf den Weg.

Ende März bereitete sich Pip darauf vor, zurück nach Weston zu ziehen. Ein Teil von ihr wollte nicht gehen. Sie wollte nicht eine halbstündige Fahrt, anstatt wie bisher einen einminütigen Fußweg von Erin entfernt sein. Aber in ihrer kahlen Wohnung wollte sie ebenfalls nicht bleiben. Sie schob die letzten Kisten in die Ecke und stand auf, um ihren Rücken zu strecken. Morgen würden zwei Männer mit einem Lastwagen ihren ganzen Besitz transportieren. Die morgige Nacht würde sie wieder in Fredericks Haus verbringen, allein.

Es würde seltsam werden, dort zu leben, in dem Wissen, daß er nicht auf einer Reise war, sondern für immer fort. Und während sie sich auf den ruhigen Vorort freute, wußte sie, daß sie ihre jetzige Gegend vermissen würde. Es war ein Ort, an dem sie ihre Heilung beginnen konnte. Nun würde sie sich anderen Erinnerungen stellen müssen, und sie hoffte, die Herausforderung annehmen zu können.

Sie ging zur Wohnungstür und zog die Jalousie vor dem kleinen Fenster hoch. Beide Wagen parkten in der Auffahrt auf der anderen Seite der Straße, was Pip sehr ungewöhnlich vorkam. Während sie hinübersah, stürmte Joe aus dem Haus, stieg in seinen Wagen und fuhr davon. Eine Minute später läutete ihr Telefon.

»Bist du in Ordnung?« fragte Pip, als sie in Erins Diele stand. Erin nickte. »Was ist passiert?«

»Wir haben uns über Katies Schulferien gestritten. Wir hatten ursprünglich geplant, zu dritt nach Mexiko zu fliegen, und ich hatte es Katie bereits versprochen. Jetzt will Joe sie für die Woche zu sich nehmen. Ich hab nein gesagt.«

»Gut gemacht. Du hast einen Urlaub verdient.«

»Nicht nur das. Ich hab ihn bereits bezahlt.«

»Kannst du das dritte Ticket nicht stornieren?«

»Ich hoffte, das würde nicht nötig sein. Ich wollte dich fragen, ob du mitkommen möchtest.«

»Ich?«

»Warum nicht?«

»Liebend gerne.«

»Wirklich?«

»Klar.«

Erin lächelte. »Hervorragend.« Dann verschwand ihr Lächeln, und sie fragte: »Du ziehst morgen um?«

»In aller Frühe. Kommst du mich bald besuchen?«

»Natürlich.«

»Es wird nicht mehr so praktisch sein, soviel steht fest«, meinte Pip.

Katie erschien oben an der Treppe. »Mama?« Erin blickte zu ihr hoch.

»Was denn, Süße?«

»War Papa hier? Habt ihr beiden euch wieder gestritten?«

»Ja. Es tut mir leid. Wir haben versucht, dich nicht zu wecken.«

»Was macht Pip denn hier?«

»Sie ist herübergekommen, um mir Gesellschaft zu leisten.«

»Oh«, meinte Katie.

»Ich sollte besser gehen«, sagte Pip leise.

Erin lächelte ihr ein wenig traurig zu und ging nach oben, um Katie wieder zu Bett zu bringen.

Kapitel Acht

Am frühen Abend, als der letzte Rest Licht vom Himmel schlüpfte, parkte Pip vor dem Haus, in dem sie aufgewachsen war. Sie stieg langsam aus dem Wagen und ging zur Eingangstür.

Als sie dort stand, Schlüssel in der Hand, betrachtete sie das abgenutzte Schloß, die Kratzer, die Schlüssel an der Tür hinterlassen hatten, als wäre es das erste Mal, und den glatten Türknauf, der wie eine runde Erweiterung ihrer selbst in ihre Handfläche paßte.

Sie spürte, wie das Schloß »Klick« machte, und schob die Tür auf. Das Haus roch nach Staub und toter Luft. Pip drückte die Fliegengittertür auf und ging ins Wohnzimmer, ließ unterwegs die Rollos hochschnellen und riß die Fenster auf, obwohl der Abend feucht und kühl war. Sie hielt vor dem Flügel inne und schlug ein paar Tasten an.

Sie stieg die Treppe hoch zum Arbeitszimmer ihres Großvaters. Die Tür langsam öffnend, trat sie ein. Alles war genauso, wie er es zurückgelassen hatte. Sie sank auf seinen Schreibtischstuhl und legte die Hände auf die lederne Tischoberfläche. Seine Pfeife lag in dem gläsernen Aschenbecher. Sie hob sie langsam auf und hielt sie lange in den Händen.

Im Laufe der nächsten paar Tage arbeiteten sich Pip und Mrs. O'Malley allmählich durch das ganze Haus. Sie packten den Großteil von Fredericks Kleidern, Schuhen und Accessoires ein und spendeten sie der örtlichen Wohlfahrt. Aber sein Arbeitszimmer ließ Pip genauso, wie sie es vorgefunden hatte. Es war eine Art Kapelle für sie. Sie fühlte sich noch nicht in der Lage, die Aufgabe, seinen Schreibtisch auszuräumen, in Angriff zu nehmen.

Als sie das meiste eingepackt und umgeräumt hatten, nahm Pip ein leichtes Abendessen zu sich, schickte Mrs. O'Malley nach Hause und machte sich daran, den Flügel zu stimmen.

Pip holte ihr Werkzeug hervor und öffnete den Klavierdeckel. Im Unterschied zu den meisten anderen Klavieren, an denen sie gearbeitet hatte, war dieses in makellosem Zustand. Frederick hatte es regelmäßig stimmen lassen. Es bedurfte eigentlich keiner weiteren Wartung, aber Pip wollte es, forderte ihr Recht zurück, das Klavier, auf dem sie vor so vielen Jahren gelernt hatte, erneut zu spielen.

Ihre Hände wärmten den Stimmhammer. Sie arbeitete, ohne sonderlich viel nachzudenken; die Arbeit war ihr inzwischen in Fleisch und Blut übergegangen. Als sie fertig war, stand sie auf und streckte sich.

Pip fühlte sich heute abend ausgeglichen, und sie fragte sich, ob sie es wagen sollte, diese Ausgeglichenheit aufs Spiel zu setzen. Sie nahm wieder auf der Bank Platz und schloß die Augen. Sie beschloß zu prüfen, was ihr inzwischen möglich war, und brachte ihre Finger in die Ausgangsposition für Chopins Klavierkonzert No. 2. Als die ersten Töne dem Instrument entsprangen, brach sie beinahe ab. Bilder von Corrinne lauerten in ihrem Unterbewußtsein, aber Pip fuhr dennoch fort zu spielen. Sie wußte, daß sie das Stück bis zu Ende spielen mußte.

Eine üppige Etüde, reich und melancholisch. Sie war schon immer eines von Pips Lieblingsstücken gewesen. Sie versuchte, sich ins Gedächtnis zu rufen, wie es war zu spielen, bevor sie Corrinne traf, welche Bilder damals in ihrem Kopf entstanden. Sie begann, Farben zu sehen – tiefe Blautöne und Violett, ein breites rotes Band. Die Farben bildeten Flüsse aus Seide, die in einem unsichtbaren Wind flatterten. Pip verlor sich in den Farben, in den Biegungen und Buchten der Seidenflüsse, in dem undurchdringlichen Schwarz, das einen samtenen Hintergrund bildete. Sie spielte weiter, jeden Gedanken, der nicht diesen Farben galt, verdrängend. Als sie fertig war, öffnete sie die Augen und suchte sich selbst in Gedanken nach möglichen Schäden ab. Es ging ihr gut. Lächelnd verstaute sie ihr Werkzeug, knipste das Wohnzimmerlicht aus und ging nach oben zu Bett.

Am nächsten Morgen stieß Pip auf ein Fläschchen, das Corrinnes Lieblingsduft enthielt. Pip wußte noch, wie wütend Corrinne wurde, als sie den Flakon in Pips Hotelzimmer entdeckte. »Es ist mein Duft«, beharrte sie. Pip war so überrascht, daß sie log und behauptete, sie habe ihn für Corrinne gekauft. Aber in Wahrheit gefiel er ihr auch, und sie wollte ihn selbst tragen. Sie nahm die Flasche und entkorkte sie. Jetzt beschwor der Duft vor allem die Erinnerung an Corrinne, und Pip stellte ihn beinahe wieder weg.

Dennoch tat sie es nicht. Corrinne hatte kein Recht, ihr vorzuschreiben, was sie tragen durfte und was nicht, und es erinnerte sie schmerzlich daran, wieviel Macht sie aufgegeben hatte, um mit Corrinne zusammensein zu können. Sie tippte mit der Fingerspitze auf die Flaschenöffnung und tupfte sich das Parfüm hinter die Ohren. Der Duft gefiel ihr immer noch, und sie würde ihn tragen, wann immer es ihr verdammt noch mal paßte.

Nach dem Frühstück ging Pip in das Zimmer, das sie als ihr Arbeitszimmer vorgesehen hatte. Sie knipste die Schreibtischlampe an und schob mehrere Papierstapel beiseite, legte dann mit ihren Tarotkarten ein Keltisches Kreuz. Dabei dachte sie an Corrinne. Die erste Karte, die sie wendete, war der Tod, von der Fünf der Schwerter gekreuzt. Darunter die Priesterin, darüber die auf dem Kopf stehende Tochter der Schwerter. Die jüngere Vergangenheit wurde durch die Acht der Schwerter symbolisiert, die nahe Zukunft: der Narr. Schon bildete sich ein Muster heraus: Ihr Kopf zügelte ihr Begehren und ihr Bedürfnis, sich von der Vergangenheit zu lösen. Sie dachte zuviel nach, anstatt zu handeln. Sie war im Begriff, ein Gefängnis zu verlassen, eine Falle mit Wänden der Selbsttäuschung, und näherte sich der »Narrheit« und Verspieltheit. Die Mexikoreise? fragte sie sich.

Sie fuhr fort, die Karten zu legen. Der Hierophant. Der Kampf gegen Autoritäten. Lucy? Frederick? Sohn der Kelche. Drei der Schwerter. Ergebnis: Das Gericht. Etwas würde geschehen, eine Zeit der Selbsterkenntnis würde Frieden bringen und das emotionale Durcheinander des vergangenen Jahres beenden.

Pip starrte auf die Karten. Hier war nichts, was sie nicht bereits ahnte, tief in ihrem Inneren nicht schon wußte.

Tränen verwischten ihren Blick. Ich wünschte, ich müßte dich nicht loslassen, Corrinne, dachte sie. Aber ich muß es tun. Nicht für dich, sondern für mich. Sie sammelte die Karten vorsichtig ein und steckte sie zurück in ihren schwarzen Samtbeutel. Sie starrte ihre Hände an, wie sie den Beutel hielten, die langen Finger, die kurzen, runden Nägel. Schließlich schob sie den Beutel weg, wühlte im Schreibtisch nach einem Kugelschreiber und begann, einen Brief an Corrinne zu verfassen, den sie nie abschicken würde.

Manchmal kann ich kaum glauben, daß Du mich gebeten hast, den Teil meines Selbst aufzugeben, der mich in dieser Welt einzigartig und besonders macht, nur damit ich mich deinem Lebensstil problemloser anpassen konnte. Es scheint, als müsse alles nach Deinem Bild geschaffen sein, Deinen Ansichten entsprechen, sonst weist Du es sofort von Dir.

Ich glaube, Du bist die Närrin, nicht ich. Das war ich einmal, ohne Frage, denn ich ließ mich von der flachen Zaubershow, die Du für mich veranstaltet hast, täuschen. Um mich gefangenzunehmen und dann wegzuschicken. Du spielst ein gefährliches Spiel. Du lernst daraus nichts, denn die Sicht ist Dir durch Dein Ego versperrt. Ich dachte, ich hätte zu lange gezögert, mich in Deine Hände zu begeben. Jetzt weiß ich, daß es falsch war, es überhaupt in Erwägung zu ziehen.

Ich kann nicht sagen, daß ich Dir alles Gute wünsche, da ich es ehrlich gesagt nicht tue. Ich will, daß Du einen ebenso großen Verlust erleidest, genauso aus der Bahn geworfen wirst wie ich. Dabei kann Dir das vermutlich nicht geschehen, da Du Angst vor Gefühlen hast. Du bist innen hohl. Du läufst vor Schwierigkeiten weg, weil es einfacher ist, und läßt Dir von keinem außer Dir selbst die Meinung sagen. So gelingt es Dir immer, Dich zu rechtfertigen. Aber mit der Zeit wird Deine eigene Stimme hohl klingen.

Ich bin froh, daß ich Dich los bin. Du warst ein Klotz an meinem Bein. Ich wünschte, ich hätte Dich früher verlassen, bevor Du meine Liebe für Sex verraten, bevor Du mein Vertrauen mißbrauchen konntest. Aber ich habe mich von Dir befreit, Corrinne. Und wenn Deine Worte und Taten zurückkehren, um Dich zu verfolgen, werde ich kein Mitgefühl haben.

Pip stieg in Cancun aus dem Flugzeug, und eine warme Brise hob ihr das Haar vom Kopf. »Was für ein tolles Gefühl!« rief sie, von der unerwarteten Liebkosung der schwülen, weichen Luft überrumpelt. Der Flughafen schien im Niemandsland zu liegen, inmitten des Dschungels, den der Asphalt mühsam in seine Grenzen wies.

Pip, Erin und Katie gingen zu dem Bus, der sie zur Ankunftshalle fahren würde, stellten sich in einer langen Schlange an, um ihre Pässe stempeln zu lassen. Die Zollbeamtin winkte sie durch, und sie wanderten durch die Steinhallen, auf der Suche nach der anderen Lounge, in der sie auf ihren Flug nach Cozumel warten sollten.

Ein winziges zweimotoriges Flugzeug beförderte sie über den schmalen Kanal, der die Insel vom Festland trennte. Das Wasser unter ihnen – breite Streifen aus Grün, Indigoblau und Azur – war so klar, daß sie die Felsen auf dem Meeresgrund sehen konnten. Katie saß am Fenster, ihr Gesicht gegen die Scheibe gedrückt. Nach dem Start fand Erins Hand Pips Bein und ruhte kurz darauf. Es war gut, hier zu sein. Es war ein Neuanfang. Für sie alle.

Sobald sie auf Cozumel angelangt waren, kletterten sie in einen Shuttle-Bus, auf dessen Dach ihr Gepäck gefährlich balancierte. Erin zeigte aus dem Fenster auf Männer, die ein neues Hotel bauten. Als Katie wissen wollte, weshalb keine Frauen in den Bautrupps arbeiteten, erinnerte sie Erin mit einem Lachen daran, daß sie nicht mehr in Amerika waren.

Von der Stadt San Miguel erreichte man das Hotel in zehn Minuten, vom Flughafen war es jedoch eine vierzigminütige Taxifahrt entfernt. Eine breite Auffahrt, von wartenden Taxis gesäumt, führte hoch zum Hauptgebäude, dessen Lobby teils unter freiem Himmel lag. Ihre aneinander grenzenden Zimmer lagen im hinteren Teil des Hotels, am Ende eines langen Gangs mit rosa und weißen Wänden und einem Betonboden, in den Kiesel eingebettet waren.

Das Bett in Pips Zimmer war groß genug für vier. Sie ließ ihre Reisetasche im Vorbeigehen fallen. Die Balkontür aufreißend, trat sie hinaus und atmete die schwüle, salzige Luft tief ein. Die Sonne fiel allmählich hinab ins Meer, und es gelang ihr gerade noch, die verschwommene Kontur des Festlandes in der Ferne durch die Diesigkeit zu erkennen.

Regenwolken, unglaublich hoch aufgetürmt, erhoben sich hinter der strohgedeckten offenen Bar am Strand zu ihrer Rechten. Neben der Bar erstreckte sich eine Schieferterrasse, übersät mit weiß gedeckten Tischen, einige Meter in den Sand. Überall auf dem Strand fanden sich braune Farbtupfer: handgemachte Schirme aus demselben Stroh, die in der Brise raschelten. Große s-förmige Stühle lagen in ordentlichen Stapeln unter den Schirmen. Ein junger Mann und eine Frau spazierten an der Brandung entlang. Die Frau beugte sich, um etwas aufzuheben, ließ es fallen und ging weiter. Die dichte Stille wurde nur durch das rhythmische Brechen der Wellen unterbrochen.

Ihre Zimmer waren die letzten auf ihrem Gang. Unmittelbar hinter dem Hotel, zur Linken Pips, war ein sieben Fuß hoher Zaun, der beinahe bis zum Wasser hinabführte. Auf der anderen Seite befanden sich ein verrosteter Bulldozer und verrottendes Baumaterial. Pip hörte, wie sich Erins Balkontür öffnete, und sie lehnte sich gegen die hüfthohe Mauer, die die beiden Balkone trennte. Katie kam zuerst heraus, preßte sich an das Geländer und sah auf und ab, wie Pip es eben getan hatte. »Es ist wunderschön hier«, meinte Pip.

Erin nickte. »Ich liebe dieses Hotel. Alles ist so anders hier. Die Abwechslung wird uns guttun.« Unten am Strand kniete ein Mann im Sand und war im Begriff, einen Holzblock mit einer Machete zu behauen. Er setzte einen fausthohen Rand um einen Palmenhain, schlug jedes Holzstück einzeln ab und klopfte es mit einem Holzhammer in den Sand. Er arbeitete langsam, seine dunklen Hände plazierten jeden Block vorsichtig, bevor sie ihn bearbeiteten.

»Wollt ihr was essen?«

»Ja. Ich hab einen Riesenhunger«, sagte Pip. »Ich will mich bloß schnell umziehen.«

Als sie zur Bar hinübergingen, fragte Pip: »Sprichst du spanisch?«

»Schon seit dem College nicht mehr. Und du?«

»Ein wenig. Ich habe auf meinen Tourneen ein bißchen von allem aufgeschnappt.«

»Dann kannst du ja für uns bestellen.« Sie setzten sich auf die runden Holzhocker an der Bar, die aussahen, als hätte man sie aus Faßdeckeln gefertigt. Vom jahrelangen Gebrauch durch Touristenhintern poliert, waren sie dennoch mehr als ungemütlich.

»*Dos cervezas, una coke*«, sagte Pip.

»*Tecate?* Okay?« fragte der Barkeeper.

»*Si.*«

Er gab ihnen zwei Flaschen Bier und schenkte Katies Cola in ein Glas ein. »Du kannst das Eis in den Hotels trinken«, erklärte Erin Katie. »Aber das Leitungswasser nicht.«

»Wir haben Wasserflaschen in unserem Zimmer«, sagte Katie. »Du auch?«

»Ja«, erwiderte Pip.

»Da die Insel stark vom Tourismus abhängig ist, ist das Wasser in den Hotels und Restaurants meist in Ordnung. Auf der anderen Seite der Insel muß man vorsichtiger sein«, meinte Erin.

»Fahren wir auch dorthin?« wollte Katie wissen.

»Das bezweifle ich«, sagte Erin. »Dort gibt es hauptsächlich Urwald und kleine Dörfer. Aber wir können ein Auto mieten und herumfahren, wenn du Lust hast.«

Katie schlürfte ihre Cola. Der Barkeeper reichte ihnen eine Speisekarte.

»Habt ihr Kohldampf?« fragte Pip.

»Kann ich einen Hamburger haben?« fragte Katie.

»Willst du mal was anderes probieren?«

»Weiß nicht.«

Pip lachte. »*Enchiladas con queso* y *nachos, por favor.*«

Der Barkeeper lächelte und trug die Speisekarte weg.

»Die sind wie *quesidillas,*« meinte Pip und stach mit ihrer Gabel in eine *enchilada.* »Probier mal.« Sie fütterte Katie.

»Lecker«, nuschelte Katie. Die *nachos* waren aus blauem Maismehl, mit schwarzer Bohnenpaste und Käse überbacken.

»Paß auf mit dem *salsa*«, warnte Erin. »Es ist sehr scharf.«

Nachdem sie gegessen hatten, wanderten sie zu einer kleinen Bucht nahe dem Hotel. Ein Betonsteg ragte etwa zehn Fuß weit hinaus ins Wasser. »Oh Gott, seht euch das Wasser an«, stieß Pip hervor. »Man kann bis ganz nach unten sehen.«

»Morgen gehen wir schnorcheln. Stimmt's, Katie?« fragte Erin.

Katie nickte und schlang die Arme um sich.

Pip legte Katie die Hand auf die Schulter. »Gefällt es dir hier?«

»Es ist ganz anders als bei uns«, meinte Katie.
Pip lachte. »Stimmt«, sagte sie, »das ist es.«

Sie rieben sich mit Sonnenöl ein und wateten in das klare grüne Wasser. Pip wartete, bis Erin und Katie in die unhandlichen Flossen geschlüpft waren. Erin ließ Katie vor sich her schwimmen, und sie und Pip folgten nach. Katie schwamm dicht an Erin, ließ ihren schmächtigen Körper treiben und beugte ihren Kopf hinab, um die leuchtend gelben Fische zu beobachten, die die Felsen unter ihr anknabberten.

Unweit des Strandes lag ein versunkenes Schiff, das Katie zuerst entdeckte. Sie schwammen eine Weile um und über das Wrack. Pip hatte das seltsame Gefühl, als stehe die Zeit unter Wasser still, als sie auf etwas hinabsah, das einmal von Menschenhänden gesteuert wurde, auf sandbedeckte Decks, die keine Fußabdrücke aufwiesen, und Fische, die durch offene Kabinenfenster ein und aus schwammen. Es glich einem Schwindelgefühl, als blicke sie von weit oben auf etwas hinab, und sie spürte, wie Gänsehaut ihre Arme und ihren Nacken überzog.

Katie, stellte Pip fest, hatte entdeckt, daß große Schwärme Fische angeschwommen kamen, wenn sie ganz still im Wasser lag, und an ihren Armen und Beinen knabberten. Diese Fischküsse fühlten sich seltsam an und Katie quietschte, aber wiederholte das Spiel unaufhörlich. Pip tauchte zum Meeresboden und grub eine große Muschel aus. Sie brachte sie an die Oberfläche, und sie untersuchten sie gemeinsam. Dort, wo die Lippe sich nach innen bog, leuchtete sie intensiv rosa, außen war die Muschel weiß und fleckig. »Dürfen wir sie behalten?« fragte Katie.

»Ich glaube nicht. Wir lassen sie hier, damit andere Leute sie sich ansehen können«, schlug Pip vor. Sie ließ die Muschel los, und sie beobachteten, wie sie hinabsank und auf dem Sand aufschlug.

Später döste Pip in einem tiefen Sessel, während Erin Katie etwas zu trinken besorgte. Ihr Körper schien zu schmelzen und biegsam zu werden, ihre Knochen fühlten sich so weich wie Fleisch an. Es gab keine Pläne, keine Termine, nur die langsam voranschreitenden Tage, die ohne Ankündigung ineinander übergehen würden. Der Klang des Meeres beruhigte sie, und sie fühlte sich in der ungezwungenen Gesellschaft wohl. Heute morgen hatte sie Erins Blick gespürt, der die Form ihres Körpers in einem Badeanzug erfaßte, und war errötet.

Und sie selbst hatte Erin betrachtet, die starken muskulösen Beine, die sanfte Rundung ihrer Schultern, ihre Brüste unter dem hauchdünnen türkisfarbenen Anzug. Erins Rundungen erregten sie, die weichen Kurven, die einen Eindruck der Gemütlichkeit vermittelten, und sie dachte an das geklaute Foto, das jetzt in ihrer kleinen Schatztruhe lag. Katie dagegen tanzte wie ein blasser Geist über den Sand.

Sie hörte ihre sich nähernden Stimmen. Katies helles Lachen schwebte auf sie zu. Erin drückte Pip ein Bier in die Hand und sank in den Stuhl neben ihr. »Es ist unglaublich, nicht wahr?«

Pip öffnete die Augen und sah Erin an. Du bist wunderschön, dachte sie und spürte, wie sie lächelte, spürte, wie das Lächeln in Erins Augen, auf ihrem Gesicht, sie wärmte. Ich liebe dich, wollte sie sagen. Und war erstaunt, wie sicher sie sich dessen war. In diesem Augenblick war alles unwiderruflich klar. Dies war es, was sie wollte, diesen Frieden, diese Gemeinschaft. Nichts sonst war von Bedeutung.

Es war Sonntagabend, und die einzige Kirche von San Miguel war brechend voll. Die Menschen auf der Straße sangen Hymnen, drängten sich um die offenen Türen und Fenster der Kirche. Die drei Freundinnen gingen langsam die Straße entlang, auf dem Weg in ein Straßencafé. Liebespaare saßen auf der Plaza, und Kinder liefen die Pflasterstraße hinab, manche in ihren besten Sonntagskleidern, andere in zerfetzten Shorts und T-Shirts. Ein Straßenhändler verkaufte Orangen, die er mit einer kleinen handbetriebenen Maschine geschält und dann mit einem großen Messer mit Holzgriff gespalten hatte. Ein kleiner Junge stand erwartungsvoll neben ihm, hob seine braunen Hände, um die Orange zu empfangen. Er lutschte an ihr, und der Saft lief am Kinn hinab auf seine nackte schmale Brust.

Pips Augen waren erfüllt von den Bewegungen der Menschen, ihren schönen Gesichtern mit den breiten Wangenknochen und der schokoladenfarbenen Haut. Das Aufleuchten strahlend weißer Zähne im Dämmerlicht. Sie folgte Erin, die sie in eine Seitenstraße, abseits der Plaza, und in das Café führte. Auf der Bühne trat eine dreiköpfige Band auf. Zwei Männer spielten Panflöte, die Hände eines dritten glitten über ein Set großer Congas. Gelächter schwebte in und um die verführerische Melodie. Ein Kellner rief etwas, das sie nicht verstand. Sie wählten einen Tisch am Rande des Cafés unter einer Markise, die in der kühlen Brise flatterte, auf dem Gras, das zwischen den Pflastersteinen hochragte.

»Die *fajitas* sind hier großartig«, meinte Erin. »Soll ich für uns bestellen?«

»Bestell viel«, bat Pip, »ich bin halb verhungert.« Sie saß zwischen Katie und Erin und lehnte sich auf ihrem Stuhl zurück. Sie hatte sich noch nie irgendwo so heimisch, so zufrieden gefühlt. Der nächtliche Himmel über ihnen war wie ein schönes Gemälde, eigens für sie geschaffen. Ein strahlender Mond, beinahe voll, spritzte silbernes Licht auf die Palmenblätter, hinterließ Pfützen im Gras. Es war Pip, als hätte sie hier keine Grenzen, als gehe ihr Körper fließend in Erins und selbst in Katies Körper über. Erin, fand sie, war hier weniger nervös, ruhiger. Sie schien damit zufrieden zu sein, am Strand zu liegen und aufs Wasser zu sehen. Pip konnte sie sich so in den Staaten nicht vorstellen.

Pips Gedanken kehrten in die Gegenwart zurück, als ihr Essen serviert wurde. Die Shrimps waren mit Zwiebeln in einer dunklen Soße gedünstet worden, die *fajita*-Pfannkuchen waren noch warm. Sie aßen, bis ihre Bäuche sich dehnten, dann nippten sie an ihrem Kaffee, bis sich das Café gegen neun zu leeren begann.

Die Inselnacht war sehr finster, sobald sie das offene Stück Straße erreichten, das zwischen San Miguel und dem Hotel lag. Der Taxifahrer bremste plötzlich und fluchte leise. Pip beugte sich vor, drehte sich um und stupste Erin und Katie an. Vor dem Taxi jagte im Scheinwerferlicht vor ihnen ein Apfelschimmel mit durchhängendem Rücken wild dahin. Er galoppierte einfach die Asphaltstraße entlang und kümmerte sich nicht um das Hupen des Taxis. Die drei beobachteten ihn und schwiegen beinahe ehrfurchtsvoll. Der Fahrer hingegen schien lediglich verärgert.

Plötzlich bog das Pferd nach links ab und verschwand in der Dunkelheit. Einen Moment sagte niemand ein Wort, dann fragte Pip: »Passiert das oft?«

»Aber ja. Er springt fast jede Nacht über seinen Zaun. Der Bauer, dem er gehört, kann ihn nicht einsperren. Er ist zu wild.«

Pip lehnte sich zurück und lächelte. Gut gemacht, dachte sie, gut gemacht.

Als sie im Hotel eintrafen, gähnte Katie bereits hörbar. Pip wollte Erin bitten, sie auf ihrem Balkon zu treffen, aber sie befürchtete, daß Katie sich ausgeschlossen fühlen würde, also deutete sie an, noch eine Weile aufbleiben zu wollen, als sie sich auf dem Gang trennten.

Das Bier, das Wetter und das gute Essen stimmten Pip fröhlich. Sie machte die Lampen in ihrem Zimmer nicht an und trat hinaus. Der Mond war fast voll, sein Licht floß über die Landschaft und schuf samtene Schatten und quecksilberhelle Flächen. Pip saß schweigend in eine dunkle Ecke des Balkons gekuschelt. Ein Gefühl, das sie nicht länger verleugnen konnte, ergriff von ihr

Besitz. Sie begehrte Erin. Es war, als erlaubte dieser Ort ihnen, sich so zu entspannen, daß sie eine neue Ebene der Vertrautheit im Umgang miteinander erreichten, eine lockere emotionale Nähe, die nach mehr zu verlangen schien. Sie dachte wieder an das Foto von Erin, versuchte, sich vorzustellen, wie Erin wohl mit vor Lust gerötetem Gesicht aussehen mochte. Stellte sich vor, wie ihre Hände über Erins Haut glitten ...

Eine Tür ging auf, und Erin trat auf ihren Balkon. Pip wurde knallrot, als hätte man sie bei etwas Verbotenem erwischt. Als sie ihre Stimme wiederfand, sagte sie: »Katie schläft?«

»Ja.« Erin schloß die Tür hinter sich, kletterte behend über die Zementmauer und lehnte sich dagegen.

»Darf ich dich was fragen?« begann Pip. »Du mußt nicht antworten, wenn du nicht möchtest.« Erin nickte. »Meinst du, daß wir jemals ... nun ... mehr als Freundinnen sein könnten?«

»Du meinst Geliebte?«

Pip rutschte ungemütlich auf ihrem Stuhl herum. »Ich glaube, ich will damit sagen, daß ich etwas empfinde, wenn ich dich berühre, und ich wollte wissen, ob es dir auch so geht.«

Erin sah weg. »Ja«, erwiderte sie so leise, daß Pip unsicher war, ob sie richtig gehört hatte. »Aber was, wenn es nur Einsamkeit ist? Weil du hier bist und ich hier bin und wir das fühlen, weil wir beide einsam sind?«

»Wäre es so schlimm, uns voneinander trösten zu lassen?«

»Nein«, sagte Erin langsam. »Aber ich möchte nicht von einer Beziehung in die nächste schlittern. Ich muß die Sache mit Joe klären, erst dann kann ich an die Zukunft denken. Wie du es im vergangenen Jahr getan hast. Ich brauche diese Zeit auch.«

»Ich würde dich nie bitten, etwas gegen deinen Willen zu tun. Ich weiß nicht mal, ob du ...«

»Ob ich mit dir schlafen will?«

Pip nickte.

»Ich hab daran gedacht. Ich hab überhaupt viel nachgedacht seit dem Fiasko mit Elizabeth. Und seit ich dich kennenlernte. Aber ich würde es ungern aus den falschen Gründen anfangen.«

»Die wären?«

»Daß es bequem ist.«

»Ich empfinde nicht so, Erin. Für mich ist es keine Frage der Bequemlichkeit. Ich mag dich. Sehr. Und wenn ich dich berühre, möchte ich nicht aufhören.«

»Ich habe dich einmal beinahe geküßt, weißt du.«

»Wann?«

»Eines Nachmittags in der Küche, bevor Katie nach Hause kam.«

»Ich erinnere mich.« Erin drehte sich zu Pip zurück und streckte die Hände aus. Pip nahm sie und ließ sich von Erin aus dem Sessel hochziehen. Sie zitterten beide, und ihre Umarmung war unbeholfen. Pip nahm Erins Gesicht in die Hände. Erins Haut roch leicht nach Kokosnußöl und Sonne. Pip küßte sie langsam, ließ ihre Zunge Erins Lippen öffnen. Sie spürte, wie Erin sich zuerst an sie preßte, dann zögerte. Pip wich zurück. »Soll ich aufhören?«

»Ich weiß es nicht.«

Pip berührte ihren Nacken, schob ihre Finger unter Erins Haare und hob sie hoch. Sie fühlte Erins Zittern. »Was, wenn Katie aufwacht und ich nicht da bin?«

»Wird sie nicht.«

»Wieso bist du da so sicher?«

»Bin ich nicht, aber wir sollten's riskieren.«

»In Ordnung«, flüsterte sie.

Pip fühlte, wie sie weiche Knie bekam. Sie zog an Erins Arm und führte sie ins Zimmer. Sie machte das Licht nicht an, sondern zog Erin im Mondlicht, das über das Bett strömte, aus. Sie drückte Erin zurück und legte sich auf sie. »Du fühlst dich so gut an«, hauchte Pip. »Ich will dich so sehr.«

Erin zitterte heftig. »Ich …«

Pip unterbrach sie mit einem Kuß. Dann richtete sie sich auf und schlüpfte aus ihren Kleidern. Sie erkannte Erins Gesicht im Halbdunkel, ihre Lust und ihre Furcht.

Hab keine Angst, sagte sie mit ihren Händen und ihrem Mund. Ich werde dir nie weh tun, niemals.

Katie setzte sich neben Pip auf den Rand des Felsens und ließ ihre Beine ins Wasser baumeln. Ihre blasse Haut begann allmählich braun zu werden. Pip sah zu, wie sie ihre Fingernägel in den Seetang auf dem Felsen grub, ihn abriß. Sie ließ das Schweigen zwischen ihnen wachsen und wartete darauf, daß Katie etwas sagte.

»Mein Papa fehlt mir.«

»Das glaube ich dir. Schade, daß er nicht kommen konnte«, sagte Pip, obwohl sie es nicht wirklich meinte.

»Wenn er hier wäre, wärst du's nicht.«

Pip lachte. »Das stimmt.«

»Ich will nicht, daß sie sich scheiden lassen. Warum lassen sich Leute scheiden?«

»Gute Frage. Ich denke, weil sie merken, daß sie sich nicht mehr vertragen. Sie haben alles Menschenmögliche versucht, aber es geht einfach nicht mehr. Also müssen sie Abschied nehmen.«

»Könnten sie nicht einfach dableiben?«

»Das schon. Aber dann wären alle unglücklich.«

»Ich bin aber unglücklich.«

»Ich weiß, Katie. Aber warst du glücklich, als deine Eltern sich andauernd stritten?«

»Nein.«

»Und sie auch nicht. Ich denke, sie haben sich dafür entschieden, eine Weile traurig zu sein und getrennt zu leben, statt zusammenzubleiben, zu streiten und immer unglücklich zu sein.«

»Aber jetzt bin ich immer unglücklich.«

»Immer?«

»Na ja, nö«, gab Katie zu. »Aber ganz oft.«

»Katie, ich werde dir jetzt etwas sagen, und du wirst es mir wahrscheinlich nicht glauben. Aber meiner Erfahrung nach ist es wahr.«

»Was?«

»Du wirst nicht immer traurig sein. Jetzt scheint es so, als würde es nie besser, und als würdest du dich nie daran gewöhnen, aber das wirst du.«

»Woher weißt du das?«

»Ich hab dir doch erzählt, daß ich nicht bei meiner Mutter aufgewachsen bin?«

»Ja.«

»Also, ich war sehr verletzt, weil ich dachte, daß sie mich nicht liebhat. Ich dachte, sie würde sich nichts aus mir machen, weil sie nicht da war. Aber es hatte einen anderen Grund. Sie hat mich so sehr geliebt, daß sie beschloß, mich bei meinem Großvater leben zu lassen, damit ich Klavier spielen konnte. Das war mein größter Wunsch, aber sie konnte ihn mir nicht erfüllen.«

»Wieso nicht?«

»Weil sie nicht genug Geld für den Unterricht hatte. Geschweige denn für ein Klavier. So ist es mit deinem Papa auch, denke ich. Er liebt dich, obwohl er nicht hier ist. Gewissermaßen ist er genau deshalb nicht hier, weil er dich liebhat. Er weiß – und deine Mama weiß es auch –, daß sie dich unglücklich machen, wenn sie sich streiten. Also müssen alle jetzt ein wenig leiden, damit du später wieder glücklich wirst.«

»Haßt du deine Mutter?«

»Haßt du deinen Vater?«

»Nein«, antwortete Katie. Dann: »Na ja, manchmal hasse ich ihn schon.«

»Ich habe meine Mutter früher gehaßt. Aber ich tue es nicht mehr. Sie fehlt mir, Katie. Ich dachte, diese traurigen Gefühle würden nie weggehen. Aber das tun sie. Man vergißt nie, und manchmal ist es schwer. Aber es wird nie wieder so schlimm, wie es jetzt ist. Alles ändert sich, und es ist völlig in Ordnung, sich zu fürchten. Aber vergiß nicht, daß deine beiden Eltern dich lieben: Das wird sich nicht ändern. Deine Mutter ist was ganz Besonderes, und sie liebt dich über alles.«

»Mehr als Papa?«

»Das ist eine andere Art Liebe. Es gibt viele Arten von Liebe, Katie, aber die Gefühle sind letztendlich die gleichen. Du magst jemanden, manchmal mehr, als du dich selbst magst. Deine Mutter würde alles für dich tun. So sehr liebt sie dich.«

»Aber was ist mit dir? Gibt's jemanden, der dich so liebhat?«

»Die Frage ist schwer zu beantworten. Frederick tat es, auf seine Weise.«

»Aber jetzt ist er tot.«

»Ja. Aber ich habe dich und deine Mama. Ihr seid meine Freundinnen, und wenn man erwachsen ist, hat man Freunde, die wie die eigene Familie sind. Und ich habe mich.«

Katie begann zu weinen. »Ich mag mich nicht so fühlen.«

Pip legte den Arm um Katie und zog sie auf ihren Schoß. »Ich weiß. Es ist in Ordnung zu weinen.« Als sie so zusammensaßen, fielen Pips eigene Tränen auf Katies Kopf. Pip wiegte sie sanft, wiegte sich selbst.

Als sie ins Hotel zurückkehrten, warf Erin einen Blick auf ihre tränenverschmierten Gesichter und geschwollenen Augen und rief: »Was ist passiert? Hat sich jemand verletzt?«

»Nein. Wir sind okay. Wir haben uns nur ein wenig darüber unterhalten, wie traurig wir uns manchmal fühlen.«

Erins Augen trafen über Katies Kopf hinweg auf Pips. Katie ließ Pips Hand los und warf die Arme um ihre Mutter. »Du wirst mich nicht allein lassen, nicht wahr?« fragte Katie.

Erin beugte sich zu Katie hinab und umschloß das Kind in ihren Armen. »Niemals.« In diesem Augenblick wünschte Pip sehnlichst, sie befände sich in diesem sicheren, beschützenden Kreis. Sie zog sich leise zurück und ging in ihr Zimmer, legte sich aufs Bett und weinte sich in den Schlaf.

Als sie erwachte, dunkelte es bereits. Pip stand auf und trat auf den Balkon. Die Tür zu Erins Zimmer stand offen, und Pip konnte ihre Stimmen hören.

»Was zwischen deinem Papa und mir vorgeht, ist schwer zu erklären«, sagte Erin. »Es bedeutet aber nicht, daß wir dich nicht beide liebhaben oder daß du uns weniger bedeutest. Verstehst du das?«

»Ja«, antwortete Katie kleinlaut.

»Ich denke, dein Papa und ich haben erkannt, daß wir ganz unterschiedliche Dinge voneinander wollen, und vielleicht können wir einander diese Wünsche nicht erfüllen.« Ein langes Schweigen folgte, dann sprach Erin weiter. »Ich schätze, worauf es hinausläuft, ist, daß dein Vater seine Arbeit braucht. Das ist es, was ihn glücklich macht. Ich brauche mehr, als er bereit ist zu geben, und es fällt uns schwer, einen Kompromiß zu finden. Ich brauche meine Arbeit auch, Katie. Sie macht mir viel Spaß. Aber wenn ich fertig bin, möchte ich andere Menschen um mich haben, und dein Papa war oft weg. Ich mache ihm keinen Vorwurf. Es ist weder seine Schuld noch meine. So stehen die Dinge nun mal.«

Pip hörte Schritte und das Quietschen der Bettfedern, als sich jemand setzte. »Ich weiß, daß es hart für dich ist. Aber ich liebe dich immer noch genauso, und dein Vater auch. Wir werden dich nicht vergessen. Mach dir deswegen keine Sorgen, okay?«

»Okay«, nuschelte Katie. Noch ein langes Schweigen, dann ertönte Katies Schluchzen. An diesem Punkt wäre Pip beinahe wieder hineingegangen, aber Erin sollte nicht merken, daß sie draußen stand und zuhörte. Also blieb sie, wo sie war.

Nach einer Weile hörte Pip, wie die Fliegengittertür aufging, und Erin herauskam. Sie schwang die Beine über die Trennwand zwischen den Balkonen und setzte sich in den Sessel neben Pip. Pip sah zu ihr hinüber. »Ist alles okay?«

»Katie schläft. Sie ist erschöpft. Sitzt du schon lange hier draußen?«

»Wenn du wissen willst, ob ich was mitbekommen habe, die Antwort ist ja. Es tut mir leid, ich habe nicht absichtlich gelauscht.«

»Macht nichts.« Pip bedeckte Erins Hand mit der eigenen. »Wie fühlst du dich wegen gestern nacht?«

Erin wandte sich zu ihr und lächelte. »Ich habe den ganzen Tag über nichts anderes nachgedacht.«

Pip lachte leise. »Ich auch.«

»Katie ist nicht aufgewacht. Sie hätte sonst etwas gesagt.«

»Komm, setz dich hierhin.« Pip klopfte auf ihren Schoß. Erin erhob sich langsam und setzte sich. Pip streichelte ihren Rücken. Erin lehnte sich an sie. Pip spürte Erins Tränen auf ihrem Hals. Sie bewegte sich nicht. Sie hielt Erin sanft umschlungen und wünschte, sie wären allein, und sie könnte Erin aufheben und hinein ins Bett tragen.

»Ich wünschte, ich könnte es riskieren«, sagte Erin schließlich.

»Was?«

»Noch eine Nacht wie die letzte.«

Pip ließ die Finger ihrer linken Hand den Bogen von Erins Schlüsselbein nachzeichnen, ihre Brust hinuntergleiten. Sie legte ihre Hand auf Erins Schenkel und schob sie unter den dünnen Stoff ihrer Shorts. »Ah«, sagte sie, als sie feststellte, daß Erin bereits feucht war.

Erin sagte kein Wort. Pip fuhr fort, sie zu berühren. Erin preßte sich an sie, folgte den Bewegungen ihrer Hand. Sie stieß einen leisen Schrei aus und ließ ihre Hand auf Pips fallen. Nach einige Minuten stand sie auf. Pip erhob sich ebenfalls und lehnte sich im Halbschatten gegen ihre Zimmerwand. Erin kam zu ihr und küßte sie begierig. Ihre Finger glitten unter den Gürtelbund von Pips Shorts. »Erin«, sagte Pip, »du mußt nicht –«

»Schh.« Pip bekam weiche Knie. Erins Finger schlüpften in sie. Pip hob die Hüften, wippte gegen Erins Hand. Sie klammerte sich an Erin, vollkommen konzentriert auf die reine Lust, die sich wie sonnengewärmter Honig in ihrem Körper ausbreitete. Dann, plötzlich, verlor sie die Balance und unterdrückte einen Schrei. Statt dessen lachte sie, und sie rangen um ihr Gleichgewicht.

»Ich liebe es, dich zu küssen«, sagte Pip. Schließlich lösten sie sich voneinander.

»Hungrig?«

»Ja.« Erin lächelte suggestiv.

»Ich meinte Essen. Soll ich etwas aufs Zimmer bestellen?«

»Sehr gerne.«

Sie aßen schweigend auf Pips Balkon. Die Nacht war warm, und das einzige Geräusch war das Krachen der Wellen am Strand.

»Was ist heute nachmittag geschehen?« fragte Erin.

Pip erzählte ihr von der Unterhaltung. Dann meinte sie: »Ich weiß, daß es eine verwirrende Zeit ist, Erin. Aber ich muß es dich trotzdem fragen. Können wir damit weitermachen, wenn wir zu Hause sind, oder ist es eine einmalige Sache, weil wir alles hinter uns gelassen haben?«

»Ich weiß es nicht. Es geht alles so schnell. Ich meine, der Gedanke ist mir schon vor der letzten Nacht gekommen, aber erwartet habe ich es nicht. Und nun muß ich mit ganz neuen Gefühlen und Ängsten klarkommen. Wenn es nur um mich und dich ginge, würde ich sagen ›Ja, laß es uns erforschen‹. Aber Katie ist auch da. Wenn es weitergehen soll, dann müssen wir es ihr sagen, und ich fürchte, daß es sie überfordern könnte.«

»Okay. Was sollen wir also tun?«

»Pip, das kann ich dir nicht sagen.«

»Sag mir, wie –«

»Hör dir doch mal zu. Sei einfach du selbst. Laß es sich von selbst entwickeln. Versuch nicht, es zu erzwingen.«

»Aber jetzt ist alles ganz anders.«

»Oder auch nicht. Vor gestern nacht warst du ein wichtiger Teil meines Lebens, und Katies, und das bist du noch. Aber es gibt andere Dinge, um die du dich ebenfalls kümmern mußt. Verausgabe dich nicht an dieser Stelle. Laß den Dingen ihren Lauf.«

»Ich weiß nicht, wie.«

»Doch. Das tust du.« Erin streckte die Hand aus und klopfte Pip auf die Brust. »Höre auf das, was dein Herz dir sagt. Grüble es nicht zu Tode. Sei einfach nur du selbst, und alles wird gut werden.«

Pip nickte. Angst ergriff sie. Angst, einen Fehler zu machen, Erin und Katie zu verlieren, sich selbst zu verlieren. Sie fühlte, wie sie in einen Strudel der Angst gezogen wurde und kämpfte dagegen an. Sie holte tief Luft. Blickte in Erins Gesicht und sah ihr Lächeln. »Ich werde es versuchen«, sagte sie.

»Gut.« Erin trug das Tablett mit ihren Tellern in Pips Zimmer. Dann kehrte sie auf den Balkon zurück.

»Ich wünschte, du könntest mit mir hineinkommen«, sagte Pip.

»Ich auch. Aber –«

»Ich weiß.«

»Bis morgen früh«, sagte Erin. Sie küßte Pip noch einmal und kletterte dann über die Mauer auf ihren eigenen Balkon. Sie sah Pip an und lächelte, dann verschwand sie in ihrem Zimmer.

Am nächsten Morgen stand Pip früh auf und nahm ein Taxi in die Stadt. Sie beobachtete, wie die kleine Hafengemeinde erwachte, die Touristen erschienen und die Einheimischen auf sie reagierten. Sie saß in einem Straßencafé, unweit eines großen Gebäudes, in dem die Stände von Händlern untergebracht waren, die den Gästen Decken, Schmuck und Kunsthandwerk feilboten. Sie frischte allmählich ihr Spanisch auf, und nach einer gemütlichen Tasse Kaffee wagte sich Pip auf den Marktplatz.

Morgen würden sie das Schiff zum Festland nehmen und einen Bus zu den Tulum-Ruinen. Pip freute sich schon darauf. Aber heute morgen hatte sie das Bedürfnis, allein zu sein. Es war so leicht, in die alte Gewohnheit zu verfallen, auf jemand anders zu reagieren, anstatt auf ihre eigenen Wünsche oder Bedürfnisse zu hören. Ihr Körper schmerzte bei dem Gedanken, Erin zu berühren, berührt zu werden. Sie erinnerte sich an jedes Geräusch, jeden Seufzer. Die Blässe der Haut auf Erins Bauch, die weichen Brüste, die Art, wie Erin ihre Beine auseinanderfallen ließ, als Pips Finger

Erins Becken hinab, nach innen, glitten. Der warme Moschusgeschmack, der auf ihrer Zunge zurückblieb.

Und sie rief sich ins Gedächtnis, wie Erin sie berührt hatte, zunächst zögernd, dann mutiger. Sie waren noch ein wenig unbeholfen miteinander, hielten inne, um Fragen zu stellen und die Antwort zu hören. Wahre Vertrautheit würde sich später einstellen, falls sie sich für eine Beziehung entscheiden sollten. Und das wollte Pip. Sie wollte Erin auf so viele Weisen berühren, es gab so viele Liebkosungen, die es noch auszukosten galt.

Und dann gab es noch Katie. Sosehr Pip Katie mochte und ihre Gesellschaft genoß, wünschte sie dennoch manchmal, Erin und sie hätten mehr Zeit füreinander. Erins mütterliche Sensoren waren immer auf Katie gerichtet, egal, was sie tat, und sobald Katie das Zimmer betrat, war Erin augenblicklich abgelenkt. Manchmal gab sich Pip nur widerwillig mit Erins geteilter Aufmerksamkeit zufrieden. Manchmal würde sie sie am liebsten an einen entlegenen Ort entführen. Und sie war sich dessen bewußt, daß sie jetzt im Bett lägen, wenn Katie nicht hier wäre.

Pip kämpfte mit ihrem Widerwillen. Sie wußte, daß sie beide in Kauf nehmen mußte. Und sie hatte sich versprochen, niemals zwischen sie zu treten. Sie wollte niemals sehen, wie Lucys Schmerz von Erins Gesicht widergespiegelt wurde. Wollte niemals ihren eigenen Schmerz in Katies Augen erkennen. Sie würde sich daran gewöhnen müssen, flexibel zu sein, nicht länger im Mittelpunkt zu stehen. Sie lächelte. Primadonna adé. Von einem Kind vertrieben. Aber sie wußte, daß es so am besten war. Sie konnte nicht erwarten, daß Erin sich änderte. Und das, was sie war, schloß Katie auf einer sehr tiefen und intimen Ebene ein. Nichts konnte sie auseinanderbringen, und Pip würde es nicht versuchen.

Pip merkte, daß sie durch den gesamten Markt gelaufen war, ohne etwas wahrzunehmen, so vertieft war sie in ihre Überlegungen. Am Ende des Ganges kehrte sie um. Bevor sie ein Taxi zum Hotel anhielt, kaufte sie zwei mexikanische Decken – eine mit einem rotschwarzen Muster und eine in verschiedenen Blautönen. Sie rochen intensiv nach Wolle und fühlten sich kratzig an.

Als sie eintraf, fand sie Erin und Katie am Strand vor. Sie schienen sich wirklich zu freuen, sie zu sehen, und sie liefen um die Wette ans Wasser, um zu baden.

In Tulum folgte Pip Erin und Katie durch einen schmalen Steinbogen in die Ruine. Dem Dschungel abgetrotzt, waren diese Gebäude bemerkenswert intakt. Ein niedriger Steinwall umgab das ganze Areal, und jenseits lag der Dschungel, ein Durcheinander verschiedener Grün- und Brauntöne, das weit bis zum Horizont reichte.

Pip entfernte sich von Katie und Erin, ihre Aufmerksamkeit galt den Hunderten von verschiedenen Blumen, die unweit der Wohnstätten wuchsen. Nahe dem größten Bauwerk, einem antiken Tempel, wucherte ein Rankengewächs, eine Bougainvillea mit gewundenen Ästen und blutroten Blüten. Pip verweilte im spärlichen Schatten, dankbar, der grellen Sonne entkommen zu sein.

Erin und Katie erklommen die steilen Stufen zum Dach des Tempels, und Pip folgte ihnen. Als sie oben ankam, hob sie die Augen, und ein ehrfurchtsvoller Seufzer entfuhr ihr. Das Land hinter dem Tempel fiel abrupt ab, und unter ihnen lag ein herrlicher, leerer, sichelförmiger Strand. Das Wasser war von einem tiefen Meergrün, der Sand eine Komposition aus Gelb- und sanften Brauntönen. Hier war die Luft kühler, und eine Meeresbrise raste den Hügel hinauf und umwirbelte sie. Sie spürte, wie ein tiefes Gefühl der Ruhe und des Friedens sie erfaßte, als sie auf diesen Steinen stand – von Menschenhänden errichtet, die längst zu Staub zerfallen waren. Sie überlegte, wie es wohl gewesen sein mochte, hier zu leben, in dieser Nische zwischen Dschungel und Meer, einem anderen Rhythmus folgend. Sie stellte sich das Dorf bevölkert vor, lauschte den Geschichten und den Liedern der Bewohner, beobachtete ihre Tänze, teilte ihr Essen. Sie spürte den Wind, der sie morgens weckte, die Sonne, die ihre Haut dunkel werden ließ, den Abend, der endlich hereinbrach und eine willkommene Linderung nach der dichten Hitze des Dschungels bot. Sie malte sich aus, wie es war, in der geschützten Bucht zu schwimmen, von ihren steinernen Flanken zu fischen, den Schreien der Nachtvögel zu lauschen, während der Mond langsam über die Hügel stieg.

Sie hatte festgestellt, daß ihr Tempo sich hier spürbar verlangsamte, es war, als fiele die Alltagshektik von ihr ab wie eine abgestorbene Hautschicht. Sie wollte gar nicht wissen, wieviel Uhr es war, wann es Zeit zum Essen war, wollte keine Pläne machen, die sich nicht aufgrund einer plötzlichen Laune umstoßen ließen. Und als sie auf diesen Steinen stand, hatte sie das Gefühl, immer so leben oder zumindest ein Stück dieser Ruhe mit nach Hause nehmen zu können. Sie nahm sich fest vor, genau dies zu tun, und drehte sich zum Abstieg um. Erin stand mit einem scheuen Lächeln vor ihr. »Hallo, Fremde«, sagte Erin.

»Selber hallo. Gefällt's dir?«

»Sehr.« Sie gingen zum Rand der Plattform, auf der sie standen, und setzten sich auf einen Steinvorsprung. Pip erkannte Katie, die vorsichtig abwärts stieg, mit einer Hand ihr Gleichgewicht haltend, eine Stufe nach der anderen. Pip freute sich nicht auf den Abstieg, der tückisch aussah. Sie wußte, daß ihr Herz wild pochen würde, wenn sie den beinahe vertikal abfallenden Abgrund sah und die schmalen Stufen unter ihren Füßen spürte.

»Du bist heute sehr ruhig«, bemerkte Erin.

»Hab nachgedacht.«

»Worüber?«

»Über vieles. Hauptsächlich über dich.«

Erin sah weg. »Ich weiß.« Sie wandte sich wieder Pip zu und blinzelte im grellen Sonnenlicht. »Es tut mir leid, daß ich so distanziert war.«

»Schon okay.«

»Ich fühle mich verloren«, sagte Erin.

»Ich auch. Und traurig.«

»Wieso traurig?«

»Weil ich wünschte, das Leben gäb's mit einer Garantie. Damit ich sicher sein könnte, daß – was immer zwischen uns geschieht – ich dich wieder berühren darf, wie ich es Sonntagnacht tat. Daß du es willst. Statt dessen ist alles so kompliziert. Ich weiß, du brauchst Zeit. Mein Kopf weiß es, aber mein Herz nicht. Und mein Körper ... nun«, Pip drehte sich zu Erin und lächelte, »der hört nicht auf, sich zu erinnern, mich unfairerweise zu erinnern.«

»Ich wünschte, ich könnte dir versprechen, was du möchtest.«

»Ich auch.«

»Glaub nicht, daß ich nicht ebenfalls darüber nachgedacht habe, Pip. Das habe ich nämlich. Ich möchte dich nicht verletzen, und ich möchte nicht verletzt werden. Es scheint unumgänglich, daß eine von uns enttäuscht wird.«

»Ich versuche ja, es zu akzeptieren.«

»Ich weiß. Aber Pip«, Erin senkte die Stimme, »du bist ein Teil meines Lebens. Du bist meine Freundin, und ich werde mich nicht in Luft auflösen. Das kann ich dir versprechen.«

»Im Ernst?« Pip klang überrascht.

»Ja. Im Ernst. Ich habe mich an dich gewöhnt, verbringe gerne Zeit mit dir. Was auch immer geschieht, ich werde nicht abhauen. Und ich will dich. Mein Kopf rät mir zu Vorsicht, aber was ich will und was ich brauche, steht im Augenblick im Widerspruch zu dieser Warnung. Wenn Katie nicht bei uns wäre, würde ich dich wahrscheinlich gar nicht aus dem Bett lassen.«

»Wirklich?«

»Ja.«

»Wir schicken sie mit dem nächsten Flieger nach Hause.«

Erin runzelte leicht die Stirn.

»Das war bloß ein Witz. Aber es freut mich, das zu hören.« Erin stand auf. »Wir sollten gehen. Ich glaube, der Bus fährt bald ab.« Sie kletterten vorsichtig hinab zu dem alten Pavillon, an dem Katie auf sie wartete. Sie blickte neugierig von der einen zur anderen, sagte aber nichts.

Spät in der Nacht hörte Pip, wie ihre Fliegengittertür aufglitt. Sie warf einen Blick auf die Uhr. Es war beinahe zwei Uhr morgens. Erin schlüpfte in ihr Zimmer und setzte sich auf die Bettkante. »Ich kann nicht schlafen«, klagte sie.

Pip rutschte herüber, und Erin legte sich neben sie. Erin drehte sich, ohne zu zögern, zu ihr um. Pip schob Erins dünnes Nachthemd hoch und streichelte die warme Haut darunter. Sie wälzte sich auf Erin und küßte sie begierig. Ihr Mund kroch langsam Erins Körper hinunter, erregte sie, schmeckte ihre sonnengewärmte Haut, bis sie zwischen Erins Schenkeln lag.

»Ja«, flüsterte Erin.

Nach einer Weile fielen sie in einen leichten Schlaf, und Erin huschte kurz vor Sonnenaufgang in ihr Zimmer zurück.

Am folgenden Sonntagnachmittag trafen die drei Reisenden wieder in den Vereinigten Staaten ein. Pip freute sich nicht darauf, allein nach Weston zurückzukehren. Katie schlief auf dem Rücksitz, während Erin Pip nach Hause fuhr, und im Dunkeln fand Erins Hand Pips. Als sie in Weston ankamen, fragte Erin: »Hättest du Lust auf ein Brunch, morgen?«

»Wo?«

»Bei mir.«

»Ich bringe die Bagels.« Sie umarmten sich kurz, und Pip stieg aus dem Wagen. In dem Augenblick, als sie durch die Tür trat, fühlte sie Fredericks Abwesenheit. Das riesige Haus war leer, und nur Pip war da, um es zu füllen. Sie ging in Fredericks Arbeitszimmer und setzte sich auf seinen Stuhl. Sie drehte ihn zum Fenster, starrte hinaus auf die hintere Veranda und dachte an Frederick. In Gedanken formulierte sie einen Brief an ihn, erzählte von ihrer Begegnung mit Lucy, von ihren Erlebnissen in Mexiko. Sie wünschte, er wäre hier bei ihr, hätte sie bei ihrer Ankunft begrüßt. Er hätte sich für ihren Ausflug nach Tulum interessiert, für ihre Beschreibung des Landes und der Leute. Ihre Unterhaltung wäre vermutlich oberflächlich gewesen, aber zumindest in vertrauten Bahnen verlaufen.

Statt dessen gab es nur Stille und eine tiefe Leere, dort, wo Frederick gewesen war.

Pip blieb bis weit nach Einbruch der Dunkelheit in dem Arbeitszimmer. Dann ging sie nach oben. Ohne sich die Mühe zu machen, das Licht anzudrehen oder ihre Taschen auszupacken, legte sie sich voll bekleidet auf ihr Bett und weinte.

Kapitel Neun

Pip fuhr in einer Aprilnacht über den Harvard Square, einmal mehr auf der Suche nach einem Parkplatz, obwohl sie ahnte, daß es aussichtslos war. Sie hatte ihr Wagenfenster heruntergekurbelt, und die würzige Frühlingsluft zerzauste ihr Haar. Resigniert umkreiste Pip den Harvard Campus und überlegte, daß sie nahe der Theologischen Fakultät mehr Glück haben könnte. Das war auch so, und auf dem Weg zurück zu dem Platz und dem Restaurant, in dem sie Emma und Alison treffen sollte, genoß sie die frische Abendluft.

Während ein Teil von ihr das aufblühende Leben begrüßte und von roher, mitreißender Energie erfüllt war, erinnerte sie sich gleichzeitig voller Mitgefühl an T.S. Eliots Zeilen. Der April war in der Tat der ärgste Monat für diejenigen, die auf die Liebe warteten.

Emma und Alison saßen bereits bei Bertucci's nebeneinander an einem Tisch, als Pip eintraf. Emma strahlte Zufriedenheit aus, und ihr offensichtliches Glück versetzte Pip einen neidvollen Stich. Aber Emmas Freude war ansteckend, und Pip spürte, wie ihr Groll rasch dahinschmolz.

Alison war zierlich, mit feinem rotblondem Haar und klaren grünen Augen. Als sie einander vorgestellt wurden, ergriff sie Pips Hand und sagte: »Es ist eine Ehre. Ich hab dich einmal spielen gesehen. Hab's nie vergessen. Nie. Du warst umwerfend.«

Pip wurde rot und murmelte ein Dankeschön, während sie auf ihre Bank rutschte. »Seit wann bist du wieder da?« fragte sie Emma.

»Seit ungefähr einer Woche. Wir haben eine Weile gebraucht, um uns einzuleben. Aber jetzt sind wir soweit«, sagte Emma. Ihr langer Aufenthalt in Irland hatte ihren Akzent verstärkt zum Vorschein gebracht und ihre Betonung akzentuiert. »Ich will bald wieder an die Arbeit und wollte –«

»Emma«, ermahnte sie Alison. »Sie hat sich noch nicht mal ein Bier bestellt. Laß sie in Ruhe.«

Emma errötete. »Tut mir leid, Pip. Ich bin viel länger als beabsichtigt geblieben und bin knapp bei Kasse.«

»Ich habe dich nur vertreten. Du kannst deine Klienten jederzeit zurückhaben«, sagte Pip.

»Du hast demnach inzwischen deine eigenen?«

»Nicht direkt.« Ein Kellner erschien, und Pip bestellte ein Bier. »Frederick ist gestorben und hat mir etwas Geld hinterlassen.«

»Oh, Pip. Das tut mir leid.« Emma beugte sich über den Tisch, ergriff Pips Hand und drückte sie. »Sehr sogar. Wann ist es geschehen?«

»Im Februar.«

»Kommst du einigermaßen klar?«

»Einigermaßen. Ja, doch.« Der Kellner brachte Pips Bier und fragte, ob sie bereit seien zu bestellen. »Fangt an«, bat Pip das Paar. »Ich bin gleich soweit.«

Als er ging, fragte Emma: »Was ist passiert?«

»Herzanfall. Ich bin in das Haus in Weston zurückgezogen. Er hat es mir hinterlassen. Ihr müßt mich bald draußen besuchen kommen. Und über Nacht bleiben. Ich hab jede Menge Platz.«

»Liebend gerne«, sagte Alison.

»Nun, es tut mir leid zu hören, daß es für dich nicht besonders gelaufen ist, aber zum Glück bist du okay. Und ich freue mich, wieder hier zu sein. Es war toll, Galway wiederzusehen, aber inzwischen betrachte ich Boston als mein Zuhause – unser Zuhause.« Sie sah Alison an und lächelte.

Nach dem Essen verweilten sie noch draußen vor dem Restaurant. »Macht es dir bestimmt nichts aus, wenn ich am Montag anfange?« fragte Emma nochmals.

Pip nahm Emma bei den Schultern und schüttelte sie sanft. »Hundertprozentig. Ich muß einen Haufen Papierkram von Frederick sortieren, der mir schon jetzt über den Kopf wächst: Dein Timing ist also perfekt. Aber du kannst mir den einen oder anderen Auftrag zuschanzen, falls du mal nicht mehr hinterherkommen solltest. Die Arbeit macht mir Spaß.«

Pip umarmte die beiden. »Melde dich«, sagte sie in Emmas Ohr und ging schnell davon.

An diesem Freitag standen die Fenster offen, und die klare Luft draußen war einladend. Pips Aufmerksamkeit wanderte stets von den Reihen ordentlicher Zahlen zur Veranda. Das Gras lud sie ein, sich auf seiner weichen Wärme zu wälzen, die Brise, die an den Vorhängen zerrte, lockte. Sie wünschte sich nichts sehnlicher, als Erin an der Hand zu nehmen und gemeinsam die neugeborene Jahreszeit zu begrüßen, ihre aufgestaute Lust auf Erin auf dem verlockenden Rasen oder unter den schwankenden Kiefern zu befriedigen. Pips Gedanken entfernten sich weiter von den Büchern. Katie war seit langem mal wieder übers Wochenende bei ihrem Vater. Erin war hier bei ihr. Wir sollten entweder oben im Bett liegen oder draußen den herrlichen Tag genießen, dachte Pip, statt im Arbeitszimmer eingesperrt zu sein und Papiere auf einem Schreibtisch hin- und herzuschieben.

Sie blickte Erin an. Ihr Gesicht trug einen Ausdruck der äußersten Konzentration, und eine einzige Sorgenfalte zerfurchte ihre Stirn. Ihr Haar hatte sich aus dem Band gelöst, und eine eigenwillige Strähne liebkoste ihre Wange. Pip beobachtete ihre Hände, die Papiere von einem Stapel auf den anderen legte, stellte sich diese Hände auf ihrem Körper vor und Erin, die unter ihr lag. Sie bedeckte Erins Hände mit der ihren und schob die Papiere beiseite. »Genug.«

Erin sah auf und warf dann einen Blick auf den Stapel Ordner, die sie an diesem Tag zu durchforsten beabsichtigten. »Aber –«

»Es kann warten.«

»Das hast du letzte Woche gesagt.«

»Erin. Vergiß es einfach. Ich hätte jemanden beauftragen sollen, es zu erledigen. Es ist so eine Zeitverschwendung. Sieh mal –« Pip brach mitten im Satz ab. Erin sah aus, als hätte man sie geohrfeigt. »Was ist?«

»Eine Zeitverschwendung? Meinst du, ich hab nichts Besseres zu tun, als dir zu helfen? Warum hast du mich dann überhaupt gebeten, dir zu helfen, wenn du vorhattest, jemanden zu beauftragen? War es bloß eine Ausrede, um mich hierher zu locken?«

Pip wurde rot. »Nein. Natürlich nicht«, log sie. »Es tut mir leid. Ich brauche deine Hilfe. Ich weiß deine Hilfe sehr zu schätzen. Es war wirklich ganz toll. Es ist nur so ein schöner Tag und –«

»Vielleicht möchtest du nicht, daß ich erfahre, wieviel Geld du hast. Möchtest du weiterhin die verarmte Künstlerin spielen?«

Jetzt war Pip wie vor den Kopf geschlagen. Sie schwieg eine Minute.

»So ist es nicht. Es ist mir gleich, ob du über meine Finanzen Bescheid weißt, und ich versuche ganz bestimmt nicht, es raushängen zu lassen. Ich habe mich nicht verstellt, als ich in Cambridgeport lebte, ich war wirklich –«

»Die Geschichte kenne ich.«

»Was hast du?« Pips Lust machte der Wut Platz. Sie verstand nicht, weshalb sie sich stritten.

»Ich tue dir einen Gefallen, Pip, und mir scheint, du weißt es nicht zu schätzen.«

»Doch. Sieh mal, Erin, das Zeug macht mich ganz blöd im Kopf. Es fällt mir schwer, es zu begreifen, und ich hasse es, mir blöd vorzukommen, okay. Und ich konnte nicht aufhören, daran zu denken, wie sehr ich mit dir Liebe machen wollte. Da war meine Konzentration total im Eimer.«

Erin antwortete nicht. Sie erhob sich vom Schreibtisch und kehrte Pip den Rücken zu. Pip wurde panisch, spürte, wie Erin sich auch innerlich von ihr abwandte. Sie schluckte und bemühte sich, nicht gleich tausend Fragen oder Vorwürfe vorzubringen. Sie wartete. Erin schwieg. Schließlich fragte Pip: »Beschäftigt dich etwas?«

Erin drehte sich langsam um und sah Pip an. »Ich bin einfach durcheinander. Manchmal denke ich, ich kann gar nicht genug von dir bekommen, und dann denke ich wieder, ich muß wahnsinnig sein, mich so schnell auf eine neue ... Beziehung einzulassen.«

»Du möchtest Schluß machen.«

»Pip. Du mußt aufhören, es als eine Entweder-oder-Frage zu sehen. Es ist viel komplexer. Nein. Ich möchte mich nicht von dir trennen. Ja, ich habe Angst, dem zur Zeit nicht gewachsen zu sein.«

Pip wußte nicht, was sie sagen sollte. Es klang wie dieselbe alte Leier, die sie von Corrinne kannte: Ich will dich, aber ich brauche etwas anderes und jemand anders. Pip merkte, wie sie sich verschloß, und sie überlegte schon, wie es sein würde, wenn Erin aus ihrem Leben ging, als Erins Stimme in ihre Gedanken einbrach.

»Pip, wo bist du?«

Pip zuckte mit den Schultern. »Ich kann dich nicht halten, das weiß ich.«

»Du hörst mir nicht zu. Was hörst du?«

Musik, wollte Pip erwidern. Eine Symphonie des Zorns und des Schmerzes, die sie nie wieder hören wollte. Corrinnes Stimme in ihrem Ohr, die ihr sagte, daß es nicht vorbeisein bräuchte, daß alles so bleiben könne, wie es war, wenn Pip nur lernen würde, Corrinnes Bett mit einer anderen zu teilen. Was wollte Erin? Wie sollte sie sich verhalten? Wer sollte sie sein?

»Pip.« Erin hatte einen Kloß im Hals. »Verstehst du denn nicht? Ich brauche dich jetzt. Du mußt mir helfen, die schweren Strecken zu meistern, mir sagen, daß du nicht aufgibst.«

»Das will ich ja. Ich mache es bloß zum erstenmal, und ich weiß nicht recht, wie. Ich weiß nicht, was ich tun soll.«

»Komm erst mal her«, sagte Erin. Pip nahm Erin in die Arme. Erin ließ sich gegen sie fallen und weinte.

Ihr Beschützerinstinkt war geweckt und Pip versuchte, ihre eigenen Ängste zu verdrängen. War es das, was sie zu tun hatte? Ihrem Herzen folgen und aufhören, der Angst zu lauschen? Es klang zu einfach. In der Praxis, das wußte sie, würde es viel schwerer sein.

Im sterbenden Licht liebten sie sich zärtlich, und Pip staunte, wie verändert sie sich fühlte. Das Verlangen brannte noch in ihrem Innern, aber Erin sollte sich außerdem geborgen, geliebt, beschützt fühlen. Mit jeder Berührung wickelte sie Erin in einen unsichtbaren Umhang, schlang ihn immer fester um sie, und als Erin später in einen zufriedenen Schlaf fiel, lag Pip wach und lauschte den Geräuschen der Nacht, die durch das offene Fenster hereindrangen.

Im tiefsten Teil der Nacht weinte Pip. Und sie wußte nicht, ob sie um sich weinte oder um Frederick oder um Lucy oder um die Frauen, die sie benutzt und verletzt hatte. Aber nachdem sie sich beruhigt hatte, bekam sie das Gefühl, von Licht umgeben, gewiegt zu werden. Sie war in Sicherheit, und eine Frau, für die sie eine tiefe Liebe zu empfinden begann, lag neben ihr. In diesem Augenblick vertraute sie darauf, daß alles gut werden würde. Daß die Musik aus der tiefen Quelle in ihrem Innern entspringen und sie gemeinsam mit Erin und Katie die Vision einer Familie schaffen würde, die alle ihre bisherigen Vorstellungen übertraf. Es war möglich. Und diese Möglichkeit erlaubte es ihr endlich, in tiefen Schlaf zu sinken.

Als eines Samstagmorgens das Telefon klingelte, stellte Pip zu ihrer Überraschung fest, daß die Stimme am anderen Ende Joan, und nicht Erin, gehörte. Es war Monate her, seit sie zuletzt miteinander gesprochen hatten, obwohl Joan eine Beileidskarte geschickt hatte, kurz nachdem Fredericks Todesanzeige in den Zeitungen erschien.

»Ich komme für ein paar Tage nach Boston«, sagte Joan. »Wir kommen nächstes Wochenende, und ich würde dich gerne sehen.«

»Ja, gern. Wo wirst du wohnen?«

»Wir trennen uns nach unserer Ankunft. Mike und Samantha haben in der Gegend Familie. Ich wollte bei einem von ihnen pennen.«

»Könnte ich dich überreden, bei mir zu wohnen? Etwas Gesellschaft täte mir gut, und wir könnten mal wieder richtig quatschen.«

»Bist du sicher, daß es dir paßt?«

»Ganz sicher.«

»Liebend gerne«, sagte Joan. Sie sagte Pip, wann ihr Zug eintreffen würde, und Pip erklärte sich bereit, sie an der South Station abzuholen.

Es tat gut, wieder jemanden im Haus zu haben. Am ersten Abend machten es sich Pip und Joan mit einer Flasche Wein auf der hinteren Veranda gemütlich. Ende Mai war das Wetter perfekt: warme Tage und kühle Nächte. Die zwei Freundinnen saßen eine Weile schweigend beisammen und beobachteten die Spatzen, die versuchten, auf die besten Futterplätze an den beiden Vogelhäuschen zu gelangen. Der Rasen war nachmittags gemäht worden, und der Duft von frisch gemähtem Gras hing noch in der Luft. Die Blumenbeete waren vor kurzem bepflanzt und gemulcht worden, und die Fliederbüsche auf der Ostseite des Hauses standen in voller Blüte. Eine kühle Brise fuhr durch die frischen Blätter und trug den Duft von Flieder und Zedernmulch über den Rasen zur Veranda. »Es ist so ruhig hier«, sagte Joan. »Ich habe mich so an den permanenten Stadtlärm gewöhnt, daß ich vergaß, wie angenehm Ruhe sein kann.«

»Ich weiß nicht, wie du es ertragen kannst«, sagte Pip und schenkte ihnen nach. »Es ist mir viel zu hektisch.«

»Wenn ich mich recht erinnere, ging's dir schon immer so.«

Pip nickte. »Mir hat New York nie gefallen. Aus der Ferne weiß ich's zu schätzen, aber näher möchte ich damit nicht in Berührung kommen.«

»Also, wie läuft's hier?«

Pip zuckte mit den Schultern. »Es geht so. Es ist merkwürdig. Ich habe Frederick nie vermißt, wenn ich auf Tournee war, dabei haben wir uns zeitweise nur einmal im Jahr gesehen. Aber jetzt fehlt er mir. Ich denke jeden Tag an ihn.«

»Und was ist mit Corrinne?«

»An sie denke ich weitaus weniger. Es ist, als hätte Fredericks Tod das irgendwie verdrängt. Es ist einfach nicht mehr so wichtig. Die Zeit ist schon was Ulkiges. An manchen Tagen denke ich an sie, besonders an Jahrestagen oder so – der Tag, an dem wir das erste Mal gemeinsam auf dem Land waren, zum erstenmal zu dem Häuschen gefahren sind, das wir kaufen wollten. Ich bin anscheinend mit einem Gedächtnis für Daten geschlagen. Diese Tage sind hart.« Pip zögerte, dann fuhr sie fort: »Ich stelle fest, daß mich bestimmte Düfte an sie erinnern. Sie liebte Rosen, und wann immer ich Rosen rieche, denke ich an sie. Und es gelingt mir immer noch nicht, bestimmte Musikstücke zu hören.

Zur Musik zurückzukehren erscheint mir inzwischen schon eher möglich. Aber ich weiß es wirklich nicht. Ich versuche, es einfach geschehen zu lassen, nichts zu erzwingen. Wenn sie zurückkommen sollte, wunderbar. Wenn nicht … nun, das wäre dann wohl auch in Ordnung.«

Sie verfielen wieder in Schweigen. Die Dunkelheit kroch hinter den Bäumen hervor und über den Rasen auf das Haus zu. Pip schaltete das Verandalicht nicht an. Ihr gefiel diese Abendzeit, die verschwommene Zeit zwischen Tageslicht und vollkommener Dunkelheit, wenn alles im Halbschatten seine Konturen verlor. »Und was ist mit dir?« fragte Pip. »Ist New York so, wie du es dir erhofft hattest?«

»Wir haben durchgehend zu tun, wenn du das meinst. Aber es klappt nicht so, wie wir uns das vorgestellt haben. Wir haben gerade eine Platte herausgebracht und machen hier auf unserer Ostküstentour Station. Wir werden versuchen, bei einer größeren Plattenfirma unterzukommen, die landesweit vertreibt. Jetzt arbeiten wir erst mal an unserem Ruf. Es wird eine Weile dauern.

Ich schätze, wir haben alle erwartet, daß sich uns alle Türen öffnen würden, sobald wir nach New York kämen, aber das haben sie nicht. Ich weiß nicht, warum ich so naiv war. Schließlich kenne ich das Business. Aber ich kann nicht klagen.« Joan nippte an ihrem Wein. »Die eigentliche Neuigkeit ist, daß ich jemanden kennengelernt habe.« Sie drehte sich zu Pip um, mit einem kleinen Lächeln auf den Lippen.

»Im Ernst?«

Joan nickte. »Sein Name ist Peter. Wir sind jetzt seit ein paar Monaten zusammen. Er ist der Manager von einem der Klubs, in denen wir auftreten. Er ist der erste Mann seit langem, der versteht, was das für ein Leben ist und der keine unmöglichen Forderungen stellt. Das Schönste ist, daß er kein eifersüchtiger Typ ist. Er weiß, daß ich auf Tour gehe, um zu spielen, nicht um herumzubumsen.«

Pip lächelte. »Laß ihn bloß nicht los.«

»Mach ich. Und was ist mit dir?«

Pip erzählte Joan von Erin.

»Was möchtest du denn?« fragte Joan.

Pip schüttelte den Kopf. »Ich liebe sie. Aber ich fürchte, daß ich noch nicht soweit bin. Bis ich Corrinne traf, genügte mir die Musik. Wenn ich einen vergnüglichen Abend wollte, konnte ich ihn haben. Aber Corrinne hat mir gezeigt, daß ich mehr haben konnte, daß das Leben mehr als nur Musik zu bieten hatte. Daß es unerforschtes Terrain in mir gab. Ich glaubte, Corrinne zu brauchen, um den Weg dorthin zu finden. Jetzt weiß ich, daß das nicht stimmt. Ich kann es selbst. Ich kann wählen, ob ich allein sein möchte oder nicht. Und ich stelle fest, daß ich manchmal gerne allein bin. Ich fange an, Gefallen an meiner eigenen Gesellschaft zu finden. Endlich.

Das ist einer der Gründe, weshalb mir die Konzerte nicht fehlen. Ich kann einfach nur ich selbst sein. Ich muß mich nicht länger in zwei getrennte Persönlichkeiten spalten – auf der Bühne und hinter der Bühne. Ich muß mich nicht wie eine Idiotin verhalten, um zu bekommen, was ich will. Und ich muß nichts tun, das ich nicht will. Was für eine Erleichterung. Und es hat mir geholfen, Erin kennenzulernen. Sie wußte von mir, aber kannte mich nicht. Sie ist einer der ersten Menschen, dem ich je begegnet bin, der mich mag, so wie ich bin, und sich nicht wegen meiner Berühmtheit mit mir angefreundet hat.«

Joan nickte. »Ich verstehe.«

»Ich dachte, daß du das tun würdest«, Pip lächelte. Sie schenkte ihnen den letzten Rest Wein ein.

»Ich hoffe, du bekommst, was du möchtest, Pip«, sagte Joan.

Pip lachte. »Ich auch.«

Am nächsten Abend besuchte Pip Joans Konzert. Die Musik wirkte magisch auf sie; sie spaltete sie auf und erfüllte sie zum erstenmal seit einer langen Zeit mit Hoffnung. Nach der Show ging Pip auf einen Drink zur Band und lobte sie überschwenglich. Joan forderte sie scherzend auf, bei einer Session mitzuspielen. Pip lehnte ab: Sie habe noch nie Jazz gespielt und wisse nicht, was sie tun solle. Aber Joan wurde ernst und versicherte ihr, daß sie es sehr wohl wissen würde; die Rhythmen seien bereits in ihr, sie müsse sie nur anzapfen.

Am nächsten Morgen nach dem Frühstück wandte sich Pip dem Klavier zu. Sie schlug beliebige Tasten an. Nach einer Weile ging sie nach unten ins Aufnahmestudio, den Stapel CDs unterm Arm, den sie aus der Bibliothek entliehen, sich aber noch nicht angehört hatte. Sie stellte das große Tonbandgerät auf und nahm einige CDs auf. Dann spielte sie eine über die Lautsprecher im Studio ab, zwischen Klavier und Tonbandgerät hin- und herspringend, um die Rückspulgeschwindigkeit an die Tonlage des Klaviers anzupassen.

Als sie sie perfekt aufeinander abgestimmt hatte, spulte sie das Band an den Anfang zurück und improvisierte zu der Aufnahme.

Zunächst fühlte sie sich unwohl. Sie war hier nicht in ihrem Element: Ihre Erfahrungen beschränkten sich im wesentlichen darauf, anderer Leute Kompositionen zu interpretieren. Sie bezweifelte, ob sie die nötige Flexibilität für den Jazz besaß. Obwohl sie während ihrer Ausbildung Improvisationstechniken eingesetzt hatte, um ihre Musik zu üben und zu erforschen, war sie nie von ihrem eigentlichen Kurs abgewichen. Jetzt gelang es ihr nicht, in die subtilen Rhythmen, die Lagenwechsel zu finden. Sie schüttelte frustriert die Hände und hörte eine Weile nur zu. Als sie anfing, die Muster zu erkennen, schloß sie ihre Augen und malte sie sich aus. Sie stellte sich vor, sie sei auf einer riesigen Steintreppe, unter einem strahlenden Frühlingshimmel. Sie lief die Treppe entweder herauf oder herunter, gemäß den wechselnden Tonarten, hielt an, wenn ein Instrument den Faden der Melodie losließ und ein anderes ihn aufnahm. Sie ließ ihre Hände auf die Tastatur sinken und versetzte sich in die Musik hinein. Etwas machte »Klick«. Pip lachte laut auf, als es ihr plötzlich ganz leichtfiel.

Sie spielte mit einer Freude, die sie meinte, für immer verloren zu haben. In ihr war nichts außer Klang: keine dunklen Erinnerungen, keine Ängste. Nur helle Noten, die wie Vögel in ihr flatterten, sie kreuz und quer durch den Himmel führten.

An Joans letztem Abend trat ihre Band noch einmal im Boatslip in Cambridge auf, und Pip ging abermals hin. In der Pause bahnte sie sich einen Weg hinter die Bühne und in Joans kleine Garderobe.

»Du wirst ja ein richtiger Groupie«, scherzte Joan. »Du erinnerst dich doch an Mike und Samantha?« Pip nickte ihnen zum Gruß zu.

»Hör mal«, begann sie leise, »ich dachte …« Pip schob die Hände in die Taschen, aber sie zitterten immer noch. »Ähm, gilt dein Angebot noch?«

»Welches?«

»Bei euch mitzumachen. Ich weiß, ich hätte mal zur Probe kommen sollen, aber … Ich meine, da steht ein Klavier und …«

»Na klar, das wäre toll. Was meint ihr, Leute?« fragte Joan. Die beiden Musiker waren einverstanden. »Wir haben ein paar Stücke mit Klavier im Repertoire. Das wird Spaß machen.«

Pip fuhr sich nervös mit der Hand durch die Haare.

»Du zitterst.«

»Es ist wichtig für mich.«

Joan stand auf und umarmte Pip. »Es wird okay. Laß dich einfach mitreißen, und stell dir vor, wir wären unter uns. Kein Druck. Wir haben heute abend ein lockeres Publikum.«

»Aber es ist eine Weile her, seit ich das letzte Mal gespielt habe.«

»Pip, du gehörst zu den begabtesten Pianisten, die ich kenne. Selbst wenn du zehn Jahre nicht spielen solltest, würdest du immer noch besser klingen als neunundneunzig Prozent der Pianisten, die da draußen rumlaufen.«

Pip lächelte. »Das hab ich gebraucht.«

Joan zog sie am Arm. »Laß uns gehen. Bevor du es dir anders überlegst.« Pip zitterte, als sie auf die Bühne trat. Und doch war es nicht die gleiche Nervosität, die sie bei Wettbewerben oder Konzerten empfunden hatte.

Sie spielte ein paar Akkorde und versuchte, das Hämmern in ihrer Brust und die grellen Bühnenscheinwerfer zu ignorieren, die sie nicht weiter als bis in die erste Tischreihe blicken ließen. Joan stellte sie als *special guest* vor, ersparte aber dem Publikum zu Pips Erleichterung die Details ihrer Laufbahn.

Sie kündigte Pip die Stücke an, die sie spielen würden, die Tonarten und die Akkordfolge, aber als die Musik einsetzte, ergriff Pip Panik. Ihre Hände lagen scheinbar stundenlang wie gelähmt in ihrem Schoß. Sie spürte, wie Joan ihr einen Blick zuwarf, aus dem vollkommenes Vertrauen sprach. Sie ließ die ersten Akkordfolgen an sich vorübergleiten, ließ die Musik in sich einsickern. Dann legte sie die Hände auf die Tastatur und begann zu spielen.

Die ersten Töne erschreckten sie, und sie brach beinahe ab. Dann trieb sie sich voran, beschwor ihren Verstand, still zu sein und ließ den anderen Teil ihres Selbst aus seinem Gefängnis des Schweigens, um sich Gehör zu verschaffen. Sie bemerkte kaum, daß die anderen Musiker beinahe verstummten, um ihrem Solo Raum zu geben. Sie hörte nur den Faden des Rhythmus, den der Baß spann, und darüber die Gitarre. Joan hatte ganz aufgehört zu spielen.

Pip sah, wie ihre Finger über die Tastatur flogen, als gehörten sie jemand anders. Sie verließ sich auf ihren Instinkt, ihr Verstand beruhigte sich. Sie wußte nicht, wie lange sie bereits spielte. Vielleicht waren es Minuten, vielleicht aber auch Stunden. Sie glitt aus dem Solo, und Joan setzte an, wo sie aufgehört hatte. Die Musiker warfen einander die Melodie zu, formten sie, veränderten sie, als wären die Töne ein stetiger Strom funkelnden Wassers, das sie umgab.

Sie spielten nur ein Stück, aber Pips Kleider waren von Schweiß durchnäßt, ihre Haare klebten an Stirn und Nacken. Irgendwo in der Ferne donnerte es, und Pip brauchte eine Minute, bis sie sich entsann, daß ein Publikum anwesend war. Joan grinste wie verrückt, und Mike und Samantha wirkten benommen. Pip erhob sich langsam von der Bank, verbeugte sich rasch und verließ die Bühne.

In der Garderobe drückte ihr Joan ein Bier in die Hand. »Willst du einen Job?« fragte sie.

Pip lachte. »Ich schwebe noch irgendwo im Himmel.« Sie sah

hinab auf ihre Hände. »Ich kann kaum glauben, daß noch Musik in mir steckt.«

»Das ist eine Untertreibung«, brüllte Mike, der gerade durch die Tür kam. Pip dachte kurz an Corrinne, dann verwarf sie den Gedanken. Corrinne gehörte der Vergangenheit an.

»Das Angebot war ernstgemeint, Pip.«

»Ich weiß nicht, was ich sagen soll.«

»Sag ja.«

»Ich glaub, ich bin noch nicht soweit ...«

Joan wedelte mit der Hand. »Hör zu, das Angebot wird immer gelten. Erleichtert es dir die Entscheidung?«

Pip nickte. »Ich kann's kaum glauben.« Sie grinste und lachte. »Und ich hab die ganze Zeit gedacht, ich würde nie wieder spielen. Die ganze Zeit ...«

»Ich hab nie geglaubt, daß du aufhören würdest, Pip. Das kannst du gar nicht. Du bist dazu geboren.«

»Ja«, sagte Pip leise. »Ich glaub, du hast recht.«

Am nächsten Tag verabschiedeten sie sich am Bahnhof. Pip hielt Joans Adresse und Telefonnummer in New York sowie ihren Tourneeplan in der Hand. Sie würden bis zum Spätsommer unterwegs sein und dann für einen Monat nach New York zurückkehren, bevor sie zu einer Herbsttournee aufbrachen. »Wir sind dieses Jahr beim Newport Jazz Festival dabei. Du mußt mitkommen.«

Pip hatte gelacht. »Muß?«

»Ja«, Joan wurde plötzlich ernst. »Pip, gib deine Musik nicht auf. Selbst wenn du nicht bei uns mitmachen solltest, darfst du sie nicht aufgeben.« Sie verabschiedeten sich. Pip sah dem Zug nach, bis er nicht mehr zu sehen war.

Jeden Morgen, während sie darauf wartete, daß das Kaffeewasser kochte, starrte Pip auf Joans Nummer an der Kühlschranktür. An diesem Morgen wanderte Pips Blick ins Wohnzimmer und ihre Gedanken zu Joan. Das frühmorgendliche Licht strömte durch die offenen Fenster herein. Die Straße war noch ruhig. Draußen, an einem tiefen Ast, hing ein Vogelhäuschen, das sie gestern mit Futter gefüllt hatte. Ein Schwarm brauner Spatzen umschwirrte den Baum, und ihr Gezwitscher schwebte durch das Fliegengitter herein.

Pip amüsierte sich stets über ihre akrobatischen Darbietungen – wie sie etwa im Sturzflug herabstießen, um einander vom Futter zu verscheuchen. Wie sie schimpften und schwatzten und nie zur Ruhe zu kommen schienen. Sie staunte über die Freude, die der

Anblick ihr bereitete. Es sind diese einfachen Augenblicke, murmelte sie bei sich. Jeder Tag entfernte sie einen Schritt weiter von Corrinne. Jeden Morgen fiel das Aufwachen ein wenig leichter.

Jetzt gab es Momente, in denen sie an Corrinne denken konnte, ohne daß ihr Magen sich zusammenschnürte, ohne einen Adrenalinstoß der Wut oder des Schmerzes. Sie hatte aufgehört, sich Corrinne mit Linda vorzustellen. Aufgehört, sich vorzustellen, wie sie all die Dinge taten, die Corrinne mit Pip hatte tun wollen. Sie übte, ihre Gedanken von diesen Bildern zu lösen. Jedesmal, wenn sie an Corrinne und Linda dachte, führte sie sich die Priesterin der Pentakel aus ihrem Tarotset vor Augen. Die untergehende Sonne im Rücken, auf einem geschickten Maultier sitzend, war die Priesterin selbstbewußt, weise und ruhte in sich.

Der Kessel pfiff, und Pip erwachte aus ihrer Kontemplation, um Wasser in die Kaffeekanne auf dem Tisch zu gießen. Genau sieben Minuten später drückte sie das Sieb hinunter und goß das dunkle Gebräu in ihre Lieblingstasse.

Heute fühlte sie sich wohl. Im Gleichgewicht. Sie lief über ein Drahtseil, das von ihrem alten zu ihrem neuen Ich gespannt war. Am Fenster stehend, das Klavier hinter sich, beobachtete Pip die Vögel. Langsam trank sie ihren Kaffee. Ein harscher Schrei durchschnitt das Gezwitscher. Auf dem Briefkasten am Ende der Auffahrt schaukelte eine riesige schwarze Krähe und schrie und schrie. Pip dachte zurück an den Tag ihrer Ankunft und an die Krähe, die sie damals gesehen hatte. Wie der Klang ihrer Flügel, als sie davonflatterte, Musik war. Knochen und Muskeln und Federn, die gegen den Wind schlugen.

Sie ging ins Wohnzimmer. Setzte sich an die Tasten. Dieser Blick, so vertraut, rief Erinnerungen hervor an Stunden, die sie in diesem Zimmer verbracht hatte, an diesem Instrument, beim Lernen ihres Handwerks. Stunden wurden zu Tagen wurden zu Monaten wurden zu Jahren. Vor diesem Fenster wirbelten die Jahreszeiten, doch sie war streckenweise blind für alles außer der Musik in ihr.

Die Sonne wärmte Nacken und Schultern. Heute wollte, mußte sie Chopin spielen. Sie wollte die opulenten Resonanzen seiner Sonaten hören, die satten Tonbündel, die in ihr das Gefühl hervorriefen, sie wate durch Wasser, das sich wie die Töne vor ihr teilte. Ihre Finger flogen über die Tasten, und der Musikstrom umgab sie mit Ebbe und Flut. Er war schon immer voller Farben gewesen, jeder Ton stellte eine Nuance des Spektrums dar. Manchmal sah sie Bilder. Jedesmal, wenn sie sich Beethovens *Pastorale* anhörte, stellte sie sich vor, sie sei auf dem Lande, von leuchtenden Grün- und Blautönen umgeben. Ruhte auf dem Gras an einem trägen Fluß.

Abends, als es kühler wurde, trat Pip mit einem Glas Bier auf die überdachte Veranda. Sie wanderte hinaus in den Garten, während die letzten Sonnenstrahlen hinter den Bäumen verschwanden, die das Grundstück begrenzten.

Pip fegte ein paar Blätter von einem sonnengebleichten Liegestuhl und setzte sich. Sie legte die Füße auf den Tisch, nippte an ihrem Bier und starrte hinaus in die einfallende Dämmerung. Ich wollte dich nicht enttäuschen, Frederick, dachte sie. Aber ich konnte deine Träume nicht erfüllen. Genausowenig, mußte sie zugeben, wie Lucy ihre erfüllen konnte.

Pip wünschte, Erin säße in diesem Augenblick bei ihr, während Katie im Garten mit ihren Freundinnen spielte. Wir wären eine Familie, ein Kreis aus Frauen. Die Vorstellung übte eine starke Anziehung auf sie aus, und sie gab sich ihr hin, bis die Nacht kalt wurde und sie hineingehen mußte.

Und allmählich, ganz allmählich, begann Pip wieder, klassische Musik zu spielen. Es war, als hätte der Jazz die innere Tür geöffnet, als hätten die Monate des Stimmens ihr ermöglicht, sich anzunähern, sich an die Tastatur zu setzen ohne die furchtbare Angst, Leere vorzufinden, wo einst Musik war.

Sie war noch da, wie Joan es vorausgesehen und beschworen hatte. Doch zuvor mußte sie zu viele Schichten freilegen, sich durch viel Trauer hindurchkämpfen. Inzwischen war es besser geworden. Jeder Tag war ein wenig erträglicher, weniger einsam. Jetzt besaß sie die Energie, sich anderen Dingen zu widmen, an Erin zu denken und zu erforschen, was zwischen ihnen geschah. Obwohl ihnen beiden klar war, daß Erins Ehe vorbei war, war ihnen nicht klar, in welcher Beziehung sie zueinander standen. Es war, fand Pip, an der Zeit, dies herauszufinden.

Freitag nachmittag. Pip lag auf einem Liegestuhl im Garten und versuchte, den Roman Meine Antonia zu lesen, den Erin ihr geliehen hatte. Ihre Gedanken wanderten. Die Sonne lag warm auf ihrer Haut, und sie stellte sich vor, diese Wärme käme von Erin, die sie umschloß, sie beschützte. Sie döste.

Sie hörte nicht, wie ein Wagen in die Auffahrt einbog, wie es an der Tür läutete. Sie merkte nicht einmal, daß sie Besuch hatte, bis ein Schatten auf ihr Gesicht fiel und sie plötzlich aus dem Schlaf schreckte.

Pip schirmte ihre Augen ab.

»Hi«, sagte Erin. »ich hab versucht, dich anzurufen.«

Pip richtete sich auf und sah auf die Uhr. Sie hatte fast eine Stunde geschlafen.

»Du arbeitest an einem tollen Sonnenbrand. Du solltest raus aus der Sonne.«

»Ja.« Pip stand benommen auf und folgte Erin hinein. In der kühlen Küche zog Erin sie an sich. »Du hast mir gefehlt.«

Pip kuschelte sich an sie. »Du mir auch. Kannst du bleiben?«

»Eine Weile.«

»Übers Wochenende?«

»Mal sehen. Katie ist bei Joe, aber ich muß ein Kapitel meines Buches überarbeiten.«

»Das könntest du doch hier machen«, murmelte Pip. Sie nahm Erins Hand und führte sie ins Wohnzimmer. »Wie steht's mit Joe?«

»Gestern hat er endlich seine restlichen Sachen abgeholt und in die Wohnung in Arlington gebracht, von der ich dir erzählt habe.«

»Und Katie?«

»Sie ist darüber nicht gerade glücklich. Sie fragt mich andauernd, wann er nach Hause kommt, und scheint mir nicht zu glauben, wenn ich antworte, daß er es nicht tun wird. Er ist in letzter Zeit umgänglicher. Wir haben uns gestern nicht einmal gestritten.«

»Das ist ein Anfang.«

»Mmh.« Erin starrte auf ihre Hände. Pip sah, wie die Tränen auf ihre Hose fielen und legte den Arm um Erin, ließ sie weinen. »Er fehlt mir«, sagte Erin. »Er war ein Teil meines Lebens. Selbst wenn es schlecht lief, konnte ich auf ihn zählen. Es war so vertraut.«

»Ich weiß«, sagte Pip und dachte an Frederick und wie sie ihn vermißte, obwohl sie sich oft nicht vertragen hatten.

Erin machte sich los und griff nach einem Taschentuch. »Du warst sehr geduldig mit mir«, meinte sie nach einer Weile.

»Ich muß mir auch über einiges klarwerden.«

»Aber du wünschst dir mehr«, sagte Erin.

»Zwischen uns?«

Erin nickte.

»Stimmt«, gab Pip zu. »Das tu ich. Ich wollte mit dir darüber reden, aber es ergab sich kein günstiger Zeitpunkt.«

»Vielleicht gibt es den nicht.«

»Wie wär's mit jetzt?« fragte Pip.

Erin nickte. »Ich glaube, wir müssen ein paar Entscheidungen treffen. Wenn auch nur vorläufige.«

Pip spürte, wie ihr Magen sich verkrampfte, und fürchtete, daß Erin gekommen war, um sich zu verabschieden.

»Woran denkst du?«

»Ich habe über vieles nachgedacht«, fing Erin langsam an. »Wann hast du erkannt, daß du eine Lesbe bist?«

»Ich hab's immer gewußt«, gestand Pip. »Für mich war es keine Frage der Wahl, sondern der Vorliebe. Ich fühlte mich zu Männern nie hingezogen.«

»Im Laufe der Jahre hatte ich einige lesbische Freundinnen, und sie sagten alle dasselbe. Daß sie es einfach wußten. Rückblickend denke ich manchmal, daß ich es auch wußte, aber dem nicht nachgeben wollte. Mir gefiel der Sex mit Männern bis zu einem gewissen Punkt, aber irgend etwas fehlte mir immer. Ich bin mir nicht sicher, ob es körperlicher oder emotionaler Natur war, aber ich fand es bei meinen Freundinnen. Vielleicht eine Art Nähe. Aber ich kann es nicht näher beschreiben. Jedenfalls noch nicht.«

»Das mußt du auch nicht. Du mußt dir doch kein Etikett verpassen.«

»Ich weiß, aber ich habe das Bedürfnis zu wissen, wo ich stehe und wer ich jetzt bin.«

»Und ist das etwas, das du allein herausfinden mußt?« fragte Pip.

»Ich weiß es nicht.« Erin drehte sich um und sah Pip an. »Ich habe Angst, mich mit einem anderen Menschen zu identifizieren, weil mein eigenes Selbstbild zur Zeit so fragil ist. Ich habe Angst, daß ich anfangen würde, mich so zu sehen, wie du es tust.«

»Und wie wäre das?«

»Sag du es mir.«

»Ich habe keine Vision von dir, keine Vorstellung, wie ich dich gerne hätte. Ich weiß, in welcher Beziehung ich zu dir stehen möchte, aber das ist ein anderes Thema.«

»Was möchtest du?«

Pip versuchte, ihre Gedanken zu ordnen.

»Ich möchte, daß wir verbindlich erklären, es miteinander zu versuchen.«

»Wie würde das aussehen?«

»Ich möchte nicht, daß wir mit anderen ausgehen, und ich möchte mehr Zeit mit dir verbringen.«

Erin sah erleichtert aus. »Das ist alles?«

»Im Moment, ja« sagte Pip.

»Ich habe nicht vor, mit jemand anders zu schlafen, und ich würde gerne mehr Zeit mit dir verbringen. Ich möchte eine körperliche Beziehung zu dir, aber ich habe auch Angst davor. Ich fühle mich dadurch verletzbarer als jemals zuvor. Es ist, als hätte ich erst im letzten Jahr begonnen, mich mit meiner Sexualität wohl zu fühlen. Es hat irgendwie mit Elizabeth angefangen, und dann kam Stefan. Der Sex mit ihm war gut, aber nicht so emotional wie mit dir. Es ist ganz schön überwältigend.«

»War es denn mit Joe nicht so? Wenigstens anfangs?«

»Ja und nein. Er fühlt sich beim Sex befangen, zumindest mit mir. Ich habe mich ihm gelegentlich verbunden gefühlt, wenn wir uns liebten, aber meistens fühlte ich mich danach einsam.«

»Ich glaube, ich verstehe.«

»Mit dir zusammenzusein, hat etwas in mir wachgerufen, von dem ich nichts ahnte. Ich hab früher einfach nicht darüber nachgedacht, oder ich hab's verdrängt. Das geht jetzt nicht mehr, und das macht mir ganz schön angst.«

»So ging's mir mit Corrinne«, sagte Pip, »in bezug auf Gefühle. Ich hab mich nie als einen Menschen betrachtet, dem etwas daran lag, sich einem anderen zu öffnen, seine Gefühle mitzuteilen. Jetzt tue ich es, und es macht mir angst. Ich habe Angst, verletzt zu werden.«

Erin lachte. »Ja.«

»Erin«, sagte Pip langsam, »ich liebe dich.« Erin blickte auf. Pip fühlte sich entblößt und wandte sich ab.

Erin legte ihre Hand auf Pips Bein, und Pip hob langsam den Kopf. »Ich weiß«, sagte sie. »Seit der Nacht in Mexiko weiß ich es. Du sagst es, jedesmal, wenn du mich ansiehst, jedesmal, wenn du mich berührst.« Sie beugte sich vor, küßte Pip zärtlich. »Ich liebe dich auch.«

Pip zog Erin an sich, und sie ließen sich auf der Couch nieder. »Heißt das, wir wollen es versuchen?«

»Ja«, erwiderte Erin. »Ich will es versuchen. Aber ich kann nicht versprechen, daß es für immer und ewig ist.«

»In Ordnung.« Pip schlang die Arme um Erin. Sie lagen schweigend beisammen, und in der warmen Stille des Spätfrühlings schliefen sie ein.

Abends drehte Pip im Badezimmer die Dusche auf, ließ das Wasser laufen, bis die Spiegel und Fenster beschlagen waren. Langsam zog sie Erin aus. Unter dem heißen Wasserstrahl wusch sie Erins Haare. Sie seifte ihre Hände ein und rieb behutsam Erins Körper, beobachtete, wie das Wasser in Bächen über Erins Haut lief und die Seife wegspülte. Sie hielt Erin fest, die ihren Kopf zurückfallen ließ. Wusch sie erneut und widmete sich besonders ihren Brüsten.

Sie fuhr mit der Hand zwischen Erins Schenkel, rasch, aufreizend, und spürte, wie sie erwartungsvoll zusammenzuckte. Hörte auf, führte sie aus der Dusche und trocknete sie ab.

»Schließ deine Augen«, bat Pip. »Ich habe eine Überraschung für dich.« Das Schlafzimmer war überflutet von Kerzenlicht. Pip legte Beethovens Sechste Symphonie auf und drehte die Lautstärke auf. Erin lag in der Mitte des Betts, ihre feuchten Haare fielen über das Kissen, ihre Augen waren geschlossen.

Die Musik schallte durchs Zimmer, prallte von Wänden und Boden ab, durchtränkte die frischen Laken, schwebte aus dem offenen Fenster. Eine kühle Brise, die nach Regen duftete, drängte sich durch die Vorhänge. »Laß sie zu«, sagte Pip, als sie sich über Erin beugte und ihr Mund warme, feuchte Küsse auf Erins Haut verteilte. »Diese Musik«, sagte sie, »ist die Geschichte eines Ausflugs aufs Land. Du liegst auf einer Decke auf einem Feld. Im Hintergrund ist ein Fluß, du kannst seine Musik vernehmen. Der Himmel ist blaßblau wie das Ei eines Rotkehlchens und frei von Wolken. Du bist umgeben von Rosen und Tulpen und Narzissen. Wir befinden uns unter einer Eiche.« Sie schnippte ihren Finger gegen Erins Haut. »Fühlst du, wie die Eicheln fallen?«

»Pip«, hauchte Erin. Pip bedeckte ihren Körper mit ihrem eigenen. Sie hielt Erins Kopf in den Händen, und ihre Daumen liebkosten ihre Wangen. Erin öffnete die Augen. Im feuerhellen Zimmer wirkten sie dunkelblau, unergründlich. Erins Lippen waren offen. Pip spürte ihren süßen Atem auf ihrem Gesicht. Sie preßte sich an Erin, ihr Bein zwischen Erins Schenkeln. Sie spürte Erins Feuchtigkeit und mußte lächeln.

»Ich liebe dich«, sagte Pip. »Ich liebe dich, Erin.« Die Musik schwoll an und verklang. Sie hielten sich umschlungen, und die Musik tanzte über ihre Haut wie der Wind. Und als sie morgens zum Klang des Regens auf dem Dach erwachten, sah keine der beiden Frauen einen Grund, das Bett zu verlassen.

Am Sonntag löste sich die Wolkendecke auf und hinterließ perfektes Spätfrühlingswetter. Nachmittags lagen die beiden Frauen auf sonnengewärmten Liegestühlen, wissend, daß die Zeit, die sie für sich hatten, zu Ende ging und eine neue Woche begann. »Wir müssen mit Katie sprechen«, sagte Erin.

»Ich weiß. Ich hab darauf gewartet, daß du es ansprichst«, gestand Pip.

»Was wollen wir ihr sagen?«

»Außer der Wahrheit?«

»Ich meine, wie.«

Pip schirmte die Augen ab und sah hinüber zu Erin.

»Keine Ahnung. Ich schätze, wir sollten einfach irgendwo anfangen und abwarten, was passiert. Meinst du, sie weiß Bescheid?«

»Ich bin mir nicht sicher. Ich kann nicht behaupten, daß ich mich darauf freue.«

»Es wird gutgehen. Wo wollen wir es ihr sagen? Hier oder bei dir?«

»Bei mir, würde ich sagen«, meinte Erin. »Das könnte es ihr erleichtern.«

»Aber was ist mit dir?«

»Ich hab Angst, Pip.«

»Ich auch. Aber vermutlich aus anderen Gründen.«

»Ich hab das Gefühl, mich zu binden.«

»An was?« fragte Pip.

»An dich. An eine Lebensform.«

»Erin, nimm's leicht. Jetzt geht es erst mal um mich und dich und Katie. Nicht um den Rest deines Lebens. Du hast noch ausreichend Zeit, darüber nachzudenken.«

Erin stand auf und ging zu dem Baum, an dem Pip die Schaukel wieder aufgehängt hatte. Nach einem Moment folgte Pip ihr. »Meinst du, die hält mich?« fragte Erin.

»Ja. Setz dich.« Pip schob Erin ein paar Minuten lang an. Das Seil rieb sich am Ast und stöhnte leise. »Bist du okay?« fragte Pip.

»Ja«, erwiderte Erin leise. Pip trat vor Erin, und Erin ließ die Schwerkraft die Schaukel anhalten. Pip ergriff das Seil und beugte sich hinab, um Erin zu küssen. »Du mußt es nicht allein tun«, sagte sie.

»Ich weiß.« Sie warf einen Blick auf die Uhr. »Ich muß los. Obwohl ich nicht will.«

»Ich will es auch nicht.«

»Kommst du Dienstag zum Essen?«

»Ist das dann der ›große Tag‹?«

Erin nickte. »Bringen wir's hinter uns.«

Pip lachte. »Erin, es ist kein Todesurteil.«

»Das weiß ich. Aber Katie hat im letzten Jahr viel mitgemacht, und jetzt überrumpele ich sie mit der nächsten Veränderung.«

»Es ist ja nicht so, als würdest du nach Alaska ziehen oder dich mit jemandem einlassen, den sie noch nie gesehen hat. Sie kennt mich. Es wird bestimmt gutgehen.«

»Wahrscheinlich.« Erin versuchte zu lächeln. »Ich hab einfach Schiß.«

»Ich weiß.« Pip reichte ihr die Hände, und Erin nahm sie. Pip zog sie sanft von der Schaukel, und sie gingen zurück zum Haus.

Zum erstenmal seit Monaten konnte sich Pip nicht entscheiden, was sie anziehen sollte. Sie war am Dienstagmorgen grübelnd aufgewacht, inzwischen war es halb fünf, und sie hatte sich immer noch nicht entschieden. Das Schlafzimmer war übersät mit Kleidungsstücken, die sie verworfen hatte, Hosen, Hemden, T-Shirts und Shorts. Obwohl der Tag warm war, versprach der Abend frisch zu werden, und Pip hatte immerhin schon beschlossen, eine Hose anzuziehen.

Schließlich wählte sie eine bequeme, aber relativ neue Jeans und ein weißes Oxfordhemd. Ihre Lederjacke vom Garderobenhaken nehmend, betrachtete sie sich im Spiegel. Acht Stunden hatte sie sich den Kopf zerbrochen, und jetzt trug sie dasselbe wie immer. Sie fragte sich, ob das ein Omen war, schüttelte den Kopf und stopfte den Autoschlüssel in ihre Tasche.

Erins Gesicht war angespannt, und Pip spürte, wie verspannt ihre Muskeln waren, als sie sich an der Tür umarmten. Pip versuchte, sie aufzuheitern, indem sie ihr erzählte, wie sie ihr Zimmer zurückgelassen hatte, aber Erin war zu zerstreut, um zuzuhören.

Sie hatten beschlossen, Pizza zu bestellen, und aßen schweigend im rasch schwindenden Licht. Katie, die die beinahe düstere Stimmung bei Tisch sofort mitbekam, war während des Essens ungewöhnlich still. Schließlich fragte sie: »Mama? Ist noch jemand gestorben?«

Erin wirkte verblüfft. »Nein, Katie. Wieso?«

»Weil ihr beiden so tut, als wäre was Schreckliches passiert.«

»Oh Katie, das tut mir leid. Das ist es nicht. Es ist nur so, daß ...« Sie warf Pip einen Blick zu. Pip lächelte und nahm sich noch ein Stück Pizza. Als Erin noch bestürzter dreinsah, legte Pip die Pizza auf ihren Teller und sprach in die Stille.

»Katie, deine Mama und ich möchten dir etwas sagen.«

»Eine gute oder eine schlechte Nachricht?«

»Eine gute«, sagte Pip.

»Ähm, Katie. Du erinnerst dich doch an meinen Freund Jack von der Uni, den du letztes Jahr kennengelernt hast?«

»Ja.«

»Weißt du noch, daß sein Freund Carl dabei war und ich dir sagte, daß Carl Jacks Geliebter sei?« Katie nickte. »Weißt du noch, wie ich dir das erklärt habe?«

»Es heißt, daß sie zusammen sind wie Papa und du früher. Sie wohnen manchmal zusammen und haben Pyjamaparties und so'n Zeug.«

Pip lächelte über Katies Beschreibung. Erin fuhr fort: »Du weißt, daß Frauen auch Geliebte sein können. Manche Frauen mögen Männer, und manche Frauen mögen Frauen, und manche mögen beide. Als ich mit deinem Papa zusammen war, hatten wir eine besondere Beziehung, wie Erwachsene sie haben. Es ist eine andere Liebe als die, die ich für dich empfinde. Du hast mich auch anders lieb als deine Freundin Denise. Es fühlt sich anders an, nicht wahr?«

Katie nickte, ihr Gesicht eine Maske der Konzentration. Sie sah von Erin zu Pip.

»Als ich Pip traf, war ich froh, eine Freundin gefunden zu haben«, fuhr Erin fort. »Aber nach einer Weile begann ich, andere Gefühle für sie zu entwickeln. Ich begann sie zu lieben und wollte immer mehr Zeit mit ihr verbringen. Sie empfindet genauso für mich, und wir wollten es dir sagen.«

»Ihr seid Geliebte, wie Jack und Carl?«

»Ja, Katie«, sagte Pip. »Sind wir. Wie findest du das?«

»Okay, glaub ich. Umarmst du Mama deswegen immer?«

»Als du mich das erste Mal danach gefragt hast, waren wir nur Freundinnen. Aber wenn Leute einander wichtig werden, wollen sie sich öfter in den Arm nehmen.«

»Und sich küssen«, stellte Katie nüchtern fest.

Pip wurde rot. »Ja, das auch.«

Katie verzog das Gesicht. »Oh.«

»Wenn Frauen einander lieben und zusammensein wollen wie Männer und Frauen, dann nennt man sie Lesben. Du hast schon davon gehört?« fragte Erin.

»Ja. Als ich Elizabeth in deinem Büro getroffen hab. Ich habe gefragt, was sie für'n Button auf dem Mantel trägt, und sie hat gesagt, daß sie eine Lesbe ist.«

»Das hatte ich vergessen«, murmelte Erin.

»Heißt das, daß Pip bei uns wohnen wird?«

Pip lachte. »Nein, Katie. Ich hab mein eigenes Haus, und ihr habt euer eigenes Haus. Aber es könnte heißen, daß ich manchmal über Nacht bleibe, wenn das okay ist.«

»Heißt das, ich darf dich nicht mehr aufwecken kommen, Mama?«

»Nein. Nichts wird sich ändern. Was sollte ich ohne dich anfangen? Ohne meinen persönlichen Weckdienst?«

Katie lächelte.

»Hast du noch Fragen, Katie?« erkundigte sich Pip.

Katie zuckte mit den Schultern. »Ißt du das noch?« Sie zeigte auf das Stück Pizza auf Pips Teller.

Pip lachte. »Es ist noch mehr in der Schachtel.«

»Aber ich will das da.« Pip gab es ihr. Sie sah Erin an und lächelte.

Nach dem Essen spielten sie Dame, immer abwechselnd gegen die Gewinnerin, die meistens Katie hieß. Dann brachte Erin Katie zu Bett, und Pip durchstöberte Erins CD-Sammlung nach Tanzmusik. Sie fand Ray Browns *Three Dimensional* und gab die Stücke, die sie hören wollte, in das Gerät ein. Als Erin die Treppe hinunterkam, wartete Pip im Dunkeln, die Fernbedienung in der Hand. Sie zog Erin ins Wohnzimmer und drückte den Startknopf.

Die Klänge von »My Romance« entschwebten sanft den Lautsprechern und umwehten sie wie Nebel, von der kühlen Brise, die durch das offene Fenster hereindrang, getragen. Es tat so gut, Erin in den Armen zu halten. Pips Hand rutschte Erins Rücken hinab und drückte sie fester an sich. Ihre andere Hand umfaßte Erins Nacken. Sie schloß die Augen, verlor sich in der Musik, dem rhythmischen Baß, dem Klavier und dem Schlagzeug, dessen Beat hüpfte wie ein Stein über eine Wasseroberfläche. Die Töne harmonierten, verschmolzen, lösten sich voneinander, als der Baß und das Klavier die Interpretation der Melodie übernahmen. Erin bewegte sich mit ihr, ihr warmer Atem an Pips offenem Hemdkragen, die Hände um ihre Taille geschlungen. Pip spürte die Bewegung ihrer Muskeln unter ihren Händen und beugte den Kopf zum Kuß. In der wachsenden Dunkelheit standen sie still. Klang umgab sie, trieb davon. Pips Finger fanden die Knöpfe an Erins Hemd, schlüpften unter den Stoff und glitten wie flüssiges Feuer über die Haut darunter.

Erin trat zurück und zog Pip zur Couch.

»Hat Katie einen festen Schlaf?« fragte Pip.

»Ja. Außerdem knarrt die oberste Stufe.«

Pip lachte leise. »Wenn du das sagst.« Sie legte Erin behutsam auf die Couch, öffnete ihr Hemd, so daß die kühle Brise über ihre Haut streichen konnte. Sie waren Schatten und Stille. Warme Berührung. Kühle Luft. Die Musik wickelte sie ein.

Pip zog die Decke von der Couchlehne und wickelte sie darin ein. Erin döste, und Pip strich ihr die Haare aus der Stirn. Erins Augen öffneten sich schläfrig. In dem blassen Gesicht wirkten sie schwarz. »Sie hatte keine Fragen.«

»Ihr fallen vermutlich noch welche ein. Du hast ihr von Babys und so was erzählt?«

»Nach und nach. Sie hat gefragt. Ich denke, sie hat inzwischen alles mitbekommen. Wir haben uns *Guck mal wer da spricht* angesehen, und sie hat die erste Szene nicht verstanden.«

Pip lachte.

»Es kam vor kurzem im Fernsehen. Ich hab nie darüber nachgedacht, welchen Reim Kinder sich darauf machen.«

»Als sie genug gehört hatte, wechselte sie das Thema. Aber später hat sie nachgefragt. So wird's in diesem Fall vermutlich auch laufen.«

»Zweifellos«, flüsterte Pip. Sie schmiegte sich enger an Erin.

Katie mußte über Pips Hut lachen. »Sei du nur still und rück die Buletten rüber«, witzelte Pip und rückte die Kochmütze, die sie eigens für das Grillfest gekauft hatte, auf ihrem Kopf zurecht.

Katie brachte Pip den Teller und sah zu, wie sie sie auf den Grill legte. Erin tauchte mit einer Tüte Kartoffelchips und den Gewürzen aus dem Haus auf. Sie rief Katie nicht an den Tisch, sondern ließ sie bei Pip stehen.

Katie war aufgeregt, weil sie das Wochenende bei Pip verbrachten. Es hatte noch ausreichend Neuigkeitswert, um ein Abenteuer zu sein, und sie waren noch nie gemeinsam über Nacht geblieben. Pip und sie hatten den Großteil des Nachmittags im Keller verbracht und eine Aufnahme von Katies Klavierspiel gemacht, während Erin draußen in der warmen Sonne döste.

Pip brachte die Buletten an den Tisch. Ihre Mütze fiel ihr vom Kopf und auf den Tisch und fegte Servietten und Papierteller weg. Katie kreischte vor Lachen. Pip griff nach der Mütze und setzte sie Katie auf den Kopf; sie bedeckte sie bis zu den Schultern. »Du siehst aus wie ein Riesenbaguette«, sagte Pip.

»Ein was?« fragte Katie mit gedämpfter Stimme.

»Egal.«

Erin warf einen Blick auf die Buletten. »Nicht schlecht für eine Anfängerin.«

»Herzlichen Dank. Ich glaub, ich hab das mit dem Kochen allmählich raus.«

»Kündige Mrs. O'Malley lieber noch nicht.«

»Machst du Witze? Ich wäre verloren ohne sie.«

Katie biß in ihre Bulette. »Nicht schlecht für 'ne Anfängerin«, sagte sie, Erins Stimme beinahe perfekt imitierend.

»Altkluge Göre«, sagte Pip. »Hau rein.«

Nach dem Essen gingen sie zu dritt im Wald hinter dem Haus spazieren. Es dämmerte, und die Farbe des Himmels zerlief. Im Osten war der Mond bereits aufgegangen. Beinahe voll, schimmerte er auf dem Waldboden, warf scharfe Schatten auf Baumstämme und sprenkelte Silber auf die Blätter.

Sie spazierten schweigend. Pip hielt Erins Hand locker umfaßt. Katie lief voraus, kehrte um und lief zurück. Sie kamen an eine

Lichtung, und Pip führte Erin zu einem Baumstumpf. Sie bedeutete Erin, sich zu setzen und ließ sich vor ihr auf der Erde nieder. Es herrschte tiefe Stille. Eine Brise fuhr durch die Blätter über ihren Köpfen. »Die Bäume sprechen zueinander«, sagte Pip.

»Hm?« fragte Erin verträumt.

»Dieses Geräusch. Blätter, die sich aneinander reiben? Das muß eine Sprache sein, meinst du nicht auch? Baumsprache.«

Erins Hand berührte Pips Scheitel. »Darüber habe ich noch nie nachgedacht.«

»Ich war als Kind oft hier. Bloß, um wegzukommen. Dieses Geräusch hat mich an sprechende, singende Menschen erinnert. Wozu gäbe es Geräusche, wenn sie keine Bedeutung hätten?«

»Weil es ohne Geräusche keine Stille gibt.«

»Ist das ein Wink?«

»Nein«, lachte Erin. »Ganz und gar nicht. Du wirst ja richtig poetisch, Pip. Wieso hast du diese Neigung so lange vor mir verborgen?«

»Vermutlich aus Vorsicht. Ich war schon lange nicht mehr so entspannt. Ich habe das Gefühl, mein Leben selbst in der Hand zu haben und mich nicht mehr mit Hilfe von Wutausbrüchen durchsetzen zu müssen.«

»Ein Glück. Für Wutausbrüche habe ich nicht viel übrig.«

Katie tauchte aus den Schatten der Bäume auf. Sie hielt etwas in ihren Händen. Sie kniete sich vor sie hin und öffnete die Hände. Ein winziges Licht flackerte. Schwarze Flügel summten leise in der Dunkelheit. Sie beobachteten das Glühwürmchen bei seinem ziellosen Aufstieg durch die Bäume.

»Wo hast du es gefunden?« fragte Pip.

»Auf einem Blatt.«

»Also ein Weibchen.«

»Woher weißt du das?« verlangte Katie zu wissen.

»Hast du nicht ihre langen Haare gesehen?« zog Pip sie auf.

Katie schlug Pip sanft aufs Bein. »Hör auf.«

»Nein, im Ernst. Die, die fliegen, sind in erster Linie Männchen. Weibliche Glühwürmchen können fliegen, aber sie hängen meistens nur herum und warten auf die Jungs.«

»Wie Menschen«, sagte Erin.

»Nö«, sagte Katie. Sie lachten.

»Schläfst du gerne mit meiner Mama?« fragte Katie nach einem Moment.

Pip wußte darauf keine Antwort. Sie holte tief Luft. »Nur, wenn sie nicht schnarcht.«

»Tu ich nicht.«

»Tust du wohl«, sagte Pip. Dann: »Meintest du das?«

»Ich glaub schon. Wie is'n das?«

»Was?«

»Mit jemand zu schlafen.«

»Mir gefällt's«, meinte Pip. »Es ist schön, nachts aufzuwachen und zu wissen, daß jemand das Bett warmhält, während du Pipi machen gehst.«

Katie lachte.

»Außerdem kriege ich meinen Kaffee ans Bett. Wenn ich allein bin, muß ich aufstehen und ihn mir selbst machen.«

»Ein hartes Los«, sagte Erin.

»Damit ist es hoffentlich vorbei«, erwiderte Pip leise.

»He, es wird dunkel. Laßt uns zurückgehen. Ich habe Videos ausgeliehen. Vielleicht ist was Gutes dabei.«

Sie gingen zurück in den Hof. Das Haus war erleuchtet und sah warm und einladend aus. Katie hielt sich an Erins Hand fest und rutschte mit den Füßen durchs Gras, als würde sie Schlittschuhlaufen. Dann ließ sie los und hüpfte voraus, und ihre Absätze hallten auf den Schieferplatten, als sie die Veranda erreichte.

»Geht's dir gut?« fragte Pip.

»Prima«, flüsterte Erin.

Katie erwartete sie auf der Veranda. »Du liebst Pip wirklich, nicht wahr, Mama?«

»Ja, das tu ich.«

»Du schläfst auch gerne mit ihr?«

»Mmh.«

»Lieber als mit Papa?«

»Es ist anders, Katie. Dein Vater bedeutet mir immer noch sehr viel, aber wir konnten einfach nicht mehr zusammenleben. Pip ist anders. Sie wird ihn nicht ersetzen können, und das möchte ich auch gar nicht. Aber ich liebe sie, und ich bin glücklich.«

»Papa fehlt mir«, sagte Katie.

»Mir auch, manchmal.« Erin setzte sich auf die Bank neben dem Picknicktisch.

»Ich wünschte, wir wären noch eine Familie.«

»Ich weiß.«

Pip zögerte am Rande der Veranda im Halbschatten und kam sich vor, als würde sie lauschen.

»Überlegt ihr es euch wenigstens noch mal?«

»Das habe ich bereits, Katie, und habe mich dagegen entschieden.«

»Wegen Pip«, stellte Katie fest.

»Nein«, sagte Erin, »wegen mir.«

»Wenn du mich liebhaben würdest –«

»Katie«, unterbrach Erin sie, »ich will nicht, daß du so etwas sagst. Ich habe dich lieb, und ich habe an deine Gefühle gedacht. Warum verhältst du dich bloß so?«

Katie fing an zu weinen. »Papa fehlt mir«, wiederholte sie. Sie kam zu Erin, und Erin nahm Katie in die Arme. Pip stahl sich aus dem Schatten ins Haus und ließ Erin und Katie allein.

Pip wanderte einige Minuten orientierungslos umher und versuchte, sich zu beruhigen. Schließlich hörte sie, wie die Verandatür aufging und Erins Stimme durchs Haus schwebte. »Warum suchst du nicht einen Film aus. Ich komme gleich.«

Sie begegneten sich in der Küche. Pip versuchte verkrampft, Popcorn zu machen, aber Erin packte sie und hielt ihre ruhelosen Hände fest. »Diese Unterhaltung hatten wir diese Woche schon zweimal«, sagte Erin. »Es geht nicht um dich, Pip.«

»Ich weiß. Aber ich komme mir vor, als wäre ich im Weg – als hätte ich dich Joe weggenommen.«

»Hast du aber nicht. Und das weiß Katie auch.«

Pip nickte.

»Pip, du weißt, daß sie dich wahnsinnig gerne hat. Sie versucht bloß, ihre eigenen Antworten zu finden.«

Pip nickte. Sie griff nach Erin, wühlte mit der Hand in Erins Haar, küßte sie, erleichtert, daß Erin ihren Kuß, ohne zu zögern, erwiderte. Sie lösten sich widerwillig voneinander, und Pip machte das Popcorn fertig. Erin goß ihnen etwas zu trinken ein. Als sie ins Wohnzimmer zurückkehrten, hatte Katie bereits entschieden, in welcher Reihenfolge sie die Filme sehen würden. Sie lagen ordentlich aufgereiht neben ihr auf dem Boden.

Pip sank auf ein Kissen zu Erins Füßen und hob die große Glasschüssel, als würde sie den Göttern ein Opfer darbieten.

»Popcorn gefällig?«

Kapitel Zehn

»Aber«, sagte Pip, riß das Buttercroissant auf ihrem Glasteller in Hälften und stopfte sich ein Stück in den Mund, »worin bestand denn seine ›Last‹?« Sie beugte sich vor, goß Erin noch eine Tasse Kaffee ein und schob das Sahnekännchen über den Tisch. Sie unterhielten sich über Cathers *Meine Antonia,* das Pip eben zu Ende gelesen hatte.

»Ich dachte immer«, meinte Erin, »daß damit seine Liebe zu Antonia gemeint war. Schließlich versuchte er nie, sie zu halten, sondern ließ zu, daß seine einzige große Liebe aus seinem Leben verschwand. Er begriff, daß er sich wie ein Narr verhalten hatte, und vielleicht hat er seine Memoiren nur aus diesem einen Grund geschrieben: um sie wieder zum Leben zu erwecken.«

»Meinst du, es ist autobiographisch?«

Erin zuckte mit den Schultern. »Einiges weist darauf hin, aber wir werden es wohl nie erfahren.«

Pip nahm das Taschenbuch vom Tisch und betrachtete es nochmals. »Was soll ich als nächstes lesen?«

Erin überlegte einen Moment und rührte ihre Kaffee um. »Mann oder Frau?«

»Frau. Unbedingt.«

»Vielleicht Harriet Doerrs *Stones for Ibarra*. Oder aber Paule Marshalls *Praisesong for the Widow*. Kommt darauf an, was du suchst.«

»Etwas Poetisches. Tiefgründig, aber einfach. Nicht so was oberflächlich Spannendes ohne Tiefgang. Harts *Verhängnis* war eine Zeitverschwendung.«

»Du hast recht. Die zwei, die ich vorgeschlagen habe, kämen beide in Frage.«

Warmer Junisonnenschein strömte durch die Verandatür herein und über den Eßtisch. Die Reste ihres Frühstücks lagen herum, obwohl es beinahe Mittag war. Erins seidener Morgenmantel, ein Geschenk von Pip, hatte sich gelöst, und Pip erfreute sich an dem Anblick von Erins entblößter Brust. Sie leckte sich die Lippen und sagte: »Mach diesen Morgenmantel lieber zu, sonst müssen wir gleich wieder hinauf.«

Erin blickte an sich herab und errötete. »Ich glaub, ich kann nicht mehr. Ich bin fertig.«

»Ich wette, ich könnte dich überreden.«

»Wahrscheinlich.« Sie beugte sich vor und ergriff Pips Hand. Pip starrte sie befriedigt an, satt und gelöst. Es war Sonntagmorgen, der letzte im Juni, und obwohl Erin bald losmußte, um Katie in Arlington abzuholen, zweifelte Pip nicht daran, daß dieser Seelenfrieden anhalten würde, bis sie sich das nächste Mal sahen.

Nachdem sie aufgegessen und geduscht hatten, führte Pip Erin wieder nach unten und setzte sie auf die Wohnzimmercouch. »Ich würde dir gerne etwas vorspielen, wenn ich darf«, sagte sie. Die Frage fiel ihr schwer, aber als sie die Freude und Erwartung auf Erins Gesicht sah, entspannte sie sich.

Erin lehnte sich auf der Couch zurück und schloß die Augen. »Ich bin bereit.«

Pip trat ans Klavier. Sie hatte die ganze Woche überlegt, was sie spielen sollte, und hatte sich für Liszt entschieden. Zwei seiner sechs von Paganini inspirierten Etüden mochte Pip besonders, und sie begann mit »La Campanella«, die dem Finale von Paganinis Violinkonzert No.2 folgte. Am Anfang dieses anspruchsvollen Stücks imitierte das Klavier den Klang einer Glocke, ging jedoch rasch über zu einer Folge von Trillern, wiederholten Tönen und Läufen, die in einer leidenschaftlichen Koda kulminierten. Danach wollte sie »La Chasse« spielen, das Bilder einer Jagd heraufbeschwor und eine gewisse Verspieltheit besaß, die Pip immer erfrischend fand. Sie war nicht in der Stimmung für allzu Ernsthaftes und hoffte, daß ihre Auswahl Erin zusagte.

Das tat sie. Nachdem die letzten Töne von »La Chasse« verklungen waren, öffnete Erin langsam die Augen und winkte Pip zu sich herüber. »Wie konntest du nur so lange ohne Musik leben? Jedesmal, wenn ich dich spielen höre, bin ich entrückt. Es ist, als lebte ich in einer anderen Welt.«

»Wie sieht diese Welt aus?«

»Ich sehe Bilder. Im zweiten Stück sah ich Männer und Frauen zu Pferd, in leuchtend roten Mänteln und mit schwarzen Hüten. Und die Meute lief voraus, durch das Gras und das Unterholz. Ich konnte die Pferde geradezu riechen, das Gras, die Sonne auf meinen Schultern spüren und die Muskeln des Pferdes zwischen meinen Beinen. Musik hat mich schon immer entrückt, aber sie ist ›live‹ noch viel unmittelbarer.«

Sie saßen eine Weile schweigend vor dem offenen Fenster beisammen und lauschten dem Rascheln der Blätter im Wind. In der Ferne fuhr ein Auto vorbei, dann herrschte wieder Stille. »Ich muß gehen«, sagte Erin schließlich.

»Ich weiß.«

Sie hielten sich fest umarmt. Pip küßte Erin. »Du machst mich glücklich.«

Erin lachte. Sie drückte Pip und machte sich los. Pip öffnete die Haustür und sah Erin nach, die in ihr Auto stieg und davonfuhr. Eines Tages, dachte sie, wirst du vielleicht nicht gehen müssen.

Als der Dirigent des Bostoner Symphonieorchesters anrief, war Pip überrascht. Sie hatte ihn seit Fredericks Begräbnis nicht mehr gesehen.

Sie kannte Robert Watts kaum. Er hatte die Stelle erst vor kurzer Zeit angetreten, und sie hatten noch nie zusammen gearbeitet, obwohl jeder mit dem Werdegang des anderen vertraut war. »Ich rufe an, um Ihnen ein Angebot zu machen.«

»Ach?«

»Ich möchte Frederick Martin ein Gedenkkonzert der Symphoniker widmen und habe mich gefragt, ob Sie Interesse daran hätten, unsere Gastsolistin zu sein.«

Pip wußte nicht, was sie sagen sollte. Sie ließ sich mit der Antwort so lange Zeit, daß Robert Watts gezwungen war zu fragen, ob sie noch dran sei.

»Ja«, sagte sie. »Ich bin noch dran.«

»Was halten Sie von der Idee?«

»Ich weiß nicht recht. Sie wissen, daß ich seit fast einem Jahr nicht mehr aufgetreten bin.«

»Das ist mir klar, aber ich dachte, Sie würden eventuell aus diesem Anlaß aus Ihrem freiwilligen Ruhestand treten.«

»Wie sieht das Programm aus?«

»Das würde ich gerne Ihnen überlassen. Ich habe jedoch ein paar Vorschläge.«

»Zum Beispiel?«

»Tschaikowskys Konzert in b-Moll oder Rachmaninoffs Konzert No. 2. Sagt Ihnen das zu?«

»Tschaikowsky, vielleicht. Rachmaninoff liegt mir nicht sonderlich. Wie wäre es mit Brahms?«

»Welches Stück?«

»Das Klavierkonzert in d-Moll.«

»Eine gute Wahl. Das würde ich gerne machen.«

»Wann brauchen Sie eine verbindliche Antwort?«

»So bald wie möglich. Wir würden das Konzert gerne für den achtzehnten August ansetzen.«

»Fredericks Geburtstag.«

»Genau. Es sei denn, Sie bräuchten mehr Zeit, um sich vorzubereiten.«

»Darum geht es nicht. Ich bin nicht sicher, ob ich wieder auftreten möchte. Ob ich wieder im Rampenlicht stehen möchte.« Ich bin nicht sicher, ob ich es kann, dachte Pip, sprach es aber nicht aus.

»Ich verstehe Ihre Zurückhaltung. Aber Sie werden es zumindest in Erwägung ziehen?«

»Kann ich ein paar Tage Bedenkzeit haben?«

»Selbstverständlich. Ich freue mich darauf, von Ihnen zu hören.«

Pip legte auf und setzte sich. Dann griff sie wieder zum Telefon und rief Erin an. Am Ende ihres Gesprächs wußte sie, wie ihre Antwort lauten würde.

Pip fuhr mit den Händen durch ihr kurzes Haar. Sie betrachtete sich kurz im Spiegel des Künstlerzimmers, sah, daß sie blaß war vor Nervosität, und verzog das Gesicht. Als sie auf den Gang trat, konnte sie Stimmen hören und das Orchester, das sich einstimmte. Am Bühneneingang holte Pip tief Luft, zögerte aber, die Schwelle zu übertreten.

Fast ein Jahr war vergangen, seit sie so in der Seitenkulisse gestanden hatte, und die vertrauten Klänge und Gerüche riefen eine überwältigende Flut von Erinnerungen hervor. Der Klang eines Symphonieorchesters, das sich einstimmte, bestand eigentlich aus einer wahren Kakophonie von Klängen: Fragmente von Passagen, angegebene Töne, gezupfte Saiten mit Stimmengewirr und Gelächter unterlegt. Die Bühne roch vertraut: Staub, Korkfett, Öl zum Einfetten der Hörner, Bodenwachs, heiße Scheinwerfer. Im Grunde glichen sich alle Bühnen, jeder Konzertsaal war erfüllt von einer Atmosphäre der Erwartung und den Erinnerungen an Künstler, die diese Bühnen mit ihrer Gegenwart, ihrem Temperament, ihrem Talent geschmückt hatten.

Robert Watts, der Dirigent, hatte sie erblickt und winkte sie zu ihnen herüber. Befangen ging sie an den Schlaginstrumenten, den Hörnern, Klarinetten, Flöten und Violinen vorbei. Sie wurde dem Ersten Violinisten vorgestellt und nahm auf der Klavierbank Platz. Die Aufstellung des Klaviers mißfiel ihr, und Robert wies zwei Bühnenarbeiter an, es für sie umzustellen. Dann klopfte er mit dem Stock auf sein Pult, und die Musiker verstummten.

Pip errötete, als Robert sie vorstellte und eine verkürzte Liste ihrer Auszeichnungen vortrug. Den meisten Musikern war sie bereits wohlbekannt, da Frederick die Symphoniker lange Jahre geleitet hatte. Manche kannten sie sogar noch aus ihrer Kindheit, und Pip fand die vertrauten Gesichter tröstlich.

Als Pip Robert angerufen und sein Angebot angenommen hatte, hatten sie das Programm bereits kurz durchgesprochen. Die meisten Dirigenten, Robert Watts eingeschlossen, gestatteten es den Gastsolisten, die Interpretation des Werks vorzugeben, da es dem Dirigenten eher möglich war, sich bei der Interpretation flexibel zu zeigen, als dem Solisten, besonders, wenn der zeitliche Rahmen eng war. Dies war eine außergewöhnliche Situation, denn sie würden vor dem Konzert mehr als eine Probe abhalten. In der Vergangenheit hatte Pip zuweilen nicht einmal die Gelegenheit gehabt, ein Stück vollständig zu proben, sondern hatte lediglich einzelne Passagen am Vortag oder sogar am Tag der Aufführung geprobt. Sie war erleichtert über diesen Zeitplan, denn er erlaubte es ihr, sich rechtzeitig an den Gedanken zu gewöhnen, wieder klassische Musik vorzutragen.

Sie hatten sich für Brahms und Tschaikowsky entschieden. Das Konzert von Tschaikowsky war sehr bekannt; Pip hatte schon immer gern Stücke gespielt, die dem Publikum geläufig waren. Außerdem würde der markante Unterschied zwischen den beiden Stücken dem Programm eine interessante Note verleihen.

Pip hatte Robert ihre Befürchtungen gestanden, aber falls er von ihrem Desaster in Newcastle gehört haben sollte, ließ er sich nichts anmerken. Und als sie ihren ersten Einsatz verpaßte, führte er das Orchester einfach einige Takte zurück, und sie versuchten es nochmals. Diesmal setzte Pip rechtzeitig ein.

Sie übten den Großteil des Tages, machten mittags Pause und kehrten zu Tschaikowsky zurück, den sie beinahe ganz durchspielten. Pip hatte bereits seit einem Monat allein geübt, dennoch gab es Passagen, mit denen sie nicht zufrieden war, und sie notierte sich in Gedanken, später an ihnen zu arbeiten.

Als sie nach der Hälfte des Nachmittags aufhörten, war Pip dankbar. Sie hatte vergessen, wie anstrengend Proben sein konnten, besonders für Solisten, und sie war erschöpft und übermütig zugleich, denn sie hatte ebenfalls vergessen, wie beglückend es war zu hören, wie Musik, die sie liebte, von einer Gruppe professioneller Musiker präzise vorgetragen wurde.

Überzeugt, daß alles glattgehen würde, überredete Erin Pip, nach dem Konzert eine kleine Party zu geben. Sie hatten bereits von Joan, Samantha und Mike, Mitchell Ellis, Emma und Alison eine Zusage. Pip hatte sogar an Susan gefaxt, obwohl sie wahrscheinlich keine Zeit hatte. Lucy hingegen lud sie nicht ein. Während der Vorbereitungen für das Konzert erwähnte Pip einigen Leuten gegenüber die Feier, und es sah aus, als könnten sie etwa zwanzig Leute erwarten; mehr als genug, wie Pip fand.

In den letzten Wochen vor dem Konzert ließ sich Pip dazu drängen, einige Interviews zu geben. Das erste, das in Boston aufgezeichnet, aber landesweit ausgestrahlt wurde, lief gut. Die Interviewerin Robin Thompson verfolgte Pips Karriere seit geraumer Zeit. Ihr enormes Wissen über klassische Musik und ihre lockere Umgangsform halfen Pip, sich zu entspannen, und sie hatten im Nu vierzig Minuten Gespräch aufgenommen, die Robin auf fünfundzwanzig kürzen würde. Pip setzte sie auf die Gästeliste und lud sie zu der kleinen Party nach dem Konzert ein.

Darüber hinaus erschien sie zehn Tage vor dem Auftritt live in WGBHs *Morning Pro Musica.* Diesmal weit angespannter, war sie froh, Erin bei sich im Studio zu haben. Sie wollte sich jetzt ganz auf das Konzert konzentrieren und empfand das Interview als eine unwillkommene Ablenkung. Erin schnitt einen Artikel, der im *Boston Globe* über sie erschienen war, aus, aber Pip wollte ihn erst nach dem Konzert lesen. Katie, berichtete Erin, prahlte vor ihren Freundinnen, daß sie das Wochenende bei Pip verbracht habe, und sorgte damit in der Nachbarschaft für Aufregung.

Eine Woche vor dem Konzert ging Pip gewissermaßen in Klausur. Sie nahm nur noch Erins Anrufe an. Sie zog sich an einen, ihren privaten Ort zurück, in dem die Musik wohnte. Sie arbeitete mit den Tarotkarten, unternahm lange Spaziergänge und übte ausgiebig.

Sie vermißte Erin, die lockere Vertrautheit, die in den letzten Monaten zwischen ihnen entstanden war. Sie vermißte Katies Fragen und Geplauder, vermißte den Duft von Erins Haar, ihren Anblick, wenn sie morgens die Augen aufschlug, ihre frische weiche Haut. Aber die Anziehung der Musik war stärker, und sie hoffte, daß Erin es verstand.

Einen Tag vor dem Konzert rief Erin am frühen Abend an. »Du fehlst mir«, sagte sie.

»Du fehlst mir auch«, erwiderte Pip. »Es ist wirklich komisch, Erin. Ich fühle mich zwischen zwei Welten hin- und hergerissen. Einerseits gibt es dich und Katie und all das, was mir in den letzten Monaten vertraut geworden ist, und dann gibt es noch diese ältere, mir noch vertrautere Welt der Musik. Es ist, als könnte ich diese Tür in meinem Innern öffnen und in diesen Raum gehen, in dem die Musik ist. Ich habe mich vor Konzerten immer vollkommen zurückgezogen, wollte niemanden sprechen, geschweige denn sehen. Ich wollte vom Inspizienten erfahren, um wieviel Uhr ich dran war, und für den Rest war Susan zuständig. Ich habe mich so sehr in das versenkt, was ich spielen sollte, daß ich damit eins wurde.

Aber nach Corrinne fand ich nicht mehr zurück zu diesem Raum. Ich dachte an sie, statt an die Musik. Ich habe Angst, daß es wieder passieren könnte.«

»Möchtest du, daß ich auflege?«

»Nein. Nein. Erin, das meinte ich nicht. Es tut gut, deine Stimme zu hören. Ich habe einfach Angst. Es ist mir früher nicht gelungen, mein Privatleben und meinen Beruf miteinander zu vereinbaren: Ich habe Angst, daß ich es immer noch nicht kann. Daß ich mich für das eine oder das andere entscheiden muß.«

Erin schwieg am anderen Ende der Leitung.

»Erin?«

»Ich bin noch dran.«

»Ich mache dir angst«, stellte Pip fest.

»Ein wenig. Ich brauche dich, Pip. Ich liebe dich. Ich möchte nicht, daß du verschwindest, an irgendeinen Ort, an den ich dir nicht folgen kann.«

»Das möchte ich auch nicht.«

»Aber ich möchte auch nicht, daß du deine Musik aufgibst.«

»Nein. Ich muß einen Mittelweg finden.«

»Ja.«

»Wirst du mir helfen, ihn zu finden?« fragte Pip.

»Natürlich werde ich das. Das weißt du doch.«

»Okay. Gut. Ich fühle mich schon besser. Ich möchte ihn finden, Erin. Wirklich. Ich muß ihn finden, weil du mir zu wichtig geworden bist.«

»Ich liebe dich, Pip.«

»Ich liebe dich auch.«

»Katie ist hier. Willst du ihr Hallo sagen?«

»Na klar.«

Katie meldete sich, und Pip sagte: »He, kommst du morgen, um mich spielen zu hören?«

»Ja. Mama kauft mir ein neues Kleid.«

»Und zur Party kommst du auch, nicht wahr?«

»Ja. Kann ich morgen bei dir bleiben?«

»Ich rechne fest damit. Und Samstag früh werde ich versuchen, deine Mama zu überreden, uns Blaubeerpfannkuchen zu machen. Ich habe frische Blaubeeren.«

»Meinst du, sie macht's?«

»Ich denke, ich kriege sie soweit. Also bis morgen, okay? Gib mir noch mal deine Mama.«

»Okay«, sagte Katie.

»Erin? Bist du okay? Ich meine, hast du noch Angst?«

»Ein wenig, Pip. Ich muß dich unbedingt sehen.«

Pip rang mit sich. Sie wollte weder in die Stadt fahren und riskieren, den Zustand der Ruhe, den sie im Laufe der letzten Wochen so sorgfältig kultiviert hatte, im Trubel des Cambridger Verkehrs zu verlieren, noch wollte sie sich zu sehr ablenken lassen. Aber Erin war nicht Corrinne, und als sie an all die Zeiten zurückdachte, in denen sie sich trostsuchend an Erin gewandt hatte, wurde ihr klar, daß sie sich jetzt nicht abwenden durfte. Aber dieses Konzert war wichtig, vermutlich das wichtigste Konzert, das sie seit ihrer ersten Tournee gegeben hatte. Die Angst, auf der Bühne zu erstarren, schwebte wie Morgennebel tief in ihrem Inneren, und sie wußte, daß er nur verziehen konnte, wenn sie sich vollkommen versenkte und Ablenkungen vermied. Sie holte tief Luft und atmete aus. Sie spürte, daß Erin auf ihre Antwort wartete. Sie konnte sie geradezu vor sich sehen, wie sie am Küchentisch saß, ein Knöchel hinter dem anderen verkreuzt, der Hörer in einer Handfläche ruhend, während ihre andere Hand abwesend die Tischplatte rieb. »Gibst du mir eine Stunde?« fragte sie.

»Bist du sicher?« fragte Erin.

»Ja«, erwiderte Pip. »Ich bin sicher.«

Katie war bereits im Bett, als Pip eintraf und sachte an die Küchentür pochte. Erin griff zögernd nach ihr, und Pip sah, daß ihre Hände zitterten. »He, he, was ist los?« fragte Pip. Sie nahm Erins Hand und führte sie ins Wohnzimmer. Sie zog Erin auf die Couch und schloß sie in die Arme.

Erin fing an zu weinen. Zunächst geräuschlos, so still, daß Pip erst merkte, daß sie weinte, als Erins Tränen ihr T-Shirt durchtränkten. »Entschuldige«, nuschelte Erin.

»Schon okay.«

»Mir war nicht klar, wie sehr ich begonnen hatte, mich auf dich zu verlassen, bis du nicht mehr da warst. Es hat mich verdammt erschreckt. Ich hatte mir vorgenommen, es nicht wieder zu tun, wollte unabhängig werden.«

»Das bist du, Erin. Wenn ich morgen sterben würde, kämst du klar. Ich hoffe, du würdest mich vermissen, aber du könntest weitermachen.«

»Es geht nicht darum, Rechnungen zu bezahlen oder Katie zur Schule zu bringen, Pip. Es geht um etwas Tieferes.« Erin hob den Kopf. »Ich fühle mich dir in einer Weise verbunden, in der ich mich Joe nie verbunden fühlte. Wie du mit Katie umgehst, wie du mit mir umgehst. Es ist fast greifbar. Es ist wie mit deiner Musik. Du kannst ohne es leben, aber du möchtest es nicht.«

»Was willst du damit sagen?«

»Daß ich nicht ohne dich leben möchte.«

»Erin, machst du mir einen Heiratsantrag?« witzelte Pip.

»Pip, es ist mir Ernst damit.«

»Ich weiß«, Pips Stimme war leise. »Ich möchte auch nicht ohne dich leben. Stell dir vor, ich habe eine kleine Schatztruhe. Weißt du, was drin ist?«

Erin schüttelte den Kopf.

»Eine rote Schleife, ein Stück blaues Band, eine Gabel, ein Stück Papier.«

Erin war sichtlich verwundert.

»Letzte Weihnachten, als ich den Teller zurückbrachte, nahm ich die Schleife aus deinem Haus mit nach Hause. Sie verlieh meiner Wohnung eine festliche Note, und sie erinnerte mich an dich. An dem Abend, an dem wir in der Campus-Cafeteria aßen, nahm ich deine Gabel mit. Das Papier –«

»Pip, ist das dein Ernst?«

»Ja. Ich habe mir so gewünscht, mit dir verbunden zu sein, hier zu sein. Seit ich dieses Haus zum allerersten Mal betrat. Ich habe diese kleinen Erinnerungsstücke gesammelt, um das Gefühl zu haben, Teil deines Lebens zu sein.«

»Aber das bist du doch.«

»Damals war ich es nicht. Ich hielt es für ein Hirngespinst. Ich steckte im dicksten Schlamassel. Ich konnte meinen Arsch nicht von meinem Ellbogen unterscheiden. Aber du warst gut zu mir. Du hast mich nicht deswegen gemocht, weil ich berühmt war, sondern einfach so. Wenn ich dir den Rücken zukehren wollte, hätte ich es schon getan. Früher hätte ich mir genommen, was ich wollte, und wäre gegangen. Aber so möchte ich nicht mehr leben. Dieses Leben ist verrückt. Ich war verrückt. Es ist zu verkorkst. Ich möchte einfach ein stinknormaler Mensch sein.«

»Du bist nicht normal. Du wirst nie normal sein.«

»Nein, aber ich möchte wenigstens in Ansätzen ein normales Leben führen. Das ist mein Lebensziel. Erin, wenn morgen abend alles gut geht, werde ich wieder spielen wollen. Das weiß ich. Aber ich werde dafür nicht alles aufgeben, was ich in diesem Jahr gelernt habe. Ich werde das hier nicht aufgeben.«

»Meinst du, daß du einen Mittelweg findest? Ich meine, so wie du sie beschreibst, klingen Tourneen ziemlich vereinnahmend. Du wärst beinahe ein Jahr weg und –«

»Ich muß nicht so reisen. Ich muß gar nicht auf Tourneen gehen. Es gibt eine Menge Möglichkeiten. Wir werden uns was einfallen lassen, okay?«

»Versprochen?«

»Ja. Versprochen.«

Erin drehte sich in ihren Armen, bis ihr Rücken an Pips Brust lehnte. Sie ließ den Kopf auf Pips Schultern zurückfallen und schloß die Augen. Draußen rauschten die Klänge des Abends wie Flut und Ebbe. Ein Auto fuhr vorbei, eine Sirene heulte in der Ferne auf, Kinder riefen einander auf der Straße zu. Die Blätter sangen einander vor, und eine Brise schob den Vorhang ganz sachte nach innen.

Die oberste Stufe knarrte. Sanfte Schritte auf der Treppe. Katies Schatten fiel ins dunkle Wohnzimmer. »Mama?«

»Hier, Süße.« Katie kam herüber und setzte sich ans Couchende.

»Wann bist du gekommen?« fragte sie Pip schläfrig.

»Gerade eben. Ich bin gekommen, um deiner Mama Gesellschaft zu leisten.«

»Mama, ich hab schlecht geträumt.«

»Komm schon rauf.«

»Wir brauchen eine größere Couch«, scherzte Pip, als sie versuchten, es sich zu dritt bequem zu machen. Katie rutschte einige Minuten herum, bis sie zwischen Erin und Pip eingeklemmt war, und schlief prompt wieder ein. Pip warf Erin über Katies Kopf hinweg einen Blick zu. »Darf ich bleiben?«

»Ich hätte nicht gedacht, daß du das möchtest.«

»Doch.« Pip hob Katie auf und trug sie zurück ins Bett. Sie deckte sie zu, betrachtete sie eine Weile und dachte an Erin, an die Zukunft. Dann beugte sie sich hinab und küßte Katie auf die Stirn. »Nacht, Kleine«, flüsterte sie. Katie murmelte etwas und drehte sich um.

Im Schlafzimmer saß Erin auf der Bettkante. Pip zog sie schweigend aus. Sie streifte ihre eigenen Kleider ab und ließ sie in einem Haufen bei der Tür liegen.

Pip knipste das Licht aus und legte sich hin. Erin verharrte am Rande des Betts, eine Statue in der Dunkelheit.

»He«, sagte Pip. Erin drehte sich langsam um, ihr Gesicht kam allmählich in den Lichtstrahl der Straßenlaterne. Ihre Augen waren unergründlich, ihr Ausdruck vom Halbschatten verzerrt.

Pip setzte sich auf und lockte Erin ins Bett. Sie legte Erin auf den Rücken und bedeckte sie mit einem Laken. Dann legte sie sich auf die Seite und sah ihr ins Gesicht. Sie strich Erin das Haar aus dem Gesicht, streichelte zärtlich ihre Arme und Beine, ohne sie sexuell erregen zu wollen. Sie wollte, daß Erin schlief und ihre Angst verlor.

»Ich gehe nicht weg, nirgendwohin«, sagte Pip. Erin wandte den Kopf, um Pip anzusehen. Sie fing Pips Hand, führte sie an ihre Lippen und zog Pip zu sich hinab. Sie verfielen in Schweigen. Das Schweigen dehnte sich aus, und der Schlaf erlöste sie beide.

Der Abend des achtzehnten August war bedeckt und kühl. Es hatte den ganzen Tag mit Unterbrechungen geregnet, aber das trübe Wetter hielt die Konzertbesucher nicht davon ab, in den Saal zu strömen. Um Viertel vor acht lief Pip nervös im Künstlerzimmer auf und ab und zupfte an ihrer Kleidung. Sie trug eine weite schwarze Seidenhose, ein weißes Smokinghemd und eine schwarze Jacke, ebenfalls aus Seide. Als der Inspizient an ihrer Tür klopfte und verkündete, daß ihr noch fünf Minuten blieben, meinte Pip, sich erbrechen zu müssen. Sie trank rasch ein wenig Wasser, trocknete sich die Hände mit einem Handtuch und verließ das Künstlerzimmer.

Das Orchester war bereits auf der Bühne. Robert Watts wartete im Smoking am Bühneneingang. Als Pip zu ihm stieß, lächelte er sie beruhigend an, sagte aber nichts. Beide waren in ihren eigenen Gedanken versunken.

Die Lichter im Haus erloschen. Die Bühnenbeleuchtung ging an, und Robert trat auf die Bühne. Er bestieg nicht sofort das Podest, sondern blieb mitten auf der Bühne stehen und wandte sich direkt an das Publikum.

»Viele von Ihnen erinnern sich an Frederick Martin. Er war hier zu solch einer festen Einrichtung geworden, daß es scheint, als könne er jeden Augenblick auf die Bühne treten. Er schuf in diesem Saal so viele Erinnerungen, hinterließ bei manchem einen bleibenden Eindruck. Als Frederick in diesem Jahr unerwartet starb, waren wir wohl alle betroffen. Er war ein begabter Mann, der ein beträchtliches Erbe hinterließ. Der wichtigste Teil dieses Erbes ist vermutlich seine Enkelin, Phillipa Martin.

Pip ist vielen von uns, die heute hier versammelt sind, wohlbekannt. Von den ersten Tagen, in denen Frederick sie zu Proben mitbrachte, bis zu ihrem überwältigenden Debüt auf dieser Bühne im Alter von zehn Jahren, hat Pip eine außergewöhnliche Gabe zur Interpretation unter Beweis gestellt. Sie studierte am Juilliard und gewann den Van-Cliburn-Wettbewerb mehrmals. Sie besiegte die Top-Pianisten der Welt und belegte den ersten Platz des Tschaikowsky-Wettbewerbs in Moskau.

Nach sechs langen Jahren auf Tournee und in Aufnahmestudios beschloß Pip, sich eine Weile zurückzuziehen. Ich kann Ihnen nicht sagen, wie erfreut ich war, als sie mein Angebot annahm, heute abend für uns zu spielen. Sie ist Fredericks lebendiges Erbe, ein Geschenk an uns.«

Robert drehte sich um und gab Pip ein Zeichen. Tief Luft holend marschierte sie hinaus auf die Bühne. Applaus rollte auf sie zu, eine Welle des Klangs. Pip verbeugte sich einmal vor dem Publikum, schüttelte sowohl Robert als auch dem Ersten Violinisten Thom McAlister die Hand und nahm vor der Tastatur Platz. Robert, der bereits am Dirigentenpult stand, wartete, bis sie ihm zunickte, bevor er seinen Taktstock hob. Sein rechter Arm beschrieb einen Halbkreis in der Luft und senkte sich. Die Musik setzte ein.

Das Konzert von Tschaikowksy besteht aus drei Sätzen: dem *allegro non troppo e molto maestoso*, einem majestätischen, fesselnden Anfang, dem langsameren *andantino semplice* und schließlich dem *allegro con fuoco*. Kaum erklangen die ersten Tonfolgen im Saal, verlor sich Pip in ihrer eigenen Welt.

Die Musik wirbelte, umschloß sie. Sie sah, wie ihre Hände über die Tastatur huschten, aber es war, als gehörten sie einer anderen. Das weiße Licht, das aus den Scheinwerfern über ihr floß, formte einen Kreis, der sie vom Rest des Universums trennte. Doch die Musik überbrückte den Zwischenraum.

Das Allegro, mit seinen stolzen, beinahe hochmütigen Themen, entsprang dem Klavierkörper, und die Töne glichen eigenwilligen Kindern, die wild über den Bühnenboden und die Wände hochrasten und ins Publikum flogen. Die Akkorde und die Melodie schwangen sich über die stumme Spannung, die den Saal erfüllte, als beugte sich das Publikum gleichzeitig vor. Erwartungsvoll, ehrfürchtig, bereit, sich von der Musik verführen zu lassen.

Und Pip war eine willige Verführerin. Sie bewegte sich, als würde ihr Körper bis zur Ekstase liebkost werden, die Augen zeitweise geschlossen. Ihre Finger verschwammen, ein blasser Blitz über schwarzen und weißen Tasten. Pausierte. Schlug wieder zu. Töne funkelten, flammten auf und blitzten durch den dunklen Saal. Die Orchesterbegleitung schwoll unter ihr, um sie herum an. Doch im Zentrum standen der schwarze Flügel und die Frau, die dem Instrument eine Musik abrang, wie sie diesen Saal seit Jahren nicht mehr erfüllt hatte.

Alle hielten zwischen den Sätzen inne, als holten sie Luft. Die Luft verstummte. Dann, ein Anfang, ein Ausatmen. Der zweite Satz war süßer, sanfter. Eine schmerzliche Liebkosung, ein Werben. Pip bewegte sich, und die Musik bewegte sich mit ihr, warf goldene und silberne Fäden aus, die die Empfindungen jedes einzelnen Zuhörers ansprachen und ihnen ein gemeinsames Erlebnis bescherten. Eine weitere Pause. Das *allegro con fuoco* übernahm erneut das Tempo, und die Töne wirbelten. Tanzten.

Stießen hinab und schwangen sich empor wie die Vögel, die sie in Pips Vorstellung waren.

Pip wurde bewußt, daß sie seit ihrem ersten Van-Cliburn-Wettbewerb nicht mehr mit einer solchen Leidenschaft gespielt hatte, als sie dasselbe Konzert zu Ehren von Van Cliburn selbst vortrug, der ein Tschaikowsky-Fanatiker war. In dieser Musik schwang ein Echo der Renitenz mit, ein Echo derjenigen, die sie damals war, noch unberührt von der größeren Welt, die sie so bald nach ihrem Triumph erleben sollte. Doch jetzt spiegelte diese Musik wider, wer sie geworden war. Die Leidenschaft, von der Erfahrung gemäßigt, doch immer noch so intensiv und vital wie vor sechs Jahren. Ihr freiwilliges Ferienjahr hatte Pips Liebe zur Musik, die Quelle, aus der sie rauschte wie ein unterirdischer Strom, der an der Oberfläche plötzlich die Freiheit fand, höchstens vertieft. Sie verlor sich im Klang. Verlor sich in den Farben, die sie umwirbelten. Verlor sich in einer Leidenschaft, die so mächtig war, daß sie alles, was sie jemals gekannt oder geliebt hatte, ausblendete.

Dann, plötzlich, war es vorbei. Es herrschte ein Augenblick der intensiven Stille, als die letzten Töne bereits eine klangvolle Erinnerung waren. Applaus donnerte im Saal. Ein Sturm, zwischen vier Wänden gefangen. Jemand rief ihren Namen. Pip fühlte sich benommen. Sie blickte zu Robert auf, der seine Augen aufriß und dessen Gesicht vor Freude leuchtete wie eine Bake.

Sie erhob sich langsam und stellte überrascht fest, daß sie noch ganz war. Verbeugte sich einmal. Noch einmal. Verließ rasch die Bühne. Der Inspizient reichte ihr ein Handtuch, und sie trocknete ihr verschwitztes Haar. Ein Bühnenarbeiter geleitete sie schweigend zu ihrer Garderobe und blieb davor stehen. Er hatte strenge Instruktionen. Sie durfte unter keinen Umständen gestört werden.

Pip sah nicht in den Spiegel. Die alte Routine führte ihr die Hände, als sie ihren Anzug abstreifte und einen neuen anzog. Ihre Kleider waren durchnäßt. Sie hängte sie mechanisch auf und sank in einen Sessel. Sie träumte, in Gedanken bei Brahms. Bewegte ihre Finger im Schoß. Ein leises Pochen an der Tür. »Drei Minuten.«

Die Routine. Hände schütteln, Begrüßen des Publikums. Sobald sie auf die Bühne trat, wurde es ruhig im Saal. Pip nickte Robert Watts zu.

Sie begannen.

Sie spielte sicher, ihr Körper bewegte sich mit, als ihre Hände über die Tastatur glitten. Als sie in die Tasten schlug und spürte, wie der Klang in dem Instrument vibrierte, spürte sie einen Widerhall in sich. Es war so lange her, seit sie zuletzt diese Verbundenheit mit diesem Musikstück empfunden hatte, dieses Gefühl, mit dem Klang, dem Rhythmus, der Bewegung der Töne im Einklang zu sein. Sie konnte die Töne sehen, sie umwirbelten sie, umhüllten sie wie Nebel, wie die Umarmung einer Geliebten – sehnsüchtig erwartet und doch beinahe schon vergessen. In diesem Augenblick gab es keinen Ort, an dem sie lieber gewesen wäre, nichts, was sie lieber getan hätte. Es war die perfekte Harmonie, das vollkommene Verschmelzen von über zweitausend Seelen. Alle konzentrierten sich auf dasselbe, und die Kraft und die Magie dieses Moments strömte wie Wasser über den Bühnenrand und durchtränkte das Publikum. Die vollkommene Stille wurde nur von der Musik durchbrochen, und als das Konzert vorbei war, empfand Pip für einen kurzen Moment Leere. Sie fühlte sich ausgelaugt, aber überglücklich, erschöpft und doch voller Energie.

Es war vorbei. Sie hatte geschafft, was sie nicht für möglich gehalten hätte. Diese Erkenntnis traf sie plötzlich und zauberte ein Lächeln auf ihr Gesicht. Sie erhob sich, lächelnd als sei sie total entrückt. Das Orchester erhob sich ebenfalls, und sie war von einem Meer von vertrauten Gesichtern umgeben. Frederick, sagte sie still, ich hoffe, du hast zugehört.

Erin fand sie hinter der Bühne, inmitten eines Gedränges von Gratulanten und Musikern. Pip nahm ein Telegramm aus ihrer Jackentasche und reichte es Erin. *Gratuliere. Bin in Gedanken bei dir. Werde mich melden. Mama.* Erin blickte hoch zu Pip, die sie unverhohlen glücklich angrinste. »Ich war so überrascht, als ich es öffnete«, sagte Pip.

»Wie wunderbar, Pip.«

»Ja.« Sie umarmten sich und hielten einander lange fest. Erin, fand Pip, sah so unglaublich hübsch aus, daß sie fürchtete hinzuschmelzen, bis sie nur noch eine Pfütze auf dem Boden war. Mit einer türkisen Bluse bekleidet, die ihre blasse Haut betonte und das Blau in ihren Augen zur Geltung brachte, wirkte sie wie ein warmes Gewässer, in das Pip eintauchen wollte.

Katie stand neben ihrer Mutter. Pip, durch die Ereignisse übermütig geworden, hob Katie auf und tanzte mit ihr durchs Zimmer. »Hat es dir Spaß gemacht?« fragte Pip.

»Ja. Es war toll«, brüllte sie, und sie mußten beide lachen.

Sie spürte jemanden in ihrer Nähe, drehte sich um. »Jamie«, sagte sie leise. Jamie nahm Pips ausgestreckte Hand.

»Gehört sie dir?«

»Nein. Meiner Geliebten«, sagte Pip und überraschte sich selbst. Sie stellte sie einander vor. »Wie geht es dir?«

»Gut. Besser. Ich habe jemanden kennengelernt.«

»Wirklich? Toll. Ist sie hier?«

Jamie nickte und zeigte auf eine zierliche Frau in einem schwarzen Abendkleid, die sich mit einem der Trompeter unterhielt. »Wir haben uns bei einem Konzert an der Uni kennengelernt. Sie ist Pianistin«, sagte Jamie leise.

»Bist du glücklich?«

»Das werde ich sein. Es hat mir sehr viel bedeutet, daß du gekommen bist, um die Band zu hören«, sagte Jamie.

»Es hat mir auch viel bedeutet«, erwiderte Pip. »Ich kann dir gar nicht erklären, wieviel. Letzten Herbst war ich in einem schrecklichen Zustand. Ich war nicht ich selbst.«

»Das merkte ich. Ich wünschte, Melissa hätte dich heute abend gehört. Das hätte ihr das Maul gestopft.«

Pip nickte, dem Gefühl, wenn auch nicht der Aussage, zustimmend. »Sie ist weg«, sagte sie leise, beinahe zu sich.

Jamie starrte sie mit einem Ausdruck der Verwirrung an, der plötzlich schwand. »Ja. Ist sie.« Sie blickten sich einen Augenblick an.

»Entschuldige, daß ich an dem Abend einfach abgehauen bin«, bat Pip schließlich.

»Es war meine Schuld –«

»Nein. Niemand war schuld. Es war einfach schlechtes Timing. Es lag nicht an dir, Jamie. Es lag an mir. Verstehst du?«

»Ich glaube, ja.« Dann: »Ja.«

»Danke, daß du gekommen bist.« Jamie lächelte. Pip umarmte sie kurz. »Alles Gute, Jamie«, sagte sie. Sie sah Jamie nach, die zu ihrer Geliebten ging, beobachtete den Ausdruck auf dem Gesicht der Frau und lächelte, als sie die echte Zuneigung für Jamie in ihren Augen sah. Du verdienst es, dachte sie. Das tun wir alle.

Schließlich gelang es Pip, sich aus der Menge zu lösen. Sie fand Erin, die sich mit Emma und Alison unterhielt. Katie trat ungeduldig von einem Fuß auf den anderen. Sie vereinbarten, sich zu Hause zu treffen. »Katie, möchtest du mit mir fahren?« fragte Pip.

»Ja!« Pip nahm Katie an die Hand, als sie aus dem warmen Gebäude in die kühle Abendluft traten. Der Regen hielt an, fein wie Nebel, und die Scheinwerfer der Autos waren von einem Hof umgeben. Auf der Heimfahrt war Katie ruhig, als spürte sie Pips Ruhebedürfnis nach der Klangfülle.

Alle kamen zur Party.

Pip zog sich ein weites Hemd und seidene Schlabberhosen an, bevor sie unbemerkt eintrat. Sie verweilte eine Zeitlang beobachtend am Rande des Geschehens. Da waren Joan und Peter. Samantha und Mike. Auf der Couch kuschelten Alison und Emma liebevoll miteinander, fütterten einander mit schwarzen Oliven und lachten. Katie war in einem der Polstersessel in der Mitte des Wohnzimmers eingeschlafen. Die Party ging rings um sie weiter. Robin Thompson und andere Medienleute waren in einer Ecke versammelt und tauschten Geschichten aus.

Frederick war nicht da und doch zum Greifen nah. Pip stand in der Tür, auf seine Schritte auf der Treppe horchend, obwohl sie wußte, daß sie für immer verstummt waren. Sie spürte seine Gegenwart und fragte sich, was er wohl von dieser Zusammenkunft in seinem Haus gehalten hätte. Jemand legte eine CD von Melissa Ethridge auf. Emma und Alison standen auf, um zu tanzen. Dann erblickte Pip Erin. Sie schien mit einer Bewegung aus der Küche zu gleiten und Katie aufzunehmen. Pip beobachtete, wie sie nach oben ging, wartete, bis sie zurückkehrte, bevor sie aus dem Schatten und in Erins Arme huschte.

»Hi«, sagte Pip.

Erin blickte Pip an, als sähe sie sie zum erstenmal. »Das war mir nicht klar«, sagte sie.

»Was?«

»Wie unglaublich du bist.«

»Aber ich habe dich heute abend doch noch gar nicht berührt«, scherzte Pip.

»Das meinte –«

»Ich weiß, was du meinst«, erwiderte Pip leise. »Ich wußte nicht, ob ich es kann.«

»Wie konntest du das bezweifeln?«

Pip zuckte mit den Schultern. »Es war weg. Wie ein Licht, das jemand ausgemacht hat. Einfach weg.«

»Das kann ich nicht nachvollziehen. Ich habe keine Vergleichsmöglichkeit.«

»Katie«, sagte Pip.

»Wie?«

»Katie. Es wäre, als würdest du Katie verlieren.«

Erin nickte langsam. Sie preßte sich an Pip. Pip spürte, wie sie sich entspannte, sich Erins Kurven und Mulden anpaßte, den Raum zwischen ihnen füllte.

»Ich wünschte, ich könnte in dich hineinklettern und eine Weile von dir herumgetragen werden«, meinte Pip. »Ich wünschte, ich müßte dich nie loslassen.«

Erin machte sich langsam los, sie gingen Hand in Hand auf die Verandatür zu, schoben sie auf und traten hinaus. Pip atmete tief ein und drückte Erins Hand. »Requiem«, sagte sie.

»Was?«

»Das ist eine Messe für den Seelenfrieden der Toten. Das war der heutige Abend für mich. Den Toten gewidmet. Frederick. Lucy. Corrinne. Es ist vorbei. Ich habe die Vergangenheit endgültig hinter mir gelassen. Jetzt habe ich meine Ruhe gefunden.«

Sie standen eine Weile in der Dunkelheit und lauschten der hämmernden Rockmusik, die aus dem Haus drang, und der Stille, die draußen herrschte. »Wie geht es weiter?« fragte Erin.

Pip zuckte mit den Schultern. Sie wandte sich Erin zu und klopfte ihr auf die Brust. »Hör hin. Hast du mir das nicht selbst gesagt?«

»Ja.«

»Alles ist anders. Und dennoch hat sich nichts geändert. Es ist wie der Montagmorgen in Mexiko. Außer, daß ich jetzt an der Reihe bin zu versprechen, daß ich nicht verschwinden werde.«

»Versprichst du's?«

Pip küßte sie zärtlich. »Ja.«

Die Party ging ihrem Ende zu, und die letzten Gäste verabschiedeten sich gegen ein Uhr morgens. Pip überließ es den Leuten vom Partyservice aufzuräumen und goß sich ein Glas Cognac ein. Sie ging in Fredericks Arbeitszimmer und blieb in der Tür stehen. Die Flurlampe warf ihren scharf umrissenen Schatten auf ein Quadrat aus gelbem Licht. Pip ließ ihre Augen im Halbdunkel von Gegenstand zu Gegenstand wandern. Von dem Steinaschenbecher zum hölzernen Pfeifenständer, von Partiturbergen zu den gerahmten Fotografien an den Wänden. Sie konnte ihn beinahe sehen, wie er hier saß. Er würde seinen Kopf heben, wenn sie eintrat, und lächeln. Er würde sagen, ich bin stolz auf dich, ohne ein einziges Wort zu sagen. Sie würde ihm schweigend sagen, daß sie ihn liebte. Und dann würde sie gehen, und er würde sich wieder seiner Arbeit zuwenden.

Sie hörte, wie die Hintertür zuging, und wanderte zurück in die Küche. Alles war blitzblank, und das Haus war still und beinahe dunkel. Pip ging nach oben, hielt kurz an Katies Tür und stieg zu Erin ins Bett.

Sie machten langsam Liebe. Die frühen Morgenstunden waren erfüllt von Pausen, Schweigen, Seufzern. Sie schlummerten ein und erwachten wieder, um miteinander zu sprechen.

Pip erklärte: »Auf Tournee sein ist nicht das richtige Leben. Es ist ein Pseudoleben. Es ist wie ein Tanz, nur die Schritte bleiben immer die gleichen. Früher dachte ich, daß ich nie ein normales Leben führen würde. Daß ich nichts anderes haben könnte als Tourneen, Spielen. Aber jetzt weiß ich, daß das nicht stimmt. Ich möchte dieses Pseudoleben nie wieder mitmachen.«

»Ich will dich nicht verlieren«, sagte Erin.

»Das wirst du nicht. Ich habe nicht vor, zu diesem Leben zurückzukehren, Erin.«

»Aber du kannst doch die Tatsache nicht ignorieren, daß du spielen mußt –«

»Erin, es gibt einen Mittelweg.«

»Ich habe Angst.«

»Ich habe auch Angst. Bloß weil ich einen Erfolg hatte, heißt das nicht, daß ich mich nicht mehr davor fürchte zu erstarren oder wieder in einen Lebensstil zu verfallen, der es mir nicht erlaubt, ich selbst zu sein. Ich will es jetzt anders machen, und wenn die Welt der klassischen Musik noch nicht soweit sein sollte … Nun, dann werde ich einen anderen Weg finden.«

»Und du wirst Katie und mich nicht zurücklassen?«

»Nein. Ihr seid jetzt auch Teil meines Lebens. Genauso wie die Musik. Ich möchte weder euch noch sie missen.«

Erin lächelte und kuschelte sich enger an. Pip schloß die Augen, lauschte Erins gleichmäßigem Atem. Und draußen vor dem Fenster ging die Sonne hinter einem Vorhang aus blassem Sommerregen auf.